仪凤之门

叶兆言 著

人民文学出版社

图书在版编目(CIP)数据

仪凤之门/叶兆言著.—北京：人民文学出版社，2022

ISBN 978-7-02-017212-2

Ⅰ.①仪… Ⅱ.①叶… Ⅲ.①长篇小说-中国-当代 Ⅳ.①I247.5

中国版本图书馆 CIP 数据核字(2022)第 093967 号

出　品　人　黄育海
责任编辑　卜艳冰　杜玉花
装帧设计　蔡立国

出版发行　人民文学出版社
社　　　址　北京市朝内大街 166 号
邮政编码　100705

印　　制　山东新华印务有限公司
经　　销　全国新华书店等

字　　数　250 千字
开　　本　890 毫米×1240 毫米　1/32
印　　张　13.25
版　　次　2022 年 8 月北京第 1 版
印　　次　2022 年 8 月第 1 次印刷

书　　号　978-7-02-017212-2
定　　价　79.90 元

如有印装质量问题,请与本社图书销售中心调换。电话:010-65233595

妾发初覆额，折花门前剧。
郎骑竹马来，绕床弄青梅。

李白

《长干行》

目　录

楔

子

　　很多年来，仪凤门都是南京的北大门。所谓北大门，也就是城市后门。明城墙有十三个城门，出了仪凤门这后门，是长江边，官员们北上，军队出征，都要走这个城门。如果打了胜仗，附近老百姓便会聚集在这儿，欢迎凯旋将士。不过南京这城市，自古以来不喜欢打仗，也不太会打仗，打了胜仗归来的欢乐场景，其实很少的。

　　仪凤门夹在两山之间，两翼城墙依山顺势，北侧包狮子山，南侧围绣球山，城门卡在两山之间，取尽了地利之益。当年朱元璋修城墙，南京城北原是很大的一片军屯区，军队在这儿干什么呢，耕地种粮食。史书上有记载，修建仪凤门，朱元璋下令"毋得役民"。也就是说，不得骚扰百姓，因此雄伟的仪凤门，完全由军方修筑，功能只是纯军事，镇守着城市北大门，与人民群众的日常生活没一点关系。

永乐大帝把京城迁到北京，明朝成化年间，南京城兵力不足，干脆把仪凤门给堵了起来。把后门给关上了，虎踞龙盘的南京，从此与北面的长江隔绝，说起来是沿江城市，有连绵的山，有很长的城墙，滚滚而来的长江阻隔在外，波光粼粼的玄武湖也挡在城外。明清改朝换代，清军南下，史书上记载的民族英雄，是史可法，是阎应元。扬州屠城，江阴屠城，"愁看京口三军溃，痛说扬州十日围"。南京一点事都没有，根本没抵抗，老百姓光顾着看热闹。到日子，南面的城门大开，清军沿江而下，神气十足地进来了。南京的世族子弟，明朝开国功臣的后人，王孙公侯纷纷削发降清。

清军占领南京十四年后，一六五九年，抗清名将郑成功的舰队，浩浩荡荡直逼南京。舳舻千里旌旗蔽空，船停泊在茫茫江面上，大队人马就在仪凤门外扎营。仪凤门是堵死的，大家也没想到这里还会有危险，都觉得胜利指日可待，很惬意地在玄武湖里嬉戏，只等着清军投降，等待对方乖乖打开南门，他们的船队就沿护城河绕过去，像当年的清军一样和平进入南京城。没想到处于劣势的清军，困兽犹斗，趁着黑夜，悄悄挖开了堵塞的仪凤门，乘其不备猛冲出去，大败郑军于仪凤门下。这一败，反清复明的希望彻底破灭，总算结果不是太坏，郑成功撤退，沿江入海，向海外发展，从荷兰人手里，为大中华收复了台湾。

这以后，仪凤门这个城市后门，一直敞开在那儿。什么时候又堵上了呢，又过了差不多两百年，第一次鸦片战争，英国人打过来。祸起南京出去的一名官员，这人就是大名鼎鼎的林则徐，林是南京官场上的红人，政声很不错，兢兢业业能做实事，一次次提拔，从江苏巡抚，做到了两江总督。最后去了广州，在虎门销烟，跟英国佬干了起来。广州离南京远隔万水千山，没想到这仗打着打着，那边着凉，南京这边打起了喷嚏。英国人的军舰，竟然沿着长江，气势汹汹杀过来，兵临城下，军舰上大炮瞄准了仪凤门。

当时的南京守军是英军无数倍，可惜自南唐以后，这个城市基本上处在和平中，民众习惯了远离战争。说胆小怕事不恭敬，还真不能说有多勇敢。最后只能服软认输，跟英国人签订城下之盟。《南京条约》是清政府的第一个不平等条约，最大的受害者是香港，免于战火的南京保住了，却割让了香港这颗东方之珠。说起来很丢人，条约就是在仪凤门外的静海寺中商议，中英双方反复磋商，然后挪到英军旗舰"康华丽"号上正式签字。

《南京条约》的签订，让南京人明白了一个硬道理，仅仅把后门堵上，根本不管用。英国佬盆满钵满地走了，没过多久，太平天国又来了。太平军擅长挖地道，一直挖到了仪凤门下，用火药炸开一段城墙，冲进城去，直攻两江总督衙门。再后来，曾国藩的湘军来了，城墙再炸开。动不动炸城墙，仪凤门堵不堵，已没太大意义。接下来好多年，城墙坍塌，坍塌也就坍塌了，仪凤门成为摆设，老百姓好像也习惯了，有心人可以去看当年的老照片，大家从仪凤门旁边豁口通行，不是路的地方，反而成了一条路。

光绪二十一年，也就是一八九五年，两江总督张之洞重修仪凤门，把炸开的城墙重新补好，还修了一条路，这就是名噪一时的"江宁大马路"。江宁大马路是中国历史上第一条官家出钱修筑的现代化公路，它从江边的下关码头出发，穿过仪凤门进入南京城，循着往日的旧石板路，直抵总督衙门，与城南最热闹的夫子庙联系在了一起。当然，修这条大马路，不是为了方便老百姓出去，是要让外面的人能够进来；南京的下关开埠了，开始允许外国人进来经商做生意。

同一年，在一八九五年，中日甲午之战后的第二年，仪凤门重修完工，南京的北大门修好了。南京城的后门再次打开，这时候，有一个叫朱老七的中年人，说着一口安徽话，拖儿带女，在仪凤门的城门口开了家棺材铺。当时附近居民也还不多，有了这家棺材铺，人渐渐多了起来。

上部

第一章

1

这些故事开始的时候，离仪凤门不远一家棺材铺门口，一架老式手摇唱机，反反复复正播放一段京剧老生唱腔。

孤赐你锦袈裟霞光万道，
孤赐你紫金钵禅杖一条，
孤赐你装金镶僧衣僧帽，
再赐你四童儿鞍前马后，
涉水登山，好把箱挑。

这以后很多年，杨遾对这段咿咿哇哇的唱词，都是似懂非懂。手摇唱机是隔壁一家杂货店老板家的，有一种特别的沙沙声，当时也算稀罕之物。雨季刚过去，天气热了，棺材铺这边有棵苍老的杨柳树，树荫下凉快，很多人手上摇着蒲扇，坐那儿纳凉聊天。

这时候，杨逵和冯亦雄一人拉辆空黄包车，站着一边听戏，一边等候水根。他们两个同岁，都是十六岁，杨逵月份要晚一些。在那儿听了好一会儿，水根显然被什么事耽误，等他也拉着辆黄包车满头大汗赶到，冯亦雄便有些埋怨，说你今天怎么了，到现在才来。水根比杨逵和冯亦雄大几岁，已经二十一岁，他根本不把迟到当回事，反过来也埋怨了一句，说你们等一会儿，多等一会儿，又能怎么样。三个人就这样聚齐了，接下来有说有笑，沿着江堤，朝下关码头方向过去。时间是一九〇七年，水根岁数大，自然而然成了带头大哥，是老大。杨逵他们三个人在一起久了，多少有些"桃园三结义"的意思。

梅雨过后，上游积水还在哗哗下来，下游的潮水又顶了上来。这一天恰逢大暑，阴历六月十五大潮，江河交流，水位很高，低洼地方都被水淹了。一艘载满西瓜的小帆船，正沿江岸缓缓过来，小船边上不时会冒出几个十一二岁的小孩脑袋。他们在偷西瓜，顽皮地把西瓜往水里扔。一个接一个西瓜掉到水里，船夫对孩子们的强盗行径，也没办法，顾了这边，顾不了那边。不一会儿，江面上已浮着很多绿油油的西瓜。杨逵他们停歇在江堤上，看着江面上的西瓜，咧着嘴在笑，显然是这些孩子的后台，船夫又恨又不敢得罪，嘴里骂着，作势要拿西瓜砸这些孩子。

"你妈的，想干什么呀？"冯亦雄个头不高，脾气暴躁容易冲动，扯开嗓子，冲船夫喊了一句，回过头，对杨逵和水根嘀咕，

"这帮撑船的人，没一个好东西。"

装西瓜的帆船渐渐远去，孩子们将漂浮在水面上的西瓜捞起来，往三辆黄包车上搬。杨逵他们在一旁看，然后拉着西瓜，沿江堤走上大马路。不一会儿，来到码头附近阿二家的西瓜摊前。瘸子阿二远远地看见他们，连声招呼自己媳妇快出来帮忙。阿二媳妇铁梅三十岁模样，身材和五官都很不错，左边脸上有块不小的黑色胎记，因此又被人取了外号叫"花脸西施"。铁梅闻声出来，与阿二一起过来迎接，一起将西瓜从黄包车上往下搬。阿二腿脚不便，搬上搬下有些吃力，搬了没几个西瓜就停了下来。

结果，就铁梅一个人在搬西瓜，其他人都在袖手旁观。杨逵提醒冯亦雄注意，让他注意水根的目光。水根眼睛发直了，死死盯着铁梅高耸的胸脯，要不就是看她扭来扭去的屁股。铁梅有一种天然的风骚，她似乎也知道水根在看自己，来来回回搬运西瓜，不忘搔首弄姿，不忘挑逗对方，迎着水根目光，毫不掩饰地对他使了个意味深长的眼色。天气很热，身上早已汗湿，衣服紧贴在肉上，她不停地用手将沾在身上的衣服抖开。

西瓜很快卸完，冯亦雄喊了一声，说阿二你他妈也开个瓜让我们尝尝，不能就这么白得了好处是不是。阿二连忙抱个西瓜，放案板上，用一把专门切西瓜的大刀，像剁肉一样砍下去。西瓜刀深陷在西瓜里，他双手用力一按，将西瓜切成两半，露出了鲜红的瓜瓤，又迅速切成大小差不多的小片，刀法很娴熟。大家一起吃西瓜，水根一边吃，一边偷看铁梅，杨逵和冯亦雄看在眼里，两人会心一笑，不作声，只是坏笑。阿二也意识到这两个人的坏笑，也不作声，同样是笑，是苦笑。

水根吃完一片西瓜，再拿起另一片，回过头来看着阿二，话里有话地说：

"喂，你阿二靠着我们，可没少赚呀？"

阿二说："水根你说这话就见外了，见外了。"

一直不吭声的杨逵开口了："见什么外，也不能光是我们一个劲往你这儿白送东西吧？"

阿二说："那是，那是，大家都好兄弟，这事还不好说。"

冯亦雄看了看杨逵，扑哧一笑，回过头来教训阿二，杨逵说得对，别尽用好话哄我们，当哥几个都三岁孩子是不是，好歹你也得表示表示吧。阿二也不接冯亦雄的话，他的目光转向杨逵，三个人中杨逵年龄最小；阿二知道，杨逵这小子人虽然小，却最有心眼，鬼点子也最多。通常到了最后，大家都会听杨逵的话，也最愿意听他的意见。阿二说杨逵你说吧，我怎么表示法，你门槛最精，你说个话。杨逵不表态，眼珠子滴溜溜地转着，在想自己要说什么，该怎么说。他转向水根，水根根本没在听他们说话，咧着嘴，光顾着偷眼看铁梅。

铁梅在偷偷地笑，与水根继续眉来眼去，扭头往屋里走。冯亦雄喊住了她，说阿二家的嫂子别走呀，陪我们再说会儿话好不好。铁梅说我没那么多时间陪你们玩，人家忙着呢。冯亦雄笑着说我们有时间，有的是时间，尤其是我们水根，你要他多少时间陪你玩都可以。铁梅翻了个白眼，说了一声"呸"，说就你个刚开窍的小公鸡头，也想学着吃老娘豆腐，不觉得自己太嫩了一些。说完装着有点生气，真往屋里走了。水根眼睛追着她不放，人都已经没了，还在看。杨逯一切都看在眼里，忽然有了主意，他附在冯亦雄耳边，坏笑着，悄悄地说了几句什么话。

码头那边传来了悠长的汽笛声，这是轮船即将到达的信号。杨逯他们什么话也不说了，抬起黄包车，直奔下关码头。码头上聚集了好多人，不一会儿，从上海方向开过来的轮船进港了，人群开始混乱，声音开始嘈杂，旅客开始下船。好多辆黄包车都在抢生意，为了招揽客人，冯亦雄说着说着，一言不合，差点要与人打起来，他个头矮小，对方并不把他放眼里。水根人高马大，又有一把蛮力气，当然要帮着兄弟出头，他冲过去，大叫一声，举起拳头就准备开打。

对方见自己不是对手，立刻放弃，嘴上骂骂咧咧还不服输。杨逯见客人已抢到手，连忙让水根不要激动，让冯亦雄不要再争吵，先赶快把生意做了。与上海租界由洋人出资建造的那些马路不能比，从仪凤门穿过的江宁大马路，虽然有点坑坑洼洼，一下雨到处积水，毕竟是下关唯一通向市区的道路。杨逯他们拉到客人，都是沿着这条马路往南京城里送；这一天生意不错，居然让他们拉到三个日本人，其中一位穿着中式长衫，结结巴巴还会说几句中国话，比画着要去日本领事馆。

一路上，三个日本人叽里呱啦不停嘴，水根说这些东洋人说话太快了，根本听不懂他们在说什么。杨逵说不是说话太快，不懂就是不懂，人家就是说慢了，你还是不懂，听不懂的。两个日本人穿着西装，与留洋的学生很像，不开口，真不知道他们是日本人。送完日本客人，杨逵他们拉着空车，再次返回下关码头，一路都在讨论铁梅。杨逵一本正经地问水根，说你不会是真看上她了吧，水根便说我真看上了又怎么样，冯亦雄就笑他，说铁梅是个有名的烂货，你怎么能看上她。水根有些恼火，说烂货又怎么样，我又没准备娶她做老婆。

杨逵说："好吧，你要是真看上她，我们就想办法成全你。"

2

三个人回到下关码头，根据经验，接下来一段时间，不会有生意做。闲着也闲着，冯亦雄说干吗不现在去找阿二，干吗不趁着现在没事做，就让水根把好事给办了。水根不明白冯亦雄在说什么，杨逵便把商量的计划说给水根听，让他怎么样怎么样，水根听了乐滋滋地傻笑，一个劲点头。接下来，按计划行事的这三个人，各拉着自己的黄包车，往阿二家走去。水根磨磨蹭蹭落在后面，杨逵和冯亦雄走在前面，快到阿二家门口，冯亦雄扯着嗓子，喊了起来：

"阿二你快出来，有话跟你说。"

阿二应声就出来了，拖着一条瘸腿，涎着脸，一瘸一拐走到他们面前，不知道找自己有什么事。听到外面动静的铁梅，也跟着从屋里探出脑袋，看了看杨逵和冯亦雄，故意不看水根。她知道这三个人总是在一起，知道水根一定就在旁边，知道水根这会儿在看自己。阿二问冯亦雄有什么事，冯亦雄看了看铁梅，又看了看水根，忍不住笑起来，对杨逵说：

"杨逵，这个什么话呢，你跟阿二说吧，还是由你来说——"

杨逵怔了一下，故作严肃地说：

"好吧，我说就我说。阿二，我们得好好地谈谈，有些事要说说清楚。"

阿二丈二和尚摸不着头脑，想不明白地问着：

"什么事要跟我说清楚？"

杨逵说："这样吧，此处说话不太方便，这话也不能让你老婆听见，我们换个地方说话，你看你是坐我的车呢，还是坐冯亦雄的车？"

阿二说："有话在这说不就行了，干吗还非要到别的地方去说？"

铁梅在一旁看出了点蹊跷，提醒说：

"阿二，不能听杨逵的话，这小子一肚子坏水，肚子里全是坏主意，你可不要上了他们圈套。"

阿二还是糊里糊涂就上了圈套，糊里糊涂地坐到了冯亦雄的黄包车上。可怜人还没坐稳，冯亦雄拉着他便跑，越跑越快。杨逵跟在后面追，一边追，一边让冯亦雄慢一点，说你跑那么快干什么。

冯亦雄说跑快些好，跑快了，阿二他坐着舒服。阿二一点都不舒服，这一路上上下下，颠得非常厉害，他斜躺在黄包车上，一动也不敢动，怕会从车上摔下来，跑出去一大截路，才发现水根并没跟上来。

阿二意识到不对劲，也顾不上是不是会从车上摔下来，直起身，回头张望，想不明白地问杨逵，说水根怎么没来，他这是怎么回事，人跑哪儿去了。这时候，他们正沿着江边的大堤在走，大水还没有退去，许多地方仍然还被水包围，低洼之处都是水，大堤内外水汪汪。时值中午，太阳正当头，走着走着便无路可走，眼前一片汪洋。阿二知道自己很可能被捉弄了，嘴里嘀咕着，说把我拉到这里来，到底是有什么话要说。不远处有棵浸在水里的大杨柳树，树干上系着一条小船，杨逵放下黄包车，将自己的裤子脱了，他上身本来就赤裸，光着屁股下了水，往小船那边游。游到小船边，解开系船的绳子，把小船带了回来，让阿二上船。

这是一条江边渔民用来钓鱼的小船，船很小，通常只供一个人使用。阿二有些害怕，说你们不要跟我闹了，我是不会游泳的。杨逵说不会游更好，不会游才对，不会游才好玩。阿二现在真的开始害怕，嘴里还在继续嘀咕，说你们两个到底要干什么，不要捉弄我好不好。他被弄上船，想不听安排已不可能。那条船太小，阿二上了船，杨逵和冯亦雄只能在水里推着他走。小船往那棵柳树方向过去，阿二在船上叫苦不迭，没有一点办法反抗，不一会儿，又到了柳树下，小船被再次系在柳树上。

杨逵与冯亦雄在水里游过来游过去，玩得很开心。阿二在船上

14

对他们喊话，说你们两个小狗日的，到底在玩什么花样，有话好好说，你们到底是要干什么。杨逵他们只顾自己玩，只顾自己玩得开心，开始往远处游，根本不理睬阿二，游远了，又一起往回游。阿二只能在那儿继续哭喊，等他们再次游近了，告饶说你们何苦非要这样呢，把我阿二给哄来了，又什么话都不肯说。杨逵站在水里，水并不深，说我们是有话要跟你说，不过还要等一会儿，要等一会儿再说，冯亦雄你说是不是，是不是要等一会儿再说。

　　阿二不得不听他们摆布，他继续告饶，说我阿二认你们狠了还不行，我知道都是我不好，是我得了你们不少好处，是我阿二对不住你们，小祖宗，我们不要再这么玩了好不好。阿二一个劲地告饶，他也不知道怎么就得罪他们了，反正讨饶总不会有错。冯亦雄觉得玩得也差不多了，老这么玩下去没什么意思，便坏笑着对杨逵说，我觉得水根那事，早就该办好了，我们是不是该回去了。

　　杨逵说："我们是该回去了。"

　　系在柳树上的绳子被解开，杨逵和冯亦雄一边踩水，一边将小船往岸边推。上岸后，他们撂下阿二，拉起黄包车便准备走，阿二急了，冲他们的背影喊起来，说两位别走呀，我这腿走路不方便，你们不是有话要跟我说吗，怎么就把我给撂在这儿了。杨逵说也没什么话要跟你说，我们就是想跟你闹着玩玩。阿二听了，完全傻了，想不明白这唱的是哪一出戏，说要是没话说，你们又何苦要把我带到这儿来。冯亦雄笑了，笑得很开心，觉得能这样捉弄一下阿二，实在太好玩，太有趣。杨逵说阿二你真想听实话，阿二说要听实话，当然想听了。冯亦雄就说阿二，如果告诉你了实话，你可不要想不开。

"你知道水根现在在哪儿？"杨逵不动声色，很认真地说着，"好吧，现在就把实话告诉你，水根一直和你老婆在一起。"

阿二说："水根和我老婆在一起，他们在一起干什么？"

冯亦雄说："干什么，你说还能干什么？"

杨逵和冯亦雄坏笑着，拉着黄包车走了，愁眉苦脸的阿二，被扔在了空旷的江堤上。

3

杨逵他们再次回到了下关码头，夕阳已快西下，江面上波光粼粼。从上游过来的客轮，还没有来，若是搁在平日，早就应该到达。一长串的黄包车都在等候，水根红光满面，兴高采烈地对杨逵和冯亦雄说着什么，一边说一边大笑。突然，有人拉着空黄包车从他们身边匆匆跑过，跑得飞快，一眨眼没了影子。紧接着，又有人在跑，水根刚说到高兴处，不明白发生了什么事，与杨逵一起回过头来，想看个究竟。一回头，看见膀大腰圆的炳哥正在过来。炳哥是这一带有名的刺头，打架斗狠的好手，人称"江边一霸"。他的眼睛里总是显露着一股杀气，谁见了都怕，都想躲。这家伙一出现在码头上，立刻会有人落荒而逃，看见有人在跑，炳哥冲着逃跑者的背影，愤怒地喊了一声：

"妈的，跑，我看你们往哪儿跑？"

能跑的跑了，还没来得及跑的，也不敢再跑。炳哥随手从别人头上摘下一顶草帽，向正在等生意的黄包车夫，挨个征收人头费。黄包车夫乖乖地往草帽里扔铜板，一个黄包车夫还想有所商量，求炳哥放过自己，说今天一笔生意都还没做呢。话音刚落，炳哥一个大嘴巴扇了过去，说别跟我说什么有钱没钱，没钱以后就别到这块地混，你他妈在这拉客，就得给我乖乖地掏钱。一路收钱过来，最后到了杨逵他们身边，炳哥拍了拍杨逵的肩膀，说今儿你们三个，有什么打算，谁来掏铜板呢，是你还是他。

杨逵说："炳哥，我们真还没开张呢。"

说完赶紧躲，炳哥照例是一巴掌扇过来，杨逵躲得快，头一低没打着。炳哥说你小子别跟我来这个，别跟我玩滑头，别以为你们家兴宝缴过保护费，就没你们什么事了，这事没那么便宜，一码是一码，你们要想在这码头上拉车，就还得给我掏钱。水根挺身而出，对炳哥拱拱手，说我们兄弟几个真要是有了钱，忘不了你炳哥。炳哥看了看水根，把草帽里的铜板收进兜里，将草帽高高地举起来，问这谁的帽子。有人示意草帽是他的，炳哥便将手中的草帽扔还给他，回过头来对水根说：

"我记得你们几个，都是听话的兄弟，要知道，有些事，躲是躲不过的。知道躲不过，干干脆脆就把钱拿出来，我炳哥也是讲道理的人，你们哥几个今天不会是真想惹我生气吧？"

"炳哥说得是，"水根的话中带着几分讨好，他并不想惹他生气，"你看我们兄弟几个，像是会惹你生气的人吗？"

炳哥说："我觉得有点像。好吧，巧在今天我心情好，先饶了你们三个，赶明儿，一起给我补上，要是少一个子儿，我他妈生吃了你们。"

杨逵嬉皮笑脸地来了一句："炳哥也别生吃啊，总得蘸点酱油什么的是不是？"

炳哥说："你这浑小子，居然敢跟炳哥抖机灵。"

水根对炳哥的霸道，多少有些羡慕，涎着脸说："什么时候，炳哥你也带上我们，带上我们兄弟几个一起混混？"

"你们兄弟几个——听这口气，"炳哥有几分不屑，"还真想跟着我混呀，就你们，也配？"

水根说："能像炳哥这样威风，谁不想呀！"

"觉得你炳哥威风是不是？眼红你炳哥了是不是？我告诉你，要想像你炳哥这样，也不难——"

水根不知道炳哥这话什么意思，傻乎乎地等着他的下一句。

炳哥说："只有一个办法，我告诉你，真的只有一个办法，就是去找把刀来，先把你炳哥我杀了。"

水根没想到炳哥会这么说，很尴尬，这话没办法接，想笑不敢笑，不笑又不知道该怎么办。

炳哥说："怎么不说话了？"

水根说："我——我们怎么敢杀炳哥。"

"不敢，你们当然不敢，"炳哥冷笑着，看不入眼地说，"就算借个胆子给你，你们几个也未必敢。"

水根只能唯唯诺诺地说："那是，那是。"

站在一旁一直不吭声的冯亦雄，对水根的一味讨好，有些看不下去，他抱着膀子，冷冷地看着炳哥。炳哥似乎根本没意识到冯亦雄的存在，继续糟践水根，说看看你这熊样，就不像个有出息的，光长一个人高马大，又有什么屌用。他的目光落到了冯亦雄身上，将他上下打量一番，说你这小子呢与杨逵一样，可惜身板还是弱了一些，看你这不服气的熊样，倒也像个能出来混的人，不过你的脑子要是能像杨逵那么机灵就好了，炳哥我不缺打打杀杀的人，我缺的就是像杨逵这样肯动脑子的人。

水根说："杨逵，你看炳哥是看上你了。"

杨逵有些不好意思地笑了。

"在外面混，也不是件容易的事，首先是要跟对了人；跟对了人，什么事都好办。"炳哥又一次拍打杨逵的肩膀，撩起衣服，露出自己身上的两条刀疤，很认真地卖弄着。"看见没有，炳哥我凭什么能混到今天这一步，凭什么？"

杨逵伸出手，在那疤上摸着；那刀疤很难看，微微有些凸起，像两条正在游动的小蛇。

炳哥继续卖弄："想当初，唰、唰，两刀就过来了，你炳哥我挺直了腰板，硬是没有哼一声。"

杨逵淘气地在炳哥的伤疤上戳了一下。

炳哥没想到杨逵会这样，不由自主地往后退了一步："你小子想干什么，吓老子一跳。对了，从今天开始，你们哥几个，要想跟我混，就要听炳哥的安排，以后眼睛要给我多盯着些，别错过了发财的好机会。喂，跟你们说话呢，听见没有？"

水根连声说："听见了，听见了。"

炳哥又追着问冯亦雄和杨逵，冯亦雄不吭声，杨逵酸溜溜地回了一句："炳哥，你放心，有了发财的机会，我们第一个先告诉你。"

炳哥说："好，这话我要听。这话你炳哥听着，感觉很不错，听了高兴。"

远处传来熟悉的汽笛声，从上游过来迟迟不到的轮船，终于到了。守候在码头附近的人群开始骚动，准备迎接客人。炳哥拍了拍手，看了看四周，扬长而去。码头上本来就乱，一下子变得更乱，大喊小叫你来我往。就在这时候，就在来来往往混乱的人群中，杨逵一眼看到了匆匆赶来的仪菊。也就在这时候，匆匆赶来的仪菊，也看到了拉着空黄包车准备拉客的杨逵。几乎在同一时间，在匆忙混乱的人流中，他们相互看到了对方，一眼就看中了对方。

这是命中注定的缘分，仿佛是天意，冥冥中早就安排好了。在匆忙的混乱和混乱的匆忙中，他们没有擦肩而过，而是你看着我，我看着你，突然都想到一起去了，杨逵冲着仪菊大喊了一声：

"要不要车，太太，你要不要坐车？"

仪菊的表情显然是要车，迟疑了一下，说我也说不好。她解释说自己的确是过来接人，不知道能不能接到要接的人。连续两天仪菊都在这儿等候，都没有接到，不知道今天的结果会怎么样。她说反正这事是说不准，可能会接到，也可能会接不到。杨逵立刻顺着她的话往下说，说这没事，不碍事的，你要是接到人，就坐我们的车，真接不到，当然也没关系。仪菊听他这么一说，也觉得这样可行，说那好吧，我真要接到人了，就用你的车，接不到我也是没办法。

这事就算是说好了，就算是讲定了。虽然只是匆匆对看了一眼，只是匆匆讲了几句话，一切也就这么定了下来。杨逵又追着继续问，问仪菊打算要接几个人，要几辆黄包车，说你要几辆都没问题。仪菊觉得杨逵的话有些多，他没必要问这么多，说我也不知道要接几个人，说我已经跟你说过了，能不能接到都说不定。说话间轮船已靠岸，船舷上开始有人往下走。这时候，仪菊的哥哥振槐带着家人，突然出现在甲板上，他正从船舷上往下看，正在东张西望。落日晚照，茫茫人群中，振槐看到了自己的妹妹仪菊。仪菊也看到了她哥哥振槐。她终于接到他了。兄妹两个相互挥手致意，看得出大家都很激动。

妹妹仪菊很激动，哥哥振槐更激动。

4

每天都可能发生很多事，那天最重要的事，杨逵见到了仪菊。

还有一件更重要的事，杨逵遭遇到了芷歆。这些事都发生在同一天，都不可思议地在同一天发生了。夏日的夜晚会来得晚一些，天还是黑了下来。大马路上煤油路灯点亮了，杨逵没想到仪菊最后要了六辆黄包车，除了水根和冯亦雄，他又帮仪菊喊来了另外的三辆车。

前前后后都是仪菊一个人在指挥，安排这安排那，杨逵拉着仪菊，其他五辆车上，分别坐着振槐、振槐的小老婆徐氏、他的女儿芷歆、丫环翠苹，还有一辆黄包车专门用来放行李。因为听过振槐给仪菊的介绍，杨逵对这几个人的关系，很快有了一个初步了解，让他感到奇怪的只是，一身时髦打扮的仪菊，一看就是个新派的女士，却有着一个衣着非常古板、说话极度保守的哥哥。

此时还是在晚清，北京皇宫里的那位慈禧太后，还得再过一年才会驾崩。随着开埠通商，南京城的衣食住行，完全融入了现代元素。舍旧而从新，正成为不可阻挡的趋势，当时所谓"三界中人"，也就是军界、警界、学界，穿着都是西装。江边的下关码头，码头附近的大马路，虽不能与上海租界相比，开放程度却也是相当可观。这个叫振槐的男人，显然是位南京人，开出口来，一口地道的南京话。离开家乡看来有些日子，对眼前的一切，对所看到的各种现象，他都觉得稀奇，都有些不入眼。

首先是对自己妹妹的一身衣着，就看不太惯。他把同行的几位，挨个介绍给仪菊，然后警告女儿芷歆，说你都看好了，这就是你那位嫡亲的姑妈，以后可不要像她这样，看看她这身衣服，看看她这个打扮，把祖宗定的规矩，都给破坏了。仪菊知道自己这位哥哥迂腐，也懒得跟他计较，计较了也没用，便对她的侄女抱怨，说你这个爹呀，就是个落伍的老古板，你看他都把你打扮成什么样子，这么大夏天的，让你穿这么多衣服，不热吗。

芷歆小心翼翼地说了一句："我不热。"

"咋个不热，"振槐的小老婆徐氏一口浓重四川话，嚷了起来，"这个脑壳子上都是汗，全都是汗，衣服也湿透了，快热死人了。"

徐氏的四川话，众人听起来有腔有调，都觉得好玩，语音有点怪，又都听得懂。仪菊趁机调侃振槐，说要不是姨奶奶开口说话，她以为还是上次见过的那位，人长得有点像，没想到几年不见，振槐又换了一位新姨奶奶：

"哥，我怎么每次见到你，姨奶奶都不一样？"

振槐有些尴尬，不声不响装聋作哑，只当作没听见。徐氏则瞪着眼看他，看着看着，还翻了个白眼，撒娇似的撇了撇嘴。杨逵都看在眼里，他们的对话也都听得明明白白，觉得这一家人挺有意思。匆匆安顿好了，大家各自上车，芷歆坐上了冯亦雄的黄包车，她是第一次坐这车子，十分好奇，刚坐下去，又站了起来。杨逵连忙关照，让她坐稳了，千万不要乱动，要不然一抬杆子，非摔倒不可。芷歆听了这话，不仅不以为然，还白了杨逵一眼；人是老老实实坐下了，心里却在想，又没坐你的车，你凭什么要多管闲事。

杨逵看见芷歆对自己翻白眼，心里就在嘀咕，我好心让你坐好了，你干吗要跟我翻白眼呢。他觉得眼前这个小姑娘好没礼貌，好不懂事，振槐的姨太太徐氏翻白眼，那是对她自己男人，你又不是我的女人，凭什么要对我这样。心里在胡思乱想，眼睛便忍不住要偷眼看芷歆。芷歆知道他在偷看自己，心里也在想，这个给她姑妈拉黄包车的男孩子，真是莫名其妙，干吗要不停地偷看她。坐上另一辆黄包车的丫环翠苹，注意到这两个人来来回回的目光，同样是觉得奇怪，他们好像早就认识一样，要不然，为什么你一眼我一眼地看来看去。

车队出发了，杨逵与冯亦雄拉着黄包车，并排走在前面。仪菊与芷歆紧挨着，她有一句无一句地在问话，了解一些最基本的状况。

"几年不见，都长这么大了，长成了大姑娘，你长得可真像你妈，今年多大？"

芷歆说："十六岁。"

仪菊又问："读几年书了？"

芷歆说："上过几年私塾。"

仪菊回过头去，责怪她的哥哥振槐："读私塾怎么行，哥，你得让芷歆进新学堂。"

芷歆撇了撇嘴，说："我爹他不让。"

"你爹是个老顽固，好了，姑姑以后送你进新学堂。"说起进新学堂，对仪菊来说太简单，她就是新建的华西女校校长。"这样好了，你就到我们学校来上学好了。"

说完，又一次回过头去，对振槐嚷道："哥，你听见没有，让芷歆到我们学校。"

振槐不屑地说："都这么大丫头了，还进什么新学堂？"

仪菊说："这有什么，不要说是芷歆，就是姨奶奶想读书，也还来得及呀。"

振槐觉得匪夷所思，徐氏听了在窃笑，毕竟她也还年轻，也就二十多岁，要说年龄，比仪菊还小。这一路人马从下关码头出发，沿着大马路前行，穿过仪凤门入城，往驴子巷方向去。叫仪菊的这位女人嘴不太愿意歇着，与芷歆说了一会话，又与杨逵聊天，说看上去你年纪也不大，这几个拉车的，他们还都听你的话。杨逵说听他的话也谈不上，都在码头上拉黄包车，相互认识很自然的事。拉拉杂杂又说了些别的什么，说到了要照顾杨逵生意。仪菊说这样吧，我哥初来乍到，随时都要用到黄包车，你以后腿勤一点，经常过来看看，我们住的那地方，叫辆黄包车挺不容易，听见没有。

杨逵很爽快地答应了，说："这个事好办，太太家不是住驴子巷吗，离我住的地方也不远，我以后每天早上过来问候一下，问一声太太要不要用车。"

仪菊说："这样也好，这样最好。"

杨逵又说："太太还可以包个车——"

"包车，怎么个包法？"

"就是说这车归你了，包几天都行，这几天都归你，想怎么用，就怎么用。"

仪菊问包车一天要多少钱，怎么包车才划算。杨逵一一作答，仪菊想了片刻，觉得这倒是个不错的主意，可以考虑。过了一会儿，驴子巷到了，天也完全黑了，好在有几盏风灯照明，丝毫不影响赶路。进了巷子，拐一个弯，又拐了一个弯，有一栋新式小洋楼横在前面，这便是仪菊的住处。拉车的将车停下，坐车的开始下车，一个箱子跌翻在地上，用风灯一照，露出了箱子里的财宝。冯亦雄见了，在黑暗中使劲地捏了杨逵一下，暗示他留神，眼前是位有钱的财主。杨逵没有做出任何回应，他的注意力还在芷歆身上，还在不停地偷眼看她。芷歆这丫头很有意思，好像是故意在与他作对，她故意昂着头，就是不看杨逵，根本就是目中无人，又明显能让人感觉到，芷歆其实是在偷偷地注意着他的一举一动，杨逵的一举一动，都在她的监视之中。

　　女佣卢妈和下人老吴听到外面动静，连忙跑出来迎接，帮着卸货，帮着接待客人。仪菊把杨逵喊到了身边，将各人的车费一并交他，杨逵再将钱分给其他几位。那三个拉黄包车的，拿到钱兴冲冲地走了，水根和冯亦雄站在一旁等杨逵，感觉杨逵与仪菊还有话要说，好像还有话没说完。仪菊奇怪这几位为什么不走，杨逵便追问了一句，问她包车的事到底怎么说。仪菊这才意识到，她把这事给忘了，想了想，还是打定不了主意，不知道应该怎么才好。杨逵说太太这事你想怎么样，就怎么样，要不然，我以后每天先过来问候一声，问到底要不要用车，只是顺便问一声，这又不难的。

5

离开了驴子巷，一路上，水根都在跟杨逵和冯亦雄唠叨，都在说刚看到的一幕。那只箱子里露出来的财物，那些跌落在地上的金银财宝，大家都亲眼看见了。炳哥关照他们哥几个，留神别错过发财机会，现在看起来，这个发财的好机会，说不定就真的来了。水根唠唠叨叨一直在说，杨逵和冯亦雄都没往心上去。冯亦雄还惦记着杨逵说的包车，对这事显然不是很赞成，说杨逵你包个什么车呀，我们哥几个在一起这么玩多好，真要是包了车，成天就给她一家干，这多没劲。

水根还在说："杨逵，你倒是说说看，今天这家，会是什么来头？"

冯亦雄说："管他什么来头，这个说不准的，反正人家就是有钱呗。"

杨逵不说话，有些心不在焉。

水根说："肯定是在什么地方，发了笔横财，都说人无横财不富，妈的，能有这么多的钱，我看肯定来路不太正，你们信不信。"

冯亦雄奇怪水根老是在唠叨这个，老是惦记着别人的财物，这又有什么用呢，不太明白地问他："水根你到底在动什么脑子，人家来路正也好，来路歪也好，钱装在他箱子里，你又能怎么样，有钱你也只能是看着——"

"炳哥不是叫留心发财的机会吗，"水根把自己的想法说了出来，"这一家这么有钱，要不，我们跟着炳哥一起干，让炳哥带着我们，狠狠地敲他们一记竹杠？"

杨迖与冯亦雄对看了一眼，不表态。

水根说："这事，只要炳哥出面，肯定有办法。"

杨迖不赞同，不以为然："真要是个发财的好机会，干吗还非要找炳哥。"

"杨迖说得对，"冯亦雄觉得这话有道理，他与杨迖一样，打内心不喜欢这位炳哥，"干吗要找他炳哥，真要干，我们为什么不能自己干。"

杨迖说："对，为什么不能自己干。"

水根便问他们："自己干，怎么干？"

哥几个又一次来到大马路上，这是回家的必经之路。此时大马路上灯火辉煌，人来人往，他们在街上走了一段，拐进清和坊。清和坊是条新开辟出来的巷子，有好几家妓院，门口都挂着灯笼，上面写着"小红""阿宝""小玉"的字样。几个读书人模样的男子，站在一家妓院门口说话，其中一位扬了扬扇子，招呼他们过去。没想到快回家，还会遇到生意，连忙将车拉过去，停在这几个人面前。那位叫了车，只顾自己说话，不说要去哪，也不说要几辆车，一边说，一边大笑。过了一会儿，招车的那位突然改变主意，挥挥手，对他们说：

"算了算了，不要车了，你们先走吧。"

说完，扬着扇子继续说笑，显然说到最得意之处。冯亦雄有些不乐意，说你这位老爷也是，不要车，就别乱招呼。那位看上去是个读书人，看上去文绉绉，还戴着一副眼镜，脾气却很大，大约觉得冯亦雄驳了他面子，勃然大怒，居然摆出一副要好好教训人的样子：

"喂，你个臭拉车的，会不会说话，什么叫乱招呼？"

"还不是乱招呼，不要车，招呼我们干吗？"

"你怎么可以这么跟我说话呢？"

水根打抱不平，冷冷地反问了一句："要怎么跟你说话呢？"

那位看了看水根，看了看他高大的身胚，嚣张气焰顿时矮下去一截，嘴上还是不肯让步："坐不坐车，那也得看老子兴致；老子高兴，就坐，老子不高兴，就不坐了，怎么样？"

杨逵在一旁帮腔："这么说，你这位爷，没事做，就是想消遣消遣我们了？"

那人看了杨逵，并不把他放在眼里，依然还是蛮横的语气："我就算是消遣了，又怎么样？"

杨逵便刺了他一句，说："能怎么样，你是个爷，我们是拉车的，能怎么样？"

冯亦雄不怕事，更喜欢撩事，干脆再给他来了一句冷嘲热讽："是啊，你这位爷肯定是心里不痛快，肯定是在妓院里不高兴了，肯定是没玩好，没玩痛快。你现在要拿我们撒气，我们又能怎么样？"

一看这几个拉黄包车的并不好惹，那位的同伴就站出来相劝，连声说算了算了，大家都少说几句。他先劝自己人，让那位不要再与拉黄包车的人说话，少怄气，礼不下庶人，跟这些拉车的能有什么道理可讲。又转过身来规劝对方，说和气才能生财，你们做你们的生意，走你们的路吧，拉你们的车，该干什么，干什么。他这一番话没有平息事态，那人还不甘心，还在愤愤不平地嘀咕：

"我平生最恨的，就是这种小混混。"

杨逵和冯亦雄是赤脚不怕穿鞋的，不怕事闹大，只怕事闹得不够大。见对方还不罢休，索性放开来吵着玩。杨逵故意大声叫喊，喊大家赶快过来看，说你看上去，还像是个读书人，这书都是怎么读的，站在妓院门口，欺负我们拉车的，还要不讲道理地讲什么道理。看热闹的人纷纷围了上来，天热，在街面上乘凉的人本来就多，有热闹岂能不看。两侧街楼上一扇扇打开的窗户，妓女们纷纷探出头来。

水根抱着膀子，站在一旁光看热闹不吭声。他虽然不吭声，但人高马大，对别人的威胁还是存在，真打起来，一般人都不会是他的对手。冯亦雄气势汹汹，说生意可以不做，你这位先生一定要把话说清楚。他现在变得不依不饶，说你欺负人可不行，信不信，今天这事一定要有个说法，要讨个公道。

一个妓女不明白地问着："怎么回事？"

另一个妓女猜测道："大概那位老爷，银子都用在姑娘身上，这会儿怕是连车钱都掏不出了。"

还有一位妓女认出人了，喊起来："那位不是卢爷吗，卢爷——"

人多就嘴杂，人越围越多，越来越乱。

"打人了，打人了。"

"谁打了，打谁了，谁被打了？"

杨逵他们要的就是这种看热闹效果，大家七嘴八舌，都在胡说八道地参与，都在说这说那，让人好开心。劝慰的这位见事情不好收场，便掏出几个铜板，塞到冯亦雄手里，说这事就算了，算你们狠，算你们赢了，几个铜板先拿着，拿着赶快走吧。冯亦雄感觉还没玩够，还想玩，还想得理不饶人继续玩一会儿；水根见这么多人围观，不愿意再玩下去，示意冯亦雄和杨逵拿铜板走人，让他们见好就收，不要再闹了。冯亦雄意犹未尽，杨逵觉得水根的话有道理，肚子也饿了，到了该回车行的时候。

车行老板娘杨氏是杨逵的姑妈，杨逵他们回来，杨氏和兴宝阿叔，还有杨逵的表弟阿坤，表姐凤仙，正围着饭桌吃晚饭。三个人将黄包车放好了，走过来，将各自的份钱放饭桌上。接下来，水根和冯亦雄回家，临走之前，冯亦雄看了一眼凤仙，凤仙这时候只顾盯着杨逵看，眼睛里根本就没有其他人。饥肠辘辘的杨逵坐下来吃饭，随手拿了个大馒头，大口吃起来。凤仙很关心地问他，今天回来为什么这么晚，你们几个怎么到现在才收工。杨氏照例是一脸不高兴，将饭桌上的铜板挪到一起，收进衣袋，说还不知去哪玩了，这么晚回来，也没见着多挣一个子儿。

兴宝阿叔在喝黄酒，埋着脑袋，他是个没用的窝囊男人，杨氏开始数落，说能不能少喝点，挣钱没个能耐，做人没个本事，每天这顿酒你倒是真少不了，天生了享乐的命。这个兴宝阿叔，杨逑从记事开始，一直都是四个字连在一起喊，不仅他这么称呼，凤仙和阿坤也都是这么称呼。杨氏的丈夫在阿坤三岁时就死了，兴宝阿叔属于民间的"招夫养子"，与杨氏在一起也十多年，因为胆小怕事，生性软弱，对杨氏言听计从，打不还手骂不还口。

"死鬼，不吃酒你会死呀！"

兴宝慢吞吞地喝酒，慢吞吞地说话："我就是喝两口酒，又不要什么下酒菜！"

杨氏说："美死你，还想要下酒菜？唉，我也不知道前世作了什么孽，早早地男人就死了，留下了一儿一女，本来还指望你过来能帮我做点什么，没想到遇到个窝囊废，倒还要我一个女人家来养你，你说说看，这里里外外，还不都是我在张罗。幸好我那个死鬼还留了一点家产，要不这一大家，这日子怎么过得下去，怎么过得下去。你倒是说说看看，都是吃现成的，这里里外外都靠谁，我能靠谁？"

杨氏这么念叨，一桌子人显然习惯了，都不吭声。杨逑很快将手上的馒头吃完，伸手想再拿第二个，杨氏眼疾手快先将装馒头的竹篮拿开了。一旁的凤仙看不下去，说妈你怎么能这样，人家杨逑还要吃呢。杨氏板着脸，说要吃也不能光吃馒头，也得喝点粥是不是。她站了起来，随手将馒头放到杨逑够不到的地方。杨逑脸上露出一些不快，端起粥碗，大口吃粥。杨氏看着他，说你也用不着不满意，不要跟我摆脸，我又不欠你什么，你就知足吧。

凤仙想阻止她，喊了一声："妈！"

"你妈我就这样，我怎么啦，我就这样，"杨氏最喜欢在吃饭时发牢骚，她这一生中的不满和不痛快，常常都是在吃饭桌上发泄出来，"我知道我不讨人喜欢，不讨人喜欢又怎么了，杨逵他爹他娘倒好，眼睛一闭，死了，走了，啥事都不管了。我一个寡妇，自己还拖着一儿一女，还要养他这么个侄子，我容易吗，我不容易！"

凤仙对母亲无可奈何，她心里很不满，也只能摇头。杨逵反正也习惯了，只当作什么也没听见，碗里的粥喝完了，站起来再去盛粥。杨氏看了女儿一眼，凤仙不甘示弱地撇了撇嘴。锅里的粥很稀薄，就像米汤一样，杨逵捞了满满一勺子，从上往下浇，一脸的不痛快。

6

杨逵六岁时开始读私塾，在民众补习学塾上课，也算是识了字，能读点书。他父亲是城南一家丝绸铺伙计，杨家在曾祖父那辈还是很有钱，既是读书人，也是做官的，遇到了太平天国这一场劫难，杨家房子烧了，钱也没了，人还死了好几口，从此败落下来。到杨逵父亲这一辈，只能给人家当伙计，帮别人打工。杨逵母亲在儿子十岁时死了，父亲还没来得及再娶，也死了。父亲死了，杨逵便到城北的下关，跟着姑姑过日子。科举取消了，大家都不再看好读书，读了也没用，正好也没钱，干脆就不再上学。

杨逵从十四岁起，开始拉黄包车，最初是跟着兴宝阿叔一起拉。那时候生意特别好做，坐黄包车的客人多，只要拉车就来钱，很快添了第二辆黄包车，又添了第三辆。有了三辆车，杨氏和兴宝阿叔俨然成为老板娘和老板，雇了水根和冯亦雄，自己每天坐享其成吃香喝辣。没想到形势发展很快，黄包车眼见着多起来，大家都抢着做这生意。下关码头上从原来只有几辆黄包车，发展成了到处都是。结果便是生意越来越不好做，只要遇到客人，大家立刻一拥而上。

晚饭吃完，屋里太热，杨氏与兴宝阿叔搬了竹椅，到外面去乘凉。凤仙在屋里收拾碗筷，用一块抹布擦桌子，反反复复一遍遍擦。终于收拾停当，目光落在挂空中的竹篮上，竹篮中放着吃剩下来的馒头。对着竹篮看了一会儿，凤仙上前将竹篮摘下来，拿了一个馒头，再次将竹篮挂好，揣着馒头去找杨逵。

杨逵与阿坤住一间屋子，凤仙在外面敲门，有节奏地敲着，门本来就开着，有节奏的敲门声，更像是一种暗号。阿坤好像早已习惯这个，提醒杨逵，说我姐又来找你了。杨逵于是迎出去，凤仙问他洗过澡没有，说大热天，这一身臭烘烘的，难道不洗澡你就想这么睡了。杨逵便申辩，说谁说不洗澡的，洗个澡还不容易，我马上就去洗。说完，与凤仙一起出后门，从晾衣服绳子上取了一条自己的短裤，往西边小河走去。

月光如水，月色太明亮了，天空上看不到几颗星星。两人一起来到小河边，凤仙背过身去，杨逵脱了裤子，赤条条地下了河，往深处游去。到了夏日，江边男孩子都是这么在河里洗澡。有个小石码头，等杨逵下了水，凤仙便蹲在码头上为他搓洗换下来的短裤，一边洗，一边与杨逵聊天。

凤仙说："杨逵，有一件事我想告诉你，你要不要听？"

"什么事？"

"你要不要听？"

"你不说，我怎么知道要不要听。"

凤仙似乎有些生气，又好像是突然改变了主意：

"算了，不告诉你了。"

杨逵在小河里来来回回游着，奇怪她怎么突然说着说着，不再往下说。凤仙说我就是不想说了，不说了，跟你说了也没用。杨逵停留在水中，踩着水，说你不把话说出来，又怎么知道有用还是没用。凤仙说反正我现在不高兴了，不想说了，本来想跟你说的，现在人家生气了，不想再跟你说，不行吗，为什么非要跟你说。杨逵知道她未必就是真生气，他太知道她的脾气，凤仙现在不想说，就不说好了，真要有什么要紧的话，她自然还是会说出来的。

凤仙沉默了一会儿，说你也不要老是泡在水里，该上来了，说着背过身去，让杨逵爬上码头。杨逵双手在石板上用力一撑，人已站到了码头上，在原地蹦了几下，将身上水珠抖去一些，再用手抹去一些水渍，湿漉漉地穿上短裤，笑着告诉凤仙，说今天他们都干了些什么，其中最有趣的，当然是让水根了却心愿，让他小子开了一次洋荤。凤仙不知道水根的心愿是什么，也不知道杨逵说的洋荤又是什么，听他一步步解释，看他一边说，一边笑，她觉得挺无聊的，一点兴趣也没有。

杨逵发现凤仙心不在焉，心事重重，便不再说下去，问今天究竟怎么了，遇上了什么事。凤仙还是不说，从衣袋里掏出一个馒头，说我知道你还没吃饱，把这馒头吃了吧。杨逵也不客气，拿过来就吃。凤仙本来是想和杨逵说几句话，说一说棺材铺老板朱老七家少爷的事。媒人薛大娘今天前来说媒提亲，凤仙看着三心二意的杨逵，根本没心思听自己说话，她真的就不想再说了。杨逵将馒头吃完，看见凤仙仰着头看月亮，也傻乎乎地陪着她看了一会儿月亮，然后就回屋睡觉。

杨逵本以为自己倒头就能睡，没想到睡到了床板上，睁大了眼睛，翻来覆去睡不着。月色好像从来也没有这么明亮过，一旁的阿坤在呼呼大睡，平时也打呼噜，今晚的呼噜声特别嘹亮。门外不远处，乘凉的杨氏和兴宝阿叔还在唧唧私语，听得见他们在说话，听不清楚在说什么。事实上，他们正在谈朱家的提亲，兴宝阿叔听说杨氏收下了朱家的聘金，觉得这事不太妥。杨氏说这有什么不妥，朱家有钱，愿意出钱，又有什么不好呢。兴宝阿叔有一点担心，说凤仙与杨逵这俩孩子青梅竹马，你不是说要亲上加亲，把凤仙许配给他，怎么可以突然反悔，我看凤仙对杨逵还是挺中意的。

杨氏压低了嗓子："哪有那么便宜的事，我的女儿，养那么大，凭什么就便宜了他这个小畜生。"

兴宝同样压低了嗓子："都定下来的事情，怎么能说话不算话？"

杨氏说："什么叫定下来，本来就是高兴的时候，说着玩玩，当不了真的。"

兴宝说："你是说着玩玩，我看杨逵和凤仙，怕是都当真了。"

"女人这一辈子，最怕嫁错了郎，像我这样，自从嫁了前面那个死鬼，哪有一天的好日子过呀，"杨氏这么说，兴宝无地自容，不知道怎么接。她继续往下分析，"我不能再把女儿往苦水里扔，不错，我是说过这话，说过，我不赖，我是说过要亲上加亲，说过要配成一对，大家都小，都是小孩，也就是说说玩玩，你想想，凤仙她要是真嫁了杨逵，一辈子也摆脱不了这个穷命。我是命苦，人家算命的说了，算命的替她算过命，说凤仙是大富大贵的命，怎么能让她嫁给杨逵那个不知好歹的东西？"

幸好这些对话声音很低，加上杨逵心思也不在听他们说什么，只听见外面没完没了地在说，然后两人终于回来，回到自己房间，絮絮叨叨地还在说，还一直说。杨氏还在唠叨，说一升米养个恩人，一担米反而会养个仇人，说她也不指望杨逵以后对自己怎么样，只当是白养了他这么多年，想想也寒心，他哪一点见了她的好，一点也没有领她的情，她吃辛吃苦，得到什么了，临了，养了个吃白食不知道报恩的小畜生。兴宝阿叔不止一次想中断杨氏的话，不止一次让她说话轻一些，小声一些，不要让杨逵听见。

事实上，杨氏说的那些话，杨逵一句也没听见，他根本没有在听。睡不着觉的杨逵，断断续续一直在想着水根和铁梅，在想他和冯亦雄把阿二带走后，水根和铁梅这两人单独在一起，他们会做什么，他们会怎么做。对于男女之间的事，杨逵模模糊糊地知道一些，还没完全开窍，基本上处在天真无知阶段。他所能窥探到的秘密，所能引发的联想，就是隔壁房间吱吱咔咔的床板声，就是杨氏突然发出的呻吟，肆无忌惮的叫喊。杨逵永远也忘不了第一次听到那声音时产生的惊慌，他以为发生了什么事，以为家中来了小偷，有人来抢劫了，杨逵从睡梦中惊醒过来，他坐起来，跳下床，差一点要冲出去。

　　也就是在那一刻，杨逵突然开窍了，没有冒冒失失冲出去。他几乎是立刻就无师自通，突然明白隔壁房间里发生了什么事，明白姑妈和兴宝阿叔在干什么。薄薄的墙壁隔音效果太差，杨氏的呻吟忽高忽低，一阵一阵，潮水一样源源不断奔腾不止。这以后，杨逵开始多了个心眼，他不知道这种事什么时候还会发生，什么时候还能听到这声音。他知道还会遇到这种事，还会再次听到呻吟。不久以后，杨逵开始了人生的第一次梦遗，有了人生的第一次自慰。他感到恐慌、羞耻，然而恐慌和羞耻，并不能阻挡什么。

　　此时此刻，月色从窗外洒落进来，仿佛水银泻地。杨逵正经历着又一次的不眠之夜，经历着自己人生中难得的睡不着觉。此时此刻，水根与铁梅在一起的种种联想，在脑海里缠绕，打架。隔壁房间絮絮叨叨的讲话声，人压在床板上发出的叽叽咔咔，用马桶的声音，非常清晰地驱散着杨逵的睡意。杨逵心里在胡思乱想，在等待，在猜想隔壁房间会不会又要发出那种噪声。此时此刻，他还想到了两个人，想到今天在下关码头见到的那两个女人。杨逵突然想到了仪菊，想到了仪菊那位可爱的侄女芷歆，仪菊和芷歆的形象，在杨逵脑袋里交替出现，打着架。

第二章

1

　　仪菊老父亲史国同，也就是芷歆爷爷，大清政府的外交官员。说起来也算南京世家，一个地道读书人，书呆子。中举第二年，又中进士，为翰林院庶吉士侍读，授国史馆编修。再以后去了欧洲，关于他的欧洲经历，最有名的一个段子，莫过于有次看歌剧出来，在歌剧院门口广场，与法国马车夫吵了一架。法国车夫并不把东方的中国人放眼里，在他看来，穿中式长袍的中国人，脑袋后面一条猪尾巴似的长辫子，十分滑稽可笑。这车夫差一点撞到人家，没有丝毫歉意，反而口吐不堪入耳之辞，对史国同恶语相加，以为面前的中国人不明白他在说什么。没想到史国同不仅听懂对方在说什么，而且用最纯正的巴黎口音和土语，回敬了这位车夫：

　　"滚开，啐！苟狸侬！"

　　"苟狸侬"是巴黎人对车夫的蔑称，有个叫苟狸侬的车夫，因为谋杀罪被判处死刑，法国人对车夫表达不满，便会用"苟狸侬"称呼他们。当时中国和法国之间，刚经过一场战事，中国打败了，史国同竟然能用法国人的方式，用一句地道的法语在敌国首都回敬对方，也算是为国争了一次光。据说这事被小报记者写进文章，刊登在报纸上，震惊了法国佬，轰动大街小巷，还传回国内，成为酒桌上的美谈。可惜自鸦片战争开始，中国与外国的对抗屡战屡败，战场上总是打不过人家，国人对外交官没什么好印象，都觉得白花了国家银子，无非都是些卖国的货色，因此史国同的官运，始终不怎么样。

振槐和仪菊兄妹，都是史国同姨太太生的，史国同的正室没有子女，年轻的姨太太生了一儿一女。振槐出生后，一直都是由正室抚养。史国同出使国外，带出去的也不是正室，而是姨太太和女儿仪菊。因此振槐和仪菊虽为同父同母兄妹，成长路径完全不一样。振槐依然走老一辈人的读书之路，读私塾，读四书五经，参加科举，有了些许功名之后，再等着朝廷放缺，弄个小官做做。他自小娇生惯养，读书马马虎虎，真去当官，可以说是一塌糊涂。

振槐下放到四川一个小县城，当了八年县太爷，捞了些银子，没干出一件像样政绩。晚清官场上，太多他这样碌碌无为的官员，振槐说不上好，也未必是太坏。反正就是混日子，没料到在第八年任上，突然遭遇了"教案"，也就是在他管辖境内，有一名外籍传教士被杀，一座教堂被焚。自庚子之乱后，洋人再也不能乱杀，洋人性命开始变得特别珍贵，各地官员都有保护之责。一旦发生教案，有传教士被杀，有教堂被焚，都会惊动朝野，影响国内外，后果非常严重，轻则革职，弄不好还要杀头。

只好托人出来摆平，本以为花点钱，或者多花点钱，可以打发过去。没想到所托之人，也是个有钱的主，一个更有钱的阔少，对白花花的银子不感兴趣，感兴趣的是振槐的独生女儿芷歆，指明了要娶芷歆为妾。振槐是个七品县太爷，所拜托之人则是堂堂从二品的总督大人孙子。总督大人有好多孙子，这孙子属于最荒唐的一个，本名叫潘美仁，诨名"呆霸王"，做事认死理，不达目的誓不罢休。既然看中了芷歆，他便一门心思，非要把她弄到手不可。

潘美仁的管家老金找振槐谈判，答应帮他摆平这事，条件是必须嫁女儿。振槐一听急了，说就算是杀头之罪，我史振槐好歹也还是读书人，岂能干出这种出卖女儿的勾当。老金说怎么是出卖女儿呢，这叫攀高枝，多好的事呀。振槐说这事我不能做，真的不能答应。老金说答应不答应，现在恐怕也不是你说了算，我知道，你是做过八年的县太爷，是个读书人，也捞了不少钱，不缺钱花，但是——难道你还想跟总督大人叫板不成。振槐当然没那胆子跟总督大人叫板，老金说总督大人的孙子能看中你家小姐，那是你家小姐的造化，也是天生你这把老骨头运气好，都犯了杀头的罪——可不就是要杀头的罪吗——就因为自己女儿生得漂亮，硬是让你逢凶化吉。

老金从信封里抽出一纸婚约，让振槐在上面签字。他威胁振槐，说上面派下来的衙役，此刻就在外面等候，不签字当场拿人，拿了人，立刻打入死牢。怕振槐不相信，老金将他带到窗前，示意他往楼下看，让他看看等候在那儿的两个衙役。顺着老金手势，振槐还真看到潘美仁与两个公差，装模作样正等候在下面。眼见已没退路，也是真给吓住了，作为权宜之计，振槐只好在婚约上签字。字签了，老金兴冲冲拿下楼去，给潘美仁看，这位呆霸王看了，眉开眼笑，愣头愣脑地说了一句：

"我这就上楼去，给我的那老丈人磕个头。"

老金赶紧拦住潘美仁，连声说："好了好了，求求你了，我们别闹了行不行？"

潘美仁带着老金和两个衙役，心满意足地走了，振槐看着他们的背影，心里暗暗叫苦，他明白这字不是能随便瞎签的。既然签了字，签了婚约，便要想办法摆脱这事，要赶快解开这个套。怎么摆脱，怎么解开，一时还真拿不定主意。三十六计走为上，只有一个字，逃，要赶快。可又能往哪逃呢，振槐显然也没什么别的好招数，只能往自己老家逃，回自己的老家南京。

2

仪菊接到振槐的来信，只知道他要回南京，并不知道为什么要回。掰着手指计算日子，日子差不多了，便天天去码头接振槐，接连好几天，到时间就去看一眼，没想到还真的给她接到了。说起来，作为南京的世家，史家在城东一度占据过半条巷子，不过从仪菊父亲史国同开始，就不在那里居住。

仪菊自小与老父亲一起生活，史国同带着姨太太和她去欧洲，周游了一圈世界。他在官场上不得意，不断地被贬被撤职，官没升上去，反而降了又降，官越做越小。好在精通洋务，见多识广，知道不少国外之事，又擅于与洋人打交道。他做过中兴名臣李鸿章的幕僚，出谋划策，常与主人意见不合，始终没得到过重用。后半生都是闲职，东奔西跑，新不新旧不旧，生生地把女儿婚事给耽误了。仪菊小时候也是订过婚的，史国同的正室做主，当时也可以说是门当户对，可惜那男孩还没到结婚年龄，便不幸夭折。这以后，也是太宠女儿，史国同自己又老又病，女儿婚事不着急不着急，真到了着急的时候，已经来不及了。

失嫁的仪菊快到三十岁，才嫁给南洋水师学堂的教习彭锦棠。南洋水师学堂是洋务运动的产物，曾国藩弟弟曾国荃当两江总督时成立，目的是为国家培养海军人才。当时世界上最强大的国家是大英帝国，要想强国，首先要向英国学习；当时亚洲最强大的国家是日本，除了学习大英帝国，还要向日本好好请教。中日甲午之战，中国虽然被打败，内心深处对日本却难免佩服，南洋水师学堂毕业的学生，不是派到英国人的军舰上实习，便是送往日本留学深造。彭锦棠在英国军舰上实习过，也在日本海军学校留过学，最后又回到母校当教习。

彭锦棠是浙江嵊县人，早在读书期间就结过婚，有两个儿子，一个女儿。刚到水师学堂当教习，他就把妻子儿女接来一起住，接来不久，又送了回去，理由是家中有老人需要奉养。奉养老人只是借口，对于家中不识字的妻子，他只有一种义务，谈不上有太多感情。彭锦棠是最早的光复会成员，老资格的革命党人。参加光复会的誓词是"光复汉族，还我山河，以身许国，功成身退"，从宣誓入会的第一天，彭锦棠就做好了牺牲的准备。既然许身革命，生死置之度外，家庭就不应该再有什么牵挂。

　　仪菊与彭锦棠是在日本太吉洋行码头的竣工仪式上认识的，在此之前，他们没见过面。那时候，仪菊在史蒂文斯身边帮忙，相当于他的家庭秘书。史蒂文斯是金陵关税务司的实际负责人，一八九九年南京江边的金陵关开关，悬榜招贤，没有一个中国人敢于应招，结果只能聘请洋人。史蒂文斯是澳大利亚人，当时澳大利亚还没独立，属于大英帝国，因此拿的是一本英国护照。他出生那一年，也就是一八四〇年，爆发了第一次中英鸦片战争。

　　十八年后，到了一八五八年，又有了第二次鸦片战争。中国照例还是输，还是被打得落花流水，又一次签订不平等条约。这一次是《天津条约》，根据这个条约，长江流域"俱可通商"，也就是说南京要"安置埠头，为通商之所"，像上海外滩那样，像镇江九江汉口的租界那样，为全球通商开放。考虑到南京在历史上的重要性，清政府有意延误，早就许诺开设的通商口岸，一直拖到四十年后，才在下关正式开埠。史蒂文斯成了金陵关税务司的首任掌门人，这是个非常肥的差事，掌门人是洋人，其他的重要职员，也都由外国人担任，所有公文来往，都是用英文。与上海租界的工部局不一样，金陵关不但控制关税，控制港务管理，控制航政管理，还代管着邮局。

当时风气是东南互保，要求立宪的声音不绝于耳，北方慈禧老佛爷的话要听，但也不可能完全听她的，尤其在下关这个地方。史蒂文斯岁数不小了，因为想在遥远的东方做出一番事业，年纪轻轻便到中国来闯荡；这一闯荡，从一个毛头小青年，变成一个胡子都花白了的小老头。他与仪菊父亲早就相识，是关系不错的老友，功成名就的史蒂文斯把家人接到中国，由于不会说中国话，主仆之间，必须有个能传话的中间人，这角色便由仪菊来担当。史蒂文斯妻子来中国时身体已不太好，渐渐地，情况变得越来越糟糕，她开始卧床不起，开始病入膏肓。

如果不是彭锦棠的出现，仪菊毫无疑问会成为史蒂文斯太太的继任。事实上，大家已开始默认了仪菊的地位，史蒂文斯太太病重期间，她已经在扮演女主人的角色，史蒂文斯家的里里外外，都是她在做主安排。仪菊母亲已过世，她死得很早，四十岁刚出头就死了。老父亲风前残烛，对女儿是不是嫁给洋人，是不是嫁个老头，也抱着开放态度，嫁给史蒂文斯，总比嫁不出去做老姑娘好。仪菊身份确实特殊，她在国外见过世面，能识几个字，会几句外语。老派人眼里，是不折不扣的新派，一般人还真不太敢娶她。

史蒂文斯信洋教，不能多妻，所以坚持要等自己妻子过世，才会与仪菊结婚；仪菊信奉中国文化传统，女慕贞洁男效才良，她的人生态度，不结婚就绝对不可能与异性在一起，不可能超越那个界限。发乎情，止乎礼，大家似乎都在耐心等待，都在等史蒂文斯太太的最后咽气。没想到世事难料，又好像一切早就安排好，就在这时候，仪菊遇到了彭锦棠，彭锦棠遇到了仪菊。两个人在一次聚会上不期而遇，缘分突然就起了作用，他们一见如故，一见钟情。

日商太吉洋行码头的竣工仪式，弄得很隆重，当时下关的各家码头，早已一字排开。最早和最好的是英商怡和洋行码头，接下来是官办的招商局码头，德商美最时洋行码头，然后又是官码头，也就是原来的渡口，再接着，就是刚建成的太吉洋行码头。太吉洋行这个码头，起步晚了点，规格并不低，大有要与英德商行一争高低的意思。史蒂文斯作为金陵关税务司的掌门人，被邀请出席仪式理所当然。那一天风和日丽，仪菊以随员身份参加了典礼，彭锦棠前去出席，是因为太吉洋行的二当家佐藤，佐藤先生是他在日本留学期间的好友。

那一天，仪菊不但初次见到了自己未来的丈夫彭锦棠，还第一次见到了与彭锦棠一起在日本留学，又一起加入反清组织的革命党人张海涛。张海涛是下关地区的巡警，他身穿一套崭新的制服，在人群中显得十分亮眼。

3

恼羞成怒的潘美仁没想到，煮熟的鸭子，会扇动着翅膀飞了。

没想到振槐父女在自己眼皮底下，竟然逃之夭夭。潘府张灯结彩，做好了迎嫁准备，没想到看中的小美人芷歆，突然无影无踪。恼羞成怒的潘美仁气急败坏，大发雷霆，他把老金和办事的仆人痛骂了一顿还不解气，又把自己太太珠儿接着再痛骂一顿。老金和仆人挨骂不敢吭声，珠儿挨了骂，不能不还口。她好歹也是官家大小姐出身，也是娇生惯养，在潘美仁娶妾这事上，她一点都没反对，已足够没心没肺，现在他居然还要骂她，怎么可以不还口：

"我说什么了？你要弄个女人回来，我又说什么了？我什么也没说，现在鸡也飞了，蛋也打了，这能怪我吗？"

潘美仁说："你他妈就是幸灾乐祸。"

珠儿说："我就幸灾乐祸了，又怎么样？"

潘美仁知道跟自己缺心眼的太太，无处讲道理，让老金一定要去弄清楚，要弄清楚振槐父女究竟去了什么地方。俗话说，活要见人死要见尸，不能就这么算完。振槐父女跑了，跑得了和尚跑不了庙，原来住的房子还在，他们家下人还在，必须要问出个名堂来。振槐家留下来的下人老李，口风好像很紧，怎么盘问，都不肯说出个实话。问到了最后，老金弄明白了，也不是什么口风紧不紧，这老李根本就是一个什么都不知道。

临了还是从做粗活的老妈子那里，得到一点还算靠谱的消息，这就是振槐父女返回南京了。回南京老家本是可以预料，不过南京城那么大，真回到了南京，又到哪里去找他们。偏偏做粗活的老妈子粗中有细，提到了两个地名，一个是下关，一个是驴子巷。有这两个信息，说不定还真能找到他们。恰好潘美仁有个远房叔叔，在南京一所洋人办的中学当老师，潘便打定主意，要去南京玩一趟，顺便找一下振槐父女。一举两得，找到了便好，自己手里捏着一纸婚书，真打起官司，也不怕没有说理的地方，找不到也罢，也没什么大不了，只当是去南京玩一趟。

于是，振槐父女回到南京一个月后，潘美仁带着老金，带着那位没心没肺的太太珠儿，也到达了南京下关码头。远房叔叔恩重来码头迎接，这个恩重说起来长了一辈，论年龄也就比潘美仁大五岁。此时科举已取消，传统读书人没了机会，年轻人要想有点前途，要想出人头地，要么进新式学堂，要么干脆出国留洋。恩重是南京三江师范毕业生，那种两年就能毕业的速成科，毕业了直接进私立钟英中学当老师。新学开始流行，兴办学校之风很盛，一时间，南京新成立了好多所中学。

按照恩重的意思，大家都坐马车进城。正准备上车，潘美仁忽然心血来潮，想坐黄包车，他觉得让人拉着更好玩。珠儿立刻拍手叫好，说当然坐黄包车好，一人一辆车，还可以互相追着玩，看谁跑得快。于是招手要车，正好选中了杨逵他们哥几个的黄包车。珠儿点名要坐水根的车，他块头大，力气也大，肯定会跑得快一点。潘美仁坐了杨逵的车，上了车，关照杨逵，说不要听这傻女人乱讲，跑什么，都给我慢慢走，着什么急。

珠儿便说："谁傻，你才傻呢！"

接下来，沿着江宁大马路，往城里去。走过仪凤门，潘美仁对着这个巨大的门洞，看了又看，说好大的一个城门，真是威风，怎么称呼它。恩重便跟他解释，说这叫仪凤门，解释"仪"和"凤"是哪两个字，又说起它在南京的具体位置，在最北端，偏西，南京城的重要门户，历史上发生过一些什么故事，有些什么掌故，现在行进的这条大马路，又有什么来头，与前任两江总督张之洞有什么关系。潘美仁听了一会儿，不耐烦了，说：

"知道的事还真多。对了，我想问你一下，南京有个下关，还有一个驴子巷，在什么地方？"

"驴子巷？"恩重听了，笑着说，"驴子巷还真没听说过，南京这地方怪得很，有很多稀奇古怪的街名，什么狗耳巷，什么泥马巷，还有钓鱼巷。"

潘美仁说："我只对驴子巷感兴趣。"

这一路都走在宽阔的江宁大马路上，潘美仁与恩重在说话，杨逵与冯亦雄并排走着。这条马路并排走几辆黄包车，一点问题也没有。潘美仁问起驴子巷的时候，冯亦雄回过头来，看了看坐在杨逵车上的潘美仁，对杨逵眨了眨眼睛。两人都没有吭声，心里的想法却差不多，此时经过的地方，离驴子巷并不太远。既然客人没有问他们，没有向他们打听，根本没把他们放在眼里，他们作为拉车的车夫，也犯不着插嘴与客人说话。

后来的人往往不知道，为什么南京第一条最有名的大马路，不叫南京大马路，叫"江宁大马路"。为什么会这么叫呢，道理很简单，自从满人入关，清朝替换了明朝，南京就一直叫江宁。将近三百年时间，江宁就是南京，南京就是江宁。大马路刚修好时，施工仓促，马路虽然够宽，路面却十分糟糕，石料由绿营兵采自紫金山，一经车碾雨淋，沙土很快低陷下去，只能说略优于普通土路，个别路段，竟然还是木块路面，晴通雨阻。金陵关开关后，短短几年，通行状况大为改善，木块路面不复存在，成立了官办的马路工程局，道路维护有了稳定的资金来源，路两旁种了柳树，眼见着形成气候。

恩重并不是南京土著，在南京上学和工作也没有几年，亲眼目睹了市政改造。说起这几年的变化，难免有种得意和自豪。他与潘美仁是本家，家境完全不一样，身上见不到一点公子哥习气。恩重告诉潘美仁，南洋劝业会还没有被朝廷最后批准，不过南京已做好了充分准备。接下来，从下关到总督府的一条宁省铁路，已开始动工，很快，中国第一条城市轨道交通，就可以通车，到那时候，从下关可以直接坐火车进入市区，再也不用像现在这样，要么坐马车，要么坐黄包车。

这一路上，都是恩重在说，坐车的拉车的，都在听他说，都在听他做介绍，说到最后，珠儿终于又插嘴了：

"听你说了那么多，我就在想，以后是坐火车便宜呢，还是坐黄包车更便宜？"

恩重说："当然坐火车便宜，到时候，坐上火车，又快又好。"

珠儿想不明白地又问了一句："这火车到底是什么样子呢，为什么要叫火车？"

珠儿没见过火车，她没见过，潘美仁也没见过，这一行人中，无论是坐车的，还是拉车的，包括夸夸其谈的恩重，大家都没见过火车，都是第一次听说。火车究竟是怎么一回事，有了火车，最后会改变什么，谁也不知道。

4

哥哥振槐的到来，仪菊顿时又有了有家人的感觉。父亲去世以后，孤单和无助一直伴随着她。嫁给彭锦棠，仪菊的生活圈子并没发生变化。彭锦棠显然还有很多事在瞒着她，他只是给了她一个体面的婚礼，在当时，应该说是很隆重的新式婚礼。婚后的仪菊继续为史蒂文斯服务，继续扮演管家的角色，直到去担任新创办的华西女校校长。

仪菊家是驴子巷的一栋小楼，她很愿意接纳哥哥和侄女，不过静下心来仔细想，还是让他们搬出去住更好。彭锦棠不是很喜欢振槐，振槐也瞧不上彭锦棠，他们完全不是一路人。振槐心高气傲，好歹也做过几任县太爷。他一个大男人，男子汉大丈夫，怎么能够长期屈居在妹婿家。正好离驴子巷不远，有一家房子要出售，面积不大不小，还有一个院子。仪菊陪振槐一起去看，立刻决定要买下来；芷歆去学校读书的事，很快也决定了。

去芷歆学校，要穿过仪凤门，要经过大马路，离下关码头不太远。开学的日子说到就到，每天上学放学，接送便成了杨逵的差事。不算是完全包车，除了按时接送，其他时间照样还可以做生意，还可以与水根和冯亦雄一起拉客，一起玩一起说笑。因为要负责接送，遇到太远的活，时间上有冲突，杨逵便不得不放弃。下关码头远在城北江边，对于拉黄包车的来说，接到一趟去城南的活，很不容易，接了活再放弃，也确实有些可惜。

放弃挣钱机会不只是可惜，冯亦雄还会为此调侃杨逵，拿接送芷歆上学说事，说他这么小心翼翼，天天准时去接送一个女学生，会不会日久生情，癞蛤蟆想吃天鹅肉，看上人家了。

杨逵听了便发急，板着脸说："你不要瞎说。"

冯亦雄笑了，说："瞎说什么了，我们可是都看在眼里，都看着呢。"

那段日子，杨逵的日常生活就这样，星期天除外，天天出车的第一件事，先去送芷歆上学。送完了芷歆，在离仪凤门不远的朱家棺材铺前，一边听手摇留声机里播放的京戏，一边等候冯亦雄和水根的到来，再一起去下关码头拉客。与以往相比，生活好像也没太大变化，真回过头来仔细琢磨，会突然发现一切都在改变，破烂不堪的下关，正在日新月异。也就短短几年，黄包车生意更难做了，不是客人在减少，客人倒是越来越多；是黄包车太多了，几乎每天都在增加。一方面，黄包车越来越多，生意越来越难做；另一方面，一家有着官方背景的"成泰马车公司"，生意越做越大，把大部分客人都抢走了。

成泰公司的马车一次可以拉好多位客人，加上价格便宜，坐在上面也舒服，黄包车很难和它竞争。杨逵他们拉不到客，到晚上缴份子钱，便要忍受杨氏的白眼。杨氏不止一次表示，生意老是这么不好做的话，就要考虑转手把黄包车卖了，拿这笔钱去做别的生意。水根和冯亦雄都不往心上去，都觉得老板娘不过是嘴上随口说说，只有杨逵不这么认为，他了解自己姑妈，知道她绝对是个说到做到的女人，杨氏很可能会这么做。

　　去码头拉客前，杨逵他们常会沿着江堤，漫无目的走上一圈，看看有没有机会，能不能随手捞点什么。小偷小摸对他们来说，早就不是什么事，已经习以为常。有时候不只是小偷小摸，干脆就是公开敲竹杠，赤裸裸地抢劫。沿岸停着大大小小的货船，船上人家也无可奈何。此地有条河叫惠通河，也就是后来的惠民河，秦淮河入江必经之路，从长江过来的大船，要在这卸货，装上小船进入秦淮河，运往南京城区。来往船只太多，动不动会把河道堵塞起来。

　　沿惠通河两岸，小摊商贩雨后春笋一样冒出来。阿二夫妇那水果蔬菜摊，紧挨着一条臭水沟。经营的买卖，要说来路都不太正，基本上是以非法手段弄来，夏日里西瓜和香瓜，冬瓜和西红柿，到秋冬之时，便是蔬菜和花生瓜子。反正大家都相互利用，狼狈为奸。杨逵他们弄来的东西，放在阿二的摊子上出售；阿二夫妻呢，再返还点好处给他们。渐渐地，铁梅与水根的关系，也变得半明半暗，阿二看在眼里，急在心里。

这一天，杨逑他们路过阿二家，看见铁梅正站在门口。水根还要装作什么事都没发生过，杨逑和冯亦雄便在一旁插科打诨，有一句没一句地调侃。阿二呢，照例是有些着急，又拉不下脸来。就在这时候，有人过来买大白菜，只肯买四分之一，阿二便回屋取了用来切西瓜的大刀，将大白菜一分为二，很不高兴地对买主说：

"干脆拿半棵去吧。"

买白菜的不肯让步，坚持只要四分之一。

一向老实巴交的阿二突然上火了，突然就爆发，说："你要是不买半棵，我不卖了。"

买白菜的这位不吃这一套，说你不卖就不卖，转身要走。阿二便瘸着腿，提着刀追了出去，为自己说过的话后悔，说切都切开了，你不能不买。要买白菜的这位，平时根本不把阿二放眼里，说不买又怎么样，你还能拿刀砍我。阿二也不知从哪来的勇气，说今天你要是不买，信不信我就用这刀砍你，我真的是敢砍的。买白菜的笑了，说阿二你今天发疯了是不是，我只要这个一半的一半，非要卖给我也行，你非要卖，我至多也只能出一半的一半的钱。阿二结巴了，说你这不是欺负人吗，买白菜的说不是我欺负你，是你在欺负我，你这是强买强卖，懂不懂。

在一旁抱着膀子的水根，开始帮阿二说话，说你这人买东西也是的，我们都看在眼里呢，阿二他怎么强买强卖了，人家都把白菜给你切开了，你又不想要了，这恐怕说不过去吧。那人看了看水根，有点忌惮，嘀咕着说我没有不想要，我只是要不了那么多。阿二此时没有因为水根在一旁帮腔，就变得硬气起来，反而开始说好话，说软话，说好吧，今天算是我阿二求你的，你拿上半棵白菜走人，行不行，就算是我求你了。结果阿二一招硬一招软，真把生意给做成了，让买白菜的这位，真的就买了半棵走了。一旁看热闹的冯亦雄乐了，说想不到阿二现在挺会做生意，他提着刀追出去的样子，我看了都害怕。

杨逵跟着冯亦雄起哄，说阿二这个样子，我也怕的，真的是怕，对了，水根你怕不怕，阿二这样拿着刀怕不怕。水根没说什么，站在一旁不吭声，铁梅就说你们几个，不要老是欺负我们阿二好不好。冯亦雄听她这么一说，说铁梅你倒是要把话说说清楚，我们几个谁欺负阿二了，除了你，谁还敢欺负他。铁梅回过头来，看了看阿二，阿二手上还提着那把刀，铁梅便说你还拿着刀干什么，真想要砍人啦。

杨逵笑着说："你别砍我，我可没惹你。"

冯亦雄说："我也没惹你，你别砍我。"

铁梅说："你们两个小炮子，还真来劲了是不是！"

阿二看了看手中那把刀，不知所措地站在那里，怔了一会儿，把刀放了下来。他的脸刚刚涨得通红，现在变得苍白，还在喘着粗气。铁梅说兔子急了也会咬人，哪天你们几个真把我们家阿二惹急了，他真砍了你们也说不定。冯亦雄听了，话里有话地还了一句给她，说铁梅你说这话，想吓唬我和杨逵呢，还是吓唬水根，我们怎么都听不懂你们的话。铁梅不想再聊这些，说能不能换点话说，老说这个也没意思，我跟阿二倒是商量过一些事，想要让你们三个帮帮忙，你们想不想听。

冯亦雄说："水根是我们老大，我们听他的。"

水根说："什么事，说出来听听。"

铁梅就说："好吧，我可就真说了，你们看，这天气说冷就要冷了，我们这个破房子，是不是也应该翻修一下？"

阿二夫妇想让他们三个帮忙，帮着翻修自己的破房子。江边这一带原来都是没有人烟，在下关开埠之前，荒凉得很，逃荒难民的集散地。阿二爹妈就是安徽跑过来的难民，选中了这个地方，搭了一个破草棚，在破草棚里生下了阿二。早在私下里，铁梅跟水根不止一次谈过这事，水根是三个人中的老大，他带着他们混，搁在过去，只要他表态，说一句话，冯亦雄和杨逵会乖乖地听从调遣。现在情形开始有所改变，他们正在长大，他们不再是毛孩子，都开始有自己的主意，开始不怎么买水根的账，不再是言听计从，水根不得不以商量的口吻，跟他们两个说话。

翻修房子第一步要囤积砖头，阿二家离城墙不远，仪凤门附近有许多废弃城砖，太平天国年间，攻城炸城墙时留下的。阿二夫妇想借助他们的黄包车，用黄包车当运输工具搬运城砖。刚开始，阿二夫妇只是捡些废弃的破城砖，丢落在土里的，通常是半块的，缺了角的，捡着捡着，便动起了坏脑筋，开始挖城墙墙脚，开始偷盗完好的城砖。都知道这么做违法，可是违法的事，总是有人忍不住会去做。

这以后一段日子，大家约定好了，每天都顺带运几块城砖。捡城砖由阿二夫妇负责，夫妇两个会在前一天事先捡好，堆放在路边某个地方，由杨逵他们帮着运往阿二家。送芷歆上学的路上，或者接她回家的途中，杨逵会带上几块城砖。天天都要接送，杨逵与芷歆渐渐也熟悉起来，芷歆对他的行为感到好奇，同时又不是很理解他做的这些事，弄不明白杨逵与阿二家是什么关系。

　　芷歆不明白城砖为什么会不断出现在路边，它们又是怎么来的。出于好奇，很想探个究竟，有一天便提议，让杨逵带她去看这些城砖的出处。于是由杨逵领着，离开大路，穿过一片杂乱小树林，来到城墙底下。只有到了城墙根部，仰起头来往上看，才能意识到南京古城墙有多高，才能发现城墙下面有多荒凉。不断地有人偷盗城砖，在某个角落出现一个很大的洞，洞里还有积水，这是雨后留下的，水面上居然还会有小虫，小虫在水面上游来游去，芷歆觉得太神奇，问水里会不会有鱼。

　　杨逵觉得眼前这位大小姐少见多怪，问的问题很傻，回了一句：

　　"这里怎么可能有鱼，你怎么会这么想呢？"

5

　　潘美仁自己也没想到，没想到最后会找到芷歆。俗话说，在川为虫出川为龙，潘美仁自小没离开过四川，一直在一个小县城里长大，此次到南京，说起来为了追找逃妾芷歆，其实也是想带着珠儿出来散散心，开开自己的眼界，领教领教外面的世面。在四川家中，他是个不折不扣的恶少；到南京人生地不熟，一下子老实许多。恩重带着他游山玩水，在秦淮河上坐了画舫，参观废弃的江南贡院，到清凉山喝茶，还去看了破败的明孝陵。此时的南京，与历史有关的遗迹，照例都是又破又乱。

当然，潘美仁不会忘了来南京的目的，他人既然来了，那个跟他签了婚约逃走的芷歆，找得到要找，找不到也得找。盲人骑瞎马，所谓线索无非就两个地名，一个是下关，还有一个是驴子巷。潘美仁在生机勃勃的下关码头上岸，因为开埠，下关正在飞速发展，与古老的南京城相比，是两个完全不同的世界。潘美仁与老金私下去过两次下关，在下关的大马路上闲逛，也真找到了驴子巷，在驴子巷里来回巡视。这么做有点傻，有点疯狂，对于潘美仁来说，他做事本来就傻，就疯狂，怎么做都很正常。

就在打算放弃，准备回家返回四川之际，按说不太可能的事情，还真的就发生了。那天经过仪凤门，奇迹令人意外地出现，潘美仁遇到了芷歆。当时他在马车上，带着行李，带着老金和珠儿，准备去下关的旅馆，在旅馆住上一夜，乘第二天早班轮船返回四川。没想到就是在仪凤门，坐在马车上的潘美仁，突然看到了坐在黄包车上的芷歆。他们迎面而过，事发突然，潘美仁怔住了，不太相信自己眼睛，迟疑了一下，连忙喊老金，让他看看刚过去那女孩子，是不是就要找的芷歆。

杨逵正拉着黄包车上的芷歆一路小跑，马车也是在加速飞奔，双方擦肩而过，都只是在一瞬间。等到老金睁大了眼睛去看，他所能看到的，是远远的一个背影。老金说这怎么可能，少爷肯定眼睛花了，天下哪会有那么巧的事，少爷只不过是觉得看上去有点像罢了。潘美仁不管这些，大声叫停车，说赶快给我把车停下来。车夫刚给马抽过一鞭子，不明白为什么要停车，等到他弄明白，等到他慢悠悠地让马车停下来，大家再回过身来，杨逵和芷歆的那辆黄包车早就没了踪影。

因为太过匆忙，潘美仁也不得不怀疑自己看错了人，不管是不是，他决定在旅馆再多住两天。一来想确定一下，迎面而过的那个女孩子，会不会就是芷歆；另一方面，也想逛逛下关附近的清和坊。都说南京城是个好玩的地方，六朝金粉之地，历史上出过金陵八艳，有过金陵十二钗，潘美仁在南京待的日子不多，游山玩水外，城里几处有点名气的风流场所，都由恩重带着去领略过。晚清的社会风气，自然是好不了，当官的私下聚会，商人们要谈生意，吃喝嫖赌，妓院和青楼是最好的去处。

恩重还没娶媳妇，单身一个人在南京生活，这方面是行家里手，门槛很精。潘美仁对寻花问柳保持着谨慎态度，他家族中，曾有一位显赫的人物患过梅毒，最后眼睛都瞎了，因此并不热衷此道。他想去清和坊游玩，是听恩重说那里有金发碧眼的西洋美女，有白皮细肉的日本妓女。潘美仁眼神不好，有点近视，他用了两个晚上，带着老金走马观花，造访了清和坊的每一家妓院。全面考察，结果发现根本不存在什么西洋或东洋的美女。恩重无疑是在瞎扯，道听途说。潘美仁逛妓院不是为了嫖娼，他是去喝花酒，这家喝得差不多，去下一家；下一家喝够了，再接着去下一家。喝了太多的酒，脑袋有一种撕裂了的痛楚，心里却还在念叨着芷歆。

一连两天，潘美仁与老金一起，雇了两辆黄包车，很有耐心地在仪凤门下守候。酒还没完全醒，脑袋还在隐隐作痛。功夫不负有心人，总算没有白等，最后还真让他等到了放学回家的芷歆。潘美仁与老金都不敢相信自己的眼睛，不敢相信他们等到的，就是要找的那个人。迎面过来的还真就是芷歆，她端坐在黄包车上，手上抱着一个花布书包。潘美仁不仅认出了芷歆，还觉得拉车的人也脸熟，好像在哪见过，到底是怎么见过面，想不起来。

接下来一路跟踪，紧盯着不放，潘美仁吩咐车夫，要一直跟着杨逵的车，杨逵的黄包车去哪，他们就去哪。穿过仪凤门便是进城，进了城，往驴子巷方向去了。走着走着，拐了个弯，又拐了个弯，就到了芷歆家门口。这时候，大家都在注意芷歆，看着她下车，看着她上前敲门，看着门打开了，看着她走进去，大门再次关上。杨逵也一直在注意芷歆，芷歆消失了，他拉着黄包车突然掉头，冲潘美仁他们走过去。潘美仁和老金坐在黄包车上，正瞪大了眼睛在看他，杨逵也很自然地对他们看。大家眼锋相遇，杨逵盯着他们看，对方赶紧若无其事地把目光移开。

这以后几天都在跟踪，芷歆来来往往的轨迹，很快被掌握，不仅掌握了她的行动规律，还知道拉黄包车的杨逵，每天都在干什么。芷歆轨迹比较简单，从家里去学校，再从学校回到家。杨逵的线路却复杂太多，早早地过来接芷歆上学，早早地在门口等候，等芷歆出来，看着她上车，上路，一路小跑，出仪凤门，路边有堆着的城砖，还会顺便带上几块。潘美仁和老金想不明白为什么会这样，这样做又是为了什么。学堂离江边不远，进进出出都是女学生，从黄包车上下来，芷歆走进学校，拉她的那个车夫，那个毛孩子，眼睛照例都会久久盯着她背影不放，直到最后看不见为止。

华西女子学校的大门，有点像西北地区的窑洞，它竖立在下关的江边，显得十分突兀。在这上学的女学生，应该都不会是普通人家的孩子，都有着良好的家庭背景。三十年前，也就是一八八七年，南京有了第一所女子小学"沙小姐学堂"，当时只有六名学生。这以后，女子学校渐渐多起来，不只有了女子小学，还有女子中学。华西女子学校人数并不多，一共两个班，学生年龄不一样，程度也不一样；有小学的科目，也有中学的课程，反正是混合在一起上课。

现在，既然找到芷歆，接下来要做的一件事，就是把她带回去。潘美仁不知道怎么办，还得靠老金帮着出谋划策。老金也没什么好主意，南京不是四川，不是偏远的小县城，不能想怎么胡来，就称着心怎么蛮干，想怎么为非作歹，就不考虑一切后果地为所欲为。连续几天的跟踪，想了又想，盘算了又盘算，老金终于想到一个万全之策。

6

　　杨逵没想到人生的第一桶金，来得那么容易。那段日子，每天要做的事也简单，到时间送芷歆去上学，到时间再接她回家。天天看芷歆从学校大门走进去，看着她背影消失，杨逵总会感到一丝不满足，总觉得意犹未尽。他很想知道进了这学校后，芷歆又干些什么。他很想看看学校老师怎么给女学生讲课，想看看女学生又是怎么听课。自从离开民众补习学塾，杨逵再也没进过学堂。

　　为了满足好奇心，杨逵不止一次爬上校园围墙，伏在围墙上偷看女学生上课。围墙下面是小操场，教室在小操场那一头，远远地能看见教室窗户，能听见教室里传出来的琅琅读书声。课间休息时，女学生从教室走出来，操场上三三两两散步说话。这时候，杨逵可以在女学生中看到芷歆，看到她与一个叫王静芝的女学生在一起，他们经常在一起玩，说不完的话。女学生还会在操场上做操，上体育课，拍皮球。

　　那些日子，冯亦雄喜欢拿杨逵和芷歆的事开玩笑，他喜欢说他和她怎么样怎么样，说来说去，无非老一套，说杨逵异想天开，看上了芷歆，说杨逵变成了另外一个人。不管杨逵承认不承认，冯亦雄总是喜欢这么说。说多了，一次又一次开玩笑，杨逵也觉得自己是真的有些喜欢芷歆。喜欢就喜欢了，喜欢了又怎么样，癞蛤蟆想吃天鹅肉，杨逵就是想吃了，就是想吃天鹅肉，又怎么样。

　　杨逵没有想到，与潘美仁会在围墙那里相遇。他也没有想到这次相遇，在自己人生中，会引发什么样的结果。那天去接芷歆，到达时间略早了一些，杨逵便准备像往常一样，绕到围墙那里，爬上去观看一会儿校内的风景，却发现经常攀爬的那段围墙，那个便于攀登的豁口，已被人占据了。一个男人趴在围墙上，正兴致勃勃地往学校里看，下面还有一个男人在使劲托着他的腿。杨逵没想到会遇到这场景，对墙上的那人喊了一嗓子：

"喂，干什么呢，赶快给我下来。"

杨逵见到的这两位，正是潘美仁和管家老金。潘美仁被别人这声断喝，吓一大跳，他和老金不约而同地回过头来，一看是杨逵，认出他就是为芷歆拉车的那个人。潘美仁很快缓过神来，反问说怎么了，只许你爬上来看，为什么别人就不可以，我为什么要给你下来呢。杨逵被他这么一说，有一种自己秘密被人当场戳穿的狼狈，一下子还真不知道说什么好。潘美仁见自己把对方问住了，带着几分得意地说：

"我知道你是谁，你不就是那拉车的，臭拉车的，在我面前神气什么？"

这一下，杨逵真的是无语了。

"大家有话好说，有话好商量嘛，"老金不让潘美仁再说下去，示意他赶快从围墙上下来，和颜悦色地看着杨逵，胸有成竹地对他说，"你看看这个事有多巧，你果然还是来了。"

杨逵说："我来不来，跟你们有什么关系？"

老金笑了，说："有关系，当然有关系。"

杨逵不知道他们和自己会有什么关系，看起来，他们确实是在这里等他。

老金说："我们等在这儿，就是想跟你商量个事。这样吧，长话短说，就跟你说个实话，我们知道你会来的，知道你会来这儿，你看，要不我们怎么会在这儿等你，等着跟你商量事。"

杨逵有些摸不着头脑，不知道对方跟自己有什么事要商量。老金开始正式说事，说我们家少爷知道你是干什么的，不但知道你拉车，还知道你天天在为谁拉车。杨逵被老金这么一说，更加糊涂，更加不知道对方葫芦里卖什么药。接下来，谈话越来越深入，开始接触到了要害，说到了关键之处，老金问杨逵天天这么干活拉车，究竟可以挣多少钱。

杨逵说："我挣多少钱，关你什么屁事？"

老金乐了，笑着说："当然不关我们什么屁事，不过挣多挣少，跟你总有点关系吧，难道你还不想多挣点，难道你会跟白花花的银子有仇？"

老金说着，从口袋里摸出三块银元，放在手心上托着，送到杨逵面前，掂了掂，说你看好了，看清楚了，白花花的大洋，就算是我们先预付的定金，事成之后，还会再加上三块大洋，加在一起，那就是六块大洋，你呢，想想好，想想这买卖到底能不能做，该不该做，愿意不愿意做。

多少年后，杨逵回忆起当时的心情，不能不承认自己心动了，毕竟是白花花的大洋。老金把希望杨逵做的事说了出来，关照他怎么做怎么做。这时候，杨逵脑子里想的，不只是事成之后，可能会有的六块银元，他还联想到当初从下关码头接芷歆父女，送到仪菊家时，跌落在地上的箱子，想到箱子里露出来的财宝。一时间，杨逵脑海里闪过很多念头。老金说得对，谁还能跟白花花的银子有仇，真要是能有钱赚，干吗不捞一票呢。杨逵他们在一起经常会商量，商量如果有了钱，就怎么样，一旦有了钱，又能干些什么了不得的事。

杨逵说："这个事，要和我的兄弟商量商量。"

老金吃准了杨逵不会拒绝自己的建议，叮嘱了一句："这事知道的人不能太多，弄不好，大家都得吃官司，不是闹着玩的事。"

潘美仁在一旁插嘴了："吃什么官司，她爹在婚约上签了字，这丫头就是我的人。签了字，画了押，白纸黑字都写着呢，她就是我媳妇，我要把自己媳妇带回家，这犯的是哪一门子的法。"

老金示意，让潘美仁不要再说这个，偏偏他还是要说，不仅说，还从身上掏出签了字的婚约，让杨逵仔细看。杨逵接过婚约，看了一会儿，把它还给了潘美仁，说我不认得字，别给我看这个。他其实也大概看懂了上面写着什么，故意说自己不识字。潘美仁急了，说你不认得字，凭什么看得跟真的一样，我跟你说，不认字也没关系，签字画押总该懂吧，你看这，就看这。杨逵听他这么一说，便伸出手，说好吧，先把银子给我。潘美仁又急了，说还没说好呢，我们怎么可以先把银子给你，凭什么相信你。

杨逵转身要走："不相信就算了。"

老金连声说："相信相信，好吧，这钱我们先付了，我们说话算话，先付定金。"

正说着，放学铃声响了起来。杨遑拿了三块大洋，转身拉起黄包车，去大门那边接芷歆。潘美仁与老金跟着一起过去，他们在学校门口预订了两辆黄包车，去了以后，先坐上车子。女学生开始出现在大门口，杨遑也不管他们了，瞪大眼睛看女学生，终于看到芷歆，她正与王静芝一起走过来。这个王静芝也是有人专门接送，芷歆与她分别上了自己的黄包车，王静芝关照车夫，说要去哪里，又对杨遑说了一声：

"喂，你就跟着我们的车就行了。"

杨遑不知所以，回头看了看芷歆。芷歆说你就跟着她的车好了，她去哪儿，你也去哪儿。杨遑便跟在那车后面走，走出去一段路，回头看，发现潘美仁和老金的车，也跟在后面。接下来，也不知道要去哪儿，反正跟着王静芝的车。不一会儿，来到了大马路上。王静芝下了车，芷歆也跟着下车，王静芝让车夫跟在后面，她们要去店里买东西。路边有一家画店，挂着许多桃花坞年画，芷歆与王静芝停下来，指点那些画，讨论自己喜欢哪一张。

芷歆指着其中一张，说："这张好，我觉得这张好。"

王静芝说："我觉得那张不错，那张更好。"

"我觉得还是这张好。"

"好吧，你觉得这张好，就这张好。"

杨遑傻傻地跟在后面，他的目光停留在芷歆看中的那张画上，心里在琢磨，为什么她会喜欢这一张。王静芝又让芷歆看另外一张画，觉得那张也挺不错，芷歆摇了摇头，很坚定地表示，她就喜欢刚刚看的那一张。杨逵一边在偷听她们说话，同时回过头来张望，看见潘美仁他们的车歇在不远处。潘美仁东张西望，老金眼睛瞪得很大，在往这边看，正好与杨逵的目光相遇。王静芝问掌柜芷歆看中的那张画多少钱，掌柜抬头看着那张画，低声报了一个价，王静芝做出很吃惊的样子，说这么贵，算了算了，我们买不起。说完，拉着芷歆继续往前走。掌柜便追着她们喊，说小姐别光顾着说贵，还个价呀。她们根本也没打算要买，仍然是往前走，又走进另一家商店。

7

第二天，按照事先商定好的计划，杨逵要把芷歆拉到阿二家去。一路上，芷歆并没察觉到太多异样，天天都是这么去上学，杨逵只是负责接送的车夫，她很少开口和他说话。到时间他会来接，大门一打开，杨逵总是已站在门口等候。他是个非常守时的人，然而这一天情况不一样，大门打开，杨逵没在门外等候，他还没有到。芷歆觉得奇怪，站在门口等他。等了一会儿，眼见着再不来上学就要迟到，杨逵终于气喘吁吁地赶到了，大口大口喘着粗气，显然是一路跑过来的。芷歆没责怪他，杨逵也没表示歉意。一个赶快上车，一个赶快掉转车头，拉起芷歆就跑。

　　跑出去一段路，杨逵放慢了速度，不只放慢速度，走的路线和往常也不一样。芷歆就在心里嘀咕，想开口问杨逵，又不太愿意与他说话。自从有一次在路上遇到冯亦雄和水根，那个叫冯亦雄的话里有话，拿杨逵与她的关系取笑，暗示杨逵在偷偷地喜欢她，杨逵迫不及待地加以阻止，不让冯亦雄往下说，芷歆心里就有些不乐意，她不喜欢这样粗俗的玩笑，没有一个女孩子喜欢这样：一个像芷歆这样出身的女孩子，怎么能跟一个拉黄包车的车夫，放在一起说笑呢，怎么可以相提并论。

　　尽管心里存有疑问，芷歆还是忍住了，并没有问杨逵要把自己往哪拉。当然是去学校，不去学校又能去哪呢，也许杨逵今天只是想换条路走走，可能还有一条更近的路。反正一路无话，越走越感觉不对，越走越莫名其妙，芷歆突然发现他们已经走上了江堤，正沿着塌陷崩裂的江岸在前行，滚滚长江就在她的身边。江面上有好多帆船，走着走着，杨逵突然停了下来，他回转过身来，看着芷歆欲言又止。

　　芷歆不得不开口，问杨逵："我们这是去哪？"

　　杨逵说："要带你去个地方。"

　　"去哪？"

　　"去了就知道。"

　　从杨逵的目光中，芷歆看出了一些异样。她发现他有些紧张，有些激动，又有些犹豫。这时候，杨逵与往常相比，突然变了一个人。他屏住了呼吸，坚定不移地看着芷歆，在想着怎么跟她开口，怎么跟她说话。最后，他直截了当地对她强调了两点。第一，接下来不管发生什么事，她都不要害怕，都不要紧张，无论发生什么事，这事都能搞定，都会过去。第二，他会保护她，她要相信他，杨逵肯定是站在她这一边，他会是她的保护人，有他在，有杨逵在保护她，她就不会有任何问题，不会出任何事。

让杨逵这么一说，芷歆不紧张也得紧张，不害怕也变得害怕。接下来肯定会发生什么事，杨逵今天的举动让芷歆蒙在了鼓里，让她根本就摸不着头脑。他问她有没有听明白他的话，她当然是听不明白。现在，杨逵要带她去一个什么地方，不管她是不是蒙在鼓里，不管她有没有听明白杨逵的话，身不由己的芷歆只能听从杨逵的安排。眼前出现了一条河道，他们走下江堤，沿着河道往前走，周围是七零八落的人家，与大马路一带的繁华相比，这里的房子都破烂不堪，环境非常肮脏。

再往前走，便是杨逵要带芷歆去的阿二家。冯亦雄这时候正站在门口等候，他看到杨逵，转过身子，对屋里喊了一声，潘美仁应声从屋里冲了出来，心花怒放地迎过来。跟在他身后的是老金，是水根，还有阿二夫妇。说起来，芷歆与潘美仁也是见过面的，不过她从来就没正眼看过他，因此对潘美仁不仅没什么印象，对婚约的事也一点都不知情，她甚至都不知道潘美仁喜欢自己。杨逵很严肃地让芷歆下车，在她耳旁又悄悄地关照了一句：

"不要怕，有我在，你不要怕。"

大家一起进屋，阿二家顿时挤满了人。潘美仁笑着说，我说你逃不出我的手心，就知道你跑不了，怎么样，你终于又落到我手里。他走到芷歆面前，伸手要去摸她的脸。杨逵一把抓住他的手，说人我是给你带来了，事可没那么简单，大家要把话说说清楚。潘美仁想把杨逵的手甩开，杨逵抓得很紧，甩了好几下，甩不开。他急得叫起来，说别抓着我的手呀，还有什么要说清楚的，不就是一手交钱，一手交人吗，说好的大洋我肯定会给，你放心，老子说话算话。

潘美仁示意老金赶快付钱，老金又掏出了三块大洋。杨逵依然抓着潘美仁的手腕，让水根先把那三块大洋收好，然后很认真地说：

"这还不行，你把那个拿出来。"

"什么拿出来？"

"不要装糊涂，让你拿出来，就给我拿出来。"

杨逵示意冯亦雄过来搜身，潘美仁急了，说你干吗，你们这是要干什么。冯亦雄不由分说，冲过来搜身，上下一阵乱摸，从潘美仁身上搜出了那纸婚约，一本正经地打开，一本正经地看了一会儿，笑着要交给杨逵，说认得字的人，你看看，是不是就是这个。杨逵这才把手松开，接过婚约，看了看，点点头，随手递给在一旁早就吓傻了的芷歆，说你看看上面都写着什么，看了就知道怎么回事。潘美仁急得在原地直跳脚，对着杨逵大声嚷嚷：

"这什么意思，什么意思，你们想干什么！"

冯亦雄警告潘美仁，让他小点声，不要大喊大叫。潘美仁还是在喊，还在嚷嚷，气势汹汹又叫又喊。冯亦雄也就不客气了，冲着他的面门，结结实实地便是一拳。这一拳很突然，又准又狠，顿时让潘美仁安静下来。当然，这个安静也只能是暂时的，冯亦雄的一拳打得他很疼，潘美仁自小吃香喝辣，什么时候吃过这个苦，挨过这种揍，他旋即抱头痛哭，像个受了多大委屈的小孩子。老金也没想到会发生这种变化，没想到怎么就会变成这样，连声说有话好说，有话好商量，这是干什么，怎么可以动手打人，怎么可以拿了钱还打人呢。

芷歆看着那纸婚约，白纸黑字，惊讶得说不出话来。有些事要到以后才会弄明白，才能解释清楚。杨逵问她这上面的事是不是真的，是不是她爹立的婚约，是不是她爹签的名。芷歆看见了父亲的签字，清楚地写着"嫁女为妾"。妾就是小老婆，写得清清楚楚，明明白白。芷歆忽然想起在来南京的轮船上，姨娘徐氏赌气时说过的一句话，她说小老婆又怎么了，天底下没人天生就愿意做小老婆，真要是做了，那也是命苦，没办法。芷歆记得徐氏说完这句话，意味深长地看了她一眼。

杨逵看了看水根，让阿二去把切西瓜的大刀拿过来。阿二早就有所准备，这显然都是事先商量好的，就跟演戏一样，他立刻过去把放在墙角的那把刀抓起来，一瘸一拐走过来，一本正经地把刀递给了杨逵。杨逵接过刀，又看了看水根，使了个眼色，水根便不慌不忙地走过来，拉住潘美仁的手，将它放在了案板上。他力气大，潘美仁在他的控制下，动弹不得。杨逵拿着刀，走过去，压在潘美仁手上，做出了要往下切的模样，潘美仁吓得大叫，连声问你们要干什么，这是要干什么。

杨逵不动声色地说："你听好了，现在给你准备了两个选择，一是将这张破纸给我烧了——"

"怎么可以烧掉呢，"潘美仁一边挣扎，一边说，"我的这纸婚约，签了字画了押，怎么能烧掉。"

"想留着也行，要是不愿意烧呢，我就将你的手指剁一个下来玩玩，留个纪念，你信不信？"

潘美仁急得不知道说什么好，一旁的老金也没有了主意。冯亦雄说我们别跟这小子玩了，跟他废什么话，阿二你快把火柴拿过来，我来把这张破纸给烧了，现在就烧。说着，冯亦雄接过火柴，划着了，真把那张婚约一把火给烧了。烧完了，觉得这事还不能算结束，问杨逵接下来怎么办。

冯亦雄说："要不，我们真剁它个手指玩玩？"

第
三
章

1

　　从潘美仁那得到的几块大洋，最后成了杨逵他们开创事业的起点。千万不要小看了这几块大洋，正是凭借着它们，杨逵才有机会与水根和冯亦雄联手，合伙在阿二家第一次挂起了"三仁车行"的招牌。杨逵姑妈杨氏的车行被盘了下来，他们从此不再是每天都要缴份儿钱，而是自由自在，想干什么就干什么。阿二家成了杨逵他们合作的大本营，他们以此为据点，开始不断地扩大地盘。很快，阿二家的破房子翻修了，变大了，不只是变大，它还成为下关地区第一栋用城砖砌成的房子。

　　积攒多日的城砖终于派上用场，不过，阿二家这栋用城砖砌成的房子，也开了一个很坏的头，起到了非常不好的示范效应。此地离城墙很近，一时间，大家都学会了偷盗城砖。官家不得不贴出布告，继续偷盗者将严惩不贷。"三仁车行"的车行二字，很快变成一个幌子，这里紧靠江边，有太多的大小码头，有太多的大船小船要经过，有太多的货物要存放，当然，还有太多的非法交易，在私下偷偷进行。三仁车行天然是个好的窝点，既是理想的非法交易之处，也是适合堆放非法物品的小仓库，拉黄包车的生意变得不足为道，能比它更来钱的买卖太多了。

所有这些变化，都与特殊地理位置有关。南京没有像上海那样设立租界，在下关沿江一带，中国商人和外国商人一样，只要愿意，都可以置地造屋，都可以开设码头和仓库。附近的江滩与河道，本来很荒凉，通往市区的江宁大马路开通前，两江总督曾画过一道红线，沿长江岸长两千五百米、宽五百米的范围内，允许外国商人开设洋行，允许洋人设立码头和货栈。官府最初的想法，把外国人严格限制在江边，集中在下关的某一区域，这么规定是担心外商入城，滋生事端引发矛盾。然而规定只是规定，真要严格执行也没那么容易。毕竟未开发前，这个区域低洼潮湿，一片蛮荒，生活极其不便，洋人来了，很快以荒凉无屋可租为由，要求地方当局允许他们进城居住。

仪凤门离江边不远，是进入城区的必经之路。洋人在江边通商，进城在仪凤门附近居住，成为当时的一道风景线。再然后，除了码头和仪凤门这两个点，周边也开始跟着繁华起来。事实上，在过去的这几年，整个南京城都处于快速发展中。大清朝就快要彻底完蛋，处在高速发展中的南京，并没意识到会改朝换代。正是在这期间，上海到南京的"沪宁铁路"开通了，火车站就设在下关，从此人们去上海，不仅可以在下关乘船、乘江轮，还可以在这儿直接坐火车。

几乎与此同时，通往市内总督府的"宁省铁路"也修好了。杨逵他们亲眼见证了它的动工，眼见着有人在修铁路，眼见着有人在建火车站，又眼见着突然就通车了。小火车呼啸着开过来开过去，这是历史上中国城市中第一条小铁路，中国的第一条地铁专线。从此，上海坐火车抵达南京，可以在下关转乘小火车，以最快速最便捷的方式，进入到市区之内。

晚清最后那几年，下关地区的发展，让人目瞪口呆，震撼惊骇。此地繁华程度，很快可以与南京城内任何一个热闹区域相媲美。从下关进城，可以选择通往市区的小火车，也可以乘坐成泰马车公司的马车。不管是小火车还是马车，都比黄包车更受人欢迎。黄包车生意一落千丈，杨逵他们最后也不得不跟着改变，不得不抓住机会，看准了时机，变"三仁车行"为"三仁货栈"。说起来，"车行"变为"货栈"，还得要感谢炳哥，没有炳哥就没有货栈。

有一天，炳哥这个魔头向阿二索取保护费，在半道上拦住了他，气势汹汹地问罪：

"听说你小子发财了，发了财，便不把炳哥放眼里了，是不是?"

炳哥生气的样子，让阿二有些害怕。自懂事以来，阿二习惯了被别人欺负，习惯了别人指手画脚。炳哥让阿二带他去看看新房，阿二不敢拒绝，也没办法拒绝。他在前面引路，很快到了新房子面前，炳哥看了阿二的新房有些吃惊，没想到有些日子不见，居然就冒出这么漂亮的一栋房子。恰巧杨逵他们三个都不在，铁梅听见动静迎出来，看见是炳哥，吓得想退回去，已来不及，炳哥便对阿二抱怨，说你老婆见了我就想跑，这唱的到底是哪一出戏呀。铁梅听他这么说，想退也不敢退回房间，怔在那里，似笑非笑地看着炳哥。

炳哥很严肃，若有所思地回过头来，看着阿二说：

"你小子福气实在是好，我跟你说，阿二你就不配有这么漂亮的一套房子，对不对？"

阿二不知道怎么回答，觍着脸，看着炳哥，只能顺着他的话回答：

"炳哥说得是，说得是。"

炳哥又看了一眼铁梅，继续对阿二说：

"你也不配有这么漂亮的一个老婆，你小子凭什么，喂，我说得对不对？"

这话又是让阿二实在没法接，只能顺着炳哥的话点头，哈着腰以微笑敷衍。

炳哥若有所思，很严肃地说：

"这房子不应该是你的。"

过了片刻，炳哥又说：

"我觉得不光是这房子，连你的老婆，也都不应该是你的。"

阿二无话可说，来者不善，善者不来，他干脆就不说话。让炳哥咄咄逼人，让炳哥喋喋不休，炳哥来了，无非是想弄点钱，想捞点外快，阿二不知道该怎么应付，也想不出办法应付，还是不说话最好，不说话是上策。他偷偷地看了铁梅一眼，她站在旁边也是一声不吭。

炳哥继续发话，好像他早已心知肚明：

"别跟我糊弄了，也别跟我装傻，你这地方，没人给你罩着，绝不可能。到底是谁在背后给你做主，你倒是给我说个话，喂，你倒是给老子放个屁呀，听见没有。"

阿二被炳哥的气势，压得喘不过气来。

炳哥又追着问："我就是想问一句，这里究竟是他妈谁在做主，谁说了算？"

阿二苦笑着说："我做不了主，炳哥你知道，我怎么做得了主。"

炳哥笑了，一把抓住阿二衣领，用力拧了一下，阿二一只脚已离开地面。炳哥狞笑着，说阿二你给我听好了，炳哥我是看中你这房子了，不是说你做不了主吗，这正好，炳哥我想做主，让我来给你做主好了。阿二没想到会这样，说炳哥你别说笑话，炳哥怎么会看中这个房子。炳哥说别跟我来这一套，我还就是看中这房子了，你听见没有。

阿二说："炳哥你开玩笑。"

炳哥脸一沉，说："谁说我在开玩笑。"

阿二说："炳哥你是说笑话。"

炳哥反问了一句："我像是说笑话的样子吗？"

2

　　离阿二家不远，有一家铁匠铺，门面不是很大。第二天，炳哥还真就又找上门来，上门前，先大大咧咧去了那家铁匠铺，开口就要赊一把能杀人的刀。张铁匠正在打铁，挥舞着锤子，准备替一把烧红的菜刀淬火。大约没听明白，炳哥把自己的话又重复了一遍：

　　"你这有没有可以杀人的刀？"

　　张铁匠一怔，不知道如何应答。

　　"杀猪的刀也行，你随便给我找一把。"

　　炳哥拎着一把杀猪刀，找上门来。杨逵他们已知道炳哥今天会来，也商量过对策，做好了准备，看见他手上拎着把杀猪刀，大家第一次见到这个阵势，一时都有点发蒙。炳哥不动声色地站在门口，等大家说话；大家都不开口，他便招呼阿二：

　　"都怎么不说话了，阿二，我让你带的信，带到了吧？"

　　阿二嘴张了一下，想说一句什么，结果没能发出声音，话卡在了喉咙口。炳哥很不屑地看了看他，又看了看众人，仍然是对着阿二说话，说你这是怎么了，准备跟我来一个徐庶进曹营，一言不发，我这是问你话呢，你这信到底是带到了，还是没带到。阿二不敢正眼看炳哥，偷偷看了杨逵一眼，又看了看水根和冯亦雄。这时候，站在角落里的铁梅发话了，说带什么话呀，你炳哥想说什么，就直截了当说出来，就直接说给他们听。炳哥连连咂嘴，说你们看看，还是女人来得痛快，你们几个男的，真是没什么鸡巴屌用。

炳哥说："我也知道你们哥几个都知道了，都知道炳哥什么意思，我知道阿二把炳哥的话，都给我带到了，阿二这小子我知道，他没那胆子，敢自作主张，把炳哥的话给偷偷地吃了，是不是这个道理？"

大家都不说话，结果还是杨逵挺身而出：

"炳哥的话，我们真不是很明白，你能不能说说清楚？"

"说清楚，说得很清楚了，"炳哥转向了杨逵，带着几分赞赏的口气说，"我就知道，今天最后敢站出来说话的，就是你，果然还是你杨逵，你小子是个明白人，知道炳哥的意思。"

杨逵说："炳哥，我们还真不知道你的意思，不知道炳哥究竟要干什么？"

炳哥就直截了当地把话挑明了："小子，真听不明白是不是？你们还要怎么才能明白？我不是已经说了，炳哥我呀，看上了你们的这个地方了。"

冯亦雄不服气地在一旁嘀咕着："凭什么，凭什么你看上了，就是你的。"

炳哥说："你小子说什么呢，炳哥我没听清楚。"

杨逵把冯亦雄的话解释给他听："不能凭你炳哥一句话，说看上了，我们这个地方，它就应该归你了，天下怕是还没有这样不讲理的道理吧？"

炳哥说："跟我讲道理是不是？我是怎么说的，我说了这个地方归我吗？没有，我不是这个意思。炳哥只是看中了这个地方，没说这个地方要归我！真是小屁孩子不懂事，我炳哥要你们这个破车行干什么？跟你们说，这世上的玩意儿，什么都是身外之物，我呢，都不稀罕，不稀罕。我也就是打算在这儿住段日子，跟你们在一起热闹热闹，就在你们这儿住下来，不走了；你们哥几个呢，就算是可怜我，就容我在你们的这个地方住了。好也罢，坏也罢，我以后呢，也不去别的地方，将就着就住这儿了，跟你们一起吃，一起睡。"

一时间，大家都被这番话弄糊涂了，不明白他的真实想法是什么，也不知道他要干什么。

"炳哥的话，我们越听越糊涂，"杨逵希望他把话说说清楚，"以你炳哥的身份，应该不会用这种办法来讹我们吧？"

炳哥笑了，说："小子，你还真说对了，炳哥我就是这么讹你们了，讹了，又怎么着？"

一直不吭声的水根，用拳头捶了一下桌子。

炳哥一直在等着，等着有人出头，说："行啊，真他妈有长进了，终于有人敢对炳哥拍桌子了！"

杨逵说："我们知道，炳哥你这是和我们逗着玩，一定是逗着玩呢。"

炳哥把杀猪刀往桌上一扔，这一举动有些奇怪，或者说非常奇怪，大家都不知道他要干什么，为什么突然要把刀子扔在桌子上。杀猪刀在桌上咣当一声，翻了个身，就落在杨逵面前。杨逵脑海里立刻闪过一个念头：要不要伸出手去，把杀猪刀控制在自己手上。这时候，只见炳哥抓住自己脑袋后面的那根长辫子，往脖子上绕了一圈，咬着牙问杨逵：

"炳哥我这个样子，像是在逗着玩吗，像吗？"

阿二连忙打圆场，说："有话好商量，好商量。"

炳哥不耐烦地说："有什么好商量的，你们几个，有什么狠的招数，也别藏着和掖着了，就跟炳哥使出来，都使出来。"

杨逵并没有被吓住，故意做出有点害怕的样子，说："炳哥你声音不要这么大，吓着我们了。"

冯亦雄说："要打架，我们都用不着三个人，恐怕光是水根一个人，你炳哥就不是他的对手。"

铁梅在一旁表示赞同，她不怕事大，怕事不大，使劲点了点头，又看了看水根，眼睛里全是话。水根仿佛得到了她的鼓舞，眼睛瞟了瞟放在桌子上的那把杀猪刀，也干脆放出了狠话："炳哥今天非要跟我们过不去，大不了，大家拼个你死我活。要打架，我水根也是条汉子，也不一定是真的就怕你，过去都是让你炳哥三分，真要逼得我们无路可走，我们也只剩下奉陪这一条路。"

炳哥说："好，很好，你小子有种，有种了。"

炳哥又说："你们几个今天都有人样了。"

铁梅索性就走到水根身边，直接为他撑腰，说："欺负欺负我们阿二也就算了，不要以为天下的男人都怕你，水根就不会怕你。"

炳哥伸手拿起桌上的那把杀猪刀，杨逵立刻有点后悔，他觉得自己应该先一步动手，先将那把刀抓到自己手上。杨逵不一定敢用这把刀，他没有那个勇气，但是也不希望这把刀在炳哥手上，毕竟真动起手来，手上有没有刀还是不一样。炳哥显然也看出了他的心思，用刀指着杨逵，说你小子心里在想什么，炳哥我都知道，现在有点怕了是不是。杨逵确实有点害怕了，看着炳哥，往后退了一大步，嘴上还硬，说刀又怎么了。不只是杨逵后退了，在场的每一个人，都情不自禁往后退了一步。

铁梅把家里夏天用来切西瓜的大刀，递到了水根手上，说水根你也有刀，你的刀比他还大，不要怕他。切西瓜的那把刀确实有点大，水根抓在手上，看上去比炳哥还要威武。有这样一把刀在手上，局面顿时也有些改变，炳哥似乎受到了刺激，大声说好，说太好了，今天可真是热闹了，好吧，既然这样，大家也都别再说那些个狠话，我知道今天有好戏看了。说着，把手中的杀猪刀对着桌子用力一戳，刀竖在了桌子上，冷笑着说：

"炳哥我就喜欢有种的男人，你们都看清楚了，今天我们就来玩一个白刀子进，红刀子出，大家都玩个痛快。你们都看好了，刀就在这儿，是你先捅我，还是我捅你——"

炳哥让水根把那把切西瓜的大刀收起来，指着桌上的杀猪刀，说有这把刀就足够了，水根你不要装模作样，先把那把中看不中用的大刀收起来。炳哥说大家都看好了，这把杀猪刀它就在这儿，就在这儿站着呢，你们随便是谁，过来把它拿着，就往我身上戳，尽管戳，随你们戳几个洞，我要是哼一声，就算是你们赢了，我炳哥从此不再登你们的门。来呀，一个个别光是看着，别愣在那儿，有种的就过来。

大家的目光都看着插在桌上的那把刀。铁梅的眼睛里充满着期待，她看了看水根，又看看杨逵和冯亦雄，最后目光落到了阿二身上。因为大家都没反应，她的目光由期待，慢慢变成了失望，变成了鄙视。局面又一次发生变化，炳哥又开始占据了上风，他的目光与铁梅一样，也从期待，渐渐地变成了失望，变成了鄙视。炳哥说一个个不要不动弹，要不这样，我们就玩自己戳自己，这刀就在这儿，我先来，然后你们一个个接着来，怎么样。杀猪刀就在炳哥面前，他伸出手要去拔那把刀，杨逵突然冲上前，抢先一步抓住了刀柄，大家都被他的举动惊呆了。

杀猪刀已到了杨逵手上，炳哥赞赏地说：

"好，你小子有种，现在刀在你手上了，你过来，就往炳哥身上戳，你想戳哪，就往哪戳。"

杨逵手上拿着那把杀猪刀，不知道下一步要干什么。他根本就没想好下一步应该怎么做。在场的人都很意外，都在等下一步。炳哥的双手突然抓住杨逵的右手，抓住了他拿着杀猪刀的右手，大家都以为炳哥要把杀猪刀夺过去，没想到他只是控制住了杨逵的右手，紧紧地抓住他的手，将杀猪刀往自己身边移动，高高地举起来，用力往自己大腿上扎了一刀。在场的所有人都傻眼了，一个个都目瞪口呆，那把锃亮的杀猪刀，插在了炳哥的大腿上。

3

杨逵松开手，他不记得自己的这个手，到底是怎么松开的。感觉就好像是他主动扎了炳哥一刀，这一切发生得太快，根本来不及做出反应。只记得炳哥一直抓着他的手，然后不由自主地扎向炳哥的大腿，然后炳哥的手松开了。炳哥的手松开，杨逵的手还紧紧地抓着刀柄，他怔了好一会儿，才把手放开。现在，那把杀猪刀深深扎在炳哥大腿上。炳哥就跟什么事都没发生一样，不动声色地开导杨逵：

"小子，你看见没有，什么叫在外面混，怎么在外面混，我告诉你，要在外面混，就要把命抓在手上，随时都准备把它给扔了。干我们这行，赌的就是个命，我是早他妈的就活够了，就等着别人来收拾我，不过这也得要有人敢才行，你说是不是？"

杨逵傻站在那儿，看着那把还插在炳哥大腿上的杀猪刀，浑身哆嗦，半天说不出话来。炳哥自然还是疼的，疼得咬牙切齿，用力撕开了裤子，血正在涌出来。他看了看自己的伤口，有些得意地继续开导杨逵，说你小子给吓着了是不是，要尿裤子了是不是。炳哥这话不光是说给杨逵一个人听，也是说给大家听，向所有在场的人示威。这一刀扎得够狠，扎得太突然。炳哥说我告诉你们，要想跟我玩，你们都还嫩了一些，别跟我吹鼻子瞪眼睛，真要有能耐，你们几个就合起伙来，杀了我。要不然就别跟我要横，不要来这一套，只要炳哥还有一口气，就不会有你们几个气顺的时候。

这以后，炳哥真赖在"三仁车行"不走了，他的大腿上缠着绷带，躺在床铺上，由阿二夫妇侍候吃喝，一住就是一个多月。这一刀伤得厉害，不仅深，还伤到了筋骨，从此炳哥走路就和阿二一样，要瘸着一条腿才能步行。既然是住下来，他也不把自己当外人，直接挑了个最好的地方，就在主屋里睡觉。阿二夫妇只能搬到偏房去住。杨逵他们则还是睡在外屋，好在这哥三个白天也不待在这里，要到晚上睡觉才回来。有一天，大伙一起吃饭，围着门口的一张小饭桌，炳哥赖在床上不下来，搁了一个炕桌，独自一人有滋有味吃着，还喝酒，一边喝酒，一边远远地招呼阿二，拿话撩拨坐阿二身边的铁梅：

"阿二，你这老婆的做菜手艺，还真不错，我人在这江边住，鱼是真没少吃，就你老婆的这个鱼，做得真好。"

炳哥的话是说给铁梅听的，这边一桌人只顾吃饭，都不理他。水根听了炳哥的话，咬了咬牙，抬头看铁梅，看见铁梅抿着嘴在暗笑。炳哥还在那边叫喊，继续冲着阿二挑衅，说不是我要说你阿二，这么好的老婆，你他妈真是不配。无论他在那边说什么，这边的人反正是不搭理，就当他不存在，炳哥说到最后，觉得很无趣，大声招呼铁梅，让她过去陪他喝几口酒。杨逵与冯亦雄听了，都觉得好笑，相互对看了一眼，又对水根使了使眼色。水根似乎是被激怒了，他看见铁梅还面露着喜色，就低声对她说：

"听见没有，喊你过去陪他喝酒呢。"

杨逵和冯亦雄便跟着起哄，让她过去喝酒。

铁梅白了水根一眼，带点赌气地说："喝就喝，你们以为我不敢——"

说着就真站了起来，阿二伸手想拦，已拦不住。铁梅大大咧咧走过去，走到炳哥面前，端起炕桌上的酒碗，一饮而尽。炳哥看她如此豪迈，连声叫好，又倒些酒在碗里，说痛快，来来来，你再喝一点。铁梅说再喝就再喝，又一饮而尽。她在那边痛痛快快喝酒，这边的几个男人看了，面面相觑，尤其是水根，脸色十分难看。杨逵和冯亦雄不约而同盯着他，连阿二也在看水根的脸色。铁梅回到这边来了，白了阿二一眼，又白了水根一眼，坐下来带着些赌气继续吃饭。大家一声不吭，都埋着头不说话，炳哥那边也哑了，没了声音。接下来，大家吃完了，炳哥招呼这边的几个人都过去，说有话要对他们说。

这时候的炳哥，酒足饭饱，心情挺不错。他先教训杨逵，说你们哥几个，真是他妈的没用，我知道你们这心里，是把我杀了的念头都有，可就是没那个胆。人啊，说到这个胆子，有时候，就差那么一点点，你说你们哥几个有什么用，老板不像老板，掌柜不像掌柜，还不是天天靠自己拉车做苦力。我跟你们说，几个别一天到晚苦着脸，炳哥我住在这儿，那是看得起你们，给你们面子。就冲我这条腿，就冲我挨的这一刀，这条腿就这么废了，我赖在这里，吃你们的，喝你们的，那也是天经和地义，谁还能说个不是。可炳哥我呢，也还是讲交情的，不会白吃白喝你们。

铁梅翻着白眼说："不白吃白喝，天天这么让人侍候着，还好意思说不白吃白喝。"

"那也是我炳哥欠你的，欠你铁梅的情，炳哥可不欠他们几个，"炳哥做出要跟大家讲道理的样子，一本正经地安慰铁梅，"这样吧，看在你铁梅天天侍候我的面子上，明天都跟炳哥出去转一圈，我让你们都开开眼，让你们看看炳哥有多威风。"

第二天一早，炳哥跷着一条伤腿，神气十足地坐在黄包车上，由杨逵拉着，到街上去收保护费。水根和冯亦雄拉着车跟在后面，他们的车上分别坐着阿二夫妇。阿二由冯亦雄拉着，一路上都在东张西望，又紧张又好奇。铁梅意气风发地坐在水根车上，她觉得很新鲜，不知道接下来会发生什么事。沿着惠通河西岸走了一段，走上江宁大马路，人多了起来，炳哥让杨逵把车停下来，他想了想，挑了一家人气旺的早点店，说就这家，就停在这家店门口。

这家店里一个小伙计，穿了件新洗干净的大褂，看见炳哥，一脸着急地迎过来。他看出来者不善，小心翼翼上前问候，炳哥根本不把他放在眼里，故意不看他，往店里张望，板着脸问道：

"炳哥我是有一阵子没来了，我的那钱都准备好了没有，你们当家的呢？"

小伙计显然是准备用谎话敷衍一下："我们当家的——他好像没在这儿。"

炳哥一眼就看透了这些小伎俩，恶声恶气地说："不在是不是？好，你们几个都给我进去，砸家伙，逮什么砸什么，别客气。"

"哎哟哎哟，炳哥，谁说我不在，不是在这儿吗，"店老板从店里跑出来，赶紧阻拦，一边责怪小伙计，"怎么能这么对炳哥说话；炳哥，这孩子不懂事，刚从安徽乡下出来，炳哥千万不要往心上去。"

炳哥说："这孩子不懂事，有懂事的人呀，你不会也不懂事吧？"

店老板说："我懂，我懂，不过这个——"

炳哥早知道他要说什么，打断他："别跟我玩这个那个，说什么废话都没用。"

"炳哥你看，这小本的生意，你也就是看着热闹，看着人多，不瞒你炳哥，我这小店，生意实在是都快没办法做下去了。"

"我的那个钱，要是不拿出来，你的生意怕是更做不下去。"

"那是，那是，没有炳哥罩着，谁还敢在这条街上混饭吃。"

"这就说对了，你能在这条街上混饭吃，也还是因为有我炳哥给你罩着，"炳哥扬扬得意地把杨遥他们介绍给店老板，"你给我看好了，记住了，就这几个，他，他，还有他，都是跟着我炳哥混的，以后见了他们，跟见了炳哥一样，听见没有？"

店老板看了看杨遥他们，说："炳哥的话，我全记住了。"

炳哥说："真记住了？"

店老板说："真记住了。"

炳哥点了点头，提醒说："我那钱呢？"

4

　　有那么一段日子，炳哥差不多真成了"三仁车行"掌柜，成了真正的带头大哥。三天两头，杨邃他们便拉着炳哥，四处去收保护费。这显然要比天天出去拉黄包车更来钱，比小偷小摸更轻松。过去只知道炳哥收保护费，具体怎么收不清楚，现在跟他后面混，才知道来钱这么容易，才知道这活如此简单。

　　一开始，大家都有些佩服炳哥，都觉得他是真的厉害。无论出现在哪里，都是威风凛凛，势不可挡，人挡杀人佛挡杀佛。渐渐地，想法就跟原来不太一样，杨邃他们发现，大家害怕炳哥，不仅是因为他蛮横，他凶悍，也因为在炳哥的身边，又增添了几个得力的打手。与过去相比，大家现在更害怕炳哥。人都会欺软怕硬，跟在炳哥后面，杨邃他们很快也学会了欺行霸市，学会了敲诈勒索。在这方面，进步最快的是水根，他本来就力气大，熊腰虎背，下手又重，天生是块打架斗狠的料。

　　渐渐地，水根开始不服气，开始有点气不服。他感到很失落，杨邃和冯亦雄好像也开始更愿意听炳哥的话，更愿意听炳哥调遣。当然，还有让水根更不痛快的，这就是炳哥与铁梅的关系，炳哥很快就与铁梅有了瓜葛。有一天，阿二被铁梅指使上街去打酱油，回来时，发现大门闩了起来，心里觉得奇怪，青天白日闩门干什么，便使劲敲门，冲着里面大声喊"铁梅，铁梅"。明明听见有动静，有人声，可就是不出来开门。不能说阿二当时心里一点都没数，他料到可能发生了什么，只是不愿意往那方面多想，反正是继续敲门，用力在门上拍打，突然听到屋子里炳哥瓮声瓮气地有了回应：

"喊什么，喊什么！"

阿二说："我喊铁梅开门。"

炳哥说："开什么门，铁梅不在。"

阿二不理会，继续喊，继续在门上拍打。炳哥在屋子里又嘀咕了，瓮声瓮气又说了句什么，阿二没听清楚，继续喊，继续在门上拍打。过了好一会儿，闩着的门被打开了，是铁梅开的门。阿二便冲她发火，说大白天的，你闩个什么门呀，又说你人明明是在的，为什么不开门，为什么。这话有点明知故问，问得显然有点多余，有点装腔作势。铁梅的衣衫凌乱，头发也散开了，有一缕头发还搭在额头上。这时候的铁梅也懒得再理阿二，事情都到了这个份上，和尚头上落了苍蝇，都明摆着，哑巴吃汤圆，心中有数，亏他阿二还问得出口。

再然后，背着炳哥，只剩下两个人的时候，阿二向铁梅追问这事，说你是不是做了什么不要脸的勾当。铁梅便说我要不要脸，做了什么勾当，你心里有数就行，你别问我，用不着问我，你应该当面去问炳哥，有胆子你就去问他。阿二听了，气得用力跺脚，又无话可说，狠狠地扇了铁梅一记耳光。这也不是他第一次扇她耳光，当初问及与水根到底是怎么回事，结局也是差不多，也是一样的直跺脚，也是一样的理直气壮扇了铁梅一记耳光，仿佛最后打了这一记响亮耳光，再严重的事情，就算是两清了。

水根与铁梅还都知道应该怎么样背着人，他们只是在暗处作怪，在私底下调情，偷偷摸摸地胡来。炳哥则是任意妄为，干脆就是明来明往，光天化日，根本没有忌讳，完全不考虑避人。阿二的脸上挂不住，水根的脸上也挂不住。阿二没有血性，水根不能没有血性。按说铁梅也谈不上是水根的女人，但一旦事情做得太过分，太明目张胆了，大家面子上也就有点难看，水根心里难免会起一些波澜，难免产生别的想法；铁梅是阿二的老婆，她要和谁有染，有什么不清不楚，也还轮不到水根来吃醋。阿二最后能忍的都忍了，偏偏水根不能忍，他咽不下这口气。

　　于是在背后跟杨逵和冯亦雄商量对策，琢磨怎么才能摆平这事。水根首先问杨逵和冯亦雄，问他们两个还是不是他的兄弟，如果水根要与炳哥发生冲突，他们两个人会站在谁一边，是帮着他，还是帮着炳哥。杨逵和冯亦雄觉得这话问得有些奇怪，也用不着想，异口同声，说这还用问，当然会站在你水根一边。水根听了感到安慰，感激地说：

　　"我想听的，就是你们两个这么说，有你们这话垫底，我心里都有数了，知道该怎么做。"

　　杨逵和冯亦雄不知道水根想怎么做，水根嘴上说有数，心里其实根本就没数，他并不知道应该怎么做，只是咽不下那口气，只是觉得不能再这样下去。杨逵和冯亦雄都知道水根心里憋屈，觉得他完全没这个必要，铁梅又不是他老婆，人家阿二都没什么，都能忍，水根又着个什么急，又有什么不能忍呢。

光绪三十四年，也就是一九〇八年的秋冬之交，沪宁铁路正式通车。下关火车站是这一端的终点，地方上要隆重庆祝，聚集了很多人，人山人海车水马龙，就跟赶庙会一样。炳哥不愿意放过这个好日子，提议去凑个热闹，找家小酒馆喝酒。铁梅也要跟着去，水根说我们男人出去喝酒，你起什么哄呢，老老实实在家待着。铁梅不服气，换了一身衣服，说我家阿二他都不管我，你又凭什么要话多，老娘我想要喝酒，又碍着你什么事了。

炳哥拦住了铁梅，帮着水根说话：

"水根说得对，我们男人要喝酒，你就在家歇着，确实没你什么事。"

铁梅说："我就是要去，就是要去。"

大家拗不过她，只好带着她。仍然是三辆黄包车，这次是水根拉着炳哥，杨逯拉着铁梅，冯亦雄拉着阿二。一行人出发了，新开通的火车站那里也不算最热闹，最热闹的还是大马路这边。清和坊一带人最多，挤都挤不进去。找了家人气旺的小酒馆，酒馆里已没地方，炳哥便大声嚷嚷，说难道没看见谁来了吗，还不赶快给炳哥让座。酒馆老板怕他捣乱，连忙过来张罗，招呼给他让位子。坐在那边喝酒的，有的也不认识炳哥，心里不太服气，不明白自己为什么喝得好好的，要给他们让位子。看着一声不吭又气鼓鼓、随时都准备要打人的水根，便不想招惹这些人了，乖乖地把位子给让了出来。

炳哥说："今天这酒，一定要喝个痛快。"

炳哥又说："掌柜的，今天这酒，我们不白喝，钱是要付的，一分都不会少你，一分都不少的。"

铁梅就说："炳哥，怎么还没喝酒，你好像都已经喝高了。"

炳哥说："真是胡说，你他妈胡说，炳哥我还没有喝呢，怎么就喝高了。好吧，你铁梅既然说我已经喝高了，我就先说一句酒话，今天在这儿的诸位，酒都记在炳哥账上，都算是炳哥请你们喝的，大家不管是他妈的认识，还是不认识，今天在一起喝了酒，就都是朋友，都是朋友。"

酒馆老板带着笑意的脸色，顿时不太好看了。铁梅说炳哥你别乱说，到时候人家一个个真的都不付酒钱，还不把老板给坑死。炳哥就笑，说老板坑不死的，老板有的是钱，再说了，谁还能真不付钱，我不是说了，今天不白吃，要付钱的。

说完，他又低声对铁梅嘀咕了一句：

"我他妈也是说着玩玩，图个高兴，你说就他们，谁敢不付钱，谁敢？"

接下来便是喝酒，炳哥今天有一种莫名的兴奋，大有要放开来喝，喝他个一醉方休之势。他这边喝得高兴，自己喝痛快了，其他客人难免都有要躲避的意思。惹不起躲得起，一个接一个都付账溜走了，人渐渐少了。炳哥酒越喝越多，越喝越来劲。铁梅天生是个能喝酒的女人，今天特别人来疯，挨个地喝过来，跟谁都要干杯，跟谁都大呼小叫。喝到了最后，炳哥就真的有了些酒意，说女将上场必有妖法，都说喝酒不能跟女人斗气，今天炳哥还真不信这个邪。

　　结果与铁梅连喝了三盅，又接着再喝了三盅。这六盅酒下来，铁梅舌头直了，炳哥的舌头也有点弯不过来。炳哥说你们都觉得我喝高了是不是，谁他妈敢再跟我喝，我都喝，往死里喝。这时候，一直不怎么吭声的水根，将手中的酒端了起来，说炳哥我陪你喝，你说喝多少，就喝多少，水根反正都照死陪着。炳哥没想到他这会儿跳出来，说你小子不怀好意，不是个东西，躲到了现在，到现在才突然从坟堆里冒出来，你以为炳哥会怕你。

　　水根说："炳哥自然是不会怕水根的，这一直以来，不都是水根怕炳哥吗？"

　　水根端起酒，连喝了三盅。炳哥说我不能这么跟你喝，前面喝得太多了，你前面躲着，现在跟我来劲了。嘴上是这么说，还是把酒端了起来，硬着头皮连喝了三杯。喝完了这三杯，炳哥眼睛全红了，舌头更弯不过来，说我这是雪上添了霜，现在可真是喝多了，你们看见没有，炳哥我就是看不得一个怂字，男人不能怂，知道不知道，水根你知道不知道，你他妈就是一个怂货，你到现在才想到跳出来，你个怂货，你奶奶的真不是个东西。

　　水根不吭声，端起酒来，又连喝三盅，喝完了，认错说："好，炳哥说得对，我是真怂，我罚酒三杯，我喝，你炳哥不用喝了。"

　　炳哥说："我当然不会喝，我凭什么还要跟你喝。在我眼里，你就是个狗屁，我跟你说，杨逵和冯亦雄都应该比你强，他们都比你强，连阿二都比你强，你就是要什么没什么，知道铁梅是怎么说的，她说你连那事都、都不怎么样，都还不如人家阿二一个瘸子，铁梅是不是这样，你说呀，别不好意思。"

5

喝到最后，炳哥吐了，吐完了还要喝，大家拦着，不让他再喝。炳哥说我没事，吐了就没事，我这人和别人不一样，吐完了，必须再来点酒压一压，要在喉咙口这儿加上个小锅盖。结果，还真的又喝了两盅。天近黄昏，炳哥还不想回家，还要玩，说你们几个要走，可以先滚蛋，先他妈的都给我滚走，炳哥我是喝好了，还没玩够呢。铁梅就说，你都喝成这样，还有什么好玩的。

炳哥说："怎么没有好玩的，天底下好玩的事，多着呢，只是你们他妈的不知道。"

最后是杨逵拉着铁梅，冯亦雄拉着阿二，先回去了，回去的路上，还在讨论炳哥他还能去哪呢，都喝成这个样子，难道还能去清和坊找妓女。河床有点干涸，惠通河的河道小了许多，许多船只拥堵在那里。走着走着，铁梅突然喊起来，说是要小解。女人这事跟男人不一样，男人好解决，是地方就行，掏出家伙就能办事。铁梅这时说憋不住，就要憋不住了，连忙从杨逵的黄包车上下来，跑进路边一家破房子，跟这家女主人商量，借人家马桶方便一下。其他几个人在路边等待，等了半天，也不见铁梅出来，只听见她在和那家女主人聊天，也不知道在胡说八道什么，到后来，又磨蹭好一会儿，总算出来了，坐上杨逵的黄包车，大家一起回三仁车行。

水根到了很晚才回来，一个人回来的，回来的时候，大家都已吹灯睡觉。没人意识到他是独自回来，水根悄悄摸上床，在杨逵和冯亦雄的呼噜声中，倒头就睡。别人也都没觉察到什么异样，第二天，三个人照例一早拉着黄包车出去了。阿二夫妇没看到炳哥，也不知道他是昨晚没回，还是一早又跟杨逵他们出车去了，反正只知道他不在，为什么不在，没往心上去。不管怎么说，炳哥不在就是好事，大家都省心。到晚上，杨逵他们收工回来，放好黄包车，收拾收拾，准备上床睡觉，铁梅觉得奇怪，随口问水根：

"炳哥怎么没和你们一起回来？"

水根懒得理睬铁梅，瞪了她一眼，咬牙切齿，悻悻地回了一句：

"炳哥他回来不回来，我怎么知道？"

大家还没有太往心里去，杨逵他们那天回来得晚，在外面吃过晚饭。水根的回答模棱两可，杨逵和冯亦雄以为炳哥是大白天自己出去的，出去玩了还没回来。阿二夫妇以为炳哥是跟他们哥三个一起出去了，只是没有与他们一起回来。还是那句话，炳哥能不在大家眼前，也是好事，他不在就不在吧。反正大家又怕他，又讨厌他，大门也不会关，他爱什么时候回来，就什么时候回来。

没想到炳哥从此再也没回来过，说消失就消失了，像一阵轻烟飘过，突然无影无踪。大家都觉得这事很奇怪，都有点想不明白，都有点不太适应，都觉得炳哥不在，仿佛少了点什么。就好像炳哥当初的突然出现一样，他的消失也很突然。这个人突然来了，这个人又突然消失。在一开始，除了水根内心有数，只有他知道怎么回事，其他人都蒙在鼓里，都在瞎琢磨，都在想炳哥什么时候才会突然又回来。他没有理由不回来，他不可能不回来。

铁梅忍不住会问，她问阿二，也问水根，问杨逵和冯亦雄：

"炳哥人到哪去了？"

杨逵和冯亦雄也有疑问，都忍不住要问：

"奇了怪了，炳哥怎么说没影，就没了影子。"

杨逵私下问过水根，那天晚上他和炳哥究竟去了什么地方，真的去了清和坊吗，还是去过别的地方。水根的回答不清不楚，支支吾吾。根据水根描述，清和坊肯定是去了，待了多长时间，这之后又去过哪里，最后又是在什么时候回来，每次描述都不一样。不仅不一样，每次都会显得很不耐烦，不愿意谈论这个话题。反正结果就是炳哥再也没有回来，炳哥从此人没了。炳哥不知道跑哪去了，炳哥不在的日子里，水根当仁不让地开始充当老大。炳哥不在，水根便成了不在的炳哥，俨然就以新老大自居。

接下来，虽然炳哥不在了，一切还照旧。照样打着炳哥招牌，照样四下去收保护费，照样横行乡里。不只收保护费，水根还突然很着急地要为三仁车行改名，要换个名字，要换一块招牌。说起来，这事也是炳哥在时就议论过的，当时也就是说说，炳哥觉得"车行"两个字不好，怎么说都还是拉车的，都和拉车有关。一定要改，改什么呢，杨逵想到了"货栈"两个字。在大马路东头，有个洋人开了家货栈，生意好得不得了，非常发财。杨逵觉得要改名字，就应该在"货栈"两个字上打主意。水根突然决定要改名，而且说改就改，非改不可，决意要把"车行"两字，立刻改成"货栈"。

三仁车行这几个字，原来写在一块木板上。这块木板当初是在仪凤门那边听戏，跟棺材铺老板朱老七讨的一块下脚料，边角都不太齐整，中间还有道裂缝。字也是由喜欢写毛笔字的朱老七书写，现在水根将它从墙上摘了下来，又送回到棺材铺，再次麻烦朱老七，请他用漆棺材的黑漆重写。朱老七图省事，也不愿意将原来的字刨去重来，就把木板反过来，在背面写上了"三仁货栈"四个大字，每个字都写得很大，将木板都撑满了，水根看了有些不乐意，说你的这个字，怎么写这么大。朱老七看着自己写的字，很严肃地说：

"字大好，大了好，你们不是叫那个什么'货栈'吗，是货栈，字就该写得大，就该写满了才好，越大越好，财源茂盛达三江，当然是大了好，大了清楚，大了才能发财。"

水根说："我反正是不懂，你说好，那就好吧。"

回去的路上，水根不是很明白地问杨逵，棺材铺老板朱老七说的那话，有没有道理。杨逵想了想，说我觉得有点道理，起码这样看上去更显眼，这一眼看上去就不太一样，就觉得有气派。水根点点头，说让你这么一说，我也觉得可以，也觉得比原来的那个更好。拿回去重新挂上，还是放在原来的位置上，水根又问在一旁观看的铁梅，原来那块招牌好看，还是现在的这块好看。问的是铁梅，抢答的却是阿二，他说这个字怎么这么大，都快写到外面去了。

水根一脸不屑，瞪着阿二说：

"你懂个屁，什么叫写到外面去了，这个叫圆满，人家朱老七都说了，叫财源什么三江，要满了才好，懂不懂，就知道瞎说！"

阿二不作声了，铁梅帮阿二说话：

"水根你有没有觉得，炳哥不在，你的这个口气，太像炳哥了。"

水根现在说话的口气，确实有点像炳哥，动辄教训别人，教训这个那个。与铁梅的态度也变了，再也不像过去那样偷偷摸摸，学着炳哥的坏样，当着阿二面就会动手动脚。突然间，水根变了一个人，变得莫名其妙，让人难以琢磨。有一段日子，他很不愿意提起炳哥，怕别人说到炳哥，渐渐地，又喜欢主动提起，动不动把炳哥挂嘴上，开口就是炳哥怎么了，说炳哥那一身臭毛病，都是大家惯的，大家都怕他，你们都怕，他也就变成那个样子了。

有一天，冯亦雄只不过是随便说了一句玩笑话，水根突然就暴怒，狠狠地扇了他一记耳光。大家看了都很吃惊，冯亦雄人生得矮小，性格却也很凶悍，这些年来一直都把水根当大哥看待，没想到大哥会这样对待自己，顿时感情上有些接受不了，脑袋一发热，跳起来要与水根拼命。在一旁的杨逵见势不妙，连忙抱住了冯亦雄，如果不是他手快，接下来会发生什么，真不好说。

6

　　炳哥不在的那些日子，恐怕除了水根，大家都在想，一旦炳哥再次出现，当他又一次站在大家面前，会发生一些什么样的冲突。水根现在说话的口气那么大，牛也吹出去了，海口也夸出去了，真要遇到了炳哥，这个戏又会怎么演下去，又能怎么演下去。肯定不会善罢甘休，炳哥和水根肯定会有一番较量，他们两个肯定会大打出手。这注定了是一场恶仗，是一场生死之战，杨逵和冯亦雄在背后议论，这事到了水火不容的地步，到时候真打起来，毫无疑问地要帮水根，毕竟他们都是兄弟，是合伙人，他们必须与水根联手对付炳哥，然而炳哥可不是好对付的人，最后究竟是谁赢，还真说不准。

　　这样的担心持续了一段时间，直到炳哥的尸体被发现。尸体是在江中间一个小沙洲上发现的，消息传了过来，杨逵和冯亦雄都很高兴，非常开心，压在心上的一块石头，终于落了地。原本要担心的那件事，说没有就没有了。现在，炳哥死了，炳哥他再也不会来了，再也不会出现在他们面前。关于炳哥的死，说法很多，有各式各样的流言，却没人知道事情究竟是怎么发生的。等到尸体被发现，已经过去了很多日子，尸体高度腐烂，早已面目全非。

炳哥尸体是一位叫约翰的荷兰人发现的，这位个子很高的约翰，英国亚细亚公司"七龙堂"的雇员，金发碧眼大鼻子。当时下关有个官家的招商局，招商方面不是很有经验，经常会受洋人的骗。在确立开埠之前，洋人看好水运前景，已悄悄地以高价收买了许多地皮。随着下关开埠，地价开始飞涨，不管怎么涨，洋人还是很有兴趣很有实力继续收购。约翰所在的"七龙堂"便是在最近又新购了一段江岸，准备建造趸船码头。签完契约后，约翰兴致勃勃，雇了一艘小船浏览江景，沿着江岸一路向西。在行进过程中，发现了江中间的小沙洲。正是枯水期，江中间的这个小沙洲，完全裸露了出来。

小沙洲的面积并不大，平时也不过只有两三亩地光景，水位高时，通常都要被淹没。洲上有几棵柳树，已经挺高大，孤零零地竖着，柳枝儿随风荡漾，航标一样竖立在江中间，提醒着过往船只绕道而行。离江岸也不算很远，这一段江岸没人居住，因此也不会有人上去。那天也是一时兴起，小船经过小沙洲，约翰非要到小沙洲上去看看。摇船的收了人家钱，雇主要想玩，当然只能依着他。把船摇过去，尽可能地靠近，让约翰自己涉水上去玩。小沙洲上很荒芜，除了几棵柳树，柳树上有两个鸟巢，一无可看。

炳哥尸首就是这么被发现了，就在柳树下面，一看就知道是谋杀案，死者手脚用麻绳捆着。约翰大为吃惊，良好的心情大打折扣，回去就报了警。因为是洋人报警，这事还不能不当真，于是便让巡警张海涛负责调查此事。张海涛是江南巡警局第四路五区的巡警，负责下关地区的警务，接受任务后，开始刑事侦查。首先要做的，是辨认尸体身份。辨认死者身份并不难，张海涛很快有了答案。虽然尸体腐烂，根据死者生前穿的衣服，根据炳哥独特的大长辫子，很容易认定他就是这段时间消失的炳哥。

下关地区紧靠码头，人来人往，什么样的人都有，什么样的怪事都可能发生。刑事案件屡见不鲜，通常是民不告，官不问，如果无人报案，基本上也就大事化小，小事化了。南京正处于南洋劝业会筹办阶段，许多工程还未动工，或者说刚开始建设，正处于大兴土木之际。为了确保南洋劝业会顺利举办，下关地区的治安和稳定，自然也就成了重中之重。毕竟这里是南京城的门户，无论水路铁路，都是日后中外游客进入市区的必经之地。现在不仅有人报案，还是洋人报的案，死者身份也确定了，下一步就要赶快找到凶手，要查明死因。

从一开始，张海涛对炳哥的死，既当回事，也不太往心上去。作为下关地区的巡警，张海涛对炳哥很熟悉，他相信炳哥之死，基本上属于恶贯满盈，死有余辜。像炳哥这样的地痞流氓，作恶多端，迟早会横死街头。当时的警察制度还不健全，"警察"还是个新东西，是个从日本过来的新名词。地方治安全靠保甲制度维护，偌大的一个南京城，也只有一百多个巡警，再加上差不多数量的保甲巡勇，合在一起就成了保甲局。端方做了两江总督，在南京进行警事改革，变早就该淘汰的保甲局为巡警局。对警区也进行重新划分，分成了东南西北四路，每路有五个区，其中下关属于北路五区之一。

两江总督身兼着南洋通商大臣，南洋通商大臣又叫五口通商大臣，始于一八四二年，衙门最初设在广州，很快移到上海，最初只是个专职。同治四年末，也就是到了一八六六年，改由南京的两江总督兼任。端方在南京担任最高地方长官的日子并不长，前后不过三年，却干了不少实事。自从平定太平天国，历任两江总督，几乎都是晚清的能臣，都为南京城市建设，多少做过一点实事，都有贡献。李鸿章让南京有了现代工业，左宗棠让南京有了开放口岸，张之洞让南京有了大学和江宁大马路。不过，这些人加在一起，都无法和端方的政绩相比。

在封疆大吏中，端方的思想最新潮，胆子最大。当时清朝政府中的南洋，与北洋的重要性不相上下。南洋一词到了民国，渐渐失去本意，完全被淹没，而北洋名声则越来越响，演变为北洋军阀北洋政府，完全掌控了中国。南京举办的南洋劝业会，是有史以来首次用官方名义主办的国际博览会，前后共有二十多万中外人士参观。借鉴的模板是万国博览会，也就是后来的"世博会"，当时中外的评价很高，盛赞南洋劝业会可以"与日之东京大阪、美之圣路易、意之米廊"相提并论。南洋劝业会盛况空前，南京的城市形象也因此大为受益。

在端方的亲自督治整顿下，设置了市区巡警，设置了铁路巡警，设置了水上巡警。张海涛作为优秀人才，派往下关地区的时间虽然不长，对于所辖地区的基本情况，早就摸得一清二楚。与那些保甲局出身的老警员不一样，张海涛是通过考试录用的"文理明通，年力强壮"的现代职业警察，在日本的警察学校正经八百地学习过。也就是说，他是进过警校的专业人员。通过最简单的访问调查，炳哥这个案子究竟怎么回事，他心中完全有数，一切都已在掌握之中。

张海涛的调查，第一步是从捆绑炳哥的麻绳开始，下关有家专搓麻绳的店铺，当时整个南京城，恐怕也就这一家有机器搓的麻绳在卖，因为只有这一家，有一台进口的搓麻绳机器。机器搓出来的麻绳，与手工麻绳完全不一样，强度要强得多。张海涛找到了这家麻绳店，询问有谁在店里买过麻绳。店里的伙计一时还真想不起来，机制麻绳太贵，一般老百姓没有特殊用处，通常都使用更为便宜的草绳。很快伙计想起来了，他想到了炳哥，想到了炳哥他们在收保护费时，曾经从店里拿走过一卷麻绳，也就是张海涛正在询问的那种麻绳。

7

在三仁车行改名三仁货栈不久，张海涛提着一根警棍找上门来。杨遽和冯亦雄出车去了，阿二在屋里不知忙着什么，水根与铁梅坐在门口打情骂俏，兴高采烈，正说到轻薄之处，张海涛突然出现在他们眼前。因为穿着一身巡警制服，水根看到他，顿时有些神色慌张，脸色立刻苍白。铁梅则十分好奇，上上下下打量张海涛，傻乎乎地问有什么事，警察老爷你跑这儿来干什么。

铁梅不当回事地这么随口一问，倒还真把张海涛给问住了。张海涛想了一下，说也没什么事，他只是过来随便看看。阿二闻声从房间里出来，他已经听见外面的对话，脸上带着几分憨笑，眼睛不解地看着张海涛，咧着嘴不说话，心里的想法和铁梅差不多，巡警怎么会突然找上门来，究竟是有什么事。张海涛看着阿二，说我要看看你的房子，让我前后先看一看。说完，就自顾自地参观起来，前后里外都要看，都要仔仔细细地查看。阿二摸不着头脑，跟在张海涛后面，陪着他从这看到那。

这地方虽然已经改名货栈，仍然还是空空荡荡，也见不到有什么货物，完全名不副实。看着看着，张海涛眼睛突然发亮，在一个不起眼的角落，竟然看到了扔在地上的一卷麻绳。他有点喜出望外，上前拿起这卷麻绳，发现绳子的一头有被砍过的痕迹，显然那刀还不够锋利，砍了好几刀才弄断，绳子顶端还留有清晰的刀印。张海涛便问阿二，麻绳从哪里弄来的，阿二被他这么一问，支支吾吾也说不清楚。张海涛又问，砍下的另一段绳子去哪了。阿二更加摸不着头脑，说我怎么能知道，我不知道呀。看他那模样，确实不太像知道的样子。张海涛忍不住还要继续讯问，铁梅便从外面进来，帮着阿二说话，替他回答：

"哎呀，不就是一根什么麻绳吗，警察老爷要的话，你拿去好了。"

张海涛很严肃地说："谁在乎这个麻绳，我是在问你们，麻绳是从哪弄来的？"

铁梅说："哪弄来的，跟人要的呗。"

"跟谁要的？"

铁梅见张海涛死盯着在问，便扯开了喉咙，招呼水根过来回答问题。她问水根这麻绳是从哪弄来的，水根从外边进来，被铁梅大大咧咧地这么一问，看着麻绳发怔，半天不说话。铁梅继续追问，让他不要装聋作哑。

水根不耐烦地说了一句："怎么啦？"

铁梅说："什么怎么啦，人家警察老爷在问话呢，问这麻绳是哪来的？"

水根还怔在那儿，怔了一会儿，说："我不知道。"

铁梅说："怎么会不知道，不是你们从外面拿回来的吗？"

水根没办法再抵赖，又不愿意承认，便说有可能是杨造他们弄来的。说完了，又做出突然想起来的样子，说想起来了，还是炳哥他在的时候，有一次，就在那什么店里，我们随手拿了点麻绳。张海涛便问是在哪家店，什么时候的事。水根说还能有哪家店，不就是他一家才有吗。张海涛抖了抖手中的麻绳，说这话也对，哪家的麻绳不重要，我想要问的，我想知道的是，少掉的这一截麻绳，它跑到哪里去了。

铁梅说："警察老爷可是真够意思，如果想要麻绳，你尽管拿去好了，为什么要说这些，什么少掉的绳子，什么叫绳子少掉了，绳子它不是就在这儿吗，我们都不知道你是在说什么。"

张海涛一直在注意水根的脸色，一直在偷偷地观察他的表情。其实早在最初接触的第一眼，第一次交流眼神，张海涛就看出了一些端倪。水根掩饰不住的慌张，充分暴露了问题，露出了破绽。他根本就不敢正眼看张海涛，他的手指一直在颤抖。作为一名受过专业训练的刑侦人员，张海涛胸有成竹；事实上，他对炳哥平时的所作所为，对炳哥与水根他们的关系，一直都是看在眼里。现在几乎可以肯定，炳哥的死肯定与他有瓜葛，水根肯定是隐瞒了什么。

话题依然是围绕着那卷麻绳，张海涛直截了当地告诉铁梅，说炳哥之死，跟这个麻绳有关。或者干脆说吧，跟这少掉的一截麻绳有关。说这话的时候，张海涛眼睛直直地看着水根，水根在他的注视下，眼睛都不知道应该往哪看。话已说得够清楚，铁梅却还要傻乎乎地问，问炳哥到底怎么死的。张海涛说怎么死的，还能怎么死，被人给弄死的。铁梅不太相信，说炳哥那么厉害，谁敢弄死他。她属于那种绝对没心没肺的女人，到这时候，还有心思跟水根说笑：

"水根，炳哥让人给弄死了，不会是你吧？"

水根急了，辩解说："你这瞎说什么，这种事情，怎么可以瞎说。"

铁梅笑着说："就要瞎说，我知道你也没那个胆子。"

阿二在旁边插嘴，问了一句："炳哥真是让人给弄死了，会是谁弄的呢？"

铁梅继续起哄，突然冒出来了一句，口无遮拦地喊道："我知道是谁了。"

她这话让大家都一怔，都看着她，在等她的下文。偏偏她又不往下说了，阿二知道她喜欢乱说，连忙警告，让她不要张口就来，不要胡说八道。铁梅说我就要张口就来，我就要胡说八道，说着玩玩不行吗，说出来吓唬吓唬人不行吗。阿二说好吧，你也就不要吓唬人了，既然你知道，那么我问你是谁，是谁把炳哥弄死了。铁梅说反正不会是你，也不会是水根，你们都是怂人；什么叫怂人呢，就是有那个心，也没那个胆，你们要是有那个胆，炳哥他早就没命了。

张海涛说："你说的这个话，我怎么听着，都像是帮别人洗地，在帮人逃脱。那好，你说说看，你既然是知道，到底又是谁呢？"

铁梅说："肯定是船上人干的。"

张海涛说："你怎么知道是船上人干的？"

"我猜的。"

阿二说："你不要乱说了，这种事情，怎么可以乱猜。"

铁梅说："怎么是乱猜，炳哥带着他们，动不动就拿人家船上人的东西，想拿就拿，动不动还欺负人家，船上人凭什么就不敢报复他们。"

阿二说："好了，好了，你就不要乱讲了。"

张海涛不想再听铁梅胡说八道，他看着水根，话里有话地问他：

"炳哥这事，不能无缘无故就死了，你又有什么想法，你觉得会是怎么一回事？"

水根脸色苍白，不说话。

张海涛说："别像个哑巴，问你话呢？"

铁梅说："水根你说话呀，这时候不说话，会让人家觉得你是在心虚，好像这事真跟你有关系似的，你开口说话呀！"

水根还是不说话。

张海涛说："你不会跟这没脑子的女人想到一起去了，也觉得这事是船上人干的，船上人干了这事，把炳哥弄死了，然后就跑了，跑得无影无踪，谁也找不到他们，死无对证。"

水根此时的心里翻江倒海，他的眼睛根本就不敢与张海涛对接。他根本就不敢再看张海涛，张海涛还在等着他回答，阿二夫妇也在看他如何回答，水根却不知道应该如何回答。他知道自己这时候不应该不说话，不能不说话，可是确实不知道自己说什么好，不知道应该怎么说。他这一直不说话，局面便一直这么僵在那儿，显得非常反常。连阿二和铁梅也看出了一些不对劲的地方。张海涛也不继续追问，他觉得没必要再问下去，竟然就走了，拎着那卷麻绳走了，临走前，很有把握地，同时也是意味深长地，撂下了一段话：

"好吧，你可以什么都不说，我把实话告诉你，我已经知道怎么回事，这事，不可能是船上人干的，不可能。究竟谁干的，你水根知道，我张海涛也知道，我们心里都已经有数了，是不是这样？"

第
四
章

1

　　巡警张海涛走了，巡警张海涛突然就离去了。他来得突然，
走得也很突然。水根的反应太反常，太离谱，太不合常理。张海
涛一走，铁梅迫不及待地问水根，问他究竟怎么一回事，为什
么警察老爷问话，那么简单一个问题，他老是阴阳怪气不肯回
答，弄得好像炳哥真是他弄死的一样。水根白了铁梅一眼，依然
还是不说话，不肯说话，无论铁梅问什么，说什么，都仿佛没
听见。

　　直到杨逵和冯亦雄从外面回来，水根都没开过口。他陷入了长
久的思考中，一直在沉默，一直在想着什么。大家一起吃晚饭，水
根脸色沉重，忧心忡忡，根本就不愿意搭理杨逵他们的说笑。杨逵
意识到出了什么事，向铁梅询问，铁梅说你们不要问我，这事要
让水根自己说，你们问他好了。水根依然爱理不理，阿二便说今

天警察老爷来过了，过来过问炳哥的事，怀疑炳哥是被人弄死的。冯亦雄笑了，说炳哥当然是让别人弄死的，难道他还能自己把自己弄死不成。阿二说，问题是究竟谁把炳哥弄死了，这事是谁干的呢，铁梅怀疑是船上人干的，可人家警察老爷不肯相信，不相信是船上人干的。冯亦雄说铁梅说得有道理，我也觉得这像是船上人干的，你想，能把炳哥弄到那个江心小岛上去了，这种事，不是船上人干的，还能有谁，不可能是别人。

杨遂若有所思，自言自语地来了一句：

"不能你们说是船上人，就是人家船上人，这种事，也得要有真凭实据才行。"

"人都他妈的早死了，死了不就拉倒了，"冯亦雄完全不把这事当回事，大大咧咧地说，"现在到哪去找什么真凭实据。"

"空口说白话不行。"

"怎么是空口说白话呢？"

"不过这位警察老爷，好像真知道是谁干的，"阿二再一次插嘴，提示说，"看他那样子，好像是很有把握。"

铁梅不同意阿二的话："要是真有把握，也不用上我们这儿来了。"

一直不吭声的水根，终于开口了："他找到这儿来，是有道理的。"

铁梅说："有什么狗屁道理！"

水根冷冷地说了一句："他怀疑是我们干的。"

铁梅不屑地说："真要是你们干的倒好了，这也算是有出息了，可惜不是。"

"可惜不是——真要是不是，就好了，问题是，可惜就——是，"水根看了看铁梅，看了看阿二，又看了看杨逵和冯亦雄，突然决定说出真相，"好吧，我告诉你们，这事确实是我水根干的，我把炳哥给干了，是我干的。"

大家听了都感到震惊，都觉得这事不可思议。可是不相信，又似乎不能不相信。毕竟是一条活生生的人命，这种事不会乱说，如果水根敢这么说，又说得这么言之凿凿，毫无疑问，炳哥就是死在水根手上。明知道水根不会乱说，铁梅还是有点不太相信，仍然要说一句，这个不可能，不可能是你水根干的。

水根斩钉截铁地说："就是我干的。"

接下来，大家开始一起回忆那天喝酒的情形，回忆当时的各种细节。那天正好是沪宁铁路通车，下关码头热闹异常。他们一起喝酒，在小酒馆喝了许多酒，都喝了许多许多，炳哥喝得最多，铁梅和水根也没少喝。然后杨逵和冯亦雄拉着阿二夫妇先走了。事情显然发生在他们走了之后，再接下来的故事，便要由水根来叙述；这以后又发生了什么，只有水根才知道。

"这事，要说简单，也简单，反正是我水根干的，好汉做事好汉担；既然我干了，干了也就干了。"

杨逵和冯亦雄想知道他是怎么干的，阿二和铁梅也想知道，水根把事情的原委都说了出来。那天他们几个走后，酒馆就剩下他和炳哥两个人。这时候，炳哥说起话来，口齿已经不清楚，人也站不稳了，跌跌撞撞，摇摇晃晃，还说要再喝，还说要去清和坊。水根也有些头晕，他对炳哥说，你都醉成这样，去了清和坊，又能干什么呢。炳哥说不干什么，就是去看看，去玩玩，去吓唬吓唬人。水根说自己那时候只是头晕，心里什么都明白。他早就存了一份心思，早就想找个机会，好好教训一下炳哥，在水根的黄包车上，早就藏好了一截麻绳。

一听说麻绳，铁梅和阿二眼睛顿时就亮了，他们突然想明白，难怪张海涛对少掉的那截麻绳，会有那么强烈的兴趣。水根接着往下叙述，说他带着炳哥到江堤上去兜风，当时心里还有些混乱，也没想明白到底该怎么办，只是想教训一下炳哥。正好是喝了酒，让江风好好地吹一吹，也可以醒醒酒。没想到这个炳哥，不一会儿，就像死猪一样睡着了。对即将到来的危险毫无知觉，根本就不把水根当回事。这让水根感到很愤怒，真的是很愤怒。于是他撒开腿来，拉着炳哥在江堤上奔跑，为什么要奔跑呢，因为这时候，只有这样奔跑，才能发泄水根心中的不快。

炳哥依然睡得跟死猪一样，江堤上没人，奔跑了一段，又奔跑了一段，水根终于停下来。奔跑也好，停下来也好，炳哥毫无反应，水根便狠狠地扇了他两记耳光。炳哥被打醒了，睁开眼睛，有些迷糊，不知道发生了什么事，水根又狠狠扇了他两记耳光。

炳哥说："打得好，我们这是在哪，你为什么要打我，为什么？"

水根说："不为什么，我就是想打，早就想打了。"

"打得好。"

"打得好？那就再来两下——"

又是两记耳光，很结实的两记耳光。炳哥算是彻底给打醒了，说今天我们都喝了酒，我也不和你小子计较，你水根早就可以跟我动手，早就应该跟我干了，干吗非要熬到现在。水根说你说得好，我是早就应该跟你炳哥干了，你真以为我是怕你。炳哥说你不怕我，你怎么会怕我，现在是我怕你，我怕你好不好，我怕了，真怕了。水根说炳哥说这话的时候，根本没有一点害怕的意思，他仍然不把水根放在眼里。水根被他激怒了，彻底激怒，就在这时候，他看见不远处停着一只打鱼的小船。

刚开始炳哥还不肯上那小船，他赖在黄包车上，死活不愿意下来，说水根你这是什么意思，有什么话我们就在岸上说，为什么还要上船。处于暴怒中的水根不愿意再跟他商量，这事没有商量，这事不能商量。他冲炳哥的脸上就是一拳，这一拳打得很重，很结实。炳哥毫无还手之力，他不得不从黄包车上下来，站都站不稳，嘴里还在嘟囔，说你他妈没看到我喝高了吗，我喝高了，欺负我喝高了是不是。水根说我怎么敢欺负你炳哥，平时不都是你炳哥欺负人吗，平时不都是你想怎么就怎么吗。炳哥不得不听水根的话，按照水根的要求上了小船，刚上去，小船还没离岸，他就抓着船沿吐了起来。

小船向江中的小沙洲行进，划出去了几十米，又掉头往回划，水根重新上岸，从黄包车上拿了那截麻绳。炳哥吐了一次，又吐了一次，也无心去想水根在干什么，要干什么。显然是酒喝得太多了，这时候正好要来劲，他根本控制不住自己。加上那船又小，在江面上也不是很稳，江上的风又很大，他能保证自己不跌入江里，就已经很不错了。这一段江水突然变窄，水流也因此有点湍急，小船要划向小沙洲，必须要先逆水行舟。水根只想到要带炳哥上去，真上去了要干什么，他还没想好。

2

正好是落日时分，红红的太阳照过来，水面上波光粼粼。说起来，万里长江是自西向东，然而在下关这一段江面，却突然拐了一个大弯，变成了由偏西南向偏东北。这样一来，冬日的太阳仿佛就悬在天边的江尽头。水根跳上了小沙洲，把小船往浅滩上拖，一直拖到离开了水面，卡在了沙滩上，这样，流动的江水就不会把小船带走了。然后喊炳哥下船，炳哥依然是执拗，依然是不肯下船，水根便好言相劝，将他扶了下来。

下船后的炳哥突然心情变得很好，走路也稳了许多，看着长江尽头的红太阳，看着它就要完全落下去了，说没想到在江中间，居然还有这么个好地方。夕阳无限好，此时的水根脸色沉重，也没有心情跟他说什么话，把炳哥带到一株柳树下面，用麻绳先将他双手捆了起来，接着又把他的脚捆了起来。

炳哥不明白地说："水根呀，你这究竟是唱的哪一出戏，你究竟是想干什么？"

水根不说话，该干什么干什么。

炳哥说："我知道你水根一直不喜欢我。"

水根仍然是不说话，很认真地检查打了死结的绳子，检查捆得结实不结实。

炳哥的酒劲还没有过去，一会儿清醒，一会儿糊涂，他大着舌头说：

"我知道，为了铁梅那女人，你水根是憋着、憋着对我的一肚子意见，水根，你不会、你他妈不会真想不开，为那个烂女人，要弄死我吧。"

水根把炳哥就留在了小沙洲上，不仅捆住了炳哥的手和脚，还把绳子绕在了树干上。为保险起见，为了不让他叫唤，水根从炳哥的棉大褂上扯了一块布下来，将他的嘴堵得严严实实。离开小沙洲时，天已经完全黑了，炳哥被捆得结结实实，动弹不得，他的嘴被堵住了，发不出任何声音。水根悄悄地离去了，一切都显得非常安静，好像什么事也没有发生。

江面上很黑，因为黑，天空中的星星，显得很亮。水根没有用力划向对岸，而是顺流而下，放任小船在江上漂浮。小船向下关方向漂去，经过了江边的一个个大码头，继续往前漂浮，一直漂到幕府山，才将小船划到岸边。这地方离家有很长一段距离，要想再把小船逆水划回去，已不太可能。水根干脆弃船而去，小船也不要了，让它顺着江水漂浮，漂哪儿算哪儿。时间不早了，水根沿着江边往回走，江边的路不好走，高一脚低一脚，好不容易摸到了住处。刚要进门，一拍脑袋，突然想到自己的黄包车，还丢在江边，立刻又摸黑跑过去取，取回来以后，放好了，悄悄摸上床睡觉，心里七上八下，翻来覆去睡不着。好在第二天，也没人意识到晚上出了什么事。

第二天，水根心里一直在打小算盘，首先考虑要不要告诉杨迲和冯亦雄。他有点拿不定主意，既想听听意见，又觉得这事还是瞒着别人更好。是告诉他们好呢，还是不告诉才好，水根感到有点为难。不同的想法在水根脑海里打架，他想到自己可以一个人再偷偷地去那小沙洲，去把炳哥放了，只要炳哥服软，只要炳哥认栽，水根可以饶他一命。当然，他也可以带着杨迲和冯亦雄一起去，看炳哥怎么表态。万一炳哥不服软呢，万一他不肯认栽呢，万一是这样，而不是那样，又怎么才能收场。水根进退两难，怎么做都有点不妥，都有点问题。心里就想，反正是神不知，鬼不晓，也用不着人着急，就让炳哥再受一天罪，就让他再吃一天苦吧。

一天说过去就过去了，大家似乎都没意识到有什么不对劲的地方。到了晚上，阿二夫妇奇怪炳哥怎么没有一起回来，杨迲和冯亦雄想不明白炳哥为什么不在家。大家都没有多想，也犯不着为他多想。只有水根心里不平静，虽然对炳哥恨之入骨，即使都到了这时候，他想得更多的，还是怎么去放了他，还没想到要置炳哥于死地。现在，水根与炳哥算是彻底结下了梁子，他开始感到后怕，不知道这事最后如何收场。仔细想想，已经有点你死我活的意思，一旦炳哥缓过神来，一旦他重新回到他们身边，究竟又会怎么样，这真不好说。

前一天晚上没睡好，事实上，到了第二天晚上，水根的心里还在想事，想着想着，很快就睡着了，呼呼大睡。一觉醒过来，天都快亮了。如果说第一天，水根想得更多的，还是怎么去把炳哥放了，怎么结束这事；接下来的一天，想得更多的，已经是放还是不放；再往后，想法完全变了，水根觉得这事做了就做了，一不做，二不休，既然干了，再也不能往后退缩。于是一天又一天，时间就这么过去了，大家偶尔还会提到炳哥，还会想到他，渐渐地，都把他给忘了，连水根也都快忘了这事，直到炳哥的尸体被发现。

现在，水根把自己当时的所作所为，所思所想，重新叙述了一遍。大家听得目瞪口呆，做梦也不会想到事情是这样。事情就是这样，事情就是这么简单。好汉做事好汉担，真相都说出来，水根反而感到轻松了。大家开始为水根担心，阿二重重地叹了一口气，咂了咂嘴，想说什么，话到嘴边，又没有说出来。铁梅便问他，你想说什么，有屁快放，赶快说出来呀。阿二倒吸了一口冷气，说我也不知道要说什么，反正炳哥死也死了，他真的是死了。

铁梅说："都到这时候了，你还在说废话。"

阿二有点幸灾乐祸，说："怎么是废话，难道炳哥没死吗？"

大家一时也都不知道说什么好，现在，水根的故事大家都已知道，接下来该怎么办，该如何应对？杨逵觉得水根肯定想好了怎么做，既然他能把这事说出来，也知道会有什么后果，肯定做好了准备，想好了对策。三十六计逃为上，水根告诉大家，在巡警还没来抓他之前，他要先逃走，他要逃之夭夭，逃到一个谁也找不到的地方去。世界很大，水根要先找一个地方避避风头。

到了次日凌晨，水根就准备上路了。是走水路，打算先搭船去镇江，然后沿运河去淮安，再转向沛县。沛县是他的老家。自从儿时与父母来南京谋生，他再也没有回去过。杨逵和冯亦雄有点依依不舍，大家兄弟一场，天天在一起，这时候当然是要去送他。铁梅也要送，她闹着要送，结果阿二也要去，于是就一起送行。惠通河里南来北往的船只也多，一条船一条船问过去，很快便找到一条要出发去泰州的船。去泰州必定要经过镇江，因此也就算是顺路了。大家挥手作别，岸上的人看着船升帆，看着它沿着河道向前航行，缓缓地进入长江。

水根在船上向他们挥手，临行前，给杨逵和冯亦雄留了话，人命关天，官府肯定还会追问炳哥的事。真要有人来问，也用不着再隐瞒，直接把他供出去就行。水根觉得巡警好像也不是真心想抓他，真要抓也就抓了，张海涛好像只是在暗示他离开，让他离开自己所管辖的地界。杨逵和冯亦雄听了，似信非信，舍不得水根离开，同时也确信他必须离开，不得不离开。过去的这些年，真遇到了什么事，最后都是水根帮着出头，都是他冲在前面，水根也许谈不上是多么厉害的老大，毕竟还是他们的带头大哥。

3

与水根预料的一样，巡警很快又找上门来。这一次，张海涛不是一个人，还带了一位巡警老李过来。他们要做的事很简单，就是带着脚镣，准备前来捉拿罪犯水根。该问的问了，很快就清楚了，这时候，罪犯已经跑了，张海涛看上去并不失望，也不着急，好像这正是他所希望的。果然也与水根预料的差不多，张海涛不在乎能不能抓到他，只是希望他滚蛋，只是希望水根离开自己管辖的下关地区，只是不想再看到他。

既然水根跑了，畏罪潜逃，便要把杨逑和冯亦雄带回警局问话。水根的那辆黄包车也要扣押，临走前，张海涛带着巡警老李四处看了看，说东道西，悄悄对老李交代着什么。他们屋前屋后地在查看，铁梅跟在后面，想偷听这两人究竟在说什么，听了半天，也没听明白。最后张海涛来到放黄包车的屋子，问哪辆车是水根的，弄明白了以后，自己就先坐了上去，点名让杨逑拉他。又示意老李去坐另一辆黄包车，让冯亦雄拉他，说是一起去巡警所做笔录。

坐在车上，张海涛感觉很舒服，不当回事地对他们两个说：

"你们两个，与这件事无关，那就到巡警所里去回话，把事说说清楚就行了。"

杨逑不乐意了，说："我们又没犯什么事，凭什么要让我们去巡警所。"

老李说："废什么话，哪有那么多凭什么，让你们去就得去。"

冯亦雄反问了一句："我们要是不去呢？"

"不想去是不是，那好呀，那就戴上脚镣，把你们捉了去，"张海涛拍了拍黄包车的把手，冷笑说，"信不信，现在就可以给你们戴上，当我们是在说着玩呢。"

铁梅还想跳出来打抱不平，阿二怕她瞎说，连忙拦住她，不让她开口，走过来打圆场，让杨逵他们听话，服从警察老爷安排。跟警察老爷没什么理好讲，杨逵和冯亦雄只能乖乖地听话，按照张海涛的吩咐去做。他们也没有直接去巡警所，先去了南洋水师学堂。到学堂门口，张海涛独自一人进去了，让老李和杨逵他们在外面等着。

不一会儿，张海涛与水师学堂的教习彭锦棠一起走了出来，他们就站在门口说了一会儿话，在讨论什么事。然后张海涛又喊老李过去，为老李做介绍，介绍他和彭锦棠认识。于是两位算是正式结识，先是中式的拱手问候，紧接着又是西式的握手致意。杨逵和冯亦雄远远地看着，觉得十分好笑。杨逵告诉冯亦雄，他见过那个叫彭锦棠的人，知道这男人是谁。

冯亦雄便问这个人是谁呀，杨逵为什么会知道他，杨逵正要解释，张海涛和老李结束了与彭锦棠的谈话，正朝这边走过来，各自上了车，示意他们立刻上路。杨逵只能把要说的话，咽回到肚里去，他已认出了此人是仪菊的丈夫，在为芷歆拉车的那些日子，杨逵不止一次见过彭锦棠，不止一次去过驴子巷的仪菊家。很显然，张海涛与老李去找彭锦棠，是有什么事要商量，他们正在一起密谋着什么事。那时候，杨逵还不知道这些人都是革命党，不知道他们所进行的这些秘密活动，是为了推翻大清政府。

杨逵和冯亦雄各人拉着一位巡警在路上走，显得有些招摇。张海涛与老李在说话，说的也是杨逵听不太明白的话，只听到他们说到了共进会，说到了镇南关和河口，什么是共进会，镇南关和河口究竟在什么地方，杨逵当然是不知道。经过仪凤门的时候，棺材铺的老板朱老七正在墙角晒太阳，他看见黄包车上坐着两位巡警，有点好奇，眼睛呆呆地看着他们。朱老七自己开的是棺材铺，很少与人主动打招呼，以免别人产生误会，以为是要人家照顾他的生意，今天见到杨逵他们拉着两位巡警，不免觉得好奇，竟然忍不住开口问了一句：

"这是要去哪里，驮着两位警察老爷？"

杨逵也觉得很好笑，自拉黄包车以来，什么样的人都拉过，当然也拉过巡警，可是像现在这样，同时拉着两位巡警，还从来没有过。最可笑的是明明要让他们去巡警所回话，去做笔录，却先莫名其妙地绕了道，去了南洋水师学堂。

面对朱老七的询问，冯亦雄回了一句：

"还能去哪，自然是要去巡警所。"

到了巡警所，张海涛开始正式问话；所谓正式，也还是走过场。无非说一说水根是何方人士，籍贯是何处，年龄多大，犯罪的动机是什么。杨逵与冯亦雄根本就不清楚，胡乱地说，胡乱地回答，张海涛却是一本正经地在记录，在不停地写。然后又在纸上画图，画了好半天，画出了一幅图像，让杨逵和冯亦雄看，问他们像不像水根。杨逵他们没想到张海涛居然还有这个能耐，还会画图，还会画人像，所画的那张图像，说起来真有些像水根。

至此，问话和笔录就算结束，杨逵和冯亦雄被撵出了巡警所。第二天，下关街头贴出了通缉水根的布告，上面画着水根的头像。炳哥被杀一事，早在私底下就传开了，现在确定了凶手，都知道凶手是水根，大家再聚在一起，最感兴趣的话题，是布告上的这个水根，和真人水根到底是像还是不像，说像有点像，说不像也可以。炳哥作恶多端，没有人会对他的死表示同情。水根也不是什么好东西，也没人会同情他，通缉水根的布告贴出来，最后能不能抓到他，谁也说不准，能抓到最好，抓不到也没办法，天高皇帝远，谁知道水根跑哪去了。

时间到了一九〇九年的春天，这时候，大清朝摇摇欲坠，离最后的日子不远了，南京城却欣欣向荣，毫无亡国征兆。南洋劝业会增加了这个城市的繁荣气氛，下关地区变得更热闹。三仁货栈因为水根的离去，开始在走下坡路。没有了炳哥，没有了水根，保护费也没办法再收。货栈名存实亡，黄包车生意也就是勉强维持，天天能把饭吃饱就不错了，如果不是张海涛再一次找上门来，杨逵与冯亦雄可能真不知道自己该怎么继续下去。

张海涛再次找上门来，是差不多一个月以后，阿二家门口两棵桃树刚开完花，粉红的花瓣落了一地。张海涛站在门外，脚踩着落在地上的桃花，观察了好一会儿，准备走进屋去。杨逵与冯亦雄正好想出车，正在走出来，被他拦在了门口。那时候，张海涛对阿二夫妇与这两人的关系，虽然有所了解，还是弄不太清楚。不过究竟是什么关系也不重要，张海涛感兴趣的只是阿二的房子，只是杨逵他们的黄包车，这两点才是张海涛看中的。有了阿二的房子，这里可以成为革命党人的联络据点，革命党人的枪支弹药，也可以存放在此。有了杨逵他们的黄包车，还可以用来运输革命党人的物资。与当初炳哥入住三仁货栈的情形相仿佛，张海涛很轻易地就反客为主，成了货栈的实际掌控者。

三仁货栈稀里糊涂中，成了革命党人的据点。在此之前，杨逵对革命党毫无了解。老百姓眼里，大家心目中，革命党人就是乱党，就是反贼，一旦被官府抓住，便是要拉到街上砍头。因为在一开始也不知情，大家既没感到害怕，也谈不上有丝毫担心。警察老爷的买卖，还不是想怎么就怎么，有东西要寄放在三仁货栈，自然是不会有什么问题。违法的事杨逵他们一向也没少做，这个货栈本来就是专门窝藏赃物的地方。

4

三仁货栈成了革命党人的据点，说起来，这还只是有点蹊跷的第一步，接下来更让人预想不到，杨逵也稀里糊涂地成了革命党。当时的革命党叫会党，隶属于同盟会的中部分会。刚开始的时候，大家都不知道藏在三仁货栈的货物是什么，张海涛只说有东西要寄放在这儿；他要放，谁还能不让他放呢。

再下来，张海涛便提议大家一起合作做生意，做木材生意。张海涛的身份是巡警，不能公开出面，表面上这个老板，还是要由阿二来担当。张海涛在背后给予支持，这个所谓支持，其实也就是他变成了新的老大。杨途和冯亦雄这一年刚好满十八岁，仍然需要有个人带领他们，在过去，都是跟在水根后面，有一段日子，又是炳哥带着他们干。现在开始跟着张海涛干了，比起水根和炳哥，张海涛不知道要厉害和精明多少倍。

木材生意做了不久，张海涛又开始转做煤炭和洋油生意。有史以来，南京居民都以烧柴禾为主，到了冬天，整个城市都是光秃秃的，凡是能折断的树枝，都被砍回家烧火了。清道光元年，也就是一八二一年，南京开始有了第一家小煤铺。五十多年后，到了光绪元年，也就是一八七五年，太平天国结束了，南京慢慢地恢复元气，整个城市也不过只有三家小煤铺。这以后，到辛亥革命爆发前的一九一〇年，南京的小煤铺没有增加，反而从原有的三家，减为两家。南京的居民都不习惯烧煤，总觉得柴禾更便宜，况且家中的老式灶头，也只能烧柴禾。

然而张海涛却看到了新的商机，看到了以后大家一定会烧煤的必然趋势。当然，他最初的目的，还不是为了赚钱，甚至都没想到赚钱。革命党人正在酝酿新的暴动和起义，做煤炭和洋油生意，来钱更快，对革命党人的活动支持也更大。过去的这些年，革命党人

126

的活动范围，集中在南方边界地区，譬如在广东的广州和惠州，在广西的钦州和镇南关，在云南的河口。这些起义虽然有影响，最后都失败了。一次又一次的失败，让革命党人开始调整斗争策略，他们决定把革命转移到长江中下游地区，在两湖和江浙地区发动起义。

与杨逵的接触中，张海涛发现这个小伙子居然还认得字。这个发现让他感到惊喜，他正急需帮手。张海涛开始有意培养杨逵，开始借小说给杨逵看，最后干脆把自己喜欢的《七侠五义》和《说岳全传》都送给了杨逵。当时的革命思想，就是非常简单的反满，所谓"驱逐鞑虏，恢复中华"。看了这些侠义小说，杨逵不仅自己受到革命思想的影响，还开始给冯亦雄讲故事，讲岳飞的故事。民间本来就有岳飞的故事在流传，它一旦和反满情绪联系在一起，就又有了完全不一样的意义。

下关地区有座狮子山，这山并不高，紧挨着仪凤门。一九一一年的中秋之夜，张海涛约了杨逵和冯亦雄，一起登上了仪凤门城楼赏月。月明星稀，登高往远处看，别有一番景色。张海涛跟杨逵他们说历史掌故，说狮子山是朱元璋的福地，当年明太祖的军队就是埋伏在这座山上，大败前来进攻的陈友谅，这一仗奠定了大明王朝的根基，没有这一仗，就不可能有后来的北伐，就不可能驱逐蒙古人。那一天月光真的是非常好，非常明亮，江面上波光粼粼，张海涛情绪激昂，从明朝说到了清朝，最后又说到了岳飞抗金，说到了秦桧。

张海涛说："你们南京人吃的那个油条，我们老家怎么说的，我们老家叫'油炸桧'，为什么这么说呢，就是要油炸秦桧的意思。"

张海涛又说:"知道不知道,秦桧就是你们南京人,就是你们南京老乡,你们南京人真是差劲,出了这么一个没出息的东西,也难怪你们南京人不这么说,不说油炸桧。"

杨逵有点不太同意张海涛的话,说南京人把油条说成油条,就是习惯,大家都习惯这么说。不说"油炸桧",不代表南京人就喜欢秦桧。南京人怎么可能会喜欢秦桧呢,南京人才不可能因为秦桧是南京人,就会护着他,就会喜欢他。事实上,南京人早就忘了历史上这里曾出生过一个叫秦桧的人,南京人并不知道秦桧是南京人。

那一段时间,断断续续地,看完了《说岳全传》的杨逵,一直都在跟冯亦雄说岳飞的故事,不只是说给冯亦雄听,还说给阿二夫妇听。闲着什么事都不干的时候,他们一直都在谈论岳飞,岳飞成了大家心目中的大英雄。那段日子里,他们恨透了秦桧,他们才不会认秦桧是什么老乡,秦桧这个老乡只会让他们感到丢人。小说的作用有时候是巨大的,自懂事以来,一直都是在大清的统治之下,杨逵他们只知道自己与南京城里的旗人不太一样,等到弄明白那些旗人,也就是所谓的满人,就是当年与岳家军作战的金兵后代,知道金兵的后代就是满人,他毫不犹豫地就成了一名革命党。

不仅是杨逵成了革命党,他也把冯亦雄一起拉进了革命党人的队伍。当时参加革命党,也没什么手续,只要有人肯带着你,基本上宣布你是,你也就是了。大家都是党人,都是同志,都在进行秘密活动。杨逵他们听从张海涛的调遣，张海涛则听从彭锦棠的安排。中秋夜之后的第五天，改变中国历史的武昌起义第一枪，在长江上游的武汉打响了，消息很快通过报纸传到了南京，南京的革命党人深受鼓舞，也开始蠢蠢欲动，奔走相告。得到消息的第二天，杨逵便送张海涛去了驴子巷的彭锦棠家，他们在一起商议，商议如何响应武昌起义。

那天张海涛和彭锦棠在一起说了什么，杨逵并不知道，只知道两人的想法不完全一样，争论有点激烈，声音一会儿大一会儿小。他们两人是同乡，说的又是家乡话，很难听懂，先是在院子里说，后来觉得声音太大，不安全，才进屋去说。杨逵并没有跟进去，张海涛让他留在院子里，守着自己的那辆黄包车。也就是在这一天，杨逵又看到了久违的仪菊，又看到了久违的芷歆。张海涛和彭锦棠进屋了，仪菊和芷歆从小楼里一边说话，一边走了出来。仪菊一眼看见杨逵，她认出了他，知道他是与张海涛一起过来的，微笑着冲他点了点头。芷歆也看到了杨逵，与仪菊表现出的很友好不一样，她竟然很不友好地又白了杨逵一眼，目光移向了别处。

很久不见，仪菊看上去并没有太大变化，芷歆略有一些，变化也不算大。时间对她们来说，仿佛是静止的，一转眼，三年过去了，这两个处在不同年龄段的女人，还是那样漂亮，还是那样风姿绰约，让人过目不忘。杨逵觉得她们更漂亮了，甚至比以前还更好看。百无聊赖的杨逵，突然产生了一个很奇怪的念头，如果眼前的这两个女人，可以让他选择，他会选择哪一个。毫无疑问，他理所当然地会选择芷歆，当然是要选年轻的，选一个与自己年龄相当的，没结过婚的。然而芷歆会选择他吗，芷歆会选择杨逵吗，当然不会，怎么可能会，芷歆怎么可能选择与杨逵在一起，用冯亦雄的话说，杨逵是癞蛤蟆想吃天鹅肉，癞蛤蟆是吃不到天鹅肉的。

紧接着，一个更加奇怪和大胆的念头，出现在杨逵的大脑里，如果选择了仪菊，又会怎么样。首先，仪菊是有夫之妇。其次，仪菊年龄也要大出许多，辈分也不一样。这么想有点下流了，为什么要这么想呢，杨逵脑海里闪过了自己姑妈杨氏的身影，不是令杨逵感到生厌的杨氏，不是喋喋不休的杨氏，而是他十一岁刚到姑妈家时的杨氏。那时候，杨氏待他就像是亲儿子，口口声声说要把女儿嫁给他，要亲上加亲，要让凤仙做杨逵的老婆。联想往往都是莫名其妙，仪菊让杨逵想起了自己姑妈，让他情不自禁地想起那时候杨氏的身体。夏日的一天，天气闷热，杨氏从外面回来，浑身汗湿了，在隔壁堂屋里洗澡。杨逵无意中闯了进去，杨氏洗好了，正站在浴盆里擦干身体，杨逵突然走进去，吓她一大跳，也吓他一大跳。杨氏怔在那儿，怔了好一会儿，才想到用洗澡布捂住那个地方，大声叫杨逵赶快出去。

5

三年前，杨逵将可能会决定芷歆命运的一纸婚约，当着她的面，一把火给烧了。然后眼看着呆霸王潘美仁和他的太太珠儿，还有他的管家老金，灰溜溜地去买票，垂头丧气地登上了去重庆的轮船。事情处理得又干净又利落，杨逵告诉芷歆，不用再担心了，不用再害怕了，潘美仁没有胆子再到南京来找她，不会再来骚扰她。

杨逵不知道，当时为了吓唬潘美仁，说要剁掉他的手指，结果把芷歆给吓坏了。惊魂未定的芷歆，对杨逵这番话似信非信，回到家里，把事情的来龙去脉，一五一十告诉姑姑仪菊。仪菊听了大吃一惊，同时也很生气，把振槐好一阵教训。振槐不服气，说幸亏他略施了小计，方才得以逃生，要不是这样，他们父女走投无路，说不定就真困在四川那个鬼地方。

华西女校创办时，仪菊只是挂虚名的校长，出钱办学的人与史蒂文斯熟悉，提名要她担任，校务都由学监实际主持。很快，学监另谋了他职，仪菊不得不全权负责校务，她也从原来不怎么去学校，变成了天天都要去。因为天天要去，也就为她专门雇了一辆马车。自从发生了潘美仁这事，芷歆干脆也用不着杨逵再接送，天天跟着仪菊的马车一起走就行。

杨逵感到了一种莫名的惆怅，分手在即，多少有点不愿意，有点依依不舍。他偷偷去店里买了一张桃花坞年画，就是芷歆曾经看中的那张，在分手那天，作为礼物送给芷歆。那天在学校门口，接到了芷歆，半道上，到没人的地方，杨逵停下车，把准备好的画拿出来，递给她。

芷歆不解地问："这是什么？"

杨逵说:"你打开一看,就知道了。"

芷歆将画打开了,有点意外,不明白为什么是这张画,杨逵又怎么会知道她喜欢这张画。

杨逵说:"这是给你的。"

芷歆想了想,说:"我不要。"

"为什么?"

"不为什么,反正我是不要。"

"为什么不要?"

"不要就是不要。"

杨逵不再说什么,拉起黄包车就走,继续往前走。芷歆坐在车上,杨逵也不知道她此刻在干什么,在看那张画呢,还是在想心事。他知道芷歆喜欢这张年画,他忘不了她跟老板询问这张画价格时的神情。杨逵很想说些什么,可他张不开口,说什么呢,他根本不知道自己应该说什么。心里七上八下,脚下的步子也就快了,不知不觉中,竟然一路小跑起来。很快到了芷歆的家,都快到门口了,杨逵这才意识到完全没必要跑那么快。跑那么快干什么呢,他应该停下来跟芷歆说几句,随便说什么都可以。

杨逵看着芷歆下车,她下来了,毫不犹豫地把那画还给了他。此时此刻,在芷歆的脸上,看到的是不愉快,甚至还有些不屑。杨逵不知道为什么会这样,那张画递了过来,就戳在杨逵面前,他想不接下来都不行。

杨逵说:"这画我不要了,送给你了。"

芷歆说："我不要，还是还给你吧。"

"为什么？"

"不为什么。"

说完，芷歆板着脸，白了他一眼，转身走进院子，随手把门给带上了。门砰的一声，很响，吓了杨逵一大跳。仿佛有人狠狠地一个巴掌扇过来，正好打在杨逵脸上。这以后就是三年时间，再也没见过芷歆。现在的突然见面有些意外，虽然三年没见面，杨逵内心深处，时不时还是会想到芷歆，想忘忘不了，想见又怕见。他相信她是看不上杨逵这个拉车的，人都会往高处走，将心比心，杨逵觉得自己如果是芷歆，同样不会看上一个拉黄包车的。他并没有因此感到自卑，看不上就看不上，杨逵没有希望芷歆能看上自己。她可以拒绝他，可以不接受他的礼物，只是没必要显得那么不愉快，没必要那样一脸的不屑。

三年过去了，如果不是爆发了武昌起义，如果不是张海涛带着杨逵来见彭锦棠，杨逵和芷歆很可能不会再见面，很可能老死不相往来。仪菊和芷歆从小楼里走了出来，仪菊冲着杨逵微微一笑，芷歆对着杨逵白了一眼，早已消失的记忆，埋在心头曾有过的不痛快，那种屈辱的感觉，那种隐痛，又一次被重新唤醒。张海涛还在小楼里，还在与彭锦棠谈话，他迟迟不出来，在院子里等候的杨逵无所适从，除了胡思乱想，也没有别的事可做。

仪菊家院子并不大，有一棵不是很大的桂花树，正开着花，一股浓郁的香气扑鼻而来。有一个秋千架，秋千架旁放着石凳子，仪菊和芷歆走向秋千架，仪菊坐了石凳子，芷歆坐到秋千上，荡起了秋千。思想的野马在杨逵的脑海里乱跑，芷歆在荡秋千，秋千发出了叽叽嘎嘎的声音，叽叽嘎嘎的声音声声入耳，杨逵的脑袋里更乱了。

张海涛终于与彭锦棠一起从小楼里出来，他们的神色很沉重。彭锦棠直接走到了杨逵面前，很认真地问了他一句：

"革命党是要杀头的，你怕不怕？"

杨逵被问住了，心里有点怕，想到芷歆可能会听见，嘴上冒出来一句：

"不怕。"

"真不怕？"

"真不怕。"

"真的不怕？"

杨逵有些不好意思，谁还能不怕杀头呢，一个人内心深处的害怕，通常都是掩藏不住，他只是不太好意思说出自己害怕。杨逵的眼神中透出了恐惧，毕竟革命不是闹着玩的，出了事就是掉脑袋。对方也已经看出来了，不过彭锦棠并没有为难他，并没有当场揭穿，而是很理解，语重心长地给予杨逵安慰：

"有那么一点害怕很正常，我们革命党人绝不会因为害怕，就不干了，就退缩了，我们不是怕死鬼，对不对。武昌的同志已经在牺牲了，我们不能看着他们坐以待毙，我们必须要给予支援。"

杨逵似懂非懂地点了点头，彭锦棠拍了拍他的肩膀，然后回过头来，叮嘱身边的张海涛，让他对没有斗争经验的革命同志，一定要给予更多关照。越是到了关键时刻，越是要谨慎，越是要加倍小心，清廷的密探很多，现在武昌那边举义了，南京这边肯定会百般警惕。

6

如果说仪菊对自己丈夫的事业，多少还有那么一点了解的话，芷歆对于谁会是革命党人，革命党人是干什么的，完全一无所知。她对革命党人的观点，仍然还停留在几年前杨逵的看法上，只知道革命党人都是乱党，抓到了都要杀头。因此，看到姑夫彭锦棠毫不掩饰地那样与杨逵说话，看到他们以同志相称，她感到非常震惊。芷歆没想到彭锦棠就是革命党，更没有想到，那个不起眼的拉黄包车的，那个老是偷眼看自己的小伙子杨逵，竟然也是革命党。

从小在四川偏远地区长大的芷歆，读了几年华西女校，也算是接触过新事物，也算是开拓过眼界。她只是非常震惊，并不是特别害怕。芷歆最佩服的女人，是自己的姑姑仪菊，更佩服的男人，可能就是自己的姑夫。彭锦棠不仅能说一口流利的日本话，而且还能说非常不错的英语。在姑姑家，芷歆可是亲眼见证了他在语言方面的厉害，她看见彭锦棠与水师学堂的日籍教官对话，咿哩哇啦用日语开着玩笑，说得日本人哈哈大笑。金陵关税务司的掌门人史蒂文斯，春节期间来仪菊家做客，彭锦棠滔滔不绝地跟他说英文，为了一个观点，争得不可开交。东洋人的话，彭锦棠会说，西洋人的话，彭锦棠也会说。现在，既然她最佩服的姑夫是革命党，那么革命党这几个字，就应该另眼相看。同样的道理，杨达也是革命党人中的一员，也应该士别三日，刮目相待。

张海涛与彭锦棠拱手告别，彭锦棠很郑重其事地与他揖别以后，转过身来，也对着杨达拱了拱手。杨达连忙学着他们的样子还礼，他还有点不习惯这个，不习惯这样打招呼。礼不下庶人，自从拉车以来，这是第一次遇到有身份的人，用这种方式与他打招呼。招呼完了，彭锦棠突然想到了什么，他走了过去，拽了拽杨达脑袋后面的辫子，然后对张海涛满意地点了点头。杨达不明白彭锦棠为什么要拽自己的辫子，这么做有点奇怪，也有点无礼，但是显然不是有什么恶意。这时候，杨达的注意力有些分散，临别之际，他还没有打定主意，不知道在最后的告别之际，要不要再看芷歆一眼。

此前被芷歆白了一眼，杨达的心灵又一次受到了伤害。事实上，杨达还在为这件事生气，他一直故意不再看她，一直把头拧着，就当芷歆这个人根本就不存在。这么做并不容易，也有点可笑，有点小孩子似的赌气。最后也还是没有忍住，他情不自禁把头扭了过去，又偷偷地看了芷歆一眼。没想到这时候芷歆和仪菊也都在看他，芷歆正在等待他的眼神，两人眼光终于对上了，大家都忍不住会心一笑。芷歆的笑非常好看，她现在的表情很友善，积压在杨达心头的郁闷，顿时一扫而净。

张海涛与彭锦棠商定好了，大家尽快坐船去武昌，用实际行动支持武昌的革命同志。彭锦棠还准备带着几个学生一起走，为保险起见，张海涛他们必须先一步去探探路，看看船票好不好买，看看外面的检查严格不严格，进出城门安全不安全。到驴子巷来，要经过仪凤门，已有江防军的士兵在把守，说明官府开始警惕，开始有所防备。果然，等到回去再次经过的时候，仪凤门那里的士兵人数增加了，检查也突然变得严格起来，进出都要检查。张海涛身穿巡警制服，也要下车接受检查。

张海涛下了车，士兵对他一番打量，大约觉得是公家的人，马马虎虎也就放行。对杨迢认真搜身，上下前后都摸了，又用劲拽了拽他的辫子。杨迢发现只要是个男人，都要这么被拽一下，都要试试辫子真假。他突然想明白了，为什么此前彭锦棠会拽自己的辫子；只要是剪了辫子，就有可能是革命党。仪凤门是通往下关的必经之路，出去的人多，进来的人也多。来来往往的马车，都要停下来搜查，搜搜有没有可疑的人，有没有可疑的物品。两个读书人模样的中年人被撵下车来，其中有一人愤愤不平，大约拽他辫子时拽疼了，嘴里嘀咕了一句什么，当兵的火了，上去就一大耳光。被打的这位急了，说光天化日之下，凭什么平白无故这么打人，还有没有王法。

打人的士兵说："打你就是王法，不服气的话，还要再打，相信不相信？"

张海涛看不下去，说："有话好好说，怎么可以动手就打人。"

"打都打了，又怎么样？"

"这是什么话？"

"什么话，老子就是这么横，你们当我手上拿的是烧火棍呀。老子真要火起来，都敢一枪崩了你们，信不信？"

打人的士兵依然还有几分蛮横，嘴上还在凶，不过对张海涛也有些忌惮，吃不准他究竟是什么来头，不敢太过分。张海涛要上前讲理，旁边一起的士兵便站出来打圆场，让挨了耳光的读书人赶快走，说你都检查过了，赶快上车，赶快走人，他们还要接着继续检查下一辆马车。同时也对杨遥挥手，示意他省点事，不要再在这儿耽搁了，赶快拉着张海涛离开。杨遥回头看了看张海涛，征询他的意见，张海涛脸上很生气的样子，说自己若不是有公务要办，非要找他们当官的理论理论。

离开了仪凤门，直奔下关轮船码头，一打听，去武昌的船已停运，什么时候可以恢复通航，不知道。码头上人很多，很乱，许多士兵从江对面过来，刚下船，乱哄哄一大片，正在集合排队，当官的正扯着嗓门在喊。通过这些军人所穿的服装，以及所携带的武器，张海涛看了一眼，就知道绝对不是新军。当时南京城里的军队，分成新旧两个阵营，新军是新编陆军第九镇，装备好，战斗力也强，思想也进步。新军总人数有一万多人，其中司令部，步兵第十七协，马队和炮队各标，工兵营，辎重营及宪兵营，都驻扎在南京城内，大约有七千人。由于武昌起义就是驻扎在武昌地区的第八镇新军发动的，南京地区的最高行政长官，也就是两江总督大人，最不放心的就是有可能会发生连锁反应的第九镇新军。

接下来几天，杨逵成了交通员，东奔西走。给彭锦棠运送过武器，与张海涛一起去过新军兵营。去武昌的船没了，彭锦棠与张海涛商议，做出一个果断决定，就在南京发动起义，而起义的关键，要像武昌一样，策动新军反正。彭锦棠和张海涛马不停蹄，与城里城外的革命党人秘密联络。当时新军虽然有七千多人，它的统制，也就是最高司令长官徐绍桢，还处在观望状态。新军在人数上还处于劣势，上锋为了防范南京新军效仿武昌新军，故意不予补充弹药。也就是说，新军装备精良，有枪有炮，弹药却严重不足，平均下来，每人只有五发子弹，根本无法进行实际作战。武昌新军发动武昌起义，打响了辛亥革命第一枪，南京的新军深受鼓舞，尤其是下层军官，最有革命的热情，可是光有热情显然还不够。

武昌那边，动静越来越大，形势似乎越来越好，转眼之间，武汉三镇都控制在革命党手中。南京这边的形势急转直下，新军是地方长官的心头之患，就在革命党人密谋策动新军起义的时候，第九镇新军接到了调令，不得不离开南京城。第九镇被调到了秣陵关，这里远离南京城区，在三十多里之外。新军原计划在城区发动起义，现在只能从由内到外，改成从外向内，难度大大地增加。杨逵能够感受得到革命党人的焦虑，他对时局并没有太多了解，只知道跟着他们干，他们让干什么，就干什么。

有一天，张海涛让杨逵送箱雷管进城，交给老虎桥监狱的一名警卫。这位警卫姓朱，张海涛在日本警校留学时的同学，也是一名革命党人。雷管是自制的，在三仁货栈已存放了一段日子。张海涛关照杨逵，路上千万要小心，如果遇到不测，人最重要，逃命要紧。仪凤门有士兵检查，只能让冯亦雄拉着空黄包车先过去，杨逵抱着装雷管的木箱子，从城墙的豁口爬上去，再从上面降下来，这么做仍然很冒险，城墙上也有士兵的巡逻队，与杨逵差一点就撞上。

7

杨逵抱着装雷管的木箱，从城墙上下来，与冯亦雄在说好的地方会合。两人见面，杨逵说幸好城墙上杂树多，躲在乱树丛中，总算没被巡逻队发现。当时只想到躲起来，事后回想真有点害怕，若人赃俱获，不是闹着玩的，说不定当场就砍了脑袋。随着风声越来越紧，南京城的防范也越来越严，城门口把关的士兵，只要是逮着剪了辫子的年轻人，立刻当作革命党人拿下，轻则治罪坐牢，重则砍头拉倒，乱世用重典，砍了就砍了。

老虎桥监狱的警卫朱同志，家住在北门桥附近。有了地址，找到朱同志并不困难。杨逵把装有雷管的木箱交给他，同时转交的还有一封信。这位朱同志也有一封信，要杨逵转交给张海涛和彭锦棠，关照他一定要亲自送到他们手上，这上面的内容至关重要，是约定好的起义时间和信号，绝不可以走漏半点风声。交接结束，杨送他们便往回赶，依然是杨逵坐在黄包车上，冯亦雄拉他。

当时形势已经很紧张了，街上经常会遇到巡逻的士兵，重要的交通路口，都有士兵在把守，随时随地都可能抽检。冯亦雄突然也变得粗中有细起来，他觉得让他们转交的信那么重要，这封信搁在他们身上，岂不是非常危险。杨逵也觉得冯亦雄说的话有道理，朱同志让他转交的那封信，看上去就是一张十分普通的纸条，连信封都没有，只是很随意的一折，任何人都可以轻易打开。

冯亦雄说："杨逵，你是识字的，干脆你看看上面都写着什么？"

杨逵心里也有几分好奇，又有些犹豫，说："这不太好吧，我们怎么可以随便偷看人家的信。"

"有什么不可以，要是真不让看，那它也应该封好了是不是？"

冯亦雄的话确实有几分道理，转交给朱同志的那封信，就是封好了放在信封里。现在要转送的这封信，看上去更像是张最普通的便条，根本看不出有多重要。心里在这么想着，因为是坐在黄包车上，本身也有些无聊，杨逵便将那封信从怀里掏出来，打开来看。他看了直摇头：非常重要的一封信，竟然只是一张买药的方子。

杨逵说："这是什么信，不就是一张药方吗？"

"药方？"

"对呀，你看，这不就是一张药方吗，上面写着甘草、牛黄，还有这个什么什么。"

冯亦雄停了下来："这他妈搞的是什么名堂。"

杨逵也弄不太明白，冯亦雄说你下来吧，让我也坐一会会儿，凭什么老是我拉你，你也得让老子歇上一会会儿了，来时就是我拉你，现在不能还是我拉你。两人于是互相交换，冯亦雄坐黄包车上，杨逵拉他。知道了信里的内容，他们不再像来时那么紧张了，来时有一个装满雷管的箱子，一路都提心吊胆，就怕碰到抽检，现在他们感到很轻松，有说有笑，经过士兵把守的路口，恨不得让士兵拦下来问问。

上了鼓楼坡，从鼓楼的门洞里走过去，沿着江宁大马路，一路向北前行。快到无量庵那里，还真遇到了士兵盘查。冯亦雄吊儿郎当地拽拽自己的辫子，不肯从黄包车上下来，士兵很不客气地用枪指着他，逼他下来，嘴里骂骂咧咧。冯亦雄只好下车，下了车，士兵也就不说什么了，既没搜身，也没去拽杨逵的辫子，挥挥手，让他们赶快过去。再往前走，有个三岔路口更加夸张，就在马路中间，架设了一门重炮。杨逵和冯亦雄都是第一次见到这玩意儿，经过时忍不住要多看几眼。

到了水师学堂，看门老头板着脸，拦着不让进去。杨逵说你干吗还要拦我们呢，我也不是没来过，我不是都来过好几次了，都是来找彭教习的。看门老头说什么彭教习，彭教习不在，他出去了，刚刚走。杨逵和冯亦雄不相信会这么巧，问了一遍又一遍，看门老头就说好吧，你们说不会这么巧，可能就真的不会这么巧，不相信，那就进去找吧，说不定还真的在。看门老头的话模棱两可，杨逵他们进也不是，不进也不是，最后还是决定让杨逵进去找找看，看看彭锦棠到底在不在学堂里。

过了好一阵，杨逵垂头丧气出来了。看门老头看到他，说我说不在吧，你们不相信，非要进去找，结果找到了没有，找不到吧，我干吗要骗你们呢。杨逵摇了摇头，问他知道不知道彭教习去哪儿了。看门老头冷笑，说不要说我是不知道，我就是知道，也不会告诉你们，我干吗要告诉你们。冯亦雄被他噎得气不打一处出，说你这老头怎么这么阴阳怪气，实在是欠揍，信不信我打你个半死。看门老头说我当然信，不要说是打我个半死，你就是真的把我打死了，我也信，能不信吗，我信，真的是信。

杨逵没心思与看门老头拌嘴，时间都耽误了，他们决定去驴子巷，直接到彭锦棠家里去找他。已是黄昏时分，再拖下去，城门那边就要戒严，就不能再出城。好在水师学堂离驴子巷也不远，一路小跑，很快就到了。到彭锦棠家，一敲门，出来开门的是仪菊。她看见了杨逵，知道是来找彭锦棠的，立刻将他们引进院子，随手将大门带上。看到仪菊，杨逵首先想到的竟然是芷歆，他在想芷歆会不会也在这里。听到动静的彭锦棠从小楼里跑出来，与杨逵他们招呼，杨逵连忙将怀中的信掏出来，递给彭锦棠。彭锦棠看了看信，很激动，很兴奋，挥了挥拳头，笑着说：

"太好了，终于盼到了这一天。"

杨逵就想，这不明明就是一张药方，为什么彭锦棠看了那么兴奋。冯亦雄也不明白，他反正不识字，看了看杨逵，那意思是你会不会在瞎说，在蒙我不识字，如果真是一张药方，彭锦棠至于那么兴奋吗。杨逵他们后来才知道，这张药方上，用密码写着革命党人暴动的时间和信号，时间确定了，就在阴历九月十七，也就是阳历十一月七日晚上。这时候，距离武昌起义，差不多快一个月。武昌起义是阳历十月十日，这一天，后来成了中华民国的国庆日。

从彭锦棠家出来，杨逵心里想的，仍然还是芷歆。很显然，芷歆应该不在姑姑家，也可能她在，看见外面的人是杨逵，故意不出来。他满脑子想的都是芷歆，一会儿这样，一会儿那样。说起来杨逵也应该算是革命党，他们已经在做革命党人的工作，毕竟还是比较边缘，只是被动地跟着张海涛和彭锦棠干，应该怎么干，结果会怎么样，心里并不是很清楚。事实上，不管是张海涛，还是彭锦棠，他们也不可能把什么都告诉杨逵和冯亦雄，有些事知道得越少越好，不知道更好。革命党人始终都处在危险之中，现在，真枪真刀大干一场的时刻终于到了，革命党人要发动的起义，已箭在弦上，不得不发。

第五章

1

这时候，周边形势也完全改变。武昌革命党人带了个好头，打响了辛亥革命的第一枪。革命之火迅速燎原，从南京往四下看，武汉三镇被革命党人所控制，遥远的陕西山西云南光复了，有点距离的湖南江西安徽光复了。南京周边都成了革命党的天下，上海光复了，杭州光复了，苏州光复了，沿着沪宁线，无锡常州镇江一个接一个光复。江北的扬州泰州也光复了，只有南京还牢牢掌握在清军手里。革命形势蓬勃发展，让南京的革命党人感到脸上无光，老是这么拖下去不行，他们实在等不及了。

新军第九镇的士兵，一直在等待弹药。当时奉命从城区调往郊区的秣陵关，上锋曾庄重许诺，只要部队到达驻地，立刻发放弹药。真到了秣陵关，急需的弹药还是被扣发，新军成了一支弹药严重不足的部队。中下层军官非常愤怒，弹药不足，他们不仅没有作战能力，随时还可能遭到攻击。到这个节骨眼上，与其坐以待毙，不如愤然起事。革命党人迫不及待，随时准备起义，他们的对立面也没掉以轻心，也在严加防范。南京是东南重镇，有重兵在把守，只要南京城还没丢，大清这盘棋就不一定会输。

从彭锦棠家出来，杨逵想的不是即将开始的革命党人起义，而是芷歆也住在这条驴子巷里。既然没在姑姑家出现，她应该是在自己家，经过芷歆家门口，杨逵步子不由自主地慢了。坐在黄包车上的冯亦雄不明白他的心思，不明白为什么越走越慢，催他加快一点。天说黑就黑，到仪凤门已戒严了，把守的士兵换了一拨人，没有任何商量余地，就是不让通行。时间一到，不让出仪凤门，也不让进仪凤门。说什么都没用，杨逵他们好说歹说，好话说尽了，跟士兵不停地解释，一个劲比画，说他们家就在江边，出了仪凤门，再走几步就是，站在那儿，眼睛都能看得见那边的房子，那边那房子就是，让他们回家好不好。

"好不好?"当兵的板着脸，一本正经走过来，油腔滑调地说道，"放了你们，那还叫戒严吗? 不行，这个绝对不行，时间到了，就是一只鸟，它也别想飞过去。"

"我们的家就在那儿，你看，那边就是。"

当兵的说他不管是不是，他才不管你们家在哪，说什么都没用，说什么都白搭。他说刚刚还说错了，说你们真要是只鸟呢，真有翅膀，就可以飞过去，他呢，绝不拦你们，也不会为难你们，不过要是没那能耐，没那本事，就乖乖地在这边待着，老老实实等到明天天亮。跟当兵的没道理可言，他要是存心不想让你通过，你就只能自认倒霉。眼看着天完全黑了，那封像药方一样的信，看来也不太可能送到张海涛手上。如果在白天，仪凤门封锁了，还可以爬城墙翻过去，现在天黑了，他们已经无能为力。

气温也骤然降了，眼看着自己住处，就在离仪凤门不远处，远远地还能看见下关那边的灯火闪烁。杨逵和冯亦雄十分无奈，一时也不知道下一步应该怎么样。看来只能露宿街头，士兵抱了一堆柴禾过来，就在城门口那里，新升起一堆篝火，显然是为了晚上照明和取暖。杨逵他们因此产生了一个念头，如果真不让回家，他和冯亦雄退求其次，就在这儿与当兵的一起过夜，凑合着过一晚上。没想到在火堆边刚坐下来，当兵的不乐意了，不由分说，板着脸撵他们走。

冯亦雄说："我们的家就在城外，你们又不让我们出城，我们能去哪？"

守城门的士兵才不管他们去哪，爱去哪去哪，反正是不让出城，也不可以与他们一起烤火。走投无路之际，杨逵忽然想到去彭锦棠家，事情已如此，他们又冷又饿，必须找个能歇脚的地方。于是毫不犹豫，又回到了驴子巷，又一次经过芷歆家，又一次敲响了彭家的大门。这一次，出来开门的不是仪菊，是高度警惕的彭锦棠。彭锦棠很奇怪，奇怪杨逵他们怎么又来了，不明白为什么。问清楚了以后，便把他们带到厨房，先安排吃些东西，同时也告诉他们，今晚要在这里住宿，完全没有问题，大家都是革命同志，很欢迎他们住在他家。

吃了些东西，彭锦棠把杨逵和冯亦雄带到阁楼上。从楼梯上走过的时候，杨逵看见仪菊穿着睡衣，站在一间房间的门口，正瞪大了眼睛看着他们。很显然，她也是在想，在琢磨，这两人怎么又回来了，他们这时候来了，会有什么事呢。杨逵对着仪菊似笑非笑，他不由自主地点了点头，缓缓地很平静地走了过去。这是杨逵平生第一次看见穿睡衣的女人，他那时候不知道这叫睡衣，因为只是第一次看见，觉得很好看，觉得穿在仪菊身上，她看上去显得更年轻，显得更漂亮。

阁楼上还有彭锦棠的几个学生，这几个水师学堂学生，都是倾向于革命党人，受了革命党人影响，冒冒失失地把辫子给剪了。也是满腔热血一时冲动，没想到后果挺严重。就在前一天下午，一群士兵冲进水师学堂，到处搜查，凡是剪了辫子的学生，统统都当作乱党带走。事发突然，有几个剪了辫子的学生，来不及躲避，被当场抓走了，他们的最后命运会如何，也不得而知。其中有一位挣脱了想跑，竟然被当场打了一枪。躲在彭家阁楼上的这几个学生，听到动静，跑得快，总算幸免于难。害怕当兵的会再次出现，彭锦棠把惊恐万分的学生，带到自己家藏起来。

那天晚上，杨逵与冯亦雄跟几个学生一起打地铺，睡在彭家阁楼的地板上。阁楼很大，只是有些矮，斜的顶，人都站不直，必须弯着腰才行。临睡前，彭锦棠上来与大家聊天，跟大家介绍周边大好形势，描绘即将开始的起义。城内革命党人正紧锣密鼓，与在秣陵关的新军已联络上，到时候，新军会从城外进攻，南京城内的革命党人同时发动暴动，打开城门，迎接新军入城。彭锦棠他们的任务，就是在起义发动之时，打开仪凤门，尽快拿下狮子山炮台。

狮子山炮台与仪凤门几乎连在一起，本来仪凤门这一段的城墙，就是依狮子山而建，沿着城墙走过去，便是炮台。狮子山是下关地区的制高点，控制了这里，对外可以封锁江面，对内可以直接向城区开炮。革命党人通过做秘密工作，在守炮台的士兵中安排好了内线，到时候，这些士兵可以配合革命党人夺取炮台。南京城有好多个城门，起义发动时，将同时从几个方向攻城。现在革命党人最缺的是枪支弹药，好在沪宁线都光复了，除了南京，周边都已落在革命党人手中，上海制造局被控制了，制造局的弹药军械，通过沪宁铁路可以偷偷运送过来，分发到革命党人手中。总之一句话，形势是令人鼓舞的，大清政府的末日就要到了。

2

那天晚上，杨逵很兴奋，不只杨逵激动，冯亦雄也激动，阁楼上的水师学堂学生，一个个更是跃跃欲试，恨不得立刻就开始起义，就走上战场。阁楼上藏有手枪和雷管，彭锦棠开始教大家如何使用，讲解使用重点和要害，因为害怕走火，手枪里并没有子弹。除了怎么使用武器，彭锦棠还跟大家讲述革命党人的目标，讲述为什么要把满人赶走，讲述如何创建中华民国。革命党人目标有两个，一是初级的，就是满人归满人，汉人归汉人，满汉分治满汉分家，满人回到自己的地方，汉人的省份各自先独立再联合起来。

彭锦棠跟大家解释，初级目标只是不得已而为之。最好的是终极目标，从此百姓当家做主，从此天下共和，让中国变成像法兰西、美利坚那样的国家。他说的这些话，杨逯不是很懂，不是很明白，都是第一次听到。冯亦雄听着听着，甚至都睡着了，打起了呼噜。然而杨逯还是想听，还是愿意听。彭锦棠情绪激昂地提到了一个词，那就是要做铁血男儿，什么叫铁血男儿呢，就是为了共和，为了驱逐鞑虏，要不惜抛头颅洒热血。男儿何不挂吴钩，收取关山五十州，彭锦棠越说越来劲，他说革命党人的最后目标，就是要咸与维新，要造成革命军兴的局面，革命军兴，大家一旦都起来反抗，大清的灭亡便指日可待。

第二天一早，天刚蒙蒙亮，杨逯悄悄起来了，独自下楼，看见有人影在院子里晃动，走近看，才发现是彭锦棠在打拳。他不想惊动正在打拳的彭锦棠，站在门口默默地看着，彭锦棠移动身体的时候，回过身来，看见了杨逯，他没有停止自己的动作，继续打拳，直到把一套拳完全打完。打完拳的彭锦棠浑身都是汗，笑着走到杨逯面前，问他晚上睡得怎么样。杨逯点点头，既没有说睡得好，也没说不好。两人一时无话可说，不知道说什么才好。彭锦棠用手巾擦着头上的汗，随口说道：

"听海涛讲，你是读过书的，也认得字。"

杨逵又是点点头，心里顿时有些惆怅。从彭锦棠的话中，似乎听到了另一层意思，就是杨逵好歹也是读过书的人，读书人知书达理，偏偏他怎么就成了一个拉黄包车的。彭锦棠显然不是这个意思，肯定不是这个意思，杨逵只是误解了。记得刚到姑妈杨氏身边，他还为不用再去学堂读书感到庆幸。都寄人篱下了，还读什么书呀，杨逵曾经很喜欢拉黄包车，很喜欢与冯亦雄和水根在一起，很喜欢那种自由自在的日子。大家在一起玩，在一起说话，一起跟人打架，欺负别人或者被别人欺负。拉黄包车意味着他挣钱了，挣钱会冲淡他寄人篱下的不痛快。

　　万般皆下品，唯有读书高，直到芷歆这个女孩的出现，杨逵才又一次感受到了读书的好。与芷歆在一起，天天送她去女校读书，杨逵突然意识到她会对他不屑，甚至对他翻白眼，很重要的原因，就是因为他不上学，就是因为他是个拉黄包车的。彭锦棠一句非常普通的询问，不经意之间，刺到了杨逵的痛点，以至于接下来好大一会儿，他都处于麻木之中。

　　阁楼上的年轻人都醒了，都起来了，大家一起吃早饭。水师学堂的学生互相熟悉，叽叽喳喳有说有笑。女佣煮了一大锅白粥，还有蒸好的大白馒头。这时候女主人出现了，仪菊过来招呼，招呼大家多吃一些。自始至终，杨逵与仪菊好像没说过一次话，可是两人的眼神，你来我往，交流过无数次，他觉得她一直在偷偷地观察自己，当然事实上，杨逵也一直在偷偷地观察仪菊。

　　这时候，仪菊突然开口对杨逵说话了，说她听说杨逵他们开了一家货栈，生意还挺不错。仪菊问杨逵在做什么买卖，说她听彭锦棠说，他们正在做洋油生意。仪菊的这些问题，让杨逵感到有点得意，三仁货栈既是革命党人的据点，同时也确实是在做买卖，而且做得挺好，还挺能赚钱。说起来，货栈的后台是张海涛，是张海涛在后面支持，表面上的老板是阿二，真正能干实事的却是杨逵。怎么操作，怎么谈价格，这些具体的事都是杨逵在干，因此要问起做生意，他还真有话可说。

杨逵回答说："洋油也做，煤炭也做。"

"你们还做煤炭生意？"

"现在煤炭生意，比洋油还好做。"

"煤炭的生意更好做？"

"对，更好做。"

仪菊做过金陵关税务司掌门人史蒂文斯的助手，对洋油和煤炭的买卖，也是有点了解。大家都在吃早饭，喝着粥，吃着馒头，听了仪菊与杨逵的这番对话，都觉得十分意外。尤其那几个水师学堂的学生，免不了要对杨逵多看几眼。吃完早饭，杨逵他们准备上路。临走前，彭锦棠又特意叮嘱几句，过检查岗时，不用慌张，那张药方是用密码写的，检查的士兵根本看不明白。杨逵点了点头，让彭锦棠放心，这一番叮嘱，很好地解答了杨逵心中的疑问。

这一次又是冯亦雄拉杨逵，杨逵坐在黄包车上，向大家拱手揖别。彭锦棠对着他拱了拱手，又挥了挥拳头。杨逵看见仪菊也在对他举手致意，她微笑着，让人感到一种别样的亲切。杨逵报以微笑，仪菊此时举着手站在那儿，他情不自禁地想到芷歆。芷歆如果能在就更好了，自己现在这样坐在黄包车上，有一点神气活现，有一点扬扬得意。冯亦雄也感觉到了杨逵的得意，他猛地抬起车杆，拉着杨逵便跑。一路小跑，很快又到了仪凤门那里，当兵的已经又换过岗，几乎没费什么口舌，杨逵从车上下来，当兵的简单地搜了搜，便放他们过去。

杨逵和冯亦雄不敢耽误，出了仪凤门，直奔巡警所，直接去找张海涛，赶快把信交给他，跟他解释昨晚的遭遇。张海涛迫不及待地打开信，显然他也知道这封看似药方的信上写着什么，一边看，一边点头，最后情绪激昂地拍起手来：

"太好了，杨逵，这一次我们是真的要干了！"

张海涛的反应与彭锦棠如出一辙，南京城的起义已义无反顾。接下来几天，紧锣密鼓赶快布置。革命党人分头行动，各司其职。定好在十一月八日这一天，城外秣陵关的第九镇新军以演习为名，将部队移至离南门外十里处的姑娘桥宿营。半夜三点钟，约好的内应信号一起，开始攻城。没想到在时间上出现了差错，城外新军那边说好了，已定下来，定在八日晚上起事，结果城里的革命党人突然决定要改变时间，要在七日晚上发动，派人送信到城外，城外新军收到信，衡量了一番，认为还是八日晚上更好，就又回了一封信，让送信人再把信带回去，起义时间仍然还是定在八日晚上。

这一来一去地送信，耽误了大事。因为有戒严，送信的人根本无法再进城。城里守军大约也是风闻了消息，戒严的时间改成全天候，不仅晚上封城，就是在大白天，也不让人随意进出。信最后没送到，城里的革命党人，只知道自己的信送了出去，只知道已经通知城外的新军，却完全没想到还有回信，没想到回信会被阻拦在城外。仍然是按照七日晚上发动的计划布置执行，到了七日晚上，说好以放炮为信号，到时候，炮声一响，大家立刻开始行动。

3

起义失败了，结局很悲惨，结果很悲壮。南京城里的革命党人，显然高估了自己的力量，被突然高涨的革命热情冲昏了头脑。或许周边城市的光复来得太容易，上海、杭州、苏州、扬州、镇江，几乎都是在短暂的战事中，很快便分出了胜负。革命党人势不可当，好像已到了传檄而定的境地，轻而易举地就成为胜利者。胜利来得过于轻松，让南京的革命党人错判了形势，放松了对潜在危险的警惕，最后直接导致了起义的失败。

彭锦棠并没有低估守军的力量，他意识到南京与别的城市不一样。从一开始，就知道形势的严重性，就一直是在认真对待。革命就意味着有牺牲，他知道会是一场你死我活的斗争。起义时间定了，他便要做好一些准备，首先是给妻子仪菊写一封遗书，为自己的后事做了安排。其次，要把仪菊转移到一个安全的地方，只要是打仗，就一定会出现战乱，尤其是南京这个有着不幸历史的城市，逢战必定会遭到祸害。全面封城戒严之前，彭锦棠先把仪菊送出城，送到下关一家洋人开办的旅馆。他自己事情太多，有太多的急事要处理，接送仪菊的任务交给了杨逵。

杨逵领到了任务，便赶过去接仪菊。因为事先是说好的，仪菊做好了准备，杨逵去接她，她拿着一些行李就上车了。路过振槐家，仪菊突然想到了芷歆，让杨逵停车，让他在这里等一会儿，她敲门进去，关照芷歆赶快收拾东西，说自己先一步去旅馆，等一等会安排杨逵过来接她。芷歆一头雾水，问出什么事了，为什么要这样，为什么突然要去住旅馆。仪菊说你就别问了，别问那么多，现在情况有点紧急，你反正就听从姑姑的安排，这个不会有错的。

仪菊住进了下关的亚细亚旅馆，这是一家日本人开的旅馆，就开在大马路上，接待的都是高端旅客。房间也是事先就订好的，杨逵把仪菊送进房间，一切都安顿好了，根据仪菊的指示，动身去接芷歆。芷歆已在家门口等候了，手上拎着个小皮箱，上了车，直奔仪凤门。全面封城的戒严令即将开始，就在他们要跑出城门的那一刻，仪凤门那里一片混乱，当兵的挥手让他们赶快过去，说赶快，再不走，就别想走了，就别他妈的再想出城了。

杨逵叹了一口气，说："好险，再晚一步，也就真出不来了。"

芷歆不是很理解地问："这到底是怎么了？"

"要打仗了。"

"打仗，谁跟谁打？"

"我们，我们要跟官军对打。"

"你们？你们要和官军？"

芷歆感到不可思议，她知道杨逵与彭锦棠都是革命党人，革命党人究竟是干什么的，他们究竟要干什么，她还是一无所知。学校已经停课，为什么要停课，校方解释是为了女生安全，华西女校的学生，有的同学住得离学校很远，仪凤门动不动就戒严。一转眼，芷歆与杨逵有许多年没说过话，她仍然还能记得当年他给自己送桃花坞年画时的傻样子，那张年画卷了起来，拿在杨逵手上，仿佛抓着一根擀面杖。现在，杨逵完全变了一个人，他显然不再是过去的那个杨逵。

"我姑姑说，你都不拉黄包车了，可你不是还在拉吗？"

芷歆傻傻地问了这么一句，她不知道自己应该跟杨逵说什么，不知道应该怎么敷衍，只是想说说话，拉近一些距离。

杨逵没有被她问住："看我高兴，我要高兴，就拉；不高兴，就不拉。"

"这什么意思？"

"就这意思。"

"到底什么意思？"

"没什么意思，想拉就拉；不想拉，就不拉。"

"到底是拉，还是不拉呢？"

"看我高兴。"

在杨逵印象中，这是他与芷歆之间，第一次有机会这样无拘无束地对话。芷歆觉得他完全变了，不再是过去的那个杨逵，在杨逵看来，芷歆还是过去那个芷歆，一点都没改变。芷歆觉得杨逵现在变成熟了，杨逵却觉得芷歆仍然很幼稚，很天真。亚细亚旅馆在大马路的这一头，杨逵故意绕了一些路，选择从马路的另一头进来，这样一来，与芷歆就可以在一起多待一会儿，就可以多说几句话。事实上也没多说几句，磨磨蹭蹭，还是很快到达了亚细亚旅馆，杨逵把芷歆送进仪菊的房间，转身就离开了。

起义时，彭锦棠与张海涛负责打开敌军封锁的仪凤门。攻打老虎山炮台的计划被取消了，形势正在发生变化，他们到时候只需要打开城北的仪凤门，迎接新军入城就行。新军第九镇的主攻方向，将是南京城南的雨花台炮台，届时也会派一支部队绕到城北的下关，从仪凤门进城，形成南北夹击之势。可惜这只是纸面上的计划，由于约定时间的差错，行动还未开始，失败已不可避免。七日晚上到了时间，彭锦棠带领他的人，主要是水师学堂的学生，从城里向仪凤门发动正面攻击，张海涛则率领巡警老李，还有杨逵和冯亦雄，还有另外三名同伴，一共是七个人，从城外翻越城墙，趁黑埋伏在山坡上。仪凤门两侧都是高坡，战斗一旦打响，他们立刻登上城墙，居高临下，沿着城墙往下冲，占领仪凤门城楼。

这个计划有太多漏洞，彭锦棠与他的学生，没有任何实际作战经验。正面进攻本来就不太可取，更何况计划要来的第九镇新军根本不会来。彭锦棠他们磨刀擦枪，箭在弦上，子弹已经上膛，按分按秒地在等待，第九镇的官兵们还蒙在鼓里，还在呼呼大睡。七日晚上三点，一直在等信号的彭锦棠，似乎听到了一声炮声，毫不犹豫地立刻按计划发动，呼喊着向仪凤门冲去。为什么要呼喊，因为这样既可以为自己壮胆，也能在气势上吓唬敌军。如此一呼喊，吓唬的作用起到了，同时也惊醒了正在睡觉的敌军。短兵相接，密集的枪声响起来。彭锦棠他们眼看快到城门口，可只差那么几步，就是到达不了。

好在这时候，张海涛率领的几个人，悄悄地接近了城楼。他们手中的武器，主要就是雷管，先往城楼上扔，占领城楼以后，再接着往城楼下乱扔。从上往下，扔起来十分顺手。火光四起，混乱中，杀伤力并不是很大的雷管，效果却出人意外地好，非常有效。首先是动静大，声音巨响，极易给人造成震慑。虽然只有七个人，城楼很快被拿下。城楼上，张海涛他们得手了，城楼下正在攻击城门的彭锦棠等，也得到了鼓舞，本来已被阻拦住了，又一次发动攻击，这次攻击一鼓作气，终于冲进了仪凤门的门洞。水师学堂的一名学生，非常兴奋地打开了仪凤门。

仪凤门被打开了，大家作战如此英勇，一来是攻其不备，敌军还在睡梦中；二来也是觉得自己在接应，只要把仪凤门城门按计划打开，起义的新军就会呐喊着冲进城来。没想到城门打开，外面一点动静也没有，黑乎乎的一片。倒是城里还有些动静，不时会有枪声响起。显然，城里的暴动也开始了，在不同的地方，革命党人正按照预定方案，分别发起进攻。几乎也是同样原因，高估了自己的力量，轻视了守城敌军的反抗能力，最关键的是没外援，弹药不足，结果无一例外的都是惨败。

以进香河老虎桥模范监狱的暴动为例，杨逵还为那边的朱同志送过一箱雷管，七日晚上，朱同志和他的战友按计划把牢门打开，把预备好的夜饭端出来，先让大家吃饱，给愿意参加的犯人，每人发了几根雷管。半夜三点钟听到枪声，便高喊着"冲呀，冲呀"，冲上了大街。上了大街，才发现除了自己在喊，在狂奔，根本就没有别人响应。这支队伍很快失去了方向，领头的朱同志预感到情况不妙，失败不可避免，又不得不带着队伍，朝小营方向继续冲过去，那里是清军的司令部。结果还没到达小营，队伍已经散了，临时组织起来的犯人，见势不妙，一个个逃之夭夭，消失在了黑暗中。剩下几位坚定不移的革命党人，继续往前冲，在离小营还有几十米的地方，被飞过来的子弹击中，全都英勇地牺牲。

仪凤门这边情况也类似，几乎是差不多的结局。仪凤门打开了，守卫城门的士兵被打跑了，可是敌方的援军，正源源不断赶过来。敌方援军正在从城里赶过来增援，更加糟糕的是，应该在城外出现的起义新军，没有及时到来；突然出现在城外，并且高举着火把，向仪凤门冲过来的一支部队，竟然是敌方江南提督张勋的江防军。

4

形势突然之间，变得十分险恶。彭锦棠和张海涛最初都以为是城外的新军到了，正准备欢庆胜利，没想到迎来的却是张勋的江防军。江防军举着火把，仗着人多势众，恶狼一样地扑了过来。

这时候，江防军的突然出现，彭锦棠和张海涛带领的人马，立刻处于前后夹击之中。尤其是被困在门洞里的彭锦棠他们，进退两难，除了坐以待毙，举手投降，没有任何生还机会。谁也没有预料到这个局面，大家都不明白为什么突然会这样，为什么。也来不及多想了，彭锦棠他们只能是出于本能地两头都兼顾，面对一拥而上的敌军，往这边胡乱打上几枪，往那边随便打上几枪，最后对着城里飞奔而去，直到自己子弹打完，直到被飞来的子弹击中。

张海涛和杨逵他们在城楼上，情形相对好一些，毕竟是居高临下，进还可攻，退还可守，还可以往两侧的山坡上逃。战斗打响之前，张海涛嘱咐杨逵，到时候只要有机会，要想办法捡上两支枪，有了枪会更好一些，这家伙比雷管更管用，更能保护自己。突然出现的江防军让一切假设都变得不可能，除了手中的雷管，杨逵他们手上连根棍子都没有。寡不敌众，彭锦棠中弹倒下了，挣扎着又爬起来，再次被击倒。他身边的战友全都倒下了，全都牺牲了。如果不是老李一把拉住，杀红了眼的张海涛，差一点就要从马道上冲下去。

在仪凤门的内侧，有一条可以让骑兵登上城楼的坡道，情急之下，张海涛不顾一切地想沿坡道冲下去，准备与敌人拼个你死我活，准备与战友一起牺牲。老李死死地拉住了他，不让张海涛往下冲。城楼下面的江防军来势汹汹，他们也不知道城楼上还有多少革命党人，想沿着坡道往上冲，对方用雷管封路，从上面往下扔很容易，一炸一个准，炸得他们人仰马翻。天又那么黑，因此江防军也不急着进攻，准备等天大亮了，再收拾城楼上的革命党人。此时在城楼上的张海涛他们处境非常尴尬，下面真是一片安静了，反倒不知道应该怎么办。局势明摆着，起义已遭遇挫折，已经失败，如果现在不撤退，真等到天亮，那就谁也别想再跑了。

只能是主动撤退，好在杨迻他们对这一带地形熟悉，天虽然黑，仍然能找到逃跑的小路。张海涛的心情很沉重，他亲眼目睹彭锦棠的牺牲，革命自然会有牺牲，可是眼看着彭锦棠被无数发子弹击中，眼看着敌人冲上前去，肆无忌惮地糟蹋战友的尸体，张海涛感到了无限悲痛。天太黑了，如果不是杨迻带路，张海涛根本不可能逃脱。城北这一段城墙，因为是南京的北大门，军事上起着很重要的作用，相对还比较完整，不是经常在城墙上玩的孩子，根本不可能找到能从上面下去的豁口。

黑暗中的行走很不容易，张海涛一不小心，便崴了左脚，忍着剧痛，在大家搀扶下，好不容易下到城墙外。城墙从里侧下去容易，外侧下去难度很大。真到了城墙底部，天都亮了。现在又应该去哪儿呢，回三仁货栈似乎不太安全，随着革命形势高涨，周围邻居都知道那里是革命党人的据点，冒冒失失回去，很可能会被抓。张海涛的脚疼得厉害，一拐一拐地坚持着，很快就再也走不了，没办法继续走路，大家只好轮流背他。这样一群人在路上走，很危险，万一遇到官兵，又带着一个崴了脚的张海涛，显然不是事儿。

张海涛建议将他藏在离路边不远的树丛中，建议老李等人分散，既然是在城外，先不要再进城，赶快去镇江，或者去江北的扬州，那里已光复，革命党人已经夺得了政权。南京起义失败了，只要革命的火种还在，胜利的希望就仍然保留，留得青山在，不怕没柴烧。正说着，远处有一支马队正向这边过来，大家赶快分开，往路边树丛里躲。转眼间，就听见一阵急促的马蹄声，马队过来了，从服饰看，仍然还是江防营的人，显然是急着赶路，根本无暇巡视周围。马队过去了，大家再次聚集，再次听张海涛说话。此时的张海涛变得非常冷静，还是刚才的那番话：

"新军那边肯定出了什么事，南京看来是完了，南京这边牺牲太大，你们赶快去搬救兵，赶快。"

杨逵和冯亦雄留下来陪张海涛，老李和那几位同志听从指示，与张海涛告别，往镇江和扬州方向去搬救兵。零零星星的，还能听到几声枪响，都是从城墙里面传出来。南京城里现在究竟怎么样，大家也不知道，不过仅仅凭想象，就知道一定是很糟糕。考虑到紧挨着路边也不安全，杨逵再次背起张海涛，转移到了远处的树林之中。这地方紧挨着城墙，离仪凤门也不太远。十年以后，在当时的江苏省长韩国钧主持下，就在他们藏身的这个位置，新开辟一个单孔城门，因为韩国钧是江苏泰州人，泰州古称"海陵"，新开的城门便定名为海陵门，也就是后来的挹江门。有了这个挹江门，从江边下关往城里走，就多了一条路，而且更近了，也更方便，挹江门就渐渐变得比仪凤门更有名，更为大家所熟悉。

一直躲在城墙下的树林中，也不是个事，杨逨提议让冯亦雄在这儿陪伴张海涛，他出去找点吃的，顺便也打听一下消息。张海涛看着杨逨肮脏不堪的脸，又闻了闻他的手，关照他先找个地方，好好地洗洗脸，好好地洗洗手，不要让敌人闻到他身上的火药味，见了人，不要慌张，不要乱跑。

张海涛说："你越是慌张，官兵就越会怀疑。"

杨逨点了点头，走出树林，先找了一洼池塘，认认真真洗了一下脸，然后定了定神，往仪凤门方向走过去。现在，杨逨终于成了一个人，独自走在田埂上，有点说不出的孤单。张海涛让他见了人不要慌张，然而杨逨现在最不愿意的，就是独自一人。他想起了彭锦棠，想起了他的英勇牺牲，当时的情境很混乱，因为是晚上，又是在城楼上，外面忽明忽暗，火把乱晃，也看不真切，彭锦棠他们被困在门洞里，只能听见呼喊声、枪声、受伤者发出的惨叫声，能看到的是最后冲出来的一幕。杨逨看到的是彭锦棠的背影，看着他举着那把没子弹的空枪，迎着对面的敌人冲过去。很快，他中了很多枪，跌倒了，爬起来，又跌倒，前前后后的官兵蜂拥而上，把他紧紧围住。

杨逨是一个人的时候，他不可能不想到彭锦棠，不可能不想到那悲壮的最后一幕。杨逨不是没见证过死亡，他的母亲死了，他的父亲也死了，他忘不了父母临终前的模样。死亡来临之际，他作为儿子，已经做好了准备，得到了充分暗示，这就是死亡将不可避免，死神就要降临。彭锦棠的牺牲不一样，这事突然就发生了，就在杨逵眼皮底下，它发生得实在太突然，太不可思议，毫无准备。

5

自从从姑妈家出来，自从有了三仁车行，杨逵很少再去看自己的姑妈。他不太愿意听杨氏唠叨，能躲则躲，上一次见面，还是凤仙结婚。凤仙真的就嫁给了棺材铺老板朱老七的儿子，刚开始，总觉得是个笑话，开开玩笑而已，姑妈再怎么糊涂，再怎么贪图富贵，也不可能把自己女儿，嫁到棺材铺去，杨逵没想到这事还真的成为了事实。

杨逵独自一个人走着走着，脑袋里还在想着彭锦棠的英勇牺牲，突然发现不远处就是自己姑妈家。这地方他太熟悉了，三仁车行成立前，他一直就住在这儿，这里留下了他的太多记忆。杨逵记得自己是十一岁的时候，来到了姑妈家，杨氏把他接到了这里，当时就是坐的黄包车，这也是他印象中，自己第一次坐黄包车，与姑妈挤在一起，一路上，姑妈都是搂着他，也没有说什么话，风很大。黄包车经过仪凤门，出了仪凤门，杨氏指着不远处的一栋房子，告诉他马上就到了：

"看见了，就那边，就那个房子。"

那时候，只要一出仪凤门，城外一片荒凉。通往下关码头的大路两边，稀稀落落有几间房子，满眼都是种的烟草。很快到姑妈家，见了兴宝阿叔，见到了表姐凤仙和表弟阿坤。杨逵成为这个家庭中的一员，大家对他挺好，挺客气，都喜欢他。杨氏说要亲上加亲，一开始，也就是个玩笑，大家都没当真，杨逵和凤仙有些不好意思，别人一拿他们说笑，凤仙就会很生气的样子，嘟着小嘴说：

"我才不要嫁给杨逵，我不嫁给他。"

再后来，杨氏后悔了，后悔自己说过的话。杨逵不明白姑妈为什么渐渐就不喜欢他了，总是对他不太满意，无论他做什么，都会持反对意见。黄包车的生意越来越不好做，杨氏对杨逵也越来越不好，态度越来越恶劣。与此相反，凤仙却好像越来越喜欢杨逵，她总是在暗中相助，帮杨逵说好话，偷偷照顾他，偷偷塞东西给他吃。媒人薛大娘过来说媒，让凤仙嫁给棺材铺朱家少爷，杨氏一口答应，凤仙急了，她怎么能不急，光是棺材铺这三个字，就足以让她抓狂。

杨逵一点不往心上去，或者说根本就没走心。凤仙在抱怨，她说她的，杨逵爱理不理。凤仙急了，真急了，红着脸说你是不是很乐意，很开心我去做棺材铺老板娘，是不是觉得我做了棺材铺老板娘，找我买棺材就可以便宜了，你是不是就想贪图这个便宜。杨逵笑了，说我图个什么便宜，要买棺材恐怕还早吧，为谁买，要为我自己，你看我这样子，一时半会儿，还死不了。

凤仙就说："我看你离死也差不多了，你现在死就好了。"

杨逵说："好吧，你就当我现在就死了。"

凤仙说："我确实是已经当你死了。"

凤仙说的是气话，只是气话，不过她真的是很生气。她说别以为我不想嫁给棺材铺朱家少爷，就是想嫁给你，别想得太美，我告诉你，根本不是这回事。凤仙说我告诉你，就算我不嫁给朱家少爷，也不会嫁给你，也还轮不到你。凤仙说我宁愿嫁到棺材铺去，都不会嫁给你，才不会嫁给你呢。她伤心地大哭了一场，一边哭，一边说她恨死杨逵了，说难怪我妈会那么不喜欢你，会那么讨厌你。杨逵没想到她会说这么重的话，他总觉得凤仙是喜欢自己的，她一直都对自己好，处处都在帮他，现在她这么说，一定还是因为喜欢他，喜欢他才会这么说。

凤仙和朱家少爷结婚，也就是两年前，那时候，杨逵已离开凤仙家，她偷偷地跑去三仁货栈，告诉杨逵她不想出嫁。杨氏和朱家把日子都定好了，不想嫁也得嫁。杨逵听了无动于衷，冯亦雄则在一旁起哄，说嫁给棺材铺老板的儿子多好，以后要买棺材，他们就找她。那段日子，跟在张海涛后面，三仁货栈的生意谈不上太红火，还没发什么大财，不过也开始像那么回事，多多少少赚了些钱。凤仙气得咬牙切齿，含着眼泪走了。结婚那天，不只是冯亦雄跟着杨逵去了，连张海涛也一并受邀请参加。朱家那时候盖了新房，很漂亮的新房子。

新郎官朱东升刚从东洋留学归来，在日本学的是法律，这玩意儿在当时也没用武之地，他便在城南的一所中学当生物老师。身着巡警制服的张海涛，与身着洋服的朱东升，互相拱手问候，两人一见如故，各自说了些在日本的故事，朱东升给张海涛留了一张名片，当时名片还很罕见，张海涛拿了那张名片，研究好半天，不说话。从头至尾，新娘凤仙的脑袋上，一直顶着一块头盖，因此张海涛虽然与杨逵一起参加了她的婚礼，新娘子长什么模样，完全不知道。

那次婚礼之后，杨逵再也没有见到过凤仙。偶尔过去看望杨氏，凤仙都出嫁了，见不到她是很自然的事。没想到两年后的今天，走投无路之际，在姑妈家，杨逵会再次遇到她。那几天凤仙正好回娘家住，也是碰巧，当时杨逵完全是没有头绪，他不知道应该往哪去。他的任务是要去找些吃的，同时还要打探消息；到哪去弄吃的，要打探什么样的消息，杨逵心里根本没有底，他根本就不知道应该怎么办。只是身不由己地往前走，走着走着，突然发现自己的姑妈家，竟然就在眼前。

看到失魂落魄的杨逵，凤仙有些吃惊，两年时间不见面，没想到他变成现在这个样子，眼睛里没有神，走路时东张西望，有点贼头贼脑。此时的凤仙大腹便便，怀孕好几个月了，肚子挺得高高的。大家都没想到杨逵会突然出现，都很意外，只有杨氏一眼看出端倪，说这兵荒马乱，你这个腔调，还能有什么好事，八成又是与什么革命党搞到一起去了。杨逵意识到自己又要被教训，果然刚见面，杨氏就开始指责，说要我说呢，你跑到我这来，肯定不会是什么好事，肯定是犯事了，犯大事了。兴宝阿叔连忙阻止，不让杨氏往下说，他说这个可不敢乱说，不能乱说。

杨氏说："我会乱说，不信，你就撕我的嘴。"

兴宝阿叔说："革命党是要杀头的。"

杨氏冷笑说："你以为我们家杨逵怕杀头，他才不怕呢。"

凤仙听不下去，说："妈，能不能少讲两句。"

杨氏恨恨地说："我哥就他这么一个儿子，他要是真死了，我们老杨家也就算是绝了后，绝就绝吧，他杨逵才不会在乎呢。"

嘴上虽然说得很凶，毕竟还是杨氏的亲侄子，作为嫡亲的姑妈，不可能就不管杨逵死活。杨氏这人也是刀子嘴，豆腐心，杨逵真要出了什么问题，怎么可能不闻不问。教训了一大通，气也出了，气也消了，杨氏开始关心杨逵，安排他吃东西，询问他情况。听说了他们的状况，主动提出要把冯亦雄和张海涛也接过来，说就躲在她家好了，官兵不太可能会过来找人，毕竟这里是在城外了。昨天晚上仪凤门那里很热闹，乒乒乓乓打着枪，这会儿不也都安生了吗。

杨逵喜出望外，自己先吃饱喝足，然后兴冲冲地去接冯亦雄和张海涛。张海涛的脚仍然是疼，已经肿起来，肿了一大块，不过只要有人搀着，还可以勉强步行。走走歇歇，小心翼翼避着人，终于也到了目的地。人真的都来了，都躲这儿来了，杨氏开始有些后悔，后悔也来不及。她不知轻重不计后果，答应杨逵他们躲在这里，真要是有官兵找来，又如何是好。于是让兴宝阿叔出去探探风声，兴宝阿叔胆子小，说外面这么乱，去干什么呢，我看算了吧，我们就在家里老老实实待着。

凤仙见兴宝阿叔不敢出门，自告奋勇地要代他出去。杨氏火了，冲着兴宝阿叔一顿臭骂，说你也是太看重自己，就你这个熊样子，当兵的还能把你怎么样，还能把你捉去充军，也想得太美了，没人会看上你这把老骨头。

兴宝阿叔脸上有些挂不住，毕竟是当着这么多人的面，他叹了口气，说：

"好了好了，我去，这就去，你说要去，那就是皇后娘娘的圣旨，我哪敢不去呢。"

6

南京城正处于惨烈的白色恐怖之中，革命党人起义失败了，官兵在城里到处捉人，剪了辫子的，胸口挂着白条的，见了就抓，想杀就杀，拉到路边就把脑袋给砍了。绝大多数的城门都被封死，严禁进出，仪凤门没有封，官兵所需的军用物资要从这儿运送，一旦南京城失守不保，这里又是退往江北的必经之路，城门还敞开着，但是要想进出，不是件容易的事。没有路条，城里人休想出去，城外的人也休想进来。

兴宝阿叔被杨氏逼出家门，胆战心惊地来到了仪凤门那里。依然还是把守森严，当兵的端着枪在那儿站着，从门楼上悬了两个木笼子下来，里面挂着两颗人头，远远地也看不真切。有几个人在围观，兴宝阿叔忍不住好奇心，也走了过去，抬头细看，果然是血淋淋的两个人头。看的人都在议论，指手画脚，说什么的都有。反正大家都在看，别人不怕，兴宝阿叔的胆子似乎也跟着大了，也不害怕了。回去说给大家听，凤仙和阿坤听了，十分惊恐，眼睛立刻瞪得多大。杨氏便问兴宝阿叔，知道不知道是谁的脑袋。

兴宝阿叔算是见过了世面，很严肃地说：

"那还用问，肯定是革命党的，还能是谁！"

杨逵看了看张海涛，张海涛也正好在对着他看。他们的心里都在打鼓，心跳顿时加快，咚咚直响。毫无疑问，城楼上悬下来的两个人头，既然是革命党人，其中有一个，很可能就是彭锦棠。他们心里这么想着，没有说出口，把这话说出来的是冯亦雄，冯亦雄听了发急，他带着疑问，说这两个人头，会不会是彭教习他们。

张海涛向兴宝阿叔仔细打听，问他看到了什么，听到了什么。兴宝阿叔低头，很认真地想了想，说也没看到什么，也没听到什么，除了城楼上挂下来两个人头，看着挺吓人的，大家都在那胡乱议论，他也说不出什么道道来。张海涛便问他，一路上有没有遇到官兵。兴宝阿叔听了，摇摇头，说哪有什么官兵，我看只有仪凤门那里才有，好像也没几个人，根本就没有几个官兵，就看见两三个当兵的，端着枪站在那儿守着，东张张西望望。杨逵听了不相信，说怎么可能就两三个官兵呢，你难道是进城门看过了。兴宝阿叔被杨逵问住了，说又不让进，我怎么会知道那城门里面有没有当兵的，我哪有那个能耐。

听兴宝阿叔这么一说，杨逵便跟张海涛和冯亦雄分析，说把守城门的士兵肯定不会少，他与冯亦雄不止一次进出仪凤门，知道当兵的都是在里面守着。现在主要是防着城外，怕外面的人进来，一旦有什么风吹草动，估计他们立刻就会把城门关上。兴宝阿叔在一旁听着，点了点头，表示很赞同杨逵的分析，补充说他也注意到了，城楼上全是端着枪的官兵，枪口都对着城外呢，看来当兵的确实都躲在城里，就怕城外会有人攻进去。杨逵就问张海涛，要不要让他去摸摸情况，去看一眼，看看城楼上挂下来的人头，究竟是不是彭锦棠。

张海涛没有赞成，也没有反对。他想了一会儿，说今天先这样，到明天再说吧。到第二天，杨逵和冯亦雄都争着要去。张海涛便让他们分头行动，冯亦雄去仪凤门，杨逵去三仁货栈。两人听从安排，一起出门，一个去三仁货栈，一个去仪凤门。仪凤门近，冯亦雄一会儿就到了，他故意做出大大咧咧的样子，走得很近，一直走到当兵的喝止，不让他再往前走。

冯亦雄停了下来，城门口那里又有了几个看热闹的，冯亦雄便问他们：

"这是谁呀，这上面挂着的是谁的脑袋？"

看热闹的认出了冯亦雄，回了一句：

"谁知道呀，总归是革命党了，你没听见前天晚上的枪声……"

"什么枪声？"

171

"乒乒乓乓的枪声，你竟然没听见？"

"没听见。"

当兵的对他们再次喝止，让他们往后退一点，再后退一点。冯亦雄想看个仔细，可还是看不太清楚，既像是彭锦棠，又好像不是。他的眼睛大约天生有点近视，稍远一些便模糊，只看到死者的眼睛是闭着的，而且还有头发披在脸上，心里就在想，应该让杨逵来看就好了，杨逵的眼神好，这么想着，也就往三仁货栈那边去了。到了三仁货栈，杨逵还没走，他也只是刚到一会儿，正在与阿二和铁梅说话，正在询问情况。阿二跟杨逵解释，说他们不在的时候，官兵确实来搜过，所谓搜，也就是胡乱看一看，好像家家都去看了，也不只是光搜了三仁货栈。

铁梅气鼓鼓地说："搜什么乱党，还不就是想捞点外快，捞点值钱的东西！"

阿二便说："我们这能有什么值钱的东西。"

都到了这时候，冯亦雄竟然还能有闲心说笑，他看着铁梅，一本正经地说：

"要说有，这里最值钱的东西，就是你铁梅了，那个最值钱的东西，就在你铁梅身上。"

冯亦雄这个话，原来是炳哥说过的，他不知道怎么突然又想到了这话。铁梅就骂他，说你个小狗日的，就是怎么都不会学好，怎么一点长进都没有。说着，作势要去打冯亦雄，杨逵连忙拦住，让他们不要再闹。话题到了仪凤门悬挂着的人头，铁梅说冯亦雄你胆子真大，还真敢去看挂在那儿的人头，听说挂在木笼子里，是不是很怕人。冯亦雄不当回事，口无遮拦地说，就是听着害怕，真看见了，也就那么回事，说老实话，我们也叫是跑得快，要跑慢一点，我和杨逵的脑袋，说不定也挂仪凤门的城楼上了。

杨逵让冯亦雄不要乱说，不要想怎么说，就怎么说，隔墙有耳，万一给别人听到了，不是闹着玩的事。冯亦雄便压低了嗓子，说怎么是乱说，你说是不是很可能，是不是就是这样，绝对有可能，要不是我们跑了，你说会怎么样，你说说看。杨逵不想与冯亦雄再说这个，反正阿二夫妇心里也明白，对杨逵他们跟着张海涛干的那些事，多少知道一些，也用不着隐瞒。现在这边既然没什么事，就一起再去仪凤门那里看看，再去辨认一下，看看木笼子里的人头，究竟是不是彭锦棠。

于是两人一起去仪凤门，当兵的看到冯亦雄，不解地问道：

"喂，你小子怎么又来了？"

冯亦雄看了看那个当兵的，回答说：

"我这兄弟就是认死理，他不相信我说的话，不相信这儿挂着两个人头，我没办法，就带他过来看看。"

"滚走，有多远立刻给我滚多远，有什么好看的，"当兵的突然光火了，对他们喝道，"滚走，别他妈让我再看见你，信不信我一枪就崩了你，信不信？"

"我信，我当然信，"冯亦雄拉着杨逵就走，嘴里仍然还有些不服气，还嘴说，"你可千万别开枪，千万，我们这就走还不行？"

离开仪凤门，走出去一段路，冯亦雄很认真地问杨逵，那颗头颅到底是不是彭锦棠。杨逵非常肯定地点了点头：

"是他。"

"真是他？"

"真是他。"

冯亦雄知道这种事不会瞎说，杨逵说是，肯定就是了。回去跟张海涛说，张海涛听了，难过得半天说不出话来。事情已经这样，下一步便是谁去跟仪菊挑明，怎么跟她说。杨逵主动表态，愿意去见仪菊，他可以去通知她，因为是他把她送到亚细亚旅馆，他知道她在哪。张海涛目标太大，他的身份肯定已经暴露，而且脚也崴了，想走也走不了，也只能同意让杨逵去见仪菊。

临行前，张海涛脸色很沉重，叹了一口气，对杨逵一番叮嘱，让他要处处小心：

"你去见夫人，见了夫人，最要紧的是赶快想办法，先把人给认领了，彭先生是烈士，我们不能让烈士的头颅，一直就那么挂在城楼上。"

7

去亚细亚旅馆的路上，杨逵一直在想，见到仪菊，应该怎么说，应该说什么。都到了亚细亚旅馆，到了旅馆门口，房门被敲开，仪菊站在杨逹面前，杨逹还没想好怎么对她开口。仪菊显然一直在等消息，看到杨逹，不免喜出望外。看到她高兴的样子，杨逹更不知道应该怎么对仪菊说。

芷歆也冲了过来，她也在等外面的消息。下关的江宁大马路，地处城外，虽然也看见有士兵在走动，有军队在换防，也能依稀听见南京城里的枪声，然而总的来说，并没有发生任何战事。仪菊和芷歆躲在旅馆里，完全不知道外面的世界，已发生了什么。她们只是听从彭锦棠的关照，老老实实地躲在旅馆中，无论发生什么事，都不要轻易离开，都不要走出旅馆大门。这家旅馆是日本人开的，躲在东洋人开的旅馆里，相对还是安全。

从杨逹沉重的表情中，仪菊意识到肯定发生了什么事。肯定出了大事，肯定会有什么不幸的消息。果然，杨逹说明了来意，他直截了当地说了出来。杨逹告诉仪菊，彭教习死了，彭先生牺牲了，这话一旦挑明，这事一旦说出来，再接着往下，也就没什么不能再说了，用不着再遮遮掩掩。仪菊用手捂住了自己嘴巴，她显然是尖叫了一声：

"天呀！"

杨逹不忍心看仪菊的表情，他看着她身后的芷歆。芷歆一脸震惊，好像不太相信杨逹说的话。她不敢相信竟然会发生这样的事，不敢相信自己的姑夫，那个叫彭锦棠的男人，怎么好端端地突然就丢了性命。大家都知道革命党人是要掉脑袋的，知道归知道，这个事真的发生，真发生在自己熟悉的人身上，还是会让人难以接受。

仪菊在抽泣，她哭得很伤心，芷歆也开始哭了，她也抽泣起来。杨逵不知道应该如何安慰她们，不知道应该先安慰谁。这时候，他还傻傻地站在旅馆的过道上，还站在门外，为了不惊动别人，他问仪菊自己能不能进到房间里面去，能不能把房间的门关上。

关上房门后，仪菊和芷歆先尽情地哭，她们各自哭了一会儿。两人哭着哭着，又抱在一起痛哭起来。这时候，说什么话都多余，都不合适。终于她们不再哭了，开始平静下来，泪眼汪汪的仪菊看着杨逵，说你跑来就是为了告诉我这个，就是想告诉我彭锦棠死了，告诉我彭先生不在了。杨逵被问住了，怔了一下，他来见仪菊的目的，显然还不只是这个。他还没有把最关键的事说出来，仪菊还不知道彭锦棠的头颅悬挂在仪凤门城楼上，这事杨逵还没有来得及说。

现在，是可以说这件事的时候。把这事说出来了，仪菊听了，免不了又是一阵伤心，又是一阵痛心。芷歆惊恐万分，她第一次知道竟然还会有这么恐怖的事情。面对两个六神无主的女人，此时的杨逵显得非常冷静，接下来，是要认认真真地讨论，怎么去认领尸首，根据张海涛的建议，最好还是要恳求洋人帮助。只有洋人出面，这个事情才好办。仪菊跟洋人打过交道，有熟悉的洋人朋友，这时候让洋人出面交涉，会省去许多麻烦，少掉很多风险。官府对老百姓穷凶极恶，洋人面子还是要买的，官府最害怕的还是洋人。

于是杨逵陪仪菊去金陵关见史蒂文斯，史蒂文斯听说了彭锦棠的不幸遭遇，既深表同情，也很愤怒，立即表示愿意帮忙。在下关码头的东边，正好有一家洋人的慈善堂，史蒂文斯亲自出面，陪着仪菊去了慈善堂，与慈善堂负责人谈话，希望他们派人去仪凤门那里交涉，帮助收尸，结果慈善堂派了一名神父出面。整个交涉过程，前前后后都是杨逵在陪同，他俨然成了家属代表，成了仪菊的代理人。仪菊也幸好有他陪同，这时候，身边若没有杨逵这样一个人，有好多具体的事，真不知道应该怎么办。

　　整个过程还算顺利，去认领尸首的时候，官兵也没多说什么，只是盯着杨逵追问，他与死者是什么关系，是死者的什么人。仪菊便按照事先商量好的，说杨逵是自己兄弟，因为还有慈善堂的人在，等于是洋人在帮着做证，当兵的也不怀疑。现在有死者的家属来收尸，落得就让人赶快收走，毕竟两颗脑袋瓜一直悬挂在城楼上，这也不是个事，苍蝇飞来飞去，而且气味很重，能有人来收尸正好求之不得。

　　杨逵带着仪菊去朱老七家的棺材铺，选了两口不错的棺材。那两颗头颅，一颗是彭锦棠的，还有一个是谁，杨逵和仪菊都不认识。可能就是水师学堂的学生，因为血肉模糊，谁也辨认不出。前前后后，史蒂文斯出了不少力，他告诉仪菊，形势正在发生重大变化，中国政府已坚持不住了。南京革命党人的暴动虽然失败，根据外电报道，革命党人重新在镇江集合，组成了江浙联军，第九镇的统制徐绍桢挂帅江浙联军总司令，很快就会向南京发动进攻。南京这个城市落入革命党人手里，看来也是指日可待。仪菊处在丧失亲人的悲痛中，对接下来的形势会怎么样，有点无动于衷。杨逵听了

177

很兴奋，抽空找到机会，把这事向张海涛汇报，张海涛听了也很兴奋，欢欣鼓舞。

两口棺材先寄放在城外的一座小庙里，彭锦棠父亲中过进士，是位退休在老家的老官僚，因为儿子是革命党，早就宣布与儿子断绝关系。彭锦棠还有个在京城当官的哥哥，这哥哥的官做得也不算小，同样是与彭锦棠划清了界线，完全没有来往。现在彭锦棠死了，仪菊不得不给老人写信，彭锦棠与仪菊没有孩子，可是他在浙江老家还有妻子，还有两个儿子、一个女儿。彭锦棠的遗骸最后究竟怎么处置，要不要送回老家，仪菊必须征询他父亲的意见。

等到一切都处理得差不多的时候，南京城外已经是炮声四起。革命党人从四处包围过来，从几个方向同时向南京发起进攻。浙江的民军由东面发动，攻击麒麟门进占紫金山。江苏的民军负责由南面进攻，也就是进占雨花台。上海的民军负责收复乌龙和幕府两山，同时，南洋海军的十二艘军舰也起义了，宣布加入革命军，在攻打南京的战役中，沿江来回游弋，对敌军起到了很好的威慑作用。

下部

第六章

1

距离彭锦棠牺牲的二十多天后，枪炮声响了一阵又一阵，终于彻底消停了。南京城光复了，革命党人成了最后的胜利者。仪菊和芷歆避难的亚细亚旅馆，又一次人满为患，现在躲在这儿避难的，不是革命党人，不是与革命党有关的家属，而是那些此前要抓革命党的官员和他们的妻儿老小。

发现形势不妙的两江总督，情急之中，找到南京鼓楼医院的院长马林，请他帮助自己想办法逃出城。这位名叫张人骏的总督大人，籍贯直隶丰润，也算大清王朝在南京的最后一任父母官。鼓楼医院是教会医院，院长马林是美国人，美国人喜欢多管闲事。既然总督大人有求于他，马林院长便答应帮忙，让张人骏穿上便服，打扮成秀才模样，陪着他一起来到城西的鬼脸城，用特制的软兜，从城上将他坠出城外。然后，就沿城墙，逃往下关，在下关登上日本人的兵舰，灰溜溜逃往上海。

总督大人跑了，带兵的最高将领张勋不干了，立即电告北京，参了一本，告了一个御状。北京的朝廷眼见大清都要亡了，还一本正经地下旨，查办罪臣张人骏，同时又做个顺水人情，封张勋为两江总督。清朝有八大总督，南京的这个两江总督，控制着中国最富庶之地，可以说是重中之重，肥差中的肥差。升了职的张勋，根本就高兴不起来，败局已注定，革命党人已把南京城团团围住。他也不管朝廷会怎么想，派人找到美国驻南京的领事，托领事私下跟革命党人谈判，要求议和。革命党人对美国人还算客气，给张勋的答复很坚定，要想投降可以，打算议和没门。

这个张勋又奸又坏，本来也没有降意，只是迫不得已，故意做出一副不太懂政治的武夫模样，跟革命党人先停战，然后讨价还价，漫天要价，尽说一些冠冕堂皇的大话，譬如"不伤人民"，"不杀旗人"，不许伤害他手下的兄弟，要允许他佩剑出场。其实是想利用停战机会，将烂摊子收拾一下，能逃则逃。结果还真让他给逃了，张勋乘黑夜逃出了南门，绕道大胜关，渡江北窜，逃之夭夭。革命党人沉浸在胜利的喜悦中，没想到他最后会玩这一着棋，反正跑也跑了，就让他跑吧。

这以后，南京城里喜气洋洋，父老妇孺手持尺布与竹竿，热烈欢迎革命党人进城。老百姓看到的，是改朝换代，城市又换了新主人。城头变幻大王旗，南京这个城市对更换新主人，充满了痛苦记忆。五十多年前，也就是今天年轻人的爷爷那辈年轻时，太平军沿江而下，头上系着红头巾，一时间，滚滚江面上，全是太平军船队，黑压压一片，铺天盖日。然后围城，攻城，攻进城来，杀个没完，逮着谁都可能杀，都可以杀，那个惨，那个烈，一言难尽。再然后湘军来了，也是围城，攻城，也攻进来了，也一样是杀个没完，也是逮着了谁，都可能砍了脑袋，还是惨，还是烈，还是一言难尽。

土著的南京居民，对后人引以为骄傲的南京城墙，谈不上有多少喜欢。城墙有什么好呢，它把城市围了起来，围在里面看似安全，真遭遇了乱世，恰恰是让你无处可逃。老百姓成了人质，成了围栏里的牛羊，要忍受围城的饥饿，忍受守城者的暴躁，忍受即将破城的恐惧，以及破城之后的烧杀掳夺。改朝换代不可怕，可怕的是战乱。革命党人围城的时候，南京人仿佛又一次看到了历史重演，仿佛当年的太平军和湘军又要来了，新一轮灾难又要开始。

每逢新主人进入南京城，老百姓夹道欢迎，多少都会有些表演成分，说是迫不得已也不为过。好在革命军兴，革命党消，老实本分的人民群众突然发现，此次入主南京的革命党人，和以往的胜利者完全不一样。这一次，民军来了，革命党人只忙着争权，并不夺利。南京人突然懵了，一个个都糊涂了，不知道谁才是这个城市真正的新主人，不知道应该听谁的。街头贴出了布告，署名"江宁临时都督"，这个临时"都督"是自封的，立刻遭到革命党人反对，革命了，共和了，革命军是联合部队，不能自说自话。江宁都督是前清的官号，老百姓认，但是要名正言顺，不能随便自封。

在前清，南京最大的官是两江总督，掌管着江苏、安徽和江西三省，当时的上海还属于江苏。总督下面有巡抚，有布政使。南京的普通老百姓，弄不太清楚这些头衔，只知道在江苏这一片区域，江苏都督和江宁都督应该是平级，在行政上，江苏省分设了江苏和江宁两个布政使，各分管一块。江苏布政使负责苏南，办公的地方在苏州；江宁布政使负责南京和苏北，办公的地方在南京。一般民众沿袭这种体制，都认为南京光复，江苏仍将设"江宁都督"与"江苏都督"，和前清一样，让两位都督分治江苏。现在突然冒出一个"江宁临时都督"，老百姓信以为真，革命党内部却不干了，乱套了，差一点要为此大打出手。

于是临时的江宁都督见好就收，主动取消了都督头衔，让南京继续处于群龙无首状态。苏州那边，前清的江苏巡抚程德全已反正，成了革命党人的江苏都督。革命党的重要人物便在一起开会，电报来电报去，又与江苏的议员，以及南京的各界名流商议，大家协商后一致同意，电请在苏州的江苏都督程德全移驻南京，在南京主持大计：

> 江苏本为一省，宁苏分治，原属满廷弊政，今既改为共和，一省之中应只设一行政总机关，俾民政有所统一。而宁苏相较，自以驻宁为宜。程公雪楼平昔行政，注要民事。现在金陵光复，拟即请程公移驻宁垣，抚绥保定以慰全省民望。

程公雪楼就是程德全，本来只能负责苏南那一片，无形之中，请他来南京主持工作，行政级别已提高了一级。十二月五日晚上，老官僚程德全由上海赶赴南京，正式出任新的江苏都督。一到南京，立刻组织省都督府，主要成员有：

　　参谋总长由都督兼任，次长顾忠琛、钮永建、陶骏保；

　　政务厅长宋教仁；

　　外务司长马良，次长杨廷栋；

　　内务司长张一麐，次长沈恩孚；

　　财政司长熊希龄，次长姚文枬；

　　通阜司长沈懋昭，次长陶逊；

　　军务司长陈懋修，次长张一爵；

　　参事会长范光启，副会长郑芳孙。

　　程德全到了南京，将安抚民心作为首要任务。他本是前清的官员，久经官场，知道怎么当官，也知道如何对付老百姓。战乱之后，最迫切需要的就是太平，他在离开上海前，已经准备了两通告示，各印了一万张，一抵达南京，赶紧张贴在街头：

　　其一：南京现已光复，从此共享和平；张勋溃散兵卒，速即缴械投诚；四民各安生业，满汉一视同仁。

　　其二：本督现已莅宁，首在安民保商；设法维持市面，开

185

设江苏银行；钞票流通行使，金融自无恐惶；典当钱业铺户，务即开市如常；如有造谣生事，查获惩罚照章。

很快，南京的秩序奇迹般地恢复了，避难者纷纷回城，巡警开始巡逻街道，商家照常贸易，店铺开市者已占了八成。

2

南京光复时，张海涛崴伤的左脚，也完全好了。他和去镇江搬援军的老李，重新欢聚一堂。革命党人的理想终于实现，光复了，反正了，共和了，到处喜气洋洋，然而喜气洋洋的气氛，并不能抚平失去战友的悲伤，并不能安慰心中的内疚。革命总是会有牺牲，张海涛不是不懂这个，他只是后悔，当时商量攻占仪凤门方案，张海涛的意见是信号一响，就开始攻击，这样可以攻其不备。彭锦棠却倾向于等城外新军攻城，再开始从敌人背后突袭，前后夹击，一举拿下仪凤门，这样更保险，更稳妥。

张海涛觉得彭锦棠的方案过于保守，没必要这么小心谨慎。事后想想，显然彭锦棠是对的，他的担心不是没有道理。也许彭锦棠预感到情报会出现差错，预感到可能会遇到危险。事实也证明轻敌的代价很惨重，如果听从彭锦棠的意见，就可以避免这场悲剧。幸好杨逵和冯亦雄对这一带熟悉，要不然，被困在仪凤门城楼上的张海涛，也同样逃无可逃，真要是那样，在仪凤门城楼上，不仅挂着彭锦棠的头颅，张海涛的脑袋也不可能幸免。

因此，南京城被革命党人占领，张海涛首先想到的是要厚葬彭锦棠。仪菊给彭锦棠父亲写信，征询老人意见，彭父义正词严写了一封信过来，依然是指责儿子不忠不孝，依然是要与儿子彻底切割。装有彭锦棠头颅的那口棺材，还寄存在小破庙里，经过商议，大家出资在狮子山下购得一块坡地，立碑入土安葬。与彭锦棠一起被安葬的，是悬挂在城楼上的另一个人头。这人究竟是谁，始终都没搞明白，当时一起壮烈牺牲的，还有好几个水师学堂学生，他只是其中之一。

杨逑全程参与了这件事，先是陪张海涛去选地，然后又是陪仪菊去看选中的那块地。与地主谈判，与农民谈干活费用，在什么地方刻碑，刻多大的碑，如何运输，安葬日子定在哪一天，前前后后一大堆事，都是杨逑在具体负责。通过安葬彭锦棠，杨逑身上的管理才能，所拥有的经商头脑，充分显示出来。到安葬那天，来了很多人，除了仪菊和芷歆，除了张海涛和老李，还有金陵关的史蒂文斯，水师学堂的同学们。当时与彭锦棠一起参加暴动的几位学生，也都牺牲了，尸骨无存，他们的名字也被刻在了石碑上。

当然，还有很多革命党人，与彭锦棠认识和不认识的，都自发前来参加安葬仪式。上海《申报》的特派记者，专程赶来报道这事。时过境迁，南京在革命党人心目中，地位变得非常特殊。如果仅仅是从军事考量，袁世凯的军队大兵压境，武昌那边的败局已定，辛亥革命的中心转移到了南京。在南京成立号令全国的中央政府，已经迫在眉睫。事实上，当初攻打南京，就能够看出这场战役的重要性：

> 南京一日不下，武汉必危。武汉不支，则长江一带必不能保，满虏之焰复炽，祖国亡无日矣！

在武昌起义后的一个月内，湖南、陕西、山西、云南、江西、贵州、江苏、浙江、广西、安徽、广东、福建都先后独立，都成立了军政府。各省虽然独立了，却各自为政，互不统属，无联合统领机关，内政和外交深感不便。革命形势飞速发展，要求革命党人必须赶快建立中央政府。如果不是受到袁世凯军队的压迫，中央政府无疑会选择打响辛亥革命第一枪的武昌。现在武昌告急，中央政府选择南京，便是很自然的事。

这样的结果，一向散淡的南京人，肯定不会想到，不会想到在风谲云诡的中国大历史上，南京突然又扮演一个如此吃重的角色，金陵王气又一次显了灵。杨逵和冯亦雄作为南京人参加了起义，也算亲历了革命，尽管只是可有可无的小角色。革命军从不同的方向冲进城门，大多数爱看热闹的南京人，更多的还是看客。南京人为此应该感到惭愧，在著名的革命党领袖中，几乎都找不到一个土著南京人。就算是退而求其次，在革命党中有头有脸的南京人，也同样找不到。

南京城是联军攻打下来的，论功行赏，拥兵的青年将领，觉得自己功高盖主，都不把别人放在眼里。革命尚未最后成功，南京俨然已成了一个官场，各路英雄好汉，开始钩心斗角。因为要组建新的临时中央政府，各地的革命党人，纷纷派代表涌入南京。大量的投机者如期而至，张海涛也不得不卷入到了激烈的权力争斗中，他为此忙得不可开交。安葬彭锦棠的具体事宜，基本上都是杨逵在照应，就连最后的接受记者采访，也落到了杨逵头上。

结果杨逵的名字，便以"金陵人士杨某"的字样，出现在了《申报》上。《申报》是上海的，在报业还不发达的当时，南京人如果要看报，也就只能看《申报》。作为南京这个城市的市民代表，杨逵被问到对选用国旗的看法。记者告诉他，革命党人内部现在正在讨论，为了国旗吵得不可开交。究竟是用武昌起义最先举起的铁血十八星旗，还是用代表汉满蒙回藏五族共和的五色旗，记者问杨逵他个人有什么样的看法，杨逵对这个毫无了解，他根本不知道国旗是怎么回事，自然也就不知道应该如何回答。

面对记者的采访，杨逵能说的就是，他曾亲眼目睹了彭锦棠冲出仪凤门。杨逵告诉记者，一直到现在，他都不能理解，为什么当时会出现那样的差错。为什么说好的第九镇新军，没能按时出现。彭锦棠与他的学生被围在了仪凤门的门洞里，遭到前后夹击，那样的局面实在是太糟糕。记者在小本子上做着记录，不过也能看出来，记者对杨逵说的故事并不太感兴趣，就好像杨逵对记者提的国旗问题不感兴趣一样。杨逵不知道记者为什么要采访他，为什么不去采访张海涛，为什么不去采访仪菊。

　　接受记者采访的时候，杨逵的眼睛在东张西望，他情不自禁地要去寻找芷歆。芷歆一直都追随在仪菊身边，两人形影不离，她偶尔也会看几眼杨逵。很显然，仪菊和芷歆都知道杨逵面对的是记者，显然她们也在想，上海来的这位《申报》大记者，为什么会盯着杨逵追问个不停。她们肯定在想，杨逵与记者到底说了些什么。杨逵注意到，仪菊那天看自己的神情很不一样，究竟怎么不一样，他也说不清楚。也许，仪菊看出了杨逵对芷歆的注意，她已经知道了藏在他内心的秘密。

　　那天的主角当然还是仪菊，她以未亡人的身份，很庄重地出现在大家面前，穿了一身黑衣服，黑长褂，黑裙子，戴着一顶西洋式的黑帽子。这身打扮让她显得与众不同，格外引人注目，杨逵觉得这一身黑衣服很好看，太好看了。仪菊显得很年轻，她是芷歆的姑妈，和芷歆在一起，更像是一对姐妹。安葬仪式很隆重，此时的南京城里权力斗争十分激烈，各派势力明争暗斗，已快到水火不容的地步。到场的革命党人，也想借此次安葬活动，提醒一下世人，共和来之不易，革命党流血牺牲，千万不能让革命胜利的果实，落入居心不良的奸人之手。

　　张海涛在安葬仪式上，作了一个简短的演讲，语气十分强硬。他的声音代表了年轻的少壮派，对参加共和的前清老官僚，对反正过来的前清旧军官，用辞十分严厉，非常地不客气。这时候的张海涛，已经下决心要投入政坛，大清就要完蛋了，在新的形势下，在新的政府中，张海涛觉得他应该摄职从政，去捞一个合适的官当当。

3

南京群龙无首的局面，很快有了改变，刚从国外回来的孙中山先生，从上海出发，坐着火车来了。沿途军队及绅商百姓，都在夹道欢送，人山人海拥挤非常。送行者脱帽为礼，共和万岁的欢呼，声闻数里。火车到南京，孙中山改坐蓝色绣彩绸马车，直抵两江总督府，当天便举行了就职典礼，成为新成立的民国政府临时大总统。杨逵听张海涛说起过孙中山，知道这个人在革命党中很有名望。可是杨逵弄不明白，为什么名声显赫的孙中山，只是给他当个临时大总统，为什么是临时，这个临时又会是多长时间呢。

以张海涛在当时革命党中的地位，还轮不到参加高层的协商。张海涛所知道的，能告诉杨逵的，也是别人的转述。孙中山这个临时大总统，由各省都督府派来的代表选举。各省代表在南京采用无记名投票，选出临时大总统。一共十七个省，也就是说共有十七张票，开票结果出来，孙中山得了十六票，当选了临时大总统。

张海涛告诉杨逵，革命党人与袁世凯有约，只要袁世凯能够反正，能够赞成共和，便推举他为中华民国的大总统。因为有约在先，孙中山也表态，只要袁世凯拥护共和，可以把大总统的位子，拱手让给袁世凯；不过总统就是总统，现在加上了临时两个字，多少有些不伦不类。大家商量的结果，认为有的省还未独立，正式的宪法也尚未制定，虽然孙中山不喜欢"临时"两个字，此时的总统仍须冠以"临时"字样。张海涛告诉杨逵，所谓临时，其实是为了保持机动性，如果大家觉得不合适，还是可以改换。

结果真像张海涛说的那样，孙中山的临时大总统，就没当上几天，也不过一个月出点头。一九一二年的一月一日，当上了临时大总统。到了二月十二日，寿终正寝的大清政府，便彻底完蛋。在北京的只有七岁的小皇上溥仪，正式宣布退位。第二天，同样是在北京的袁世凯发表声明，赞成共和。袁世凯一表态赞成共和，在南京的孙中山立刻按照此前约定，向参议院提出辞职，同时推荐袁世凯出任中华民国的临时大总统。

对于杨逵来说，形势的发展和变化，虽有些太快，却也算不上太意外。从某种意义上来说，这是大家最乐意看到的最好结果，最后以和平的方式，结束了几千年的封建统治，还能有什么改变比这更好呢。在过去的几年中，杨逵几乎就是张海涛的小跟班，一直追随着他，亦步亦趋，没有张海涛，杨逵不可能成为革命党人中的一员，也不会参加南京革命党人发动的暴动。很多事情从一开始，杨逵就没真正搞明白，也用不着搞明白。南京光复，张海涛说得最明白最透彻的一件事，就是革命成功了，革命军兴，革命党亡，革命军来了，革命党就应该消亡。现在，革命党人应该做的事，基本上已经做到了，已经做完了。

革命党人接下来应该干什么呢，张海涛开导杨逵，告诉他应该如何去做：

"革命党人该干什么呢，应该解甲归田，再以后，就是要多赚点钱，就是要把我们的买卖给做好，搞好工商实业。"

刚开始的时候，对什么是工商，什么是实业，杨逵还不太明白。怎么才能把买卖做好，怎么才能多赚钱，这些都要一步步摸索，一步步试探，都得要学习，要慢慢地来。杨逵只相信一件事，坚定不移地跟着张海涛干，跟着他干就行了，跟着他干就不会有错，就会有前途。从晚清到民国，进入民国再继续往前走，跟着张海涛，杨逵觉得自己的每一步，都走对了，都走在正确的阳光大道上。

孙中山辞职后，袁世凯以全票当选中华民国临时大总统。当时大家还都以为，袁世凯会来南京当这个总统；说好要来的，后来又不来了。金陵王气再次显灵的南京，做了没几天的中华民国首都，又转移到北京。孙中山很不高兴，与袁世凯曾有约定，一定要来南京当临时大总统，北京那地方太保守，很容易有"天下怀庙宫未改之嫌"。最后袁世凯还是失言了，他根本没把与革命党人的约定当回事。不过张海涛和他的革命党同志，对于究竟把首都放在哪里，倒不是特别介意，南京也好北京也罢，搁哪儿都可以。

当时张海涛最在乎的，是竞争省议员。他加入了刚成立的国民党，这个国民党与后来的国民党，并不完全是一回事。那时候，为了仿效美国的政党选举，新的国民党应运而生。投身政坛的张海涛知道，眼下在中国要想搞实业，要想做生意，没有官场背景绝对不行。自晚清以来就这样，有了官家做后台，什么实业都好做，什么买卖都能做。仗着一帮年轻少壮派给他撑腰，张海涛如愿以偿，当上了省议员。官场有官场规矩，有些事可以做，有些事不能做，结果就与当年做巡警时一样，张海涛躲在背后，所有的生意在明面上，都交给杨逵去做。

三仁货栈正式改了名，改为"三仁贸易有限公司"，与过去相比，生意不知道扩大了多少倍。杨逵身份也改变了，他现在是股份公司的襄理，公司的实际代理人。在公司股份中，有革命党人的秘密资产，有南京商绅的集资，还有大名鼎鼎的南通张謇的股金。张是前清状元，民国政府第一任实业总长，中国最著名的实业家。实业救国一直都是新派人士的时髦口号，兴办实业，用实业强国富民，更是有识志士的共同目标。

民以食为天，对于中国人来说，吃饱饭是最大的事，因此投资面粉厂，当面粉大王，最容易致富。其次是棉纱，吃饭穿衣，吃饱了还得穿衣，棉纱大王肯定也必定会进入富家排行榜。三仁贸易公司说白了，什么好卖就卖什么，根本就没有什么实业。当时人心目中，大家并不看好这个公司，觉得它只会投机取巧，跟奸商并没太大区别。唯有实业才能救国，买进卖出最多只能赚黑心钱。接下来几年，杨逵证明自己天生就适合干这个，三仁公司大赚特赚，大家不看好归不看好，有疑问归有疑问，在杨逵的一系列运作下，很快成了下关最能赚钱的公司，规模迅速发展壮大，不仅拥有了自己的码头，拥有了自己的仓库，还拥有了自己的运输船队。很快，也就是短短几年时间，杨遽完全变了一个人，变得都快不认识自己了。

4

当上省议员的张海涛，也渐渐变得保守起来。虽然出身革命党人，自从步入政坛，涉足了官场，他变得不怎么激进，或者说不再像过去那么冲动。民国政府从南京去了北京，南北矛盾越来越深，越来越不可调和。一年以后，一九一三年的三月二十日，国民党的代理理事长宋教仁，在上海火车站遇刺，二次革命因此爆发，南北又一次开战。张海涛自然是站在革命党人一边，不过革命党人内部，出现了严重分歧。孙中山和黄兴这两大革命党领袖观点就不一样，孙力主立刻武力讨袁，争取主动，黄则认为"民国已经成立，法律非无效力，对此问题宜持冷静态度，而待正当之解决"。也就是说，现在是民国了，如果法律能解决问题，最好的办法还是通过法律。

孙中山知道袁世凯不可能遵纪守法，黄兴知道南方武力不足恃，真要打，打不过人家，"苟或发难，必致大局糜烂"。结果恰如大家担心的那样，袁世凯步步紧逼，革命党人磨刀擦枪。时局越来越紧张，到了这年六月，雨季开始的时候，北洋政府罢免了革命党人的三大都督，也就是江西都督李烈钧、广东都督胡汉民、安徽都督柏文蔚。紧接着，袁世凯军队开始南下，深入江西，插入了革命党人的势力范围。南方革命党人奋起反击，你来我往兵戎相见，结果呢，最终还是北洋军队占据了上风。

这时候，三仁公司的生意风生水起，正是日进斗金之际。南京人享受了没有几天的和平，眼见着硝烟又起，先还是在别的地方开战，大家都在看报纸，隔岸观火，很快战火就烧到南京来了。许多事真是搞不明白，不要说杨逵看不清楚局势，位居高位的张海涛，也经常深陷迷局。在北洋军的紧逼之下，南京仓皇成立了江苏讨袁军，由江苏都督程德全任命黄兴为讨袁军总司令，战事在徐州一线展开。那边还在打着仗，南京这边自己先乱了。江苏都督程德全本来也只是个傀儡，他突然逃到上海去了。

程德全一到上海，立刻通电全国，说"旧病剧发，刻难措住"。这是明面上的话，暗地里已致电袁世凯，解释自己是受到了革命党人的胁迫。事实也是如此，程德全是前清江苏巡抚，从政几十年，世故圆滑，对大局会如何发展，心里很明白。革命党人根本不是袁世凯的对手，所谓"江苏独立"，面对强大的北洋军队，不会有任何胜机。脱离了革命党人的控制，程德全通电南京的革命党，让他们"取消讨袁名义，投戈释甲，痛自引咎，以谢天下"。程德全是江苏都督，名义上的江苏最高领导，他的通电彻底瓦解了军心，在通电第三天，黄兴知道事不可为，怏怏地离开了南京，这一走，讨袁军顿时群龙无首。

张海涛作为省议员，作为革命党人，在二次革命时显得有些尴尬。与大多数革命党人一样，他毫无疑问地站在讨袁军一边，必须站在讨袁军一边。但是又毫无疑问，不可能像辛亥革命时那样，抛头颅洒热血，全然置生死于度外。张海涛的暧昧态度，直接影响到了杨逵的选择，也决定了三仁公司在这次危机中，应该如何应对。要说南京守城的讨袁军，也还真算英勇顽强，但最后还是不能抵挡北洋军的疯狂进攻。北洋军的先锋是张勋，他穷凶极恶，率先渡过江来，先佯攻聚宝门外的雨花台，以主力猛攻朝阳门外的天堡城，几个回合下来，南京城便失陷了。

这个张勋和南京是有过仇的，他如今杀进城来，当然是不肯轻易放过南京。早在攻城之前，为了激励自己的士兵，张勋已许诺部下，打下南京，三日之内不封刀，爱干什么干什么，想怎么样就怎么样，烧杀淫掠，当官的都睁一眼闭一眼。不只是张勋的部下如此，整个北洋的军队，都好不到哪里去。北洋军九月初进入南京城，所掠之物堆积如山，抢掠后所有赃物皆运至下关，由火车送运各地，九月二十一日的《时报》上有过专门报道：

> 北军进城后，即肆行淫掠，几于无兵不抢。冯国璋兵在下关抢，雷震春在南门抢，张勋兵在太平门抢。冯国璋且在下关纵火焚烧，全埠化为焦土。

《时报》是民国时期上海发行的一家报纸，号称"中华民国唯一日刊"，其时评在当时很有影响。北洋军进城，主要是在城外抢，或者就是在城门口附近肆虐，掠夺财物，强奸民女，可以说无恶不作，什么坏事都敢干。这么干当然也有借口，就是要搜索参与叛乱的革命党人。一时间，情况有点危急，张海涛在二次革命中的表现并不积极，但在革命党人中毕竟有点名声，自然也牵涉其中，因此，北洋军还没进城，就在杨逵的安排下，先躲了起来。

当时的下关一带，是此次兵荒马乱损失最严重的地区。理由也很简单，这时候的下关，也可以说是南京最繁华的区域，油水也足够。据事后江苏省警察厅的调查核定，"南京兵燹，共使商民4万余户受损，价值高达1600万元"。有的地方"焚淫掳劫，十室九空"，地处下关江边的三仁公司，能在此十分混乱危急时刻，躲过一劫，实属不幸之中的万幸。事实上，早在开战之前，三仁公司就囤积了大量的杉木，那时候，南京上新河地区，有一个巨大的木材市场，除了一部分在本地销售，绝大多数都转销长江下游地区。三仁公司的这批杉木，是从湖南和江西采购的，数量大，价格非常合适。

战事爆发前，杨逵就非常担心，担心这些木材会被军队征用。只要是打仗，无论攻方还是守方，都可能急需要木材。与张海涛商量，也没有什么好主意，木材体积太大，藏无可藏，军队真要强行征用，谁也没办法拦着。好在下关仪凤门这一带，并不是北洋军主攻方向，战事虽然有，也不算太激烈。隆隆的炮声，最初都是来自南京城的南边，要不就是在东边，等到真正开始攻城，仪凤门这里，基本上没有遭遇什么抵抗，说攻进去，很快就攻了进去。

北洋军进了南京城，杨逵心里悬着的一块石头，基本上也就落了地。这批木材应该是安全了，北洋军胜了，不需要再打仗了，要木材也不会有什么用。没想到士兵来了一批又一批，都是借口要搜查，要捉拿乱党，不断地敲三仁公司竹杠。杨逵因为张海涛躲在自己公司，面对敲竹杠的士兵，不得不一次次破财消灾。当兵的欲望真是没办法满足，他们大约也意识到三仁公司老板有钱，只要来要，多多少少都能得逞，便狮子大开口，一跺脚，开出了一个让杨逵实在没办法接受的价码。

当兵的看到杨逵竟然敢拒绝，便威胁说：

"钱不拿出来是吧，信不信，老子一把火，把你们的这些木材，统统给烧了。"

5

如果不是水根出现，蛮不讲理的北洋士兵，说不定真会放一把火。就在大家都僵持不下的时候，失踪好几年的水根，突然出现在他们面前。此时的水根，是北洋军徐宝珍部的一个小排长。徐宝珍是徐宝山弟弟，徐宝山是帮会头目，辛亥革命时揭竿而起，成了扬州军政府都督。二次革命爆发，徐宝山兄弟倒向袁世凯，革命党人专门特制了一枚炸弹，放在古董盒里，送到扬州徐宝山家，将徐宝山给炸死了。北洋军攻打南京，与南京有过节的张勋是急先锋。张勋又让与革命党有杀兄之仇的徐宝珍，冲在最前面打头阵，结果徐宝珍部损失最大，死了很多人，活下来的便疯狂报复。

水根也是命大，当年出走南京，东奔西跑，最后当了兵，跟着徐宝山兄弟干，出生入死，此次攻打南京，居然毛发未伤。徐宝珍部从金川门冲进去，进了南京城，开始疯狂抢劫，水根和他的手下，也没少干坏事。他出现的这个时机太好了，晚一点都不行。情况立刻有了转机，大家都是当兵的，都为了攻进南京流过血，手上都有家伙，有事就好商量。水根的军衔并不高，不过他要出手阻止，对方不得不给他这个面子，也不敢不给他面子。双方拱拱手，称个兄道个弟，这事就算解决了。

杨逵没想到水根会在这个节骨眼上出现，立刻让人去找冯亦雄，把阿二夫妇也叫了过来。水根还带着一名手下，专门为他扛着一坛酒。水根说我就是想着过来见见两位兄弟，见见熟人，大家喝一次酒。冯亦雄见了水根，不禁有些羡慕，说没想到水根还当上了军官。水根提议到街上去找家馆子喝酒。杨逵便苦笑，叹了一口气，说世道乱成这样子，抢的抢了，烧的烧了，哪里还会有店家敢开门，你水根想找家馆子一起喝酒是不错，可又到哪去找呢。别的地区不敢说，下关靠码头这一带，被抢被烧，已经惨不忍睹，甚至连洋人开的店，也有被抢的。

阿二听说水根回来了，喊他和铁梅一起过去喝酒，在来的路上就做好了准备。这里靠着江边，大大小小水塘也多，江边渔民的网篓长年浸放在水里，想吃鱼虾随时都有。时间已是初秋，阿二和铁梅来了，拎着一个鱼篓，又有鱼又有虾，还有好几只螃蟹。到达后立刻生火，烧一锅水，把鱼虾和螃蟹倒进去煮，搁上点盐，倒点酱油，趁着热，吆喝着开始喝酒，那一坛酒，少说也有十几斤，足够大家喝的。

水根送了一件八成新的长衫给阿二，送了一个漂亮的首饰盒给铁梅。他也不掩饰，说这些礼物来路都不正，他拿来送给阿二夫妇，也就是个顺水人情。冯亦雄听了，便和水根调笑，说想不到几年不见，他心里没有我和杨逵，却还惦记着铁梅。水根也不接冯亦雄的话，倒是铁梅不乐意了，她跑到冯亦雄面前，伸手去捏他的嘴，说你信不信，我真会撕烂你的嘴。冯亦雄躲避不及，被铁梅狠狠地捏了一下嘴，捏得还挺疼。

冯亦雄说："铁梅，你来真的呀？"

铁梅说："不是真的，你还以为老娘是跟你闹着玩呀？"

"很疼，你知道不知道？"

"只有疼了，你才会知道厉害。"

冯亦雄嘴还不饶人，继续与铁梅调笑。水根脸上有些挂不住，毕竟他还带着一名士兵过来的，有些话让手下听见也不太好。他挥了挥手，找了一个借口，让自己手下离开一会儿，然后板起脸，很严肃地教训冯亦雄，让他不要乱说了，不要有什么话，张口就来，说话前稍微过一过脑袋好不好。冯亦雄一看水根真有些急了，便开始傻笑，说好好好，他是说错了，他错了。他说这几年不见，没想到连我们的水根，也开始变得正经起来。

冯亦雄叹气说："唉，想不到都变了，你水根变了，我们杨逵也变了，都变得跟原来不一样了。"

铁梅说："一点都不错，就你冯亦雄没有出息。"

"铁梅你说得真对，"冯亦雄点了点头，带着几分无奈说，"这年头，也就是我冯亦雄没什么长进。"

水根没想到自己离开后，三仁货栈竟然会有这么好的发展，变得跟原来完全不一样。自从认识杨达，水根就知道他以后会不同寻常，虽然比自己还小了好几岁，刚开始都是水根带着杨达和冯亦雄玩，带着他们欺负别人，可是杨达总能想出些不一样的鬼点子。杨达未来能够变成什么样子，真的很难预料。三仁货栈现在已改名"三仁贸易有限公司"，水根不认识字，前面"三仁"两字还能记得，还能认识，他并不知道后面的那几个字是什么意思，想问，当着众人的面，也没好意思问出口。

杨达免不了要问起水根离开后的种种状况，水根三言两语说不清楚，反正是无路可走，最后就当了兵。当了兵，跟着当官的混，当官的往东，便跟着往东，当官的往西，便跟着往西。当官的要抓革命党，就抓革命党，当官的跟革命党玩到一块去了，他们呢，也就成了革命军。再以后，跟革命党人闹翻了，要攻打南京，就真的打到南京来了。冯亦雄听了直摇头，说你们到了南京，还抓不抓革命党呢。水根说当然要抓，上面说要抓，那还不就得抓。

杨达笑着问水根："如果我们这里藏着革命党，你抓不抓？要不这么说吧，我和冯亦雄如果是革命党，你怎么说，抓还是不抓？"

水根笑了："那怎么能抓，我们是什么交情，再说你们怎么可能是革命党呢。"

冯亦雄说:"万一要是呢?"

水根说:"万一要是,也不能抓,我们这么好的兄弟,我怎么会抓你们呢。"

杨逵和冯亦雄相视而笑。

水根说:"说穿了,谁他妈是革命党,谁又不是,这个事说不清楚。你们信不信,有那么一阵,我们这支队伍,它就是革命军,什么叫革命军,不就是革命党吗?你就说扬州,你们知道扬州是谁打下来的,那还不是我们吗。"

铁梅忍不住插嘴说:"水根你说得对呀,我们大家其实都可以说是参加过革命党了,我跟你说,就说杨逵和冯亦雄,还有我们家阿二,都为革命党做过事,都做过。"

阿二急了,连忙拦着:"铁梅铁梅,这个不能乱吹牛,你不能乱说,咱们不懂的事,千万不要乱说。"

铁梅不服气:"怎么乱说了,谁乱说了,不就是这样吗!"

6

水根走了,杨逵与张海涛说起这事,议论水根这个人。两人都在设想,如果张海涛真出现在水根面前,水根会不会抓他。结果一致认为,他不太可能抓张海涛。水根的驻地在金川门那边,离下关还有一大段路，水根是过来看朋友，犯不着多那个事。南京城弥漫的恐怖情绪，很快就消解了。不管怎么说，大清不在了，已经民国了。革命党人四分五裂，失败空气普遍笼罩。一时间，大家仿佛都失去了前进方向。

南京开始进入了北洋政府时期，程德全的江苏都督职务，被袁世凯给解除了，攻打南京有功的张勋，正式接任江苏都督。张勋是个臭名昭著的武夫，理政和理财都不擅长，很多事都要由新来的江苏民政长韩国钧负责。民政长一职，相当于前清的江苏布政史，后来的江苏省省长，地道的父母官。很快，张勋升任长江巡阅使，这一任命的实质，是褫夺张勋的实权，江苏都督改由袁世凯心腹冯国璋来担当。冯国璋也是武夫，直系军阀老大，后来的江苏督军李纯，大名鼎鼎的吴佩孚和孙传芳，都是冯的部下。

同样是不太讲道理的武夫，起码在一开始，冯国璋给南京人留下的印象还不算坏。韩国钧是江苏人，冯国璋刚来，最喜欢玩弄的一句口号，就是苏人治苏，充分重视江苏人利益。南京人就怕乱，就怕战乱，北洋军也好，革命军也好，能太平就好，能太平最好。二次革命后南京城一片萧条，商店大多关门歇业，当时的行政公署，就是夫子庙附近的瞻园，所能见到的景象，是死人倚树，军马倒地，到处血迹斑斑。战事结束了，当权者要重启民心，恢复繁荣，必须迅速振兴商业。

韩国钧下令设立赈抚局，为商家贷款。为了救济受灾商民，他千方百计筹钱，力求北洋政府拨款。经过认真调查评议，按户分级偿恤百姓。平心而论，这期间，冯国璋也起到了非常好的作用，在他和韩国钧的力争下，北京的北洋政府决定，拨借民国元年6厘公债票作为抚恤金，最后或赔钱，或赔公债券，按照实际损失的十分之一赔偿，共赔偿南京商民损失一百五十万大洋。

三仁公司的实际损失，并没有像杨逵申报的那么严重。下关地区商家损失最惨重，获得的赔偿也相对最多。刚开始，商家出于不信任，敢向赈抚局贷款的人并不多，杨逵抓住这个机会，最大限度地获得了贷款，能贷多少贷多少，大胆进货出货，趁机大捞了一把。三仁公司原先囤积的大量杉木，成了战后重建急需的物资，烧毁的房子要推倒了重盖，有多少木材都可以卖出去。江西和湖南那边有交易在先，货源也没有问题，源源不断，要多少有多少。

当时三仁公司最需要的是人脉和资金，张海涛终于又重新出山了，北洋政府解除了对他的通缉令，他又一次进入官场，又一次占据了要职。当年支持张海涛的那些少壮军人，纷纷开始与北洋政府合作，形成了新的权力圈子。军民分治，苏人治苏，成为江苏人的一种共识，成为江苏人的理想，也成为政客们出山的借口。一时间，大家好像都愿意在韩国钧手下做事，各重要部门都掌握在江苏籍官员手中，北洋派来的候补官吏，基本上得不到官场重用。战事已结束，敌对双方的紧张关系正在和解，张海涛恢复了省议员身份，成为江苏民政长韩国钧需要倚靠的助手，在高层已经能够说得上话。

张海涛又一次成为杨逵的靠山，有张海涛支持，杨逵不仅充分利用了官方贷款，还大量吸收民间资金。仪菊把政府颁发的一笔抚恤金，全部借给了杨逵。这笔抚恤金在二次革命前，就应该交付给仪菊，但直到二次革命结束，经过反复追讨，才最后到达仪菊手中。当然，也与张海涛的帮着争取有关，拿到了抚恤金，根据张海涛的建议，仪菊毫不犹豫地将它交给了杨逵的三仁公司。那时候，仪菊已很看好杨逵的经营能力，她看出了这个小伙子的非凡才华。既然张海涛能看好杨逵，视杨逵为心腹，仪菊没有理由不跟着看好杨逵。

在三仁公司复杂的资本中，聚集了各种不同人群的资金。还是像最初那样，革命党人的秘密资金，仍然是公司资本的一个重要组成部分。除了这一部分秘密资金，又增加了赈抚局的贷款，增加了民间实业家的股份，还有相当数量的私人集资。在私人集资中，棺材铺老板朱老七便有很大的一笔。与三仁公司在二次革命中的遭遇差不多，北洋军进城后烧杀掠抢，朱老七的棺材铺有惊无险，损失并不严重。或许是有所忌讳，士兵对棺材铺的兴趣不大。

三仁公司在极短时间里，恢复了二次革命前的良好发展势头，甚至远远超过了先前的规模。这时候，南京官场又发生了重大变化，所谓军民分治，江苏人治理江苏，说出来笼络民心可以，真要是这么玩，真要把权力都交给江苏人，冯国璋这北佬儿受不了，北洋政府也不会甘心。各省的民政长开始改称"巡按使"，江苏民政长韩国钧调往安徽，新的江苏巡按使一职，改由来自东北的齐耀琳接任。不久，"巡按使"又正式改成省长。

从江苏民政长，到江苏巡按使，再到江苏省长，"军民分治"一直都只是个口号。对于南京人来说，北洋政府时期，军阀永远都是老大，最后还是军方说了算。袁世凯称帝，袁世凯取消称帝，袁世凯病亡，与南京的老百姓，好像都没什么太大关系。张海涛在齐耀琳当江苏省长期间，一直都在当省议员，他与革命党人关系若即若离，与齐耀琳的关系忽好忽坏。到了一九二〇年夏天，江苏省议会对齐耀琳进行了弹劾，联名致电北洋政府内务部，控告他违法乱纪：

齐耀琳长苏六载，苏人苦苛政久矣！

这样醒目的黑体字报道，上海的报纸上有，南京的报纸上也有。在这次对齐耀琳的弹劾中，张海涛穿针引线，起了非常重要的作用。杨遽没见过齐耀琳，毕竟省长离自己有点遥远，只是听张海涛经常说起；张海涛不仅经常提到这个齐耀琳，南京官场上所有的重要人物，他都会习惯性地挂在嘴上。

7

在齐耀琳当江苏省长的几年中，三仁公司的发展，出乎所有人预料。不管时局发生什么样变化，三仁公司在杨遽操控下，一直都在稳步发展，都在忙着赚钱，都在赚大钱。借助江边码头的优势，三仁公司仅仅是在木材生意上，就大赚特赚，赚足了银子。有一段时间，几乎垄断了南京木材市场。源源不断的杉木从上游运输过来，随着城市建设快速发展，木材市场的竞争，也开始变得激烈起来。

当时国情是大家更看重实业，唯实业能救国，有识人士注意民生，纷纷办工厂，开始提倡国货。杨逵对口号不感兴趣，他总是能另辟蹊径，总是能提前预判，怎么都能比别人快一步。譬如杉木市场，当初是在大家都不看好的情形下，主动大胆地进入，后来呢，大家眼睛都盯着杉木市场，都觉得做杉木生意来钱快，三仁公司又果断放弃了杉木，改做进口的松木。一开始，没有人看好价格低廉的洋松，不相信它会在市场上代替杉木，没想到还真又让杨逵给看准了，短短几年时间，大家眼里只适合做棺材的外国洋松，几乎完全代替了杉木。

说起来也简单，在过去这些年里，尤其是齐耀琳当省长的这六年，杨逵的三仁公司做来做去，无非就那么几件事。首先敢大量购买洋货，大做进口生意，什么好卖就拼命吃进什么，洋油、洋布、洋胰子、洋瓷器，大胆进货囤货；其次是买地，在下关沿江地区，只要是块地，只要对方肯出让，就一定千方百计买下来；第三是疯狂融资，敢借鸡下蛋，成功的经验告诉杨逵，只要前进方向对，思路正确了，钱这玩意儿就是韩信用兵，多多益善，越有钱，越能赚钱，越能赚大钱。

三仁公司的人员也发生了变化，阿二夫妇早就被杨逵排除在外。说起来，从三仁车行到三仁货栈，一度还就是挂着阿二的名头，还让他当过老板。刚开始挂谁的名头并不重要，谁当老板也不重要，谁也不会想到"三仁"这个招牌，最后还就真的做了出来，会做得那么大。渐渐地，跟着杨逵干的人都发了财，三仁公司把阿二原有的房子收购了，把周围邻居的房子也一起买下来，整个那片区域，被建成下关地区最大的私人仓库。发财后，不只阿二夫妇与三仁公司没有了瓜葛，连曾经一起打拼的好兄弟冯亦雄，也因为经常性的意见不合，老是要干预杨逵做生意的决定，也干脆离开杨逵，离开了三仁公司。

冯亦雄离开三仁公司，开始在另一条道上发展。早在辛亥革命前，张海涛就在镇江参加了帮会，成为青帮大佬张仁奎的门徒。革命党人加入帮会，在当时非常普遍。张仁奎在青帮的辈分很高，与张海涛一起拜师的，还有彭锦棠，还有水西门的黑社会老大汪磊。汪磊后来成为南京帮会中十分显赫的人物，徒子徒孙遍布各个要害部门。二次革命后，杨逵和冯亦雄由张海涛介绍，去水西门投了门生帖，正式拜汪磊为师父。张海涛也就很自然地成了杨逵和冯亦雄的师叔，不过张海涛虽然是帮会中人，辈分也不小，因为有志于政坛，从不开香堂收徒弟。

杨逵加入帮会后，与帮会关系比较疏远，与张海涛的参加一样，也就是曾经有过这事，拜过师父，投过门生帖，但很少参与帮会活动，在外面行事也从不打帮会招牌。冯亦雄却不一样，他更像师父汪磊，喜欢热闹，喜欢出头露面，热心帮会的大小事务。帮会中人只要有点红白喜事，都不会少了他忙前忙后的身影。到后来，干脆也学着师父汪磊的样子，开香堂收起徒弟来。三仁公司赚了不少钱，冯亦雄与杨逵分道扬镳，自己在北门桥那里，新开了一家车行，购了十几辆黄包车，重新做起了黄包车生意。

冯亦雄的车行正式开业那天，非常热闹，杨逵和阿二夫妇都赶过去祝贺。张海涛也到场了，不过他还有别的事，到场不久就先告辞，酒席开始好半天，才又匆匆赶过来。这时候，阿二夫妇也已离开了下关，在丹凤街那里落了户，成了地道的城里人。在南京人眼里，仪凤门外的下关，不管它现在有多繁华，有多么良好的发展势头，住在那一带的都还是属于乡下人。沾了三仁公司的光，阿二和铁梅也跟着发了点财，他们见好就收，搬到丹凤街，开了一家小杂货店，随便做点小生意维持生计。阿二夫妇的这家杂货店市口不错，与冯亦雄的车行倒是挨得很近。

时间到了乙未年，这一天是四月初二，也就是一九一九年的五月一日。冯亦雄请人选了个好日子开业。除了杨逵和阿二夫妇这样的老熟人，帮会中人来了不少，有认识的，也有完全不认识的，都赶过来捧场。放了一阵爆竹，来者纷纷入座，酒席终于开始了。沿街露天放了好多张桌子，完全是所谓的流水席，一旦开吃，送礼的人来了就上桌，上桌就吃，吃完了又开始新的一桌，好不热闹。张海涛与杨逵算是贵客，在屋里另开了一桌。

天气突然热了，南京的天气就这样，春天来得迟，春寒料峭冻死人，说热就热，转眼便是初夏。冯亦雄穿得有点多，毕竟是正式开业，一身元缎的长袍马褂，精神很饱满，喜气洋洋。绫罗绸缎都是丝制品，绸和缎的区别是薄和厚，绸薄而软，缎质地厚密而有光泽。元缎和云锦一样，都是南京的传统手工丝制品，都是一个厚字，平时真正适合穿的，就是冯亦雄现在身上穿的元缎。因为热，冯亦雄脑门上全是汗，在外面敬了一圈酒，又过来给张海涛和杨逵敬。看着他满头大汗，杨逵让人赶快去找一块手巾过来，给冯亦雄擦汗。冯亦雄端起酒杯，一饮而尽，关照别人给自己加酒，先加满，又关照再给大家加酒，也加满。别人把手巾送来了，他放下酒杯，一边擦汗，一边叹着气说：

"难怪人家东洋人的洋布好卖，我这一身衣服，穿在身上，就两个字，受罪，要脱又不太好脱。"

有人便与他打趣，嘲笑说：

"那是，这么好看的元缎，做工又这么讲究，这么好的长衫马褂，怎么舍得脱去。"

冯亦雄笑着回应，眉飞色舞地说：

"说对了，你说得是，还真是舍不得脱去，再热，我也得焐着不是吗。"

冯亦雄这么说，有点开玩笑和自嘲。元缎做成的长衫马褂，做工再讲究，在当时已不时髦，已经过时和落伍。新派人物改穿西装，譬如杨逵，自从西装上身，基本上一直是洋装打扮。冯亦雄不喜欢西装，他一个帮会中人，黄包车车行老板，穿一身西装不合适。进口的毛呢或哔叽正在流行，冯亦雄觉得他这样的人，还是穿元缎的长袍马褂更合适。

第
七
章

1

　　从冯亦雄的车行出来，张海涛很认真地又一次叮嘱杨遂，说他
手上的东洋货物，一定要尽快出手，千万不要压在仓库里。在酒席
上，张海涛对杨遂已有过一番交代，他告诉杨遂，在遥远的法国巴
黎，各国正在开会谈判，形势很不好，对中国非常不利。日本人早
就看中了青岛，现在德国人打败了，签字认输，成了战败国，青岛
很可能会落到日本人手中。日本人野心很大，他们已把高丽棒子给
全部吞下去了，接下来的情况很不妙，青岛危险，山东也危险，上
层正在想办法怎么对付。

　　杨遂明白张海涛的意思，他无非是告诉杨遂，接下来中日会
有一场纠纷，弄不好也会和甲午年间一样，真谈不到一起去，两
国只好兵戎相见。中日在军事上对抗，中国注定了占不了便宜，
最好的办法，就是尽量拖延时间，来跟他们玩软的，号召中国人

抵制日货，让日本人的东西，在中国没有市场，让它卖不掉，让它卖不了。现在的日本人也太不像话，靠着第一次世界大战战胜国的余威，什么玩意儿都送到中国来倾销，大赚特赚中国人的钱。

杨逵并没太把张海涛的叮嘱放心上，就像当初大量进口洋松一样，当时也是大家一致反对，都不看好洋松的市场前景，杨逵力排众议，买卖洋松获得巨额利润。在此之前，凭借着杉木市场的垄断，三仁公司赚了点钱，与经营洋松的成功相比，也就是小巫见大巫。事实上，洋松生意还带动了南京生产的元缎大量出口。民国初年，流行穿黑衣服，元缎正好是黑色的，国内供不应求，国际市场上更是看好，越南人和朝鲜人会大量进口，他们喜欢用黑色的元缎做衣服。可以这么说，洋松与元缎一进一出，让三仁公司赚得盆满钵满。

随着第一次世界大战结束，日本的毛呢和哔叽开始向中国倾销，这玩意儿又便宜又实用，元缎市场顿时一落千丈。人们一窝蜂地选择毛呢或哔叽，以往出口越南和朝鲜的元缎，行情好时都是先付款订货，说不行就不行，这两个国家分别是法国和日本殖民地，法国和日本突然加重关税，元缎出口立刻难以为继。短短几年时间，三仁公司不得不放弃洋松，元缎的买卖也不做了。现在，张海涛实际上是在提醒杨逵，不要把赌注压在东洋货上，中日关系可能会有点麻烦，许多事很难预料。与张海涛分手，杨逵直接去了仪菊那里。与平时一样，为了避人耳目，他在驴子巷的巷口就下车，穿过驴子巷，拐一个弯，进入一条小道，从仪菊家的后门进去。后门虚掩着，轻轻一推就开了。杨逵知道仪菊在等自己，仪菊此时正在楼上等他，她知道他今天要去，她一直都在等候杨逵。

女佣卢妈明明已经看到了杨逵，却故意做出视而不见的样子。杨逵直接往楼上走，卢妈悄悄地出去了，穿过园子，将后门闩上了。仪菊在楼上书房看书，书房里有一张供人阅读的美人榻，她在看当时流行的徐枕亚小说《刻骨相思记》，正看到"闻玉笛愁生明月夜，卷珠帘人瘦花落天"这一回，突然门外传来脚步声，杨逵推门进来了。仪菊知道他会来，他来了，还是有点意外，放下手中的小说，笑着说：

"我就知道你快来了。"

杨逵说："本来还可以早一些，这一喝酒，时间就不好说了。"

"又喝酒了？"

"冯亦雄的车行开业，也就去凑个热闹。"

仪菊很关切地问他喝了多少酒，有没有喝过量，又招呼楼下的卢妈，赶快送些热茶上来。卢妈在楼下应声，不一会儿，就从楼下上来了，一手端着一个茶碗，说这是专门为杨先生准备的新茶，刚沏上的，茶叶搁得有些多，杨先生要赶快喝。另一只手则拎着个用棉套包着的水壶，将水壶放在茶几上，让杨逵自己添加热水。然后看了仪菊一眼，见她没有什么吩咐，便静悄悄地退了出去，随手又把门带上。杨逵已经在沙发上坐下，很认真地拿起茶碗，喝了一口热茶，开始有一句无一句地与仪菊搭话，胡乱地说着。

杨逵突然想到张海涛与自己分手时，对他的提醒，漫不经心地说给仪菊听，说了说当前的形势：

"张先生关照的意思，是日本人的东西，不宜过多积压……"

仪菊也顺着这个话题，与杨逵瞎聊天，一边给他添水，一边问他：

"日本人的东西怎么了，有什么不好吗？"

"这个不是好不好的事。"

"那又会是什么事呢？"

"什么事说不好，反正张先生的话，自然有他的道理，"杨逵伸手抓住了仪菊的胳膊，把她往自己的怀里拉，用力拉，一边拉，一边说，"好在我多少也做了些准备，不过，我还是觉得张先生有点多虑，他的话不一定有道理。"

说话间，仪菊跌坐在杨逵身上，杨逵的手已伸到了仪菊的旗袍里面。仪菊情不自禁地看了看房门，他们都知道卢妈此时绝对不会进来，忍不住还要瞟上一眼。只要他们在这个屋子里，没有人会进来，没有人敢进来。杨逵和仪菊之间的事，在这栋小楼里，早就不是什么秘密，瞒不住任何人，也用不着再瞒着谁。杨逵为什么会来，来了要干什么，大家都心知肚明，再遮遮掩掩也没什么用。

杨逵显得过于直截了当，显得迫不及待，焦躁不安。他根本就不在乎仪菊怎么想。在手足无措的仪菊面前，杨逵此时完全是个任性的孩子，有点孩子气的蛮横和幼稚，既不讲道理，又不顾一切，不达目的誓不罢休。仪菊对他仿佛是哄孩子，表面上不允许和不赞成，暗地里又似乎是在鼓励，在迎合，于是这事开始得比较快，有一点点突然，结束得并不容易，整个过程花的时间也不太短。然后各自收拾，整理衣服，就像什么都没发生一样，继续说话继续聊天。

聊什么呢，只能聊到哪里算哪里，明知道杨逵这时候不愿意提到他的妻子芷歆，仪菊还是忍不住脱口而出：

"芷歆怎么样了，她还是那样？"

仪菊说完有些后悔，欲言又止，连忙解释说：

"我也是随口问问，她到底怎么样？"

杨逵不愿意回答，这个话题按说也就到此为止。没想到两人无言相对，沉默了一会儿，杨逵却又主动说起了芷歆，他苦笑着说：

"芷歆还能怎么样，你说呢？"

仪菊也苦笑，说：

"她怎么样，我怎么知道。"

2

杨逵与仪菊之间的这种不正当关系，已持续了将近一年时间。在一开始，光是他们自己，就非常震惊。没想到这么荒唐的事，竟然真的就发生了。首先是年龄差距，仪菊比杨逵大了一轮，都是属兔的。其次，仪菊还是杨逵妻子芷歆的嫡亲姑妈，不管怎么说，也是他长辈。这无疑是桩大丑闻，大家可能都不会相信，都不敢相信，怎么会发生这样的事，这样的事又怎么就真发生了。

离开仪菊家，是晚饭后，天已经黑了。马车夫老丁还在巷口等候杨逵，自从发迹了，杨逵便为自己添置了一辆马车，雇了一名专职的马车夫。现在的这辆德国产马车，是杨逵的第二辆车。老丁大约是睡着了，杨逵走到马车面前，一点反应也没有。杨逵只好招呼，老丁惊醒过来，连忙跳下车，让杨逵上车，自己再上车，拿起马鞭，扬了一下，马车便向下关方向驶去。

杨逵的新家就在仪凤门附近，不一会儿就到了。都在等杨逵吃晚饭，他一到家，立刻开席；所谓开席，其实也就两个人，只有他和芷歆。杨逵向芷歆表示歉意，说他应该早些回来，生意上的事走不开，芷歆完全没必要等自己，她可以先吃起来，下次不用再等他了。说完，关照下面的男佣老严，去凤仙家，把凤仙的老公朱东升喊来说话，有些事情要跟他商量。芷歆显然也是真饿了，也不跟杨逵说什么，埋头吃饭，不住地揲菜，下人将最后一道菜端上来的时候，她好像已经吃饱了。

芷歆注意到杨逵几乎没吃什么，便问他为什么不吃。杨逵说在外面随便吃了些东西，芷歆也就不追问，既不问他是在哪里吃的，也不问他吃了什么，吃了多少。作为妻子，芷歆对杨逵多少有点不冷不热，与杨逵娶芷歆为妻的极度开心相比，芷歆嫁给杨逵，更多的只是一种被动接受的无奈，不得不嫁给他的勉强。她没想到自己最后会下嫁给杨逵，杨逵早就不拉黄包车了，杨逵现在又有身份又有地位，芷歆却好像总是忘不了他拉黄包车的样子。

吃完饭，奶妈陈妈将他们一岁多的女儿小琪抱了过来，杨逵和芷歆便一起拿小琪寻开心。这是家庭气氛最好的时候，只要杨逵在家，每天都会出现这一幕。小琪长得很像芷歆，一张动不动会嘟起来的小嘴，跟芷歆生气时尤其相像。杨逵夫妇都视这个女儿为掌上明珠，作为父亲的杨逵，看见小琪就高兴，每天能与女儿玩上那么一小会儿，绝对是最开心的时刻。因为女儿的关系，这时候，芷歆也会很开心，也会在旁边逗女儿玩。小琪正好开始会说话了，小嘴叽叽喳喳，不肯停下来。

杨逵照例会这么追问女儿："小琪最喜欢谁？"

小琪便老一套地回答："喜欢爸爸。"

杨逵又问："爸爸最喜欢谁？"

小琪说："喜欢小琪。"

杨逵故意逗她，说："爸爸不是最喜欢小琪，爸爸最喜欢妈妈。"

小琪就急了，带着点哭声说："不喜欢妈妈，喜欢小琪。"

"爸爸喜欢妈妈。"

"喜欢小琪。"

"喜欢妈妈！"

"喜欢小琪！"

如此这番玩了一气文字游戏，杨逵开始对女儿让步，说好好好，我们小琪说得对，爸爸不喜欢妈妈，爸爸最喜欢小琪。小琪又逼着芷歆做同样的游戏，芷歆没有杨逵的耐心，她直来直去，一个劲地说妈妈最喜欢小琪，她这么说，小琪不满意，她一定要芷歆讲清楚，要说妈妈不喜欢爸爸，妈妈最喜欢小琪。芷歆就是坚持不说"妈妈不喜欢爸爸"，偏偏小琪一定要她说，不说不肯罢休。最后芷歆被小琪逼得很无奈，只好顺着她的话说，好吧，妈妈不喜欢爸爸。

正说着话，朱东升来了。老严先过来报告，杨逵听了，连忙让老严带他去客厅里，大家去那里说话。小琪还要继续玩，还要跟爸爸玩，不放杨逵走，杨逵便在小琪的脸上亲了一下，说先跟妈妈玩一会儿吧，爸爸跟你姑父有话要说。说完，看了看芷歆，芷歆也在看他，杨逵便在她脸上亲了一下。这一下，芷歆完全没防备，被他在脸上啄了一下，吓一跳，假装恼怒地拍了一下杨逵的胳膊。杨逵看得出她并不是真恼怒，她的脸上还在笑，于是再亲了一下女儿小琪，然后又捧着芷歆的脑袋，在她粉脸上重重地亲了一下，芷歆的脸上抹了香，十分好闻。

杨逵来到客厅，朱东升已坐那儿喝茶了。两人相见，朱东升放下茶碗要站起来，杨逵示意他不用站，就坐那儿说话。朱东升还是站了起来，再坐下去，用询问的眼神看着杨逵，说有什么事这么着急，还要喊我过来说话，难道是出了什么事了。杨逵说也没什么大事，喊东兄过来，无非是聊聊天，说说公司的生意，也想听听东兄的意见。

杨逵对朱东升一向以"东兄"相称，他对自己的这个表姐夫很尊重，经常会听从他的建议。朱东升比杨逵要大好几岁，在日本学的是法律，刚回国时，大清政府根本没有律师这一说，什么叫法律大家都不在乎，他只能去中学当生物老师。民国以后，南京成立了第一家律师事务所，朱东升名列其中。当律师很能赚钱，刚开始，朱东升只是帮杨逵忙，为三仁公司提供一些法律援助，很快杨逵便让他离开了法律事务所，让他成为自己的重要助手。三仁公司能够迅速而又稳定地发展，朱东升功不可没。

　　杨逵与朱东升要说的是公司仓库里的日货，他把张海涛对自己说过的话，复述给朱东升听，问他对这个问题怎么看。朱东升便把自己在报纸上看到的消息，分析给杨逵听。首先是《民国日报》上的"外报译电"，这张报纸的背景是中华革命党；中华革命党与辛亥革命时的革命党人，既有联系，有继承关系，又不完全是一回事。"外报译电"称北洋政府根本无力面对日本国的强硬，除了卖国，干不成别的什么事。袁世凯已死了，袁在任上签订的那些卖国条约，现在正成为要勒死民国的一根绳子。

　　冯亦雄闹哄哄的宴席上，张海涛非常简略地给杨逵解释过北洋政府在青岛问题上的麻烦。老实说，杨逵不是很明白，他听不懂张海涛在说什么。朱东升继续给杨逵解释，终于把这事的来龙去脉，给弄清楚了。说来说去也很简单，就是青岛原来是德国人的租界，是德国人的殖民地，欧洲爆发了第一次世界大战，协约国和同盟国打起来，亚洲的日本参战了，加入了协约国，它的参战，就是对德宣战，不是派兵去欧洲攻打柏林，而是直接攻击德国在中国的殖民地青岛。第一次世界大战打了四年，打到最后，中国也参战了，站在协约国一边，说起来跟日本算是同一阵营，也属于战胜国。

不过国际上并不把中国放在眼里，在巴黎的"和平会议"上，西方列强觉得青岛是日本人打下来的，就应该归属日本。打仗就是这样，打到最后，打赢的一方开始分赃，谁拳头硬，谁就是老大。中国人要是不服气，要是有能耐，可以跟日本人真枪真刀干一场。二十多年前的甲午年，中国跟日本人干过了，被打得落花流水，一看当时就知道不是对手。结果是什么呢，又丧权，又辱国，割地赔款，台湾就是这么丢的。朱东升告诉杨逵，今日之中国，论国力还不如当年的大清，人家日本呢，中国人动不动喜欢说小日本，已经变得更强大，连最强大的俄国，都不是它的对手，它们不是在中国的东北交过手吗，最后谁输了，是俄国。

3

朱东升告诉杨逵，现如今的日本可以说是更厉害，跟俄国老毛子打，它赢了，跟德国日耳曼人打，它又赢了。日本人已开始与西方列强平起平坐，趾高气扬野心勃勃，居高临下蛮不讲理。多少年来，中国和高丽的关系，一个宗主国，一个藩属国，现在高丽没了，成了日本的一部分，中国的台湾呢，也割让给了日本，也成了大日本帝国的一部分。照目前这个趋势发展下去，说句老实话，中国的东北会保不住，青岛和山东就更危险。

与朱东升的一席谈话，相当于给杨逵上了一堂中日关系课。朱东升留学日本，不仅日文好，他的英文也相当不错。上海有一张英文的《字林西报》，根据这家报纸上的报道，西方人对日本人的野心早就看得一清二楚。中国有着辽阔的地盘，有着悠久的历史，可是大而无当，积弱已久。中国人内心虽然不服，却拿蛮横的日本人毫无办法。日本人也看清楚中国人的软肋，如果要给中国来硬的，就是在军事上彻底打服，如果要来软的，就是商业入侵，日本商品与中国的商品相比，不管比什么，都占有明显优势。中国人心里恨日本人，内心深处，又难免会喜欢日本人的东西。

朱东升告诉杨逵，早在辛亥革命前，还是在前清，日本人就在上海开办了纱厂。日本人在中国开办纱厂，盈利水平远高于在日本国内生产。也就是说，把纱厂开办到中国来，更加有利可图。过去短短几年，到一九一四年的第一次世界大战前，也就是在五年前，日本人在上海已有了四家纱厂。朱东升非常清楚日本人是怎么在中国经营的，与大英帝国的纱厂不一样：英国人在中国的纱厂都是从无到有，完全是新建造的，譬如上海的怡和纱厂，又譬如上海的老公茂纱厂；日本人却是走的另外一条路，它采取的办法是收购，也就是说，选择了那些华人或者洋人投资失败的纱厂，看中了，把它买下来。日本人在中国办纱厂，不仅会充分利用原有的基础，还大胆利用中国商人的资本，利用华商的人际关系，利用华商的经营网络。换句话说，日本人能够充分利用中国人的资金，利用中国的市场，再猛赚中国人的钱。中国人的钱实在太好赚，不赚白不赚。杨逵的三仁公司，可以说也是跟着一起赚了钱，而且没有少赚。问题是现在的中日关系，山东的这个青岛问题，突然就紧张到了不可调和的地步。

朱东升告诉杨逵，他现在担心的，不只是公司仓库中积压的那些日货，而是此时此刻，再与日本人继续做生意，再用日本人的货物，赚中国人的钱，多少有点亏心，有点发国难财的嫌疑。一句话，良心上会过不去。说到最后，朱东升有点激动，真是动了感情，杨逵便推心置腹地问朱东升：

"东兄的意思，与日本人的生意，看来是最好不要做了？"

朱东升想了一会儿，很认真地说：

"钱当然还是可以赚的，再说了，日本人的东西，你就说这个东洋布，它毕竟也还是个好东西，怎么说，也比我们的元缎穿身上更舒服。要我说，这也就是个多和少的问题，要适可而止。我觉得张先生的担心，有一定道理。中国人都觉醒了，都抵抗了，日货真的就会卖不出去了，对不对？"

杨逵点了点头，心里已经有数了，已经有了安排。三仁公司确实是靠买卖日货，赚了不少钱。不仅是三仁公司，可以说在整个下关地区，只要是个仓库，里面就一定会囤积着日货。与空洞的爱国口号相比，作为一个精明的生意人，其实，杨逵此时想得更多的，不只是货物安全，而是如何与众不同，赚更多的银子。大家都一窝蜂地做同样买卖，能赚钱，但注定赚不了大钱。事实上，杨逵已在悄悄地开始改变，开始抛售囤积的日货。与朱东升的这一席谈话，只不过是更加坚定了自己的想法。

送走了朱东升，杨逵上楼回到卧室，芷歆还没有睡觉，已经换上了睡衣，半躺在床上，手上正捧着一本武侠小说在看。与姑妈仪菊的阅读趣味不一样，芷歆喜欢看侠义小说，什么《三侠五义》，什么《施公案》，只要是这一类的文字，都喜欢看。报纸上正在连载的侠义小说要看，出了书的侠义小说还要再看。看到杨逵进来，芷歆并没放下手中的小说，只是抬头扫了他一眼，又继续看书。这时候，一直在恭候的女佣李妈，送来了热水，伺候杨逵刷牙洗脸，为他倒洗脚水。

芷歆自顾自地依然在看她的小说，好像看得很专心很投入，又好像有点心不在焉，有点装腔作势做做样子。杨逵慢吞吞地刷牙洗脸，脱了鞋子洗脚，洗着洗着走起神来，他在回味朱东升说过的那些话，在思考三仁公司接下来该怎么办，如何应对当前的形势变化。他的脚放在洗脚盆里，久久没有拿出来，李妈在旁边很耐心地候着，手上拿着擦脚的毛巾，她不时地看一眼还在看书的芷歆，看看迟迟不把脚从洗脚盆里拿出来的杨逵。

这样过了很长时间，李妈终于忍不住，不得不提醒了一句：

"杨先生要不要加点热水？"

杨逵一怔，这才意识到洗脚水已经凉了。他示意李妈把毛巾递给自己，擦干脚，换上为他备好的拖鞋，准备上床睡觉。李妈匆匆收拾了一下，捧着脚盆退出去，出了门，把门用劲带上，脚步声很响地下了楼。芷歆放下手中的小说，看着杨逯宽衣解带，看着他掏出胸前的怀表，看了看时间，又很认真地将怀表放在床头柜上。杨逯这么做的时候，心里还在想事，漫不经心地看了一眼芷歆，发现她正在看自己，便带有暧昧地回了一笑。他这么一笑，很容易让别人产生误会，好像还有点别的意思，还有别的企图。

芷歆立刻把眼睛移开了，假装没注意到他的表情，又拿起了小说继续看。杨逯掀开被子，钻进被窝，两人睡在一个被窝里，芷歆往边上挪了挪。杨逯顺势摸到了她的大腿，说时间不早了，是不是该睡了。他的手搁在了芷歆大腿上，没有再拿下来。芷歆说人家正看到好玩的地方，能不能让我先看完这一回。她本来已不准备看，嘴上这么对杨逯说了，倒也不好不看了，只能再往下看，继续心不在焉地往下看。杨逯心猿意马，手还放在芷歆大腿上，最初并没有想法，也没有目的，被芷歆这么一说，这么一提醒，做实了是有想法有目的，而且显而易见。既然是这样，他也就只能顺水推舟，解开了芷歆的裤带，将手伸了进去。

杨逯在她身上摸来摸去，从下摸索到上，又从上摸索到下。这么抚摸的时候，很自然地又会想到仪菊，想到不久前在仪菊家，跟仪菊刚做过的事。芷歆还在看小说，杨逯本来有点困意，已经想睡觉，又蠢蠢欲动，忽然有种莫名的兴奋。一时间只觉得荒唐，觉得自己行为有些过分，杨遒甚至都不知道他究竟想要干什么。

4

夫妻之间就这么回事，杨遒不知道自己想干什么，最后还是干了什么。他有这个权利，更有这个义务。芷歙现在是杨遒的妻子，不折不扣的他太太，他们是法定夫妻，有一个可爱的女儿。现在天天睡在一张床上，睡一个被窝里，发生什么都很正常，都在情理之中。杨遒只是觉得在做那事时，不应该再想到仪菊，不应该再有什么丰富联想，越这么想，越不想想，不愿意想，越会情不自禁地去想。事实上，与仪菊在一起，也会这样，思想的野马总是不听使唤。然而信马由缰，也有信马由缰的好处，一方面，杨遒感到内疚，有负罪感，另一方面，他也有些春风得意，有些自负，毕竟他同时得到了两个女人。

芷歙看了一会儿书，终于不再看了。她把书放下，去上了一次马桶，回来把灯关了，主动把睡裤褪去。她穿的是一身丝织的睡衣，手摸上去非常光滑，真脱掉了睡裤，她的身体又是另外一种滑溜。杨遒知道芷歙从来都不会表现出真的主动，她总是处于被动，她只是觉得杨遒想要，自己反正是杨遒的人了，于是就身不由己地接受他。

杨遒俯在芷歙的耳边，喃喃地说了一句：

"给我生个儿子。"

芷歆不说话，这时候，她是不会说话的，她不想说话，也不愿意说话。

杨逑又说了一句：

"听见没有，生个儿子。"

芷歆还是没有回应。

杨逑咬了咬芷歆的耳朵，心里略有点不痛快。芷歆虽然嫁给了自己，为他生了个女儿，但总是有点心不甘情不愿。他们结婚已三年，三年来，在做这件事时，基本上都是这样，不冷不热不咸不淡。开弓没有回头箭，战斗打响了，该怎么样就得怎么样，杨逑不再去想芷歆会怎么想，也不再去想她会怎么做。

到了最后，杨逑趴芷歆身上睡着了，他不知道自己睡了多长时间，显然时间也不短，反正就是这么一直趴着睡。醒过来的时候，芷歆还没有睡着，这让杨逑感到十分抱歉，连忙从她身上下来。他对芷歆埋怨，怪罪她，怪她没有叫醒自己，说不知道自己怎么就睡着了，没想到自己说睡着，真的睡着了。芷歆对他的解释，同样还是没任何回应，好像根本不在乎他说什么。现在，杨逑终于从她身上下来，芷歆掉转身体，背对着杨逑，自顾自地睡了。过了不一会儿，她也睡着了，轻轻地打起鼾来。芷歆的鼾声既轻匀又平稳，甚至比他们女儿小琪发出的鼾声，还要轻匀，还要平稳。

这一夜，杨逑睡得很踏实。第二天醒来，天已大亮。身边的芷歆还在睡，睡得正香，此时此刻，她不再是脸朝外，而是面向杨递。杨递看到了一张小孩子的脸，红红的，小嘴微微嘟起。这让他想起自己最初见她时的模样，从见到芷歆的第一眼开始，杨递就怦然心动，就幻想着能与她在一起。看着眼前的芷歆，看着她那张嘟起的小嘴，杨递柔情万般，爱意顿生，不禁想起当年曾给她送桃花坞年画。芷歆拒绝了他的年画，带着一脸的不愉快，一脸的不屑，把画还给了他。她转身走进了自家院子，随手把门带上了，关门的声音很大很响，杨递被吓一大跳。

当时的杨递并没想到会这样，他太幼稚了，一手扶着黄包车车把，一手拿着芷歆退还的年画，傻乎乎地站在那儿，不知所措发着怔。事后回想，杨递其实应该理解，应该明白人家为什么会一脸不愉快，应该明白她为什么会那么不屑。大家换位思考，将心比心，如果杨递是芷歆，他也不可能接受杨递。杨递那时候太自作多情，芷歆这样的富家小姐，怎么会接受一个拉黄包车小伙子冒冒失失的定情之物。她太应该拒绝杨递了，她可以有太多的理由拒绝，杨递当时真是太傻了，太天真了。

显然是有点遥远的往事，往事不堪回首，当年的杨递和芷歆，与今天的杨递和芷歆，好像一点关系都没有，好像根本就是两对完全不搭界的人。现在，杨递正用一种胜利者的目光，看着躺在自己面前的芷歆。杨递正在欣赏睡梦中的芷歆，仿佛猎人正在享受着自己的猎物。在杨递的注视下，芷歆突然醒了，她睁开了惺忪的眼睛，看见杨递正在盯着自己看。杨递连忙将眼睛移开，若无其事地从被窝里出来，开始穿衣服。芷歆也开始穿衣服，她套上了睡裤，拎着裤子去用马桶，坐在马桶上尿尿，显然是一泡尿憋得很着急了，动静很大声音很响。

两人一起下楼刷牙，在下面洗漱，李妈过来为他们服务，倒热水，递毛巾，换脸盆里的水。杨逵和芷歆还穿着睡衣，洗漱完了，坐下来准备吃早餐，外面街上买回来的豆浆，还有烧饼和油条——他们家不远就有早市摊点。典型的中式早餐，却能吃出西餐的味道，起码形式上有那么点像。芷歆现在是这个家的女主人，家里的下人都得听她使唤。芷歆最崇拜的女人是她姑姑仪菊，仪菊从小在国外待过，做过史蒂文斯好多年的秘书，在生活细节上，一招一式，芷歆都在向仪菊学习，譬如全家都要认认真真坐在桌前吃早饭，一定要等人都到齐了，才可以开始吃。

小琪被抱来了，陈妈抱着她，陪坐在一旁，陪着杨逵和芷歆一起吃早饭。小琪有自己的早餐，有专门为她熬的粥，陈妈在哄她喂她。杨逵夫妇一边吃早饭，一边逗女儿玩。这样和谐的家庭气氛，显然是大家都喜闻乐见，杨逵感到很满足，芷歆也十分得意。自从有记忆以来，在杨逵的印象中，早饭向来都是一件可有可无的事情，有得吃就吃，没有也就拉倒，反正是不太重要，更谈不上坐那儿认真用餐的仪式感，有一个冷馒头就很好了。

一家人慢慢吞吞，认认真真吃着早饭，终于吃完了。杨逵开始换上出门的衣服，换好了衣服，他在女儿小琪脸上亲了一下，转身就出门了。临走之前，他也没忘了再看一眼芷歆。杨逵是这个家的男主人，有奶妈陈妈在场，他不可能去亲吻芷歆，不过还是忍不住要看芷歆一眼，用眼神与她告别。芷歆对丈夫杨逵的离去，根本没放在心上，这时候，她正在注意自己的女儿小琪，正在看她究竟吃了多少粥。

5

马车夫老丁早就在门口等候，从杨逵家去三仁公司并不太远，杨逵的身份决定了出门必须要有马车。在整个下关地区，杨逵的这辆马车独一无二，它是从德国进口的。第一次世界大战已结束，德国成了战败国，这辆马车早在战前就千里迢迢来到了中国，原先的主人是个在上海的华人富商，因为购置了汽车，便把这辆精致豪华的德国马车，转让给了杨逵。

杨逵去了三仁公司，把几个管事的先召集在一起讨论，做了一番交代，然后便与朱东升一起乘马车去察看仓库。三仁公司有好几处仓库，基本上都坐落在江边，都在仪凤门附近，都离码头不太远。尽管出了很多货，各个仓库仍然还积压了不少日货。一圈视察下来，杨逵与朱东升商量，决定南京这边，继续加快出货，能甩卖就甩卖。把好卖的先卖掉，抢手的货物先出空，积压的就让它积压在那。同时，他打算与朱东升亲自去一趟上海，立刻与日本商人谈判，暂停所有的日货交易。这么做，不仅是为了三仁公司，同时也是对日商负责。毕竟在上海有公共租界，外国人享有特权，日本人的货物，积压在租界，应该会更安全。

当机立断是必要的，只是这样突然快刀斩乱麻，说变卦就变卦，是不是有点过于小心谨慎。朱东升也赞成这么做，但还是有点顾虑，担心以后再与日商打交道，有可能会不太好办事，人家会觉得我们中国人不讲信用。杨迖觉得这无须多虑，只要有钱赚，只要能赚钱，日本人绝对会比中国人更精明，更实际。而且杨迖也有了新的打算，他正在思考用别的方式赚钱。"一战"结束了，市场这玩意儿是说不好的，谁知道接下来会怎么样。中日关系越来越紧张，朱东升虽然留学日本，他本人更看好的还是欧美，更愿意与欧洲人和美国人打交道。杨迖对国际形势的一些基本想法，其实都是朱东升给灌输的，在这方面，朱东升是杨迖最好的参谋，杨迖并不了解欧美，但是他坚定不移地相信朱东升。

大事方针定下来，杨迖和朱东升决定立刻乘当天的火车去上海。两人说走就走，他们去了下关火车站，让老丁赶回去为他们取身必要的换洗衣服。时间还来得及，正式发车前，杨迖与朱东升从候车室走了出来，在站台上来回踱步，一边走，一边说话。杨迖对朱东升又是一番关照，再一次表明了自己最基本的态度，要怎么样，必须怎么样。以往去上海，都是朱东升一个人去谈判，对朱东升的办事能力，杨迖一向都是很相信，过去这些年，他已成为杨迖最重要的帮手。这次去上海，虽然是杨迖亲自出面，朱东升仍然要表现得主动一些，不要受杨迖在场的拘束。

开车前，老丁将各自该带的东西都拿来了。让杨迖和朱东升感到意外的，是凤仙也跟来了，她坐着老丁的马车过来了，不放心朱东升为什么要突然去上海。凤仙不仅带来了丈夫的换洗衣服，还顺便带了一些吃的小零食。杨逵便笑话她，说我们今天坐的是头等车，车上可是有吃的，车上好吃的东西多得很，都是免费的。凤仙听了一脸不屑，说我知道你现在阔气了，有钱了，不过别在我面前摆阔，我这是给东升带的，又不是给你带的，你神气什么。

凤仙与杨逵说话，都是这个口气。杨逵一直都让着她，有时真忍不住了，便笑着说你比我姑妈都厉害。从十一岁开始，杨逵便与凤仙生活在一起，他与这个表姐始终都保持着一种不同寻常的亲昵。在凤仙的婚事上，杨逵有点没心没肺。好在她很幸运，丈夫朱东升有出息，能挣钱，在社会上也是有头有脸。凤仙是个精明能干的女人，在她劝导下，她的老公公朱老七，已准备把自家的棺材铺，盘给别人去做。

发车时间到了，杨逵与朱东升隔着车窗，跟站台上的凤仙挥手告别。当时的火车有头等车二等车，还有三等车。三等车是硬木板座，夏天很热冬天很冷，环境非常差。三等车紧挨着火车头，一路上要承受煤灰侵袭，如果开窗，风伴着煤屑吹来，不是飞到眼睛里，就是钻进鼻孔和喉咙，潮湿的煤屑有一种酸醋味道。如果关窗，煤灰会少一些，因为不透气，闷在车厢里，仿佛困在一口大棺材中。三等车车厢很暗，只在车头和车尾点两盏油灯，到晚上既没法看书看报，车上人又特别多，也没法睡觉，有人形容在夜晚坐三等车出门，基本上就是在地狱里旅行。

朱东升出门去上海办事，一般都是二等车。二等车与头等车一样，买票时不用排队。三等车的售票窗口，往往人山人海，大家排队意识比较差，或者说基本上没有这个意识，若是时间匆促，想买张三等车票并不容易，弄不好就挤得头破血流。二等车座位宽敞，陈设比较讲究，价格是三等车的一倍。头等车更高级，从南京去上海，三等车只要两块五毛钱，二等车五块钱，头等车则是十块钱。

头等车那么昂贵，自然是有道理，冬天有暖气，再往后还会有冷气。地上铺红地毯，有女士的化妆室，有卫生间，如果是长途，还带有能睡觉的卧铺车厢，每节车厢都有专门的侍者服务。坐的椅子是鹅绒铺的，一屁股坐下去，软绵绵地深陷其中，感觉会非常舒服。车窗上挂着很好看的窗帷，用的是整幅锦缎。四年后，一九二三年五月，津浦铁路发生了著名的临城火车大劫案。土匪劫持了一百多名旅客，索要巨额赎金，当时开出的价码，三等车每人付两千元，二等车每人一万元，头等车每人三万元。这赎金当然不是由乘客来付，要让北洋政府买单。

杨逵在车上没跟朱东升说太多的话，该说的话，此前全都说完了。头等车厢里有三位洋人，咿哩哇啦一直在说话。一个金发的高个儿女子，尤其爱说，声音特别响。杨逵深受其扰，除了两顿用餐，只能闭目养神，到后来，还真的就睡着了。朱东升一路都在认真阅读，买了一堆报纸在看，看各种报道，各种小道消息，连广告和寻人启事，也一条不落地看了。

到上海是晚上，叫了两辆黄包车，到达住的旅馆，已经十点多钟。杨逵和朱东升要了一个两间房的套间，杨逵睡在里间，朱东升睡在外间。进屋以后，侍者过来，为他们放了一浴缸洗澡水，杨逵让朱东升先洗澡，他呢，准备读几篇朱东升为他筛选的报纸文章。

6

在上海的第一晚，杨逵没睡好，或许白天睡多了，躺在床上，翻来覆去睡不踏实。睡不着，就只能胡思乱想。第二天一早，睡在外间的朱东升便起来，按照事先说好的，先出门去约日本上海纺织株式会社的小岛见面，然后一起去茶楼喝茶。朱东升熟悉小岛家，与他打过不止一次交道。小岛家的园子里，种了棵日本樱花，上次来小岛家，是樱花开放季节，那棵樱花树还谈不上很大，正值盛开，也已经相当热烈。朱东升在日本留过学，能在上海看到怒放的樱花，难免会有一种别样的感怀。

小岛出门散步去了，朱东升坐在园子里等候。不一会儿，小岛回来了，看到朱东升不免有些吃惊。小岛在中国已好多年，并不会说中国话，为了生活方便，连家里仆人和使女，都是从日本带过来的。他家的日本使女在这边待久了，不仅能听懂中国话，还会说一口地道的上海话。朱东升告诉小岛自己的来意，如果方便的话，想约他一起去喝个早茶。小岛一口答应，让朱东升先去，他换身衣服，随后就到。朱东升正好也要回去叫上杨逵，便先告辞了。

回到旅馆，杨逵正在房间等他。两人出发去茶楼喝茶，还没到茶楼，在弄堂口遇到了赶来赴约的小岛，于是一起去茶楼。这条弄堂有好几家古董店，经过店门往里看，家家都陈列着铜香炉，陈列着景泰蓝的花瓶，陈列着各种各样的鼻烟壶。过了古董铺不远，是茶楼，人倒是不太多，门口挂着一排鸟笼，叽叽喳喳叫个不歇，不仅茶楼门口鸟在叫，离茶楼不远有家商店，里里外外挂着很多鸟笼，也不知道是卖小鸟，还是卖鸟笼，反正都在刺耳地叫着，声音显得非常的吵闹。

小岛不会中文，杨逵不懂日语，两人交流，全靠朱东升翻译。要说明的事情也很简单，朱东升把要点跟小岛挑明了，小岛表示他能够理解三仁公司的担心，也赞成他们的做法。做生意要理智这是必须的，大家的想法其实都一样，作为生意人，他们都想赚钱，都不赞成中日之间对抗。对抗从来都是两败俱伤，都是伤及无辜，山东的青岛对于日本和中国这两个国家来说，的确是个严肃问题。具体到了上海的日本纺织株式会社，具体到了杨逵他们的三仁公司，都不希望受此影响。

出于安全考虑，三仁公司暂时停止进货是可以接受的。相形之下，日货放在公共租界，也会更安全，暂停进货对日方也更有利。当时的上海并没有什么日租界，只有法租界和公共租界。公共租界由英国租界和美国租界合并，在公共租界，又划分为北区、东区、中区和西区。过去的这些年，日本侨民突然开始多起来，主要都集中在东区和北区，也就是后来的虹口地区。这一带的日本侨民，人数很快超过了其他各国，位居外籍侨民的第一。因为人多势众，日本人参与了公共租界的行政管理，工部局巡捕房有专门的日本巡捕。日军进驻虹口地区是后来的事，不过杨逵他们此时喝茶的这个地方，事实上已和日本人自己的租界差不多了。

他们一边喝茶，一边聊天，正事谈完，便开始海阔天空，想到哪里说到哪里。茶楼门口那边，叽叽喳喳的鸟叫声，此起彼伏。突然之间安静下来，没了声音，那些鸟儿也不知道为什么，突然都没了动静。一时间万籁俱静，茶馆里有些异样，仿佛出了什么事一样。再然后，人说话的声音又有了，鸟又开始叫了，又恢复到先前的又吵又闹。

杨逵不得不大声说话，让朱东升替自己翻译：

"按说这也跟生意没什么关系，我们只是弄不太清楚，弄不太明白，东兄，你问问这位东洋人，山东的那个青岛，本来就是我们中国的，凭什么他们日本人，会觉得是他们的呢。总不能因为你们厉害，这青岛就是你们的了，是不是这个道理？"

朱东升听了杨逵的话，想了想，跟小岛说了一气日语。小岛听了，显然是不太喜欢听这话，表情有些严肃，也想了一会儿，也说了一番话，让朱东升翻译给杨逵听。朱东升说小岛的意思呢，是想说中日两国对这件事，会有不同的看法，这个是正确的，这个很正常的。

杨逵不同意，摇了摇头说：

"什么叫正确，什么叫正常，我看了你给我留的那些报纸，好像并不是这么回事。"

朱东升这才明白杨逵为什么会突然那么问，他向小岛解释，小岛听了，笑着说：

"报纸上的话，怎么能当回事。"

显然大家说不到一起去，杨逵说也没必要再跟东洋鬼子聊了，不用再扯那个蛋，日本人总是会帮着日本人，胳膊肘谁还能不向内拐呢，真要指望他们能够认错，也是笑话。只能求同存异了，聊聊中国的美食，问小岛喜欢吃什么，准备挑一家什么样的馆子。招待洋人也简单，不管是东洋人，还是西洋人，无非是上个馆子听个戏。朱东升说他知道小岛喜欢广东菜，今天还是吃广东菜，附近就有家广东馆子，味道非常不错。上完了广东馆子，又一起去听戏，小岛喜欢听中国的京戏，虽然他一句都听不懂。

听戏的时候，仍然还是喝茶，吃瓜子。中国人到哪都离开不了喝茶。戏馆有点闷热，侍者走来走去，不断地倒热水，递热毛巾给客人擦汗。有一把热毛巾擦擦脸，自然是很舒服的事，但是小岛一看就不喜欢，侍者每次送热毛巾过来，都是摇摇手，表示他不需要这个。朱东升笑着告诉杨逵，这位小岛本来也是很喜欢热毛巾的，有一次，看见有客人用热毛巾擤鼻涕，从此再也不肯用那个热毛巾了。杨逵听了，觉得好笑，想到自己刚用毛巾擦过汗，心里顿时也有些异样不爽，有些事真不能挑明，一挑明就没意思了。

看完戏，去酒馆喝酒，日本人开的酒馆。小岛对这种地方非常熟悉，跟回到自己家一般，刚坐下，就把留着小胡子的老板叫过来，一番关照，老板连连点头，转身退出门外，不一会儿从妓院喊了三位姑娘过来陪酒。杨遝有点意外，对朱东升看了一眼，朱东升耸耸肩膀，说他也不知道会有这个安排，又说日本人就喜欢有女人，喜欢让女人陪着喝酒。杨遝自然也不能再说什么，事已如此，人都来了，只好客随主便吧。

那三位姑娘都是中国人，有一位竟然还能说几句日语，与小岛显然是老熟人了，一见面又说又笑。还有一位姑娘的眼睛特别大，又大又亮，看起人来直截了当地瞪着你，没有半点羞涩。杨遝刚开始很是拘束，过了一会儿，几杯清酒喝下肚，也变得自然起来。那个大眼睛姑娘居然还是南京人，一听说杨遝和朱东升是南京过来的，老乡见老乡，两眼泪汪汪，顿时说起了南京话。

南京姑娘问杨遝在南京什么地方住，杨遝便答说是下关。姑娘一听说下关，立刻来劲了，说她去过下关，她坐船到上海，就是在下关那个地方上的船。又说那地方很热闹，看上去也跟上海差不多，有好多新房子，码头一个接着一个，还有好多轮船。朱东升便说，你既然觉得南京那么好，干吗还要到上海来呢，留在南京多好，留在我们下关多好，也免得我们要到这里照顾你生意了。他的话已有调笑的意思，这个南京姑娘没心没肺，好像也听不懂朱东升在说什么，或者说听懂了，故意装着不懂，说当然还是上海好，还是上海的生意好做。

小岛不知道他们在说什么，眼睛看着朱东升，有些好奇。朱东升把他们的对话翻译给他听，小岛听了，竖起大拇指，表示赞同。

南京姑娘瞪着大眼睛，说他竖大拇指是什么意思，朱东升便与她开玩笑，说他说你长得漂亮。南京姑娘知道小岛不是这个意思，白了他一眼，摇摇头表示不相信。

7

日本的清酒很淡，喝多了也上头，而且会有后劲。接下来很无聊，因为语言交流的障碍，杨逵与小岛之间谈话，虽有朱东升一旁当翻译，仍然免不了连蒙带猜。姑娘在旁边叽叽喳喳，朱东升也难免分心，只顾着与姑娘说笑。小岛大约觉得有个姑娘能懂几句日语，也不管她能懂多少，追着她咿哩哇啦乱说，那个会几句的姑娘，胡乱地点头，其实根本也不知道小岛在说什么。

大眼睛姑娘忍不住问，真明白那东洋人在说什么吗，那姑娘就笑，说要是能听懂他的话才怪呢，鬼知道他在说什么，反正哄他高兴就是了。杨逵和朱东升听了暗笑，小岛岁数比他们都大，喝了不少酒，好像刚开始喝，没过多久就醉了，然而喝着喝着，反而又喝醒过来，人竟然变得非常清醒，说话时舌头也不再打结了。

大家都笑，他也跟着一起笑，嘴里欢快地喊着：

"开心，开心，开心。"

"开心"这两个字，是小岛所能掌握的不多的中文单词之一。眼看着酒也喝得差不多了，姑娘们便邀请他们去妓院坐坐。一听说要去妓院，杨逵连连摇头，不想去；小岛兴致很高，立刻表示要去，一定要去，非去不可。朱东升跟杨逵商量，还是过去坐坐，就坐那么一会儿，喝一会儿茶。毕竟喝了这么多清酒，也该再找个地方醒醒酒。大眼睛南京姑娘很认真地说，几位不用担心，只是去喝点茶，我那里正好有刚送过来的六安瓜片，喷喷香的，实在是好喝得很。

妓院离酒馆很近，在巷子的另一头。杨逵过去也曾听张海涛说过，说上海的妓院很"那个"，有书寓和长三堂子，都是相当高级的，都有一些故事。晚清时，革命党人常躲在妓院里秘密聚会，以狎妓为掩护，避人耳目，进行革命活动。进入民国，妓院的格局也随之改变，以往那些书寓，还有长三堂子，已不多见，反倒是下三烂的各种妓院多了起来。因为也没有实际经验，杨逵并不知道这三位姑娘所在的妓院属于什么档次，真到了那里一看，似乎也还说得过去，起码收拾得挺干净，人也非常和气。

一看见有客人过来了，这家妓院突然热闹起来，看门的，打杂的，男的女的纷纷都跑了出来。养的一条小哈巴狗，也一个劲地叫起来，姑娘们越是对它呵斥，它越是捣乱，越是叫得欢。大家一起坐在园子里的竹椅上喝茶，离他们不远处有一棵丁香树，还在花期中。远处墙角的蔷薇花也开了，是一簇盛开的蔷薇，红红的一大片花朵。新上市的六安瓜片，确实有股特殊的清香，喝完酒之后，再喝上这么一碗瓜片，感觉非常不错。杨逵当年拉黄包车，在南京的下关，也曾无数次路过清和坊，看着嫖客进进出出，他从来也没有真正到妓院里面去过，对妓院内部究竟怎么回事，还真是不知道。

　　水喝多了，自然就要排泄，最先提出来的是小岛。懂几句日语的姑娘，把他带去自己房间。过了一会儿，小岛回来了，大家坐那儿继续说话，东拉西扯。说着说着，朱东升也开始有点憋不住，也要去方便。等到朱东升尿完回来，杨逵悄悄地问他，姑娘房间里怎么样，他的意思是自己也想方便一下，可是朱东升误会了他的意思，说你不妨去看一眼，去参观参观姑娘们的房间。南京姑娘站了起来，主动表示要带他去房间，杨逵犹豫了一下，跟着她去了。进了房间，杨逵往四处看，最显眼的，莫过于床上平铺着的一条绣花被，颜色十分鲜丽。南京姑娘指了指放在床尾的马桶，暗示他可以在那里解手，说了，怕他不好意思，便准备自己退出去。杨逵看了看那马桶，一个劲地摇头，她好像也明白了他的想法，知道是怎么回事，让杨逵跟着她走。她把杨逵带到了后院，后院的角落搁着一个粪桶，她指着那个粪桶，笑着说：

　　"有的男人，只有站着，才能尿出来，你就去那儿方便吧。"

　　说完，她背过身去，背对着杨逵。杨逵呢也就不再犹豫，大步走过去，对准了粪桶，痛痛快快撒了一大泡尿。快尿完的时候，回过头来，看见那姑娘还背着身，还站在那里等他。这一泡尿撒了，杨逵顿时感到无比轻松。大家又回到园子里，继续聊天，继续天南海北。天接近黄昏，差不多又可以吃晚饭了，杂役过来收拾，准备在园子里用餐。

老鸨过来招呼，说她这里的几味私房菜，准保让几位爷吃了还想再过来：

"不是我要吹牛，我这里的清蒸白鱼，是有秘方的，那个鲜呀，保证吃了忘不了，绝对忘不了。"

见客人没什么响应，老鸨又接着继续吹牛：

"到时候几位爷，忘了我这儿的姑娘，也不会忘了这儿的清蒸白鱼。"

结果又是要准备喝酒，这一次喝的是绍兴黄酒。其间又一次说起了生意，小岛问杨逵等风波过了，还会不会像过去那样，继续与日本人做生意。杨逵笑了，说生意当然还是要做，怎么做，恐怕还要重新谋划。小岛也笑了，说杨先生话里有话，看来已经有别的打算。杨逵说别的什么打算也说不上，只能是走一步，看一步。小岛说我不妨跟你们说些掏心窝的话，把藏在心里的话，放在桌面上跟你杨先生说。小岛说我知道你们中国人动不动喜欢说"国货"，一动就是那个"爱国"，我要告诉你杨先生，你们的国货统统地不行，中国人不会真正喜欢。

杨逵听了不是很高兴，朱东升把小岛的话，翻译给他听，说小岛让杨逵要想明白，为什么中国人自己办纱厂，最后都不行了，都会严重亏本，都不怎么能再办下去。为什么会这样呢，为什么同样的东西，让日本人来做，就能够做下去。小岛说杨先生有没有想过，中国人光会说爱国，可究竟是你们中国人的国货好，还是我们日本人的东西更实用。

朱东升的话还没说完，三个姑娘竟然有两个异口同声：

"要说实用，那恐怕还是东洋人的玩意儿实用。"

说完，似乎又很有觉悟地补充了一句：

"当然，国还是要爱的，当然还要爱国。"

"不管怎么说，国还是要爱的。"

"不爱国怎么行。"

杨逵点了点头，很认真地对朱东升说，并让他转告给小岛：

"听见没有，东兄可以告诉他，连妓院的姑娘们都知道，这个国还是要爱的——"

大眼睛姑娘听杨逵这么说，眼神里透出了些许赞赏的意思。她虽然没有像其他两位姑娘那样插话，也不是很懂这些男人到底在说什么，不过"爱国"这两个字，还是能明白的。杨逵也不知道该怎么形容小岛这个人，这家伙看似温和，说话客客气气，骨子里却很看不起中国人，好像把中国人早就看透了。就因为这个，杨逵不是很喜欢小岛，觉得这个人有点阴，说不出是好还是坏。同时杨逵还注意到，自从与这三位姑娘见面，那位大眼睛的南京姑娘，一直都在偷偷地瞟他，他呢，也时不时看她一眼，大家都在眉来眼去。

说着说着，酒也来了，菜也来了，老鸨隆重推荐的那款清蒸白鱼，也热气腾腾端了上来。白鱼的味道果然名不虚传，南京姑娘专门搛了一块鱼刺少的部位，送到了杨逵碗里。旁边两位姑娘就开她的玩笑，说翠芬你今天这是怎么回事，是不是看上我们这位爷了，这么一筷下去，也太狠了吧，好吃的部位都让你给搛走了。听她们一说，杨遄知道了南京姑娘叫翠芬，此前也没有在意，现在算是记住了。这位翠芬听了姑娘们的玩笑，也不反驳，只是抿着嘴笑。

天早就黑了下来，园子里拉上电灯，还是很明亮的。酒喝到后来，能唱的便开始唱，小岛带头唱了一首日本小曲，咿哩哇啦，既不知道他唱的是什么，也谈不上多好听。然后是三位姑娘轮流唱，会几句日语的那位先来，唱的是一段昆曲，有腔有调，有板有眼，还真像那么回事。接着另一位姑娘唱，也是昆曲，明显不如前面的那位。轮到这位南京姑娘，先是执拗不肯唱，说唱不好，最后被逼得没办法，说非要我唱，就来一段《板桥道情》，我真的唱不好的：

枫叶芦花并客舟，烟波江上使人愁。

劝君更尽一杯酒，昨日少年今白头。

第八章

1

南京姑娘的唱功确实不怎么样，因为唱得不好，她也觉得有点难为情。不过她那难为情的样子，羞羞答答，反倒是显得别有风情。既然唱动了头，另外两位姑娘来了劲，自己不断地唱，一曲接一曲，一段完了又是一段，还让杨逵和朱东升也唱。朱东升连忙摇手阻止，让她们别劝了，说他们不会唱的。渐渐地，时间也不早了，到了要告辞的时候。杨逵让朱东升招呼小岛，没想到小岛还没玩够，直截了当地说今晚不走了，就留宿在这家妓院，还要挑三位姑娘中的一位陪他。小岛希望杨逵和朱东升也别走，最好是大家都留下来，一起开心。

朱东升知道杨逵不可能留下来；小岛不肯走，要留宿在这家妓院，也就只能随他去了。姑娘们听说杨逵和朱东升非要离开，半真半假地拉着不让走。那位南京姑娘态度很平静，好像知道杨逵这样的男人不会留下来的，眼神中倒是有点鼓励他离开的意思。从头到尾，杨逵都没有表现出一点轻佻之意，也没有把她们当作烟花女子而轻视，现在他要走了，南京姑娘或许有些舍不得，不过她显然还是觉得他应该走，好男人应该离开这种地方。

最后小岛会留宿在哪个姑娘的房间呢，杨逵想着小岛赖着不肯走的神情，不禁暗自觉得有点好笑。他会挑中哪个姑娘呢，会几句日语的，显然是他的旧相好，他如果念旧，毫无疑问会选择鸳梦重温。当然他也可能会图个新鲜，男人嘛，这样那样都有可能。只是想到那个南京姑娘，杨逵觉得她对自己好像有那么点意思，他对她也有好感。无奈好端端的一个姑娘，落入了风尘，鲜花飘落在了牛粪堆里，真是好可惜。小岛的头顶都秃了，剩下的头发也花白了，又是东洋人，记得姑娘们调笑她和杨逵的关系时，小岛突然色眯眯地盯着南京姑娘看，那种暧昧的眼神，一看就知道不怀好意。

回旅馆的路上，杨逵与朱东升一人一辆黄包车，也不太方便说话。他一个人坐在车上胡思乱想，朱东升想到什么要问他，杨逵也不太往心上去，只是随口应答。朱东升知道他在想心事，便不再打搅他。到旅馆进了房间，杨逵也懒得再刷牙洗脸，没去里屋自己房间，先斜躺在外间朱东升的床上，连喘了几口粗气，准备与朱东升再说会话。朱东升以为他又有什么事要关照自己，没想到杨逵想了一会儿，笑了笑，然后一本正经地说：

"东兄，你跟我说句实话，如果这次我不在，你会不会留下来？"

朱东升当然知道杨逵说的留下来是什么意思，故意装糊涂：

"什么留下来？"

"留在那妓院里。"

朱东升笑了，也显得有些一本正经，说：

"当然不会。"

"不会？"

"不会，真的不会。"

杨逵笑了，似乎是不太相信朱东升的话。对朱东升的过去，杨逵略有所知，知道朱东升在日本留学期间，曾经干过那种事。用朱东升的话来说，当时很多中国学生都荒唐过，都进过妓院。中国学生在日本是很苦闷的，年轻人有各种苦闷，性欲受到了压抑，学语言又非常困难，钱不够用，远离了自己的家乡，被日本人看不起，日本男人看不起他们，日本女人也看不起他们。找妓女发泄，从女人身上寻找精神安慰，在留学生中非常普遍。

朱东升承认即便回到中国，也有过几次拈花惹草，不过都是在结婚之前。和凤仙结婚后，就再也没有荒唐过。一来是觉得对不起太太，二来也是怕有脏病，也就是怕传染上花柳病，这玩意儿挺能吓唬人。说起所谓的花柳病，杨逵说听张海涛说过，当年的革命党人在妓院进行秘密活动，那种事也是很少干的，倒不是觉得这样做不正经，不光彩，而是知道花柳病很可怕，真染上了，最后连眼睛都会瞎的。说着说着，杨逵脑子里忽然闪过了一个念头，他觉得今天晚上小岛如果留在妓院，如果选中了那位大眼睛的南京姑娘，说不定她还真会有什么花柳病；她若有花柳病就好了，杨逵觉得小岛实在是配不上她。

两人胡乱说了一会儿话，杨逵从朱东升的床上下来，去里屋睡觉。朱东升还准备再放一浴缸热水洗澡，问杨逵洗不洗，杨逵说昨天洗过了，不想再洗，干吗要天天洗澡。朱东升说反正是不花钱的，不洗白不洗，喝了一天的酒，热水里泡一泡多舒服。结果放了半天，只是出凉水，问服务生，回答说今天没烧水，锅炉坏了。朱东升不相信，说恐怕不是锅炉坏了，我觉得你们是看客人少，想省点煤，故意说锅炉坏了，肯定是这么回事，是不是觉得我们这两位客人好欺负。服务生连声说他不知道锅炉真坏假坏，反正让这么说，他就这么说了。事已如此，当然是懒得再去交涉，时间也不早了，犯不着太顶真，各自上床睡觉。杨逵喝了一天的酒，躺床上以为会睡不着，会东想西想，没想到很快就入睡了，醒来时，天已大亮。外屋的朱东升同样睡得很香，也一觉睡到天亮。

第二天有些忙碌，见了许多商界的人士，中外都有，与英国人鲍尔默相谈的时间最长。鲍尔默是位犹太人，与南京金陵关的史蒂文斯是好朋友，当初也是史蒂文斯介绍认识的。他曾是美孚洋行在南京的总代理，给过杨逵许多非常好的建议。在这次谈话中，鲍尔默又向杨逵建议，有可能的话，要考虑往地产方面发展，未来下关最有前途的，应该是拥有好的地段，要看准一块地，全力以赴投入进去，只要是看准了，愿意跟他一起投资合作的人会很多。现在的下关太拥挤了，影响进一步的发展，通往城里的交通非常堵塞，这种状况一定要改变。

杨逵明白鲍尔默的意思，张海涛也对杨逵说过，当局对下关进城的通道，早有改善之意。目前从下关进入南京城区，必须要走仪凤门，必须要从仪凤门的城门洞里进出，交通运输极为不便，新辟一条道路看来也是势在必行。经鲍尔默这么一提醒，杨逵心里不由得咯噔一下，脑海里一下闪过许多念头。

鲍尔默能说中文，因此与他聊天，可以用中文直接对话，杨逵便向鲍尔默请教：

"鲍尔默先生，能不能再给个建议。"

"根据我的看法，你们所在的那个地方，新开一条道路是免不了的，如果再不开一条路，不行，太拥挤了，所以，要知道在哪里开，如果能提前知道，你明白，那附近就可以——"

鲍尔默挥了挥手，做了一个手势，杨逵和朱东升都明白他的意思。

朱东升把这个意思说了出来：

"如果我们能提前布局，提前一步进行收购，先把有关联的地皮买下来——"

杨逵点了点头，他曾经也想到过这一点，今天经鲍尔默这么一提醒，思维立刻变得很活跃，更加开窍了。鲍尔默建议杨逵要充分利用华商的资本，据他所知，不管怎么说，有投资的钱是最重要的，上海有很多有钱的华商，这些年趁着欧战，赚了大把的钱。有了钱，他们都在寻找新的投资机会。中国人的实业救国，只是一句听上去很不错的口号，口号毕竟只是口号，现在欧洲不打仗了，不打仗，欧洲的经济很快可以恢复，这意味着什么呢，就是说，接下来中国的实业，会面临非常糟糕的局面。

鲍尔默对正在欧洲召开的巴黎和会根本不关心，他告诉杨逵和朱东升，指望西方会真正地帮助中国人，几乎是不可能。当然呢，西方人也不会喜欢日本人。你们中国人要弄明白这道理，要靠自己去争取，要充分利用西方人对日本人的不满。过去你们的袁大总统，就很擅长这一手，日本人逼迫他，逼着他的政府跟日方做交易。谁都知道，日本人一直在逼迫中国政府，有些条约要保密的，是秘密的协定，不允许袁的政府把这些内容透露出来，你们袁总统很厉害，很狡猾，让手下把被日本人逼迫签订的秘密条约，故意都泄露出来，大白于天下，让西方人知道，日本正在损害西方利益，让整个西方对日本人的这种偷偷摸摸行为，非常地不满意。

2

接下来，杨逵与朱东升马不停蹄，拜访了一位又一位上海滩的达人。他们拜见了聂云台，聂是上海总商会会长，全国纱厂联合会的副会长。拜见了姚新记营造厂的姚锡舟，姚锡舟因为承建上海电话公司大楼而成名，又因建造上海的外白渡桥，建造上海的中央造币厂和法国总会名声赫赫。当然，对于大多数南京人来说，更能让大家记住姚锡舟名字的，是他后来在南京东郊的紫金山上，建造了总理陵，也就是享誉中外的中山陵。

杨逵和朱东升还拜见了未来的火柴大王刘鸿生，当时刘的火柴厂还在酝酿之中，不过他已经很有钱了，很有名的煤老板，经营着获利颇丰的义泰兴董家渡煤栈。与杨逵一样，刘鸿生也在寻找新的商机。他们谈得很深入，十分投机，对未来的谋划各抒己见。刘鸿生聪明过人，对人口红利有独到见解，他提醒杨逵注意，中国农民的日子越来越不好过，水灾和旱灾连年不断，必然会大量涌入城市。城市难民会越来越多，越来越多的难民又能怎么办呢，很简单，给他们找点活干。刘鸿生准备创办一家中国人自己的火柴厂。火柴在当时都叫“洋火”，都是外国人生产，并没有什么太大的技术含量，工人一学就会。难民反正也多，招工不是问题，而火柴又是家用必需品，价格低廉，需求量却很大，到时候稍稍涨点价，经济效益必定可观。

杨逵觉得刘鸿生的想法很有道理，不过南京不比上海，有些事，上海可以做，南京做不了。杨逵相信在南京办实业，会遇到很多问题。南京也有难民，在南京的难民，大都是些根本不愿意干活的人，南京本地人也是不太愿意干活的，在南京开工厂，风险显然要比机会更大。南京人思想不开放，保守固执，对经商十分不屑，更不要说让他们去做工。另外，市场也会完全不一样，在上海什么都可能卖出去，上海的货物可以销往全国各地，在南京就很难说了。

刘鸿生建议杨逵到上海来创业，既然他对南京有那样清醒的认识，为什么不干脆搬到上海来呢，为什么不考虑在上海发展。刘鸿生只是随口一说，杨逵也没往心上去，他从未想过自己会离开南京。不要说离开南京，甚至都没想过离开城北的下关。看来上海人和南京人见识确实不一样，不过有一点是相同的，就是一定要干点事，要干一点轰轰烈烈的事业出来。

与杨逵的知识背景不一样，刘鸿生是圣约翰大学的高才生，这是上海一所很有名的教会学校，据说当年的校长看中他的才华，想送他去美国学习神学，希望他学成之后，回校担任牧师并兼教英文。可是刘鸿生志不在此，他不愿意听从上帝的召唤，更愿意去做生意，更想经商，校长百思不得其解，觉得他这个想法有辱斯文，便干脆请他离开学校。有一种说法是校长知道了他的理想很生气，一怒之下，竟将他开除了。刘鸿生的英文好，在他办公室里放着一堆英文报纸，有刚到的英国《泰晤士报》，也有中国的《字林西报》。

在杨逵他们拜见的客人中，对欧洲正在进行的巴黎和会，日本人小岛态度暧昧，英国人鲍尔默不感兴趣，作为中国人的刘鸿生，对事态的发展十分关注，他告诉杨逵，事情绝不会那么简单，青岛问题将会是个大麻烦，是好事还是坏事，一时半会说不明白。巴黎会议成为了战胜国的分赃会议，中国报纸上不断透露出消息，法国佬贪得无厌，英国佬动不动发火，美国佬经常假装主持公道。帝国主义为了分赃，既沆瀣一气，又钩心斗角，根本不给中国代表说话的机会。上海的华商已看得很清楚，青岛问题必定会刺激中国人的敏感神经，会触及中国人的痛处，它对于国货的生产和销路，肯定会有一个促进作用。

北京学生在五月四日大游行，火烧了赵家楼。这时候的杨逵与朱东升，正好是在从上海回南京的途中。积聚在年轻人身上的反抗情绪，像火山一样爆发了。事发有些突然，也有些意外。到南京时，南京城里风平浪静，看不出有任何疾风暴雨的迹象，暂时还想象不到接下来会发生什么。他们各自回家，在自己家里休息了一天，然后朱东升急匆匆地找上门来，告诉杨逵在北京发生的事。杨逵并没有觉得这事有多么严重，立刻表态说：

"学生上个街，游个行，闹一闹，我看也没什么不好。"

朱东升有点担心，说：

"说是还放火烧了赵家楼。"

杨逵不知道赵家楼是怎么回事，问朱东升：

"这赵家楼又是怎么回事？"

朱东升就跟杨逵解释，他显然也是支持学生游行的，赞成学生出来抗议，不过放火烧人房子，毁坏私人财产，这个就有些出格了。赵家楼的曹汝霖住房，被游行的学生一把火烧了，为了这事，警察也不得不抓人，听说还抓了不少，都是读书的学生。朱东升说完这些，摇着头，叹了一口气：

"年轻人火气大，可不像我们这么好说话。"

这一年，朱东升也不过才三十五六岁，杨逵甚至还不到三十岁，可是他们都早已经是中年人心态，议论起游行的学生，免不了老气横秋。接下来南京会怎么样，南京的学生会不会也跟着上街游行，这个真说不准。朱东升告诉杨逵，他看了最新的报纸，报纸上的电讯，正在号召全国青年学子积极响应，看来南京的学生必定也会跟着大闹一场。

杨逵决定去见张海涛，听听他的意见。张海涛此时的身份还是省议员，与当时的江苏省长齐耀琳称兄道弟，关系还是挺不错，跟督军李纯更是意气相投，完全能够说得上话。张海涛是老牌的革命党人，那时候的革命党人虽谈不上四分五裂，起码也是经常没办法坐在一起说话。投身宦海的张海涛，早已熟悉官场的运作，知道政治是怎么一回事，知道当官有哪些门道，他相信北京的学生出来游行，一定是有人在后面撑腰；年轻人总是容易被煽动的，肯定是北洋政府控制不了局面，下不了台，才让学生出来捣蛋，把水搅浑。要知道弱国哪会有什么外交，让你签的都是他妈的不平等条约，在帝国主义压迫下，在本国人民反抗声中，政府注定了签字不是，不签字也不是。

张海涛向杨逵透露，北京方面已通知江苏督军李纯，要防止动乱，同时又要有所疏导。说穿了，就是要睁开一只眼，闭上一只眼。对学生上大街，不能不管，不能完全放任，也不要太管，要让年轻人出口气，发泄一下。对于今天出现的这个局面，对于正在爆发的学生运动，张海涛早有预料，他早就警告过杨逵，早就让他要做好应对的准备。

张海涛叹了一口气，笑着说：

"中国的什么事，就怕被不幸而言中，你们看，这事是不是就让我张海涛说着了？"

3

发生在北京的五四大游行，火烧赵家楼，这事在南京引起的强烈反响，完全超出了大家预料。杨逵他们虽然有所准备，准备好了预案，还是跟不上形势的飞快发展。北京那边抓了人，还有传言要处死肇事学生，于是南京这里的最初诉求，就是要求赶快把被抓的学生放了。各界人士纷纷发表通电，要求立刻释放学生，要求北京政府坚持不签那个"巴黎和约"。五月六日，江苏教育会致电北京，并把通电内容交与报纸发表，对各种传闻表示"骇诧"，通电词严义正地宣布，"无论学生举动如何，总发于爱国热忱，即使一时愤激，轶出范围，决无死罪"之理，恳求当局"审慎主持，免致激怒全国"。

江苏省议会也由张海涛起草了一份声明，致电北京，要求"严电欧和专使坚持到底，不达目的，誓不签字"。除了官方表态，南京民间也做出了积极响应，杨逵领衔签字，以下关地区全体国民身份电告北京，要求"严惩国贼，以维国命，而安民心"，对于卖国条约，则是"万勿签字，宁可退出和会，否则誓死不认"。

南京学生当然也上街了，学生的行动来得最快。北京那边带了头，通电全国要以五月七日为"国耻日"；南京学生不甘落后，同样是通电全国，五月七日已赶不上，号召以五月九日为"国耻日"，声援北京同学。大家一致认定，火烧赵家楼是"诸君激于义愤，毁巢毙丑，风声所播，大快人心"。到了九日那天，各校学生在小营演武厅操场集会，演讲国耻历史，然后列队游行街市，向督军署和省长公署请愿。当时报纸上记载，参加游行的学生有六千多人，除了学生，工商界人士也派代表参加集会和游行，至于普通市民，跟在后面游行的人就更多了。

接下来一个月，类似游行的抗议活动，基本上没有断过。自然还是以学生为主，有大学生，有中学生，游行队伍动不动就会出现在街头，高举着标语牌，手执着五色旗，"还我青岛，惩办国贼"的口号震天动地。呼吁各界人民赶快行动起来的传单，像雪花一样满天飘扬。游行队伍所到之处，各个商店门口挂旗，群众热烈鼓掌，大家互相招手致意。那一个月，督军署和省长公署门前，省议会的大楼底下，人来人往，请愿的队伍此起彼伏，前后不知道来了多少回。有时候，一天就会出现好几次，把负责站岗的军警给折腾死了。

抵制日货的行动，很快就声势浩大。五月九日的国耻游行示威刚结束，一名女学生回到学校宿舍，把自己使用的日货，统统集中起来，拿到操场上点火焚烧。其他同学也跟着仿效，于是到处火光冲天。第二天，南京总商会开会，决定共同抵制日货。再过一日，洋货业做出决定，以后不办日货。西药业公所也立刻响应，"凡日货一律停进，如有阳奉阴违者，认为公敌"。短短几天，抵制日货势不可当，工商业领袖纷纷站出来说话，连杨逵也不得不接受记者采访，代表三仁公司向公众公开表态：

"青岛是必须要归还中国的，我们恳请李督军和齐省长，请他们代表我们南京民众，向北京请愿，谕令和会专使，如果争不回山东之青岛，绝不可以轻易签字，我们三仁公司本自爱国之心，会与南京公众一致，维护国货，抵制日货。"

这番话是朱东升帮杨逵起草的，他一字一句，私下背诵了许多遍，才勉强记住。虽然事先背下来了，真接受采访，仍然还是有点紧张忘词，结果只好掏出事先准备好的那张纸，索性从头到尾，认认真真地念了一遍。这段话也被刊登在当地的报纸上，十分醒目。为了表示诚意和决心，三仁公司还带头拿出了一批积压的日货，在众目睽睽之下，在大家的热烈掌声之中，当众点火销毁。这件事报纸上有详细记载，三仁公司也因此名声大振。

南京各界组织了"救国十人团"和"学生检查队"，据说这都向上海学的，深入到商店，到车站到码头，甚至到海关去检查，发现有日货便进行处理。抵制日货不再是口号，成了名副其实的行动。南京民众被彻底激怒，小至理发店的日本剪刀，小洋货店的日本肥皂，在市面上"一概绝迹"，谁也不敢再拿出来销售。理发店所用剪刀均系国货，在校男生无论剪什么样发型，一律要求使用中国的旧式剃刀，以示拒绝日货之决心，一时间，全城各理发店生意也火爆起来。日本的几家银行，譬如正金和汇业银行的钞票，商家俱不收用。长江航运的日青公司轮船，因为抵制无人搭乘。日本人开的商店门口，冷冷清清，根本没人敢进去。连日本人开的医院诊所，也无人会光顾。下关江边各家扛驳转运公司，公开拒绝装运日货，街头的黄包车夫，也出于爱国之心，拒绝拉日本客人。

当时报纸上有报道，一名日本人在三山街一带，拎着很重的包裹，想雇人力车以代步，谁知他站在街头，烈日炎炎，连呼数人均遭拒绝。声势浩大地抵制日货的同时，南京人开始大力提倡国货，都以使用国货为荣。使用国货就是爱国，爱国就应该使用国货，学生们组织起来，在街头宣传国货，去商店调查国货出品的种类，注明商标牌号，注明公司名称和厂址，注明批发处地点，汇印成册分发各界，号召大家购买国货，用实际行动挽回中国的利益。再往后，事越来越大，大有不可收拾之势，北京的学生开始罢课，南京的学生闻风而动，立刻跟着响应。

学生罢了课，政府也急了，各想各的招，设法解决对付。在南京的江苏督军李纯，作为一名武夫，从没遇到过这事，也光起火来，干脆下了一道"提前放假"的命令，让学生离开学校。学生见招拆招，你要放假，我偏偏坚决不离校，不到七月一日那天，就这么在学校跟你耗着。此时距离七月一日，差不多还有一个月，这一个月闹下来，真可不是什么开玩笑的事。有传言说，北京和上海开始在酝酿罢市，南京的学生不甘落后，也开会商议，准备声援京沪的罢市，并立刻派代表去南京总商会，要求商会转请各商铺罢市。

商会会长觉得罢市不是什么小事，以不敢做主相推脱。学生联合会随即决定，由各校学生直接动员，按分配的地段，分头去动员商店罢市。这一来，当局真要翻脸了，过去是秀才遇到兵，有理说不清，现在是大兵遇到了学生娃子，打也不是骂也不是。督军和省长联名发出训令，指责学生"要求罢市，强迫认可，举动越轨，实足扰乱公安"。命令各校校长"严行约束各生，毋再有此等举动"。学生一旦闹起来，哪会那么听话，立刻又冲上了街头。而且越闹越不像话，男女学生干脆穿上白色孝服，抬着一口黑棺材上街游行，棺材四周贴着"民国已死"几个字。南京城刚刚有点平静，平静没几天，又乱成了一片。不仅南京城乱了，周边都乱了，属于江苏管辖的城市，苏州、常州、扬州、镇江，后来属于上海管辖的松江、宝山、奉贤、金山，都纷纷告急。军警"反复劝诫，形势尚未缓和"，反而越来越严重，越来越失控。

南京的警察厅长赶到总商会去大发雷霆，身体力行，率领手下赶到最热闹的街区，挨门挨户逼迫商店开业。一方面是号召罢市，另一方面是逼着开业，学生与军警的冲突在所难免。报纸上全是这类消息，府东街商民拒绝警察强迫开业被打伤，大行宫警署门前，金陵大学学生"被巡士横加驱逐"，"被击仆地受人踏"，"被刺伤血流如注"，"被捕而拘禁"，大学生在花牌楼一带演说，遭到武力驱逐和野蛮殴打，伤了十七人，被捕数十人。

杨逯所在的下关地区，治安也一度完全失控。演讲和维持秩序的学生，和前来干涉的警察，发生了激烈对抗。最后，警察署长竟然带领马队冲了过来，当场撞伤踩踏二十多人。这事显然太过分了，公众纷纷指责，社会贤达出来表态，结果骚乱没有平息，反而引发了更大规模的抗暴大游行。大家一致要求严惩凶手，要求抚恤受伤学生，口号再次震天动地。结果为了平息事态，下关警察署长成了最先下台的替罪羊，被公开撤职。

位于下关的三仁公司，在这场风波中，损失不算小。好在事先想好了对策，能卖的货物早就卖了，贵重的也早就转移了。雷声虽然很大，雨点也就那么回事。在这期间，有许多事靠冯亦雄就能摆平，南京的帮会在这次风波中，呼风唤雨大显神威，帮会的大佬们站出来发个话，底下那些跟着起哄的小喽啰，冲锋陷阵是他们，维护秩序也是他们。三仁公司只要冯亦雄发一句话，别人就是想动也动不了，根本没那个能耐进入三仁公司仓库。

作为三仁公司的负责人，杨逵在此次风波中，不止一次公开抛头露面，带头爱国，他的个人形象，在当时很正面，成为工商业标志性的风云人物，报纸上经常会有他的名字。

4

就在杨逵为外面的风波，忙得焦头烂额之际，他的老丈人振槐找上门来。那天从下关警察署谈完事回家，杨逵看见振槐正坐在客厅里与芷歆说话，振槐看见了杨逵，脸上顿时现出尴尬。杨逵了解自己的这位老丈人，他骨子里莫名其妙地清高，看不上他这个拉过黄包车的女婿，同时又是最没骨气，做人最没有底线。无事不登三宝殿，他老人家只要是找来了，找到了女儿和女婿，一定是有什么意想不到的事要麻烦他们。

杨逵恭恭敬敬地叫了一声："爸！"

杨逵的这一声"爸"，把老丈人的威严给喊了出来，振槐应了一声，一本正经地点点头。他看着杨逵，关心地问了一句，说从外面回来了，外面最近是不是有很多事。杨逵只能跟他敷衍，问候老丈人，向他请安，问他近来身体可好，有什么事。振槐似乎正在等这句话，立刻转过头来，很严肃地对女儿说：

"我有话要对你男人说，你先去忙别的事吧。"

芷歆白了父亲一眼，她知道父亲撵自己走开，一定又是有了什么见不得人的事，不好意思当女儿的面说出来。知父莫如女，今天振槐过来，说话吞吞吐吐，颠三倒四，不知道又会玩出什么幺蛾子来，一定是又闯了什么祸。这个父亲让女儿丢尽了脸面，现在他既然叫自己走，让她离开，她也正好不想听他们说什么。

芷歆走开了，振槐清了清嗓子，对杨逵说：

"听说你们公司，损失不小，烧掉好多东洋人的东西。好好的东西，这么一把火就烧了，多可惜。"

振槐这么问，杨逵只能随口回答：

"是有点可惜，不过，有时候，也只能这样了，只能这么去做。"

"你要是不这么做，又能怎么样，真是没有王法了，真是无法无天。"

"我也不想这样，实在也是没办法。"

"那是，那是，人嘛，都会有自己的难处，是这个道理。"

振槐点着头，摸了摸下巴上的胡子，好像很理解女婿的难处。话聊了这么几句，也敷衍得差不多，应该转入正题。要说的话，振槐觉得难以开口，又不能不说，叹了一口气，说我今天来呢，是有事要与你逑儿商量，我知道你现在能耐大，有那个能耐，老夫我呢，也是被逼无奈，不得不想到要找自己女婿商量，毕竟我就这么一个宝贝女儿，真要有了事，不找自己女婿，还能找谁。

杨逑点点头，等他的下文，心想老丈人无非又是缺钱花了。振槐要跟芷歆开口，肯定也会给他，但是一定会教训他。振槐是个无底洞，三番五次没完没了，从来都不知道丢脸，根本不在乎丢不丢女儿的脸。与杨逑开口不一样，男人和男人之间好商量。人脸有时候就一张皮，当初振槐坚决反对女儿的婚事，现在木已成舟，杨逑既然娶了自己女儿，就应该负责养他的老，就应该负责送他的终。说起来杨逑能有今日，也是他女儿有帮夫运，娶了芷歆，杨逑的事业就越来越发达。不过今天振槐找上门来，还不是要钱那么简单，他要女婿帮做的事情，是去警察署报案，帮他捉拿逃跑的小妾眠月。

这个事情细说起来十分荒唐，自从芷歆母亲逝世，振槐一直没有续弦，原因呢，也是三言两语说不清楚。一来反正有个小妾徐氏，女儿芷歆一直都叫她姨娘，他身边不缺女人，想嫖就嫖要赌就赌，徐氏根本管不了他。二来家庭门槛高的，没人愿意进他家的门，门不当户不对的，也不合适。振槐一身坏毛病，回到南京不久，就成了下关清和坊的常客。旧派的男人吃个花酒，嫖个娼狎个妓，肯定不是好事，但也算不上什么了不得的坏事。问题是振槐最后玩过了头，竟然把一个叫眠月的姑娘，弄回了家，正式娶为姨太太。家中那个跟着振槐多年的徐氏，当然要跟他闹，当然要很不开心。

振槐也有振槐的理由，当年在四川，有个道行很深的峨眉山老道士，曾算过一卦，说他会在老年得子，说他命里贵人天相，最后必得子得福。徐氏为此打翻了醋坛子，大哭大闹，说好吧，你既然把她弄回来了，我也没别的什么办法，好歹你是这个家的主子，我只能死，只有死了，你们才会称心，我死好了，上吊，抹脖子，反正是不活了。振槐说事情都到了这一步，人已经弄回来了，钱也花了，难道还能将人家退回去。徐氏说你怎么安排我不管，反正我是不想活了。振槐便说她，说你动不动就说不活了，不活了，这话你都念叨了多少年，怪就怪你自己不争气，你要是肚子里能有个动静，给我生个儿子，这正宫娘娘不是你，还能是谁。

徐氏咽不下这口气，只会说这次我是真的要寻死。振槐根本不怕她寻死，说真的真的，你每回都说是真的。徐氏没有别的招数，只能说这次就真的死给你看，既然你对我恩断义绝，我还活着干什么呢，你个没良心的东西，到临了，就是这样对我。振槐便安慰她，说我的好姑奶奶，你说你这是何必呢，你能不能听我一句，我真是舍不得她肚子里的孩子，这也是没办法，等她把儿子给我生下来了，我立刻就撵她走，你信不信，我说话算话。

徐氏很绝望，她绝望地说：

"算什么话，生了儿子，这家里还能有我的立锥之地？到那时候，要撵的，那更得是我了。毕竟我跟了你这么多年，都到了这时候，还用这种话来蒙我，你说你亏不亏心啊？"

振槐一个劲地哄她，好话说尽：

"好了，好了，我亏心还不行。轻点声，轻点声，我的好姑奶奶。你想想，我怎么会老是留着她呢，毕竟是那种脏地方出来的女子，怎么能和你比，怎么能和你比？你可是干干净净地嫁到我们史家来的，你当初毕竟是个大闺女，你想想她，你想想她——"

徐氏总算被他这句话给哄住了，咬着牙说：

"你明白这个就好，明白就好。"

"我怎么会不明白，我和她不过是逢场做个戏，你就譬如我又是去妓院鬼混不就行了。"

徐氏也无路可退，感慨说：

"谁知道她肚子里的野种，是不是你的，别做了活王八，自己还不知道。"

振槐听了脸要变色，他最不想听到这句话，这会儿为了安慰徐氏，为了哄她，也就只好忍了，又怕隔壁新来的眠月会听到，压低了嗓子说：

"你轻点声，行不行，我的好姑奶奶？"

振槐完全没想到会被人家放白鸽，这种事，男人之间本来也是经常谈笑议论，谁想到最后真会落自己头上。振槐只是觉得自己艳福不浅，老来真会得子，反正两边哄哄好就行，对徐氏说是眠月生了儿子就走，对眠月呢，则是真生了儿子，便让她当正式的太太。不料这个眠月不吃哄，说别跟我来这套，用不着两头说好话，来的时候，说得好好的，那时候说得多好听，噢，原来都是在哄我，在蒙我，我告诉你姓史的，你这么累不累呀。

　　眠月这女人一看就来者不善，根本不是个怕事的，要说话还故意把声音提高了，存心想让徐氏听见：

　　"别跟我摆什么太太的架子，大家都一般高，谁也不比谁强多少，都他娘做小老婆的命。"

　　眠月一边说，一边揉自己肚子，指着振槐的鼻子，十分嚣张地说：

　　"别指望我真会给你生个儿子什么的，你们史家，那就是绝户的命，像这样弄个姨太太在家，菩萨一样供着，成何体统？姓史的，把话说说清楚，凭什么我就应该让着她，凭什么，你说凭什么？"

　　振槐自恃有一套哄女人的能耐，徐氏与眠月成天争风吃醋，对他来说，与其说是烦恼，还不如说也是一种乐趣，一种享受，不这样体现不出他的地位。没想到说出事就出事，昨天振槐出门去喝茶，徐氏在房间里吃瓜子，悠闲地看着窗外。突然看见眠月拎着一个包袱，正往外走。她也没问这是要干什么，轮不到她问。徐氏没想到她会卷包而逃，没想到眠月将能带走的各式细软，值钱的宝贝，统统倒在床单上，将床单打成包袱，偷偷地都带走了。门口有一辆黄包车停在那儿，眠月经过园子，看见徐氏正从屋里对她张望，她若无其事地也对徐氏笑，又看看四周，出门坐上了黄包车，胸前抱着那个包袱，离开了史家。

5

眠月离开了大约十分钟，振槐手上拿着两串糖葫芦，坐在黄包车上，正兴冲冲从外面往回赶。大街上乱哄哄的，眠月的黄包车走出去一段路，恰好看见振槐的黄包车迎面过来，她连忙用手中包袱挡住自己的脸。振槐扬扬得意地坐在车上，手上举着糖葫芦，根本没意识到眠月会与他擦肩而过。

很快，来到自家门口，振槐从黄包车上下来，付了车钱，将糖葫芦藏在背后，走进园子，看了看窗子里的徐氏，见她根本没在注意自己，便蹑手蹑脚，涎着脸，直接去眠月房间。眠月房间里一片狼藉，嬉皮笑脸的振槐走进去，看到眼前的情景，大吃一惊，一时不明白怎么回事，大声喊了起来：

"眠月，眠月！"

自然是不会有任何回应。振槐的叫声，惊动了家中的女佣，连忙跑过来看是怎么回事，一看房间里的混乱，也是惊得说不出话

266

来。振槐让女佣赶快去把徐氏叫过来，徐氏慢吞吞地，很不情愿地来了，问怎么了，为什么要叫她。振槐问知道不知道眠月去哪了，他不在家的时候，究竟发生了什么事。徐氏一问三不知，最后说我怎么会知道她干什么，她又没有和我通过气，反正我看见她是抱着一个包袱，鼓鼓囊囊地就这么出去了。

振槐突然什么都明白了，急得跳脚，说：

"你是活死人呀，根本就一个活死人，你既然是看见她走，还不拦着她？"

徐氏十分委屈，咬着牙说：

"拦，我怎么敢拦，我怎么敢拦你的心肝宝贝，我怎么知道她这是卷了东西要走？"

振槐不依不饶，还追着徐氏骂：

"你都看着她拿了包袱，就应该会想到她这是要逃，你眼睛瞎呀，他奶奶的，我这算是明白了，这不是放我史某人的鸽子吗，我振槐这一回，算是中了招了。"

徐氏幸灾乐祸，说那女人平时像个凶神恶煞，说你一个做老爷的，都不敢对她说半个不字，谁还有能耐拦着她。现在总算遭报应了，你也不想想，自己平日怎么偏袒她的，什么事都宠着她，她哪是什么小老婆，根本就一个明媒正娶的太太，你对她，捧手上怕摔了，含嘴里怕化了。

振槐听不下去，摇着脑袋说：

"我这不也是为了她那肚子里怀的孩子吗？"

徐氏冷笑起来，悠悠地说：

"我呢，也没生养过，这点花头还是看得出来的，你就别做大头梦了，什么狗屁儿子，我告诉你，她也就是你在家时，闹着要吃酸的，闹着要作呕，那全都是做做样子。什么有喜了，什么儿子呀，都是假的。我现在是知道了，她为什么要跑，再不跑，假装有喜的事就要露馅，就你个死人，才会当真呢。"

振槐如梦初醒，恍然大悟，捶胸说：

"明白了，明白了。难怪她那肚子，摸上去平平的，一点都没有鼓起来的意思，现在想想，我怎么这么愚蠢！"

接下来，一边让人去警察署报案，一边赶紧清点损失。巡警来了，看了看，问少了点什么，说这人都跑了，还能有什么办法。振槐说你这么说话，我还要你来干什么呢。巡警便问他，你要我干什么。振槐说你去给我把那女人抓回来，巡警笑了，你说让我抓我就抓了，我到哪去给你抓，现在外面这么乱，学生娃娃都在闹事，闹得一塌糊涂，你这个破事，我就根本不应该来。

振槐被巡警噎得无话可说，清点损失的财物，粗粗估算了一下，好像也没有太多。他本来是个败家子，平时也没什么挣大钱的能耐，稍稍有点银子，吃喝嫖赌，基本上很快也就糟蹋光了。暗中还在觉得庆幸，虽然被人家放了鸽子，这事传出去很难听，十分丢人，成为众人笑柄，所幸损失也不大，还算是聊以自慰吧。晚上与徐氏一起，把这个眠月从头到尾，好一顿痛骂，振槐是骂她坏，徐氏是骂她贱，话都很难听，反正眠月也听不见，他们这么骂，也只能算是自娱自乐。

到了半夜里，振槐醒过来，忽然想到有点不对劲。为什么呢，他想到了自家祖传的一张苏东坡的字，这幅字非常珍贵，当年苏东坡从海南流放回来，准备去江苏的宜兴养老，经过南京，史家先人热情招待，请他喝了当时南京最好的一种酒，酒足饭饱，主人看客人高兴，便将准备好的绢纸笔墨，拿出来请他写字。苏东坡也不推托，提笔就写，一口气写了好多字，是一首诗，还有自注，记录这次聚会。这幅字成了史家的传家之宝，苏东坡写完这字，不久就逝世了，史家先人在当时也不是什么读书人，只知道苏东坡名气大，有了这幅字，一直压在箱子底下，搁了些杀蠹的芸香。一直到了清朝初年，都过去好几百年，史家终于有人得了功名，出了读书人，这才突然发现，老祖宗竟然还留下了这么一个宝贝。

这幅字最后传到振槐手里，因为祖上有过交代，后代子孙再潦倒再不得志，也要把它保存好。振槐从没想过要出让，当然，也没觉得它会值多少钱。眠月卷了包跑路，振槐突然想到了祖传的这幅字，爬起来，打开箱子一看，苏东坡的字没了，真的没了。他恨得咬牙切齿，不是恨眠月，而是恨自己，恨自己大嘴巴，跟眠月吹牛，夸大了事实，说这幅字如何珍贵，如何值钱。眠月哪会知道什么苏东坡，她无非是觉得振槐说这玩意儿值钱，就一定值钱了。

振槐来找杨逵，目的就是想让女婿出面，跟警署的警爷说一声，打个招呼。这年头，有了熟人才能办事。振槐知道杨逵跟警署的关系非同寻常，跟警察署长说得上话，金银细软上面也没什么记号，丢了也就丢了，如果现在有人要出手苏东坡的字，这样顺藤一摸瓜，肯定能够抓到那个眠月，案子不也就破了。杨逵听了这话直摇头，刚偷来的东西，谁敢急着出手呢，这不是等着被抓吗。再说了，放白鸽这种事情，到了警署，根本算不上什么案子。

杨逵仍然答应帮忙去打个招呼，他告诉老丈人振槐，警察署王署长刚被撤职。新来的警察署长会是谁，是张三，还是李四，现在还不好说。其实杨逵心里也明白，这种事根本不靠谱，而且他也不知道苏东坡的那个什么字，又能有多珍贵。不仅是他不知道，振槐的妹妹仪菊，他的女儿芷歆，也都不知道苏东坡的字珍贵，她们甚至都不知道，自己家里有这东西。杨逵觉得老丈人上门，无非借着眠月卷包的名头，再要些钱，堤内损失堤外补，很可能还会借此夸大自己损失，于是直截了当地对老丈人说：

"警署的事，爸也不用多操心了，我去招呼一声就是，事情已经这样，东西没了就没了，找得回最好，找不回也就拉倒，我让下面准备一下，给爸准备好一张银票，你走时拿上就行。"

振槐听了，暗喜，还要假装不太在乎：

"要说我的钱也够家用，不过呢，这次确实有些损失。逵儿，这件事，只是跟你说了，千万不要告诉芷歆，她知道了，又要责怪老夫，唉，也怪我做事不够慎重，害得我老脸都丢尽了。当初为了这事，芷歆就对我有怨言，我现在是后悔没听她的话，后悔也来不及了。"

杨逵点了点头，振槐又关照了一句：

"也不可对别人说，传出去太丢人。"

杨逵让他放心，表示自己不会说出去。振槐还是要忍不住唠叨，说幸好有你这么个又懂事又能干的女婿，我那女儿呢，也是命好，找到了你这样有出息的男人。杨逵不想听他唠叨，不想听他表扬自己，便让振槐在客厅再坐一会儿，吃了饭再走，他去找人安排一下银票的事，说手头还有别的事要忙。振槐听了立刻摆摆手，嘴上一连串你去忙你去忙，老夫知道你是忙人，快去忙你的事去。

直到振槐拿着银票离开，上了楼的杨逵，再也没下楼与他碰过面。他们翁婿之间，一层纸早捅破了，都知道对方心里在想什么。杨逵知道该怎么对付振槐，对于自己这个老丈人，不会跟他太计较，不过，杨逵永远也不会忘怀，忘不了与媒人一起去史家求婚的情景，他碰了个大钉子，这钉子碰得他头破血流。那时候的杨逵已很有身份，三仁公司也开始风风火火，杨逵算不上大富大贵，但在下关地区应该算是有头有脸。史家的处境，已经很糟糕，相当破落。此前不久，如果不是杨逵出面，振槐抵押出去的房产，差一点就落入别人之手。

振槐知道今非昔比，也知道杨逵是帮了忙的，帮过他的大忙。他知道是杨逵出手相救，即便这样，鸭子死了嘴巴还是硬，振槐仍然觉得他配不上自己的宝贝女儿：

"史家世代书香，现如今虽有所败落，也不能就这么让别人趁火打劫，我姓史的，不能有辱家门，干出这种出卖女儿的勾当不是？"

6

杨逵和芷歆当初的婚事，最后能够成功，仪菊起的作用非常大。可以这么说，没有仪菊的帮助，就没有这段姻缘。刚与芷歆结婚的那几年，杨逵与她交流挺困难，芷歆是个不太喜欢说话的女人，就算是有了女儿小琪之后，也很少有夫妻之间的说笑。振槐把眠月弄回家的时候，杨逵曾和芷歆议论过这事，当时也没想到她会卷逃和放鸽子，只是觉得那种场所出来的女人，真的是不太合适，老人家年纪那么大了，都那个岁数了，真犯不着这样。

芷歆听了杨逵的话，不痛不痒地来了一句，眼睛还看着别处：

"这话跟我说没用，你干吗不跟我爸去说呢？"

"他是你爸，当然你去说更合适。"

"我管不了他！"

振槐娶妾这事，拐弯抹角，临了还是仪菊告诉杨逵的。徐氏找芷歆抱怨，哭诉，芷歆又把这事告诉了自己姑姑仪菊。仪菊便很认真地与杨逵说眠月的事，她听说自己哥哥又娶妾，还专门去振槐那里讲理，把哥哥好一顿数落。数落当然也没用，振槐对自己这妹妹，一向都让她三分，父亲史国同十分宠爱女儿，儿子总是怕父亲，振槐与他在一起的时间并不多，对父亲的威严，还是有几分畏惧。不管怎样，生米煮成熟饭，仪菊对振槐的数落，也只能是说说而已。

振槐拿了银票离开后，芷歆问杨逵，她爸今天神秘兮兮，到底跟他说了些什么，有什么事要瞒着她。杨遑说也没什么事，你爸不让我告诉你。芷歆听了不痛快，撇了撇嘴，说那你就别说了，他让你别告诉我，你就别告诉我好了。她这么一说，弄得杨遑说也不是，不说也不是。最后还是说了，这事断没有瞒着芷歆的道理。芷歆知道了这事，也是哭笑不得，不知道说什么是好。她本来就跟杨遑话不多，不太愿意谈到振槐，现在自己老爸出了这种事，她又能说什么呢，临了，只能怪杨遑一句：

"你就知道给他钱，他有了钱，不知道又会干出什么荒唐事来。"

杨遑说："不给他钱，又能怎么样呢？"

芷歆说："警察署你也别去打招呼了，这种事太丢人，招呼了也没有用。"

杨遑听了，点了点头，觉得芷歆的话很有道理：

"我觉得也是这样，警察现在哪有那个时间，来管这些闲事，外面整日又是游行，又是罢工罢市，把警察都忙死了。"

第二天，上海《申报》的一名见习女记者，专程来采访杨遑，还带了一名拍照片的年轻人。采访的话题是"民族资本如何面对帝国主义资本的入侵"，这个话题让杨遑无言以对。女记者很漂亮，一双大眼睛尤其明亮，十分天真地看着杨遑。她对杨遑最近一段时期内的表现，大加赞赏，很热情地称赞了他的爱国行为，认为中国民族资本如果团结一致，一致对外，对外国资本的野蛮入侵，就能够抵挡得住，就可以不让外国资本为所欲为。女记者有些话，说老实话，杨逵也听不太懂。不懂就是不懂，他老老实实地承认，在她所提出来的那些问题上，他发表不了什么高明意见：

"像我们这样的人，有时候只知道怎么去做，要说，要回答你说的那些问题，真说不好。"

"杨先生你说得很好，有时候，确实是光会说没用，关键还是要怎么去做。"

"承蒙夸奖，杨某确实说不好的。"

"杨先生不用客气，杨先生已经做得很好了。"

采访在园子里一棵丁香树下进行，杨逵的女儿小琪，见家里来了陌生人，觉得新鲜好玩，一定要待在杨逵身边，抱着爸爸不松手，结果为了不影响杨逵被采访，只好让芷歆出来，让她帮着照顾女儿。因此整个采访过程，女记者怎么问，杨逵怎么回答，芷歆都一清二楚地看在眼里。采访到了后来，杨逵显得很从容，很自信，说话不急不慢，在过去的这段日子，他已经见多识广，既充分领教了年轻人的厉害，又知道应该如何有心计地去应对爱国学生，知道应该怎么跟他们打交道。

女记者名叫柳碧冈，南京高师的女大学生，学生联合会中的活跃分子。她出身名门，是南京高师最早招收的女生。刚刚大学二年级，因为文笔出众，已被上海最有影响的《申报》看中，聘为了见习记者。一起过来的摄影者，是她的男朋友聂双斌，河海工程专门学校的学生，南京学生联合会的负责人之一。柳碧冈和聂双斌都属于此次学生运动的风云人物，在南京学界和市民中都有名声。他们选择杨逵的原因也很简单，在此次爱国行动中，除了大学生、中学生之外，广大市民能够参与和支持，也显得非常重要，而杨逵可以说表现得尤其出色，很适合作为工商界爱国人士的代表。

芷歆并不知道柳碧冈与聂双斌是一对恋人，在年轻的柳碧冈眼神中，芷歆看到了一个女学生对杨逵的崇拜。作为一名家庭主妇，通过看报纸，对外面的事知道一些，毕竟不可能知道得太多。现在，芷歆听见柳碧冈在使劲夸她丈夫杨逵，不禁从内心深处，产生了一种说不出来的嫉妒。不管怎么说，自己也是女学生出身，中学毕业，没有继续上大学。芷歆从来没想过要上大学，振槐也不可能让女儿去上，她那个年代，女中学生相当不错了。芷歆一直觉得杨逵没文化，没读过什么书，配不上自己，现在做了他妻子，为他生了一个女儿，一个比她更年轻甚至更漂亮的女大学生，一家著名报纸的女记者，竟然会用那样一种清纯的眼光，脉脉含情地看着她的男人，芷歆第一次怀疑自己是不是有点配不上杨逵。

柳碧冈不仅让聂双斌为杨逵拍了照，还让他为杨逵全家一起拍了一张照片。最后刊登在上海《申报》上的，竟然是这张全家照片。芷歆没想到自己会刊登在报纸上，她非常高兴，这张照片把她拍得很漂亮，她很喜欢这张照片。除了自己收藏，芷歆还特地多买了几份报纸送人，其中一份便是送给了仪菊。杨逵在芷歆心目中的形象，不仅在逐渐改变，他在家中的地位，也跟着在起变化，她开始觉得自己的这个男人很了不起，她知道自己嫁对了人。

女记者这次采访后不久，芷歆在报纸上看到一则消息，早已破产的德国大宝公司买办张氏之二公子张树生，五日前在家中悬梁自尽。这消息让芷歆五味杂陈，百感交集，同时又略有点庆幸，或者说非常庆幸。张氏父子都是口吐莲花的骗子，那种嘴已经行出去了千里，身体还在家中的货色。张树生父亲叫张剑秋，他怂恿振槐买橡胶股票，差一点害得振槐倾家荡产。张树生靠着一副俊秀面孔，一张三寸不烂之舌，一度把芷歆迷得神魂颠倒。可以这么说，张树生就是芷歆的初恋情人，她那颗纯真的少女之心，很轻易地就被他给捕获了。

张树生最先看中的猎物，是芷歆的同学王静芝。对张树生和王静芝怎么会好上，怎么就突然成了秘密的地下情人，芷歆并不是很清楚。张树生有老婆，也有儿子，他打着自由恋爱的幌子，扮演包办婚姻的受害者，到处欺骗女学生。除了王静芝和芷歆，张树生还与两名有夫之妇，保持着不正当男女关系。女学生最容易上当受骗，事实上，张树生的那些故事，最初都是王静芝主动告诉芷歆的。用王静芝的话说，他们勇敢地自由恋爱了，成了最亲密的人。芷歆那时候觉得王静芝和张树生非常了不起，什么叫反封建，什么叫反对封建包办婚姻，什么叫不计一切后果的时代先锋，他们就是。他们是青年人追求幸福生活的代表，芷歆真的是非常羡慕他们。然而有一天，张树生悄悄告诉芷歆，他真正喜欢的人，他真正爱的人，并不是王静芝，他并不爱她，他所爱的人是芷歆。

张树生说他很后悔，芷歆很高冷，不容易接近，为了能追求到芷歆，他才绕道去接近王静芝。张树生告诉芷歆，王静芝太主动了，太有心机，她明知他喜欢芷歆，明知道他的心上人不是她，还是向他发动了进攻，而他也没能把握住自己。男人都是脆弱的，都是来者不拒，为此反悔已来不及。他被逼无奈才与王静芝交往，这种没有爱的男女关系很不道德。张树生的谎言并不高明，漏洞百出，芷歆也不是完全相信。与她亲眼看到和亲耳听到的，显然不一样，但是，她还是鬼迷了心窍，还是心甘情愿地上了钩，心甘情愿走进了张树生专门为她设计的陷阱。

明知道张树生有老婆，明知道他与王静芝有染，明知道是飞蛾扑火，绝对是自投罗网，芷歆仍然勇敢地去赴约了。她决定要与张树生认真地谈一次，如果真像他说的那样，如果真相是他真爱芷歆，如果他真像她那么喜欢他，让她做什么都可以，让她怎么牺牲都愿意。归根到底，还是因为芷歆喜欢张树生，她喜欢他那张俊秀的脸，喜欢他脉脉含情的眼神。初恋注定会是说不清道不白，初恋永远会是个谜。张树生约她去亚细亚旅馆细谈，说有很多话要跟她倾诉，说自己是个有礼貌讲规矩的绅士，绝不可能对她有所冒犯。芷歆不是想知道真相吗，他可以把所有她想知道的真相，统统毫无保留地都告诉她。

7

杨逵与芷歆的婚礼很隆重，梦想终于成真，他的求婚终于成功了。婚礼就在下关的亚细亚旅馆举办，杨逵家的新楼正在建设之中，还没有最后完工。这是一场声势浩大又有点新旧合璧的婚礼，新房设在亚细亚旅馆二楼最豪华的那套房间里，酒宴则是在旅馆门口，露天马路上一字排开。赶来喝喜酒的人太多了，于是开流水席，人来了便上桌，坐满了便开席。大呼小叫胡吃海喝，要多热闹有多热闹，要多快活有多快活。

芷歆穿着鲜红的嫁衣，头上顶着珠冠，珠冠上罩着红盖头，坐在床沿上。史家大门半开半闭，外面在吹吹打打，迎亲的队伍来了，就是不让进去。吹鼓手在门口起劲地吹着打着。一群小孩奔过来，奔过去，到处乱窜。不断地有人在放爆竹，很多小孩进了园子，趴在窗台上往芷歆的屋子看。

一个小女孩在天真地问："新娘子在干什么呢？"

另一个小女孩答着："还坐在那儿呢。"

"她怎么还不坐轿子走呀？"

"轿子都来那么长时间了。"

小孩们异口同声地叫着："新娘子，新娘子！"

翠苹进进出出，经过芷歆身边，芷歆轻声叫住了她。翠苹问小姐有什么事，芷歆说花轿既然来了，怎么还不进来。翠苹说姨奶奶发过话了，不能就这么轻易走了，要拖着，得有意拖延，这是规矩，这是老辈留下的规矩。迎新娘的轿子来接，不能一来就走人，要让迎亲的队伍催，催的时间越长越好，新娘家显得越有身份。外面吹吹打打的声音，那是在催小姐上轿，小姐不能着急，要让他们多催一会儿。

时间在慢慢过去，外面吹吹打打的声音，一阵又一阵，翠苹过去撵那些捣乱的孩子：

"去去去！"

孩子们被撵走了，翠苹刚走开一会儿，孩子们又跑了过来，又趴在窗台上往屋子里看，嘴里喊着"新娘子，新娘子"。芷歆的脑袋上罩着红盖头，看不到外面，只能听孩子们叫，任凭他们大叫和乱喊。她真想掀起红盖头看一眼，但是知道绝不能掀开，不能自己把这块红盖头给掀起来。这时候，她又听到翠苹的脚步声，从红盖头的下方，她知道这是翠苹，便再一次叫住她。

翠苹走了过来，关心地问芷歆：

"怎么了，小姐？"

芷歆说："我、我要尿尿。"

房间里没有马桶，翠苹很为难地说：

"怎么办呢，马桶还晾在后院呢！"

翠苹此时看不见芷歆的脸，知道她肯定是憋急了，不然也不会这么说。外面有这么多人，现在到处都是人，女人男人走来走去，翠苹就算去后院把马桶拎进屋来，孩子们都趴在窗台上，芷歆也不可能当着这些淘气的孩子们的面用马桶。

"小姐，要不你还是憋一会儿吧。"

窗外，小孩子们趴在窗台上，还在叫喊：

"新娘子，新娘子。"

芷歆说她都憋半天了，待会儿还要上轿，这颠过来颠过去的，万一憋不住怎么办。翠苹也不知道怎么办，最后还是芷歆有了主意，她想到床上的枕头，睡觉的枕头芯子是木棉的，这玩意儿最吸湿了。芷歆让翠苹把枕头拿过来递给她，说你帮我把那些孩子轰走，我就尿在这上面。翠苹听了很吃惊，说这样怎么行，那枕头还不全毁了。芷歆说反正我都要出嫁了，这枕头也不会再要，你快帮我把他们轰走，我真的快要憋不住了。说话间，偷偷地把自己的裤带解开了，翠苹冲过去轰孩子，嘴里念叨着：

"去去去，有什么好看的，有什么好看的。"

孩子们再次一哄而散，芷歆略略抬起身体，把枕头塞在裙子里，骑坐在上面，痛痛快快地解决了问题。外面仍然还在吹打，芷歆重重地舒了一口气，脸上露出了快意，因为罩着红盖头，也没人看得见。

翠苹在一旁问："怎么样，好了吗？"

芷歆轻松地回了一声："好了。"

翠苹不相信："真好了？"

芷歆笑着说："真的好了。"

翠苹看着窗外，说好像有人过来了，小姐赶快把枕头给我。芷歆赶快抽出枕头，递给翠苹，自己摸索着系好裤子。刚把裤子系牢，门外声音突然大起来，迎亲队伍进来了，吹打声震耳欲聋。然后就是上花轿，爆竹声噼里啪啦响着，芷歆也不知道接下来会怎么样，反正这时候身不由己，任人摆布了。到了亚细亚旅馆门口，把花轿抬上门前的高台阶，要经过一段拐弯楼梯，进进退退有点困难，最后还是上去了，花轿停在旅馆的正门口，芷歆由翠苹搀扶进去，有人在前面引导，把新娘送进二楼洞房前，先送到由大堂改造的宴会大厅。大厅里乱哄哄的，能放餐桌的地方都放了桌子，大厅正中间，一个方桌上供着一个猪头，供着两条鲤鱼和水果。桌子前面一对落地大蜡台，上面燃着两支金字大花烛，男席和女席分成东西两路，只有中间这一桌，是男女混坐的，这是贵宾席。

芷歆坐的是主桌，用两张大八仙桌拼起来，显得特别大一些。她头上戴着珠冠，顶着红盖头，端坐在那儿，眼前放着碗筷。坐主桌的有杨逵姑妈杨氏，有张海涛，有凤仙和朱东升，他们算是男方的代表。女方的代表是振槐和徐氏，还有芷歆的姑姑仪菊。

孩子们跑来跑去，一个女孩子心有疑问，她看着坐在那儿一动不动的芷歆，忍不住问自己母亲：

"妈，新娘子坐在那儿，她为什么不吃东西？"

女孩子的母亲告诉女儿：

"丫头，知道了吧，这就叫规矩，新娘子坐筵，是不能动筷子的。"

"为什么？"

"什么叫为什么，这是规矩！"

芷歆坐在那儿，女孩子与母亲的对话，全听在了耳朵里，她还听见女孩子嘀咕了一句：

"哼，这什么烂规矩！"

母女俩就在离芷歆不远处说话，芷歆这会儿什么也看不见，只能靠耳朵去听。大家开始喝酒了，都在起哄，芷歆听见有人在大声喊杨逵，在喊他过来给老丈人敬酒。声音突然就安静了，大家好像是在等什么，芷歆听见杨逵的声音，他很清脆地喊了一声"爸"，然后就是众人一片声的哄笑，拍掌声，不知道是谁的说话声。接下来，芷歆又听见仪菊在大声地说着什么，还有冯亦雄的声音，姨娘徐氏的声音，父亲振槐准备说话前的咳嗽声。

　　芷歆知道婚礼是在亚细亚旅馆进行，她听仪菊与父亲说过这事，当时心里就一怔，因为这家旅馆曾给芷歆留下噩梦一般的记忆，她的美好初恋，就是在这家旅馆彻底毁灭的。那天去赴张树生的约，刚进入旅馆房间，他便把房门带上，二话不说，恶狼似的向她扑了过去。芷歆给吓坏了，做梦也没想到会这样。张树生在她身上乱摸，隔着衣服，把不该碰的地方，快速地都摸了个遍。芷歆浑身酥软，一时间，完全失去了反抗能力，当时真想狠狠扇张树生几个耳光，终于她缓过来气了，用力将他一推，将他推倒在了床上，扭身往外跑，张树生爬起想追过来，芷歆已把门打开，跑了出去。

　　婚宴时间很漫长，刚开始，闻着眼前菜肴香味，芷歆还有点肚子饿的感觉，渐渐地，也饿过头了，不再感到饥饿。渐渐地，芷歆厌烦了去仔细辨别声音，她开始不再去注意人们在说什么，在喊什么，耳朵边反正一个劲在吵，反正一个劲在闹，没完没了。芷歆心潮澎湃，断断续续地，还会想到张树生，想到她在这家旅馆的惊险经历。红盖头遮着她的脸，别人也看不见芷歆脸上的表情。她端坐在那儿，有人拿她开玩笑，有人在逗她。芷歆又不能说什么，只能当作什么也听不见。终于闹得差不多，芷歆要被送进洞房，进洞房前还要上楼梯，翠苹搀扶着她，告诉她还有几级台阶，告诉她已经到了洞房门口，告诉她这就是洞房。

进了洞房，仍然是坐床沿上。芷歆记不清自己这一天坐了多少时间，天刚蒙蒙亮，就开始坐在那儿发呆，现在天都黑了，仍然还要坐在那里发呆。贺客开始拥进来闹新房，芷歆听见杨逵说的唯一一句话，就是"我醉了，今天真的喝多了"。贺客好像还不相信，起哄说新郎是不是真醉，只有新娘才知道。芷歆头上还顶着那块红盖头，看不到外面的情形，她也不知道自己头上的这块红布，什么时候才能被掀开。杨逵看来是真喝醉了，芷歆听见有人在说，"新郎都吐了，看来真是醉了"。有人招呼送热茶过来，有人说喝一点醋就好，还有人在说吐干净了才好。

第
九
章

1

　　新婚之夜，芷歆没想到自己会坐一整夜。杨逵确实是喝醉了，
他不算那种有酒量的男人，因为高兴，劝酒的人又太多，一下子就
过了量。这是他人生中第一次喝醉酒，还没进洞房，就吐了，大家
一阵乱忙，让他喝热水，喝茶，说这说那，他记得自己听得有点嫌
烦，希望他们别说了，能不能让他静一静，然后就睡了，呼呼大
睡，一觉睡到了天快亮。

　　杨逵这一觉睡到天快亮，害得芷歆一夜没睡。她事先也不知道
这一夜会怎么样，心里有点慌张，可能会这样，可能会那样，绝对
没想到会让她干坐一夜。杨逵的呼噜声很均匀，很响亮，甚至在
婚后都从来没有这么响亮过。他睡得非常香，香得有些离谱。芷
歆知道杨逵喜欢自己，如果他不喜欢她，也不会一而再、再而三
地追求自己。现在，她难免有些生气，感觉杨逵这是故意的，他

已经娶到她了，芷歆已经落到了他的手心之中，杨逵这是在故意冷落她。洞房里就只有芷歆和杨逵两个人，她傻傻地坐在那儿，杨逵却像一头死猪那样在睡觉；不是死猪，死猪可不会打呼噜，是一头活猪。到后来，芷歆终于忍不住了，她掀开了自己的红盖头，看到杨逵四仰八叉地正睡在床上，完全没意识到这是新婚之夜。

芷歆悄悄去了一趟厕所，这个房间是自带独立卫生间的，不仅有抽水马桶，还有一个不小的浴缸。用完了马桶，芷歆有点犹豫，不知道该不该冲马桶，害怕冲马桶的水声，会惊醒正在酣睡的杨逵，如果是这样，多少会有些尴尬。不冲掉也不合适，她想了想，还是伸手去扳动了按钮，巨大的冲水声并没有能惊醒杨逵，他依然在呼呼大睡。芷歆回到自己原来坐的位置，抓起那块红盖头，带着点赌气地又盖到了自己头上。现在，她只能耐心地等杨逵醒过来，偏偏杨逵迟迟不醒，偶尔会翻个身，立刻又睡着了。到后来，芷歆坐在那儿有点困，有点熬不住，迷迷糊糊也快睡着了。天快要亮了，就在这时候，她头上的红盖头，突然被揭开了。

杨逵很抱歉地说："该死，我怎么会睡着了？"

杨逵又说："你为什么不喊醒我？"

事后回忆起他们的新婚之夜，芷歆感到又可气又可笑。刚结婚的那些日子，杨逵对她像对待公主，捧在手心怕掉了，含在嘴里怕化了。那件事真正完成并不容易，忙到了第三天，才算是终于完成。芷歆怕疼，疼得她梨花带雨，惨兮兮地哭了好几回。杨逵也是一个新手，看芷歆那样，自己常常不知所措。他甚至都不知道是不是完成了那事，他甚至以为那事就是这样和那样。直到第三天晚上，杨逵才知道前两晚都白忙了，直到了这个时候，直到了这一刻，才算真正如愿以偿，才算真正心想事成。

第二年便有了女儿小琪，这段婚姻在一开始，多少有点剃头挑子一头热，芷歆并不是很乐意，她总是摆脱不了那种公主下嫁的情绪。杨逵越是宠她爱她，依着她顺着她，她越是不太把他当回事，越是要表现出又高又冷的样子。变化是慢慢地开始发酵，刚开始无非就是一种心理上的优势，在芷歆眼里，杨逵再阔，再成功，也还是一个拉黄包车的出身，她怎么可能喜欢上那个充满稚气，老是偷眼看她的小男孩呢。一开始，芷歆摆脱不了居高临下的心态；到了后来，所谓居高临下，完全是装模作样，逐渐由一种心态，变成了一种姿态。

变化是从有了小琪之后开始的，杨逵事业越来越发达，三仁公司在下关地区举足轻重，杨逵的一举手一投足，也越来越像个绅士。小琪四岁时，有了一个弟弟，过了一年，又有了一个弟弟。生第二个儿子的时候，翠苹与杨逵的马车夫老丁对上了眼，他们眉来眼去，悄悄地好了一阵，这时候，已到了不得不向女主人报告的地步。芷歆有些吃惊，翠苹只比芷歆小几个月，她来到史家成为芷歆的贴身丫环，才九岁多一点，还没开始发育。过去的大户人家，小姐必须要有贴身丫环，这是标配，芷歆叫过姨娘的朱氏，便是芷歆她妈的贴身丫环，跟着芷歆她妈陪嫁到了史家，成了通房丫头，又成了侧室，她是在四川时病故的。

吃惊之后，便是没有什么理由反对，多少年来，芷歆与翠苹的关系，既是小姐和丫头，同时也有点像姐妹。她们一起长大，一起分享着女孩子的秘密，多少年来就没分开过。自从生了小琪，连续三年，芷歆都没再怀孕，她毕竟是旧式家庭出身，不免有些担心，怕自己不会再生，怕自己生不出儿子。真生不了儿子，问题就有些严重。当初她爹就是为了芷歆她妈没生儿子，纳了朱氏为妾。芷歆她妈和朱氏都觉得这事很正常，通房丫头转正，能成为姨娘，成为名正言顺的小老婆，也算是给面子的事。中国古代婚姻制度中，通房丫头地位要低于妾，也就是低于侧室，有了名分的通房丫头，才能称作侧室。通房丫头性质上虽与侧室差不多，地位却不如侧室，因为没有名分。

芷歆进过新式学堂，现如今也不再是晚清，已经进入民国了，她内心深处，仍然保留着一些很陈旧很迂腐的思想。总觉得杨逵与翠苹之间，会发生一些什么事。男人嘛，尤其是成功的男人，有点这个那个，有点花花肠子，根本不奇怪。与其让他到外面去野，到外面去寻花问柳，还不如让他安心在家。如果自己真生不出儿子，就让翠苹帮着生一个，让她成为正式的侧室。翠苹陪嫁后，没有成为旧时的通房丫头，杨逵从没有对她产生过非分之想，起码在芷歆看来是这样，他心里只有芷歆。女人有醋意是天然的。在这方面，芷歆的心里真是非常矛盾，既担心杨逵贪腥嘴馋，会对身边的翠苹怎么样，又有点想让翠苹成为备胎，万一有用得着的时候，所谓以备不时之需。

翠苹对女主人芷歆说出了自己的秘密，马车夫老丁也同时向杨逵报告，说出了要与翠苹结婚的打算。杨逵听了一怔，想了想，说这个事情当然可以，我们绝无拦着不许的道理，不过有一句话，也不用我再关照了，有些事不可乱说，即使对翠苹，也绝不可透露出半个字。老丁便拍胸脯，说杨先生你放心，你绝对放心，我老丁一向嘴严得很，有些事绝对上了锁的，我若是透露出去半个字，任你杨先生怎么惩罚。

事情已如此，杨逵也只能选择相信老丁，最后还是不忘再郑重叮嘱一句：

"知道你不会乱说，这事非同寻常，你记住了。"

老丁诅咒发誓，再次向杨逵保证：

"杨先生真的放心，我绝不会向翠苹透露出半个字，若透露了半个字，老丁不得好死，你信不信！"

老丁确实是知道所有的秘密，他知道杨逵与仪菊有染，知道他们不仅有着那种非同寻常的关系，还知道他们有个私生子。仪菊竟然为杨逵生了一个儿子，几乎都是在老丁眼皮底下发生的，这件事说出来骇人听闻，如果真传播出去，杨逵很可能会身败名裂。作为杨逵的专职马车夫，老丁知道的事太多，知道保守住秘密的好处，知道不能随便乱说，一旦说出去，自己饭碗也就没了，老丁才犯不着去冒这个险。

　　杨逵是在去与张海涛会面的途中，听老丁第一次说起翠苹。当时他脑子里正在盘算，在想自己今天要做的事，盘算着接下来该怎么办。如果真像张海涛向杨逵许诺的那样，今天要带自己去见韩国钧，真见到了那位韩省长，杨逵又应该如何表态，应该说些什么。对自己的马车夫老丁，杨逵其实绝对信任，他只不过有点不太放心翠苹。老丁回过头来，还想继续说些什么，杨逵懒得再去搭理他了，他还有更重要的事情要考虑。

　　转眼已经是一九二二年，这时候，除了与仪菊有一个私生子，杨逵与芷歆也有了两儿一女。南京城也已经又换了好几茬官员，在北洋政府时期，不管风云如何变幻，南京始终都处在直系军阀的控制下，一直属于直系的势力范围。军方是一个系统，政坛又是一个系统，政坛受军方干扰和控制，但是也能够相对独立。这一年，曾经当过江苏省长的韩国钧，再次来到南京，再次出任江苏省长。在宦海中沉浮的张海涛，也成了江苏政坛的奇葩，作为一名敢说话的省议员，他凭借着反对这个，反对那个，当仁不让地成了反对派领袖，在政坛上反而站稳了脚跟。

　　重新回到江苏当省长的韩国钧，与张海涛关系过去就不错，他们对对方都有着不错的印象。张海涛混迹政坛的口号，是"苏人治苏"，韩国钧是江苏泰州人，人心所向，显然也是"苏人治苏"最理想的代表。韩国钧回到江苏，正急着想为南京这个城市做些什么，他要用政绩来彰显自己的能力，杨逵很可能就是他用得着的工商实业界人士。

2

　　杨逵参加完了李正鸣的婚礼，与仪菊一起去驴子巷她家，才知道她已怀孕的事。毫无疑问大吃了一惊，谁都没想到会有这样的结果，这事很糟糕。时间是一九二〇年秋天，这一年，仪菊四十二岁，此前从未有过身孕，没想到会老蚌生珠，还弄出这种事来。仪菊没想到，杨逵更不会想到。在李正鸣的婚礼上，杨逵看到她神色凝重，不是很高兴，对他有点爱理不理，又感觉有什么话要对他说，当时只是以为有一段日子没有去看她，冷落她了，她于是就有些不高兴，故意给他脸色看。

　　李正鸣的婚礼谈不上多隆重，却足够热闹，在当时也可以称得上轰动。说起李正鸣这个人，杨逵过去就认识，他就是当年辛亥起义，与张海涛在一起冲杀的那个老李。当时老李与张海涛是同事，也是下关的巡警，那时候大家就很熟悉了。同样是革命党人出身，与张海涛在政坛上如鱼得水不一样，李正鸣很有点不得志，属于越混越潦倒的那种人。

　　李正鸣参加过倒袁的二次革命，参加过反袁称帝的护国战争，革命党人该打的仗，都打过。作为革命党人，他显然要比张海涛更激进，因为过于激进，南北双方只要不打仗，都不太待见他，甚至有些讨厌他。北洋政府对他一会儿通缉，一会儿特赦，南方革命党则怀疑他已被北洋政府收买。李正鸣五短身材，身体很结实，好狎妓，喜欢流连风流场所，此次来南京结婚，对象是南京秦淮河边的一名妓女。他只告诉南京友人，让大家为他张罗婚事，故意不说新娘是谁。结果他风尘仆仆来南京成婚，风闻了消息的南京大报小报记者，都赶来采访。

举办婚礼那天，李正鸣这边的男方代表，都是南京有头有脸的人物，去了一堆昔日的革命党同仁。女方呢，到场了一堆龟公和妓女，还有一个唠唠叨叨不肯住嘴的老鸨。最可笑的是，双方还有相互认识的，男的是女的昔日恩客，见了面，打招呼不好，不打招呼也不好。张海涛为此很生气，觉得李正鸣这事做得过于儿戏，把南京的朋友们都给戏弄了，让革命党人丢了脸，而这又恰恰是李正鸣的本意，他根本没当一回事，轻描淡写地对张海涛说：

"人呢，不就是这么回事，大家都是天地生成四肢七窍，又何必分贵贱呢？"

张海涛叹着气，摇了摇头，说：

"人可以无贵贱，可你这事做的，却有合适和不合适之分。"

杨逵也是听了冯亦雄的耳语，才弄明白怎么一回事。当时也没太觉得自己是被羞辱了，只是觉得好笑，觉得太荒唐。在婚礼现场见到了仪菊，匆匆招呼一下，杨逵还看到了赶来采访的柳碧冈与聂双斌。第一时间里，只是看着脸熟，并没有认出这两个人，直到打过招呼，杨逵才想起一年前，他们到他家中采访过。对杨逵会在这样的一个场合出现，两位年轻人并没感到太意外，他们只是奇怪，杨逵怎么会和这位不得志的老革命党早就认识，而且在辛亥革命时期，竟然还有过一起与清军厮杀的经历。时过境迁，柳碧冈和聂双斌都太年轻了，辛亥革命对他们来说，太过遥远，已无法想象当时的情形。

此时的柳碧冈与聂双斌，都是南京最早的共产主义研究小组成员，都对马克思主义有兴趣。聂双斌还主编过《南京学生联合会旬刊》，一份四开十六版的小报，上面刊登的文章，都是报道爱国运动，反对帝国主义，反对军阀政府，批判旧制度旧道德旧习惯，介绍新思潮新道德新伦理。聂双斌有个思想很接近的同学叫张应皋，这个人是后来的共产党重要领导人之一，在旬刊上发表了一篇名为《社会问题》的文章，明确提出要"按马克思唯物的历史观"，来论述人类社会的变迁，来解决中国当时存在的社会问题。可以这么说，这是南京地区最早传播马克思主义的一篇文章，在全国恐怕也是最早的，要比北京的《新青年》上的类似文章还要早。

在李正鸣的婚礼上，聂双斌逮住一个机会，向杨逵提问，问他对昔日的革命党人前辈，最后竟然会与妓女结婚，有什么样的看法。李正鸣这么做，究竟是一种革命意志的衰退和堕落，还是一种更有意义的反封建，在向旧伦理旧道德挑战。聂双斌提问时，紧挨着他身边的柳碧冈，正用一双天真的大眼睛看着杨逵，在等待杨逵的回答。不远处，仪菊也在看杨逵。大家眼神你来我去，都对上了，杨逵不免有些分心，不知道应该如何回答。周围太吵闹，杨逵知道仪菊根本就听不见他们在说什么。

杨邃想了想，很认真地说：

"要说革命党人的事吧，说老实话，我还真是说不太好，你让我怎么说呢，当年我们还年轻，只是跟在他们后面一起干，那些死掉的人，那些牺牲掉性命的人，才是真正的革命党。"

杨邃知道自己的回答，有点文不对题，肯定不能让对方满意。他一直在偷眼看仪菊，注意到她在看自己，才这么说的。这时候，杨邃心思并不在眼前的两位年轻人身上，他联想到了当年的情景，想到了当年的张海涛，想到了当年的老李，也就是今天婚礼上的男主角李正鸣。想到他们带着自己和冯亦雄，在黑暗中摸上仪凤门城楼。正是因为上了城楼，居高临下，大家才能够一起活下来，才有了今天。当然，杨邃也不能不想到困在城门里的彭锦棠，想到彭锦棠的头颅，挂在了仪凤门城楼上，这些往事已经很遥远。

最后是与仪菊一起离开，他们一起离开，可以说名正言顺，在别人眼里，仪菊顺便搭小辈的马车，对杨邃来说，送长辈回家理所当然。老丁把马车赶了过来，杨邃扶仪菊上车，上了车，坐稳了，杨邃便笑着把新娘的身份说给仪菊听。仪菊听了非常不高兴，毕竟今天她是以辛亥革命烈士遗孀的身份，出席这次婚礼，这唱的又是哪一出戏，传出去会多不好听。杨邃便说李正鸣都不当回事，他不在乎，他愿意，大家又何必在乎。仪菊气呼呼地不说话，杨邃偷偷去抓仪菊的手，搁在过去，仪菊会立刻把手拿开，虽然是在车上，有门帘遮挡，坐外面驾车的老丁一回头，很可能会看见，然而今天情况不一样，仪菊没有闪躲，而是任由杨逵抓着自己的手。

到了仪菊家门口，杨逵关照老丁去巷口老地方等候，然后送仪菊进屋。女佣卢妈一看杨逵到了，连忙倒水沏茶。仪菊上楼换衣服，杨逵在楼下客厅里先喝茶。刚喝了两口，神色有些异样的卢妈从楼上下来，走到杨逵身边，低声说太太喊杨先生上去。杨逵听了，立刻起身往楼上去，进了仪菊的书房，随手将门带上。仪菊坐在美人榻上，看着他不说话，然后劈头来了一句：

"你有多少日子没来了？"

杨逵没想到她会这么直截了当地问，笑着说：

"这一段日子，就是事多。"

"我不管你事多不多，我只是想问，你是有多久没来了？"

"这不是来了吗？"

"人是来了，可心并没有来。"

杨逵二话不说，上前搂住仪菊，手就要往衣服里伸，说伸进去，熟门熟路，很快就伸了进去，说抵达就抵达了。仪菊也不认真拦他，随他放肆，只是深深地吸了一口气，带着一些抱怨说：

"你来到这儿，心里大概也就只惦记着这一件事，是不是？"

杨逵把仪菊的这句话，当作了一种暗示，一种邀请，继续放肆继续撒野。他正要进一步有所作为，仪菊抓住了他的手，将他的手用劲往上拉，搁在自己的小腹上，轻轻地问他：

"有感觉吗？"

"什么感觉？"

"真没感觉吗？"

"没有。"

"你再摸摸——"

杨逵的手还想往下移，仪菊不让他动，他只好顺势而为，在她光滑的小腹上抚摸，反复地绕圈子。仪菊说这些日子，她一直都在想，一直都在犹豫，究竟要不要把这件事告诉他，她怕他担心。杨逵连忙问是什么事，怎么了，仪菊便说你难道真是一点感觉都没有吗，你难道没有觉得我这儿跟以前不一样吗。经仪菊这么一提醒，杨逵确实觉得她的小腹有些隆起，硬硬的，与平时真有点不一样。

3

好在朱东升认识的人多，他与南京欧美留学会的人熟悉，通过熟人介绍，在鼓楼医院找了一个床位，对外就说仪菊到外地去度假了。等到了日子，仪菊悄悄住进这家教会创办的医院，把孩子生了下来。前前后后都是朱东升在打点，在做安排，真正做到了神不知鬼不晓。孩子生下来时，是难产，害得仪菊差点丢了性命。生完孩子，这事也还不能算了结，朱东升又在郊区的江宁镇附近，找了一户人家，让仪菊到那儿去坐月子。杨逵熟悉的人，除了仪菊家的女佣卢妈，除了朱东升，还有一个就是马车夫老丁，其他的人，做梦也不会想到在他们身边竟然发生了这件事。

在江宁镇附近，有一个叫清修的村子。早在晚清时，就有过一个小教堂，这里的基督教徒，从那时候开始发展起来。朱东升又借用一个叫约翰的美国人名字，向这家教堂捐了一笔钱，再以教堂名义，在清修村办了一家小孤儿院。这件事做得可以说是天衣无缝，以后仪菊的儿子，会让他在这家孤儿院里长大。也许是带来的烦恼太大，仪菊与杨逵在一开始都被吓着了。毕竟后果很严重，他们对这个"孽障"竟然没有一点依依不舍，尤其是杨逵，两人相约，快刀斩乱麻，一定要用最快最稳妥的办法，处理好这件事。

所有事情都是朱东升在操作，办得近乎完美，真正做到了不露一丝痕迹。几乎就在差不多同时，芷歆也怀孕了，生了一个儿子。杨逵的姑妈杨氏上门祝贺，说我们老杨家总算是又有后了，这芷歆生了小琪之后，一直是没有动静，我就替她着急，也替我们老杨家着急。杨逵听了，觉得话里有话，私下便问朱东升，是不是把仪菊的事，跟他太太凤仙说了。朱东升说我怎么会跟她说呢，她那么心直口快的一个人，要是让她知道了，再告诉凤仙她妈，那还不是天下人都知道了。杨逵听了，心里顿时感到踏实。

芷歆生了一个儿子，很快又生了一个儿子。时间已到了一九二二年的春天，仪菊母子的事摆平以后，杨逵也算了却一桩心病，不再为此烦恼。那天杨逵要先去和张海涛会面，然后再一起去拜访江苏省长韩国钧。在路上，马车夫老丁跟他说了自己和翠苹的事，说了他们要结婚的打算，杨逵也没太往心里去，只是叮嘱老丁嘴要严一些，别把那些不该说的事，往外乱说。一路上，老丁还想跟杨逵多说几句，杨逵没心思再理睬他。到了江苏省议会大楼，门前站岗的卫兵抬头一看，知道过来的这辆马车来头不小，绝对不是一般人物，看着杨逵从车上下来，气宇轩昂往里走，也不敢上前阻拦，干脆就敬个礼让他进去。

省议会大楼是一栋欧式建筑，早在一九〇九年就建好了，当时名叫江苏省咨议局，为清朝的君主立宪做准备。可惜还没来得及实行立宪，大清便完蛋了。大楼建成后两年，孙中山在这儿被选为中华民国临时大总统。二十年后，孙的遗体又在这儿公祭，然后安葬在中山陵。这里也成为中华民国临时参议院所在地，十七省的都督都派代表参加，相当于当时的国会，是民国临时政府的最高立法机关。临时政府去了北京，降格成了省议院，张海涛便在这儿办公。省议员这职务，说大不大，说小也不小，张海涛很有当官的派头，正在处理另外一件事，听说杨逵到了，让秘书告诉他，先等一会儿，等一会儿才能轮到他。

杨逵坐在楼道的一张椅子上等候，过了一会儿，秘书过来领他进屋，张海涛看到杨逵，先一个劲地抱怨自己怎么忙，事是如何的多，然后再抱歉，掏出怀表看了一眼，说让杨逵久等了。杨逵便说自己刚到，知道议员事情多，太忙，所以他特地早一点到了。张海涛说也谈不上事多，其实也没什么正经事，都是些乱七八糟的应酬，就是一个瞎忙。两人坐下来谈正事，张海涛告诉杨逵，韩省长经过调查研究，有意在下关地区重新打开一个城门——现在从下关码头进城，只有仪凤门这一条路，拥挤不堪——新城门选址还没最后敲定，但是也差不多了。

杨遫知道这个机会千载难逢，眼睛顿时亮了。张海涛看出他的高兴，说自己有意让杨遫过来，一起去见韩省长，大家一起商量。要知道，这不是随便新开个城门洞那么简单，还得再修一条马路，预算肯定不会少。韩省长正在为筹措经费动脑筋，他非常想听听下关一带士绅的意见。于是一起去夫子庙那边的省长公署，从省议会大楼去省长公署，从北到南，差不多把一个南京城都给穿过了。张海涛有自己的专用马车，他向杨遫的马车夫老丁交代，关照他跟在自己身后一起走。

韩国钧在省长公署接见了张海涛和杨遫，此时的韩省长，已是一位六十多岁的老者，下巴上飘着几缕白胡子，有一点道骨仙风的样子。然而杨遫印象更深的，不是下巴上稀落的胡子，而是从鼻子下方披挂开的两撇胡须，很长又很糙，仿佛挂在嘴角边的两支毛笔头。在公开场合，杨遫不止一次见过这位韩省长；面对面在一起说话，这还是第一次。韩省长一口苏北官话，说起话来慢慢腾腾，中气很足。话题具体到了如何在下关新开辟一个城门，关于这个话题，张海涛很好地扮演了中间人的角色，他既知道省长的心思，也知道杨遫在想什么，说话游刃有余，发表什么观点，给人的感觉都是经过了深思熟虑。

韩省长要的是政绩，杨遫看中的是商机，只要大家合作愉快，双方完全可以做到互利共赢。张海涛告诉韩国钧，早在之前的齐耀琳省长任上，他就多次劝过齐省长，向他献策，强调下关地区的发展，对南京这座古城的影响巨大。不过齐毕竟不是本省人士，他怎么会真心实意地为南京人着想。现在这件事如果做好了，南京人民会谢天谢地，会不知如何感谢韩省长才好。张海涛早就盘算好了，知道怎么才能搔到韩的痒处，说他连新开辟的城门名字，都已经想好了，就叫"海陵门"，为什么呢，因为古海陵是靠着海的，北又通着京杭大运河，南来而北往，东进或西退，以海陵为名，正好喻义这座新打开的城门，未来会四通八达又前途无量。

谈话很愉快，谈不上最后敲定，只是大家都表了态。韩省长表明官方立场，省府大约能拨多少银两，地方上能拿出多少钱来，这就有赖于士绅的支持，有赖于工商实业界人士的参与。杨逵立刻表示，会尽力筹措资金，可以通过募捐和贷款的方式，保证工程顺利进行。办法总是会有的，只要大家愿意努力，同甘共苦。张海涛看双方谈得差不多，吃饭时间也快到了，便提议由杨逵请客，去评事街新开的一家回民馆子用餐，它的素菜做得非常精妙，正好春天也来了，大家一起去品尝一个新鲜：

"这家馆子叫'安乐居'，取自古语'安居乐业，长养子孙，天下晏然'之义。"

韩省长听了很高兴，捋了捋嘴角龇出来的胡须，连声称赞：

"好，这名字取得好，有意境。"

"不过韩省长会不会觉得素菜太寡淡了？"

"素菜好，素菜好，这正合我意。"

从省长公署到评事街，穿街走巷，要走十多分钟。韩省长不愿意坐马车去，说这几步路，老汉还能走。几个随从也跟着一起去了，很快到了安乐居，果然生意火爆。随从要上前撵人，韩国钧立刻呵斥，说安乐居安乐居，安居而乐业，千万不可坏了人家兴致。正好有一桌人吃完要离开，他们连忙占据座位，让伙计赶快过来收拾。这家馆子就是后来南京的安乐园，当时的老板姓蔡，亲自掌勺，着力素菜，价格公道口味纯正，深受本地文化人喜欢，经常在此请客，许多报纸上轰动的佳作，也都是在这儿完成。

离开安乐居，回去路上，杨逵问张海涛，为什么新开辟的这个城门，叫"海陵门"。他不是很明白，心里有疑惑。张海涛笑了，说这个就叫投其所好，韩省长喜欢什么，就好个名，韩是扬州府泰州海安镇人，泰州古称海陵，叫海陵门，不是明摆着要让后人忘不了他吗。

4

海陵门的开通，说打开，很快就打开了。原来这个城墙，修建起来不容易，真要想拆掉它，打开一个缺口，竟然不费吹灰之力，用不了几天就可以打开，就可以修建一个城门。从此下关通往市区，有了一条更近的道路。仪凤门那里，从原本的必经之路，变得可有可无，渐渐就从热闹变得冷清。

开通海陵门，进一步改变了下关地区格局，下关的区域因此变得更大。以往在江边一带，都以靠近仪凤门为优，挨着仪凤门，进城更方便。在江边工作的人，无论中外人士，大都还是居住在城里，都要从仪凤门下走过。现在不一样了，首先长住江边的人开始多了，与开埠初期相比，仪凤门外的下关，各种生活设施已经相当完美。下关变得越来越热闹，越来越繁华，出现了大片的商业区和居民区。其次，就算是住在城里，也不一定非要经过仪凤门，可以选择从更近的海陵门走。

韩国钧在北洋政府时期，两次主政江苏，一九一三年担任江苏民政长，当时没有省长这个说法，所谓民政长，就是省长，相当于前清的布政使。第二次主政期间，主导开辟了海陵门。对于南京人来说，宦海浮沉，高层官员走马换将，只有开辟海陵门这件事，最能让他们记住。求仁得仁，这也是韩两任省长期间，城市建设方面最重要的一个政绩。一九二七年，韩国钧离职两年后，国民政府定都南京，为了去除北洋政府痕迹，海陵门改名为挹江门。大家渐渐忘了海陵门这个称呼，不久，改名后的挹江门干脆又扒掉重建，变单孔城门为三孔复式券门，它是南京城第一个三孔城门，中间那个门洞变得更大。原因很简单，为了奉安大典，迎接孙中山先生的灵榇进城。

恰如张海涛预料的那样，海陵门这样的市政工程，给韩省长带来了政绩和名声，给杨遂带来了巨大的经济效益。从晚清开始，下关江边码头的重要性，已开始凸显出来。可以这么说，南京城的现代化，正是从下关地区启动的。杨逵的秘诀也简单，基本上就是复制了以往的成功经验，充分利用资本力量，把每一笔钱都用在刀刃上。由于知道要在那儿动工，早在开工前，杨逵把自己的资金，基本上都投在了买地上。当时昂贵的江边土地，越靠近下关码头越值钱，而靠近新开城门的那一段，还有很多无主荒地。无主的杨逵先圈下来，有主的就花点钱买下，等到正式开工，这些土地几乎立刻就升值了。

在杨逵手中，除了公开的三仁公司，他还注册了一家营造厂，用了妻子芷歆和女儿小琪名字中各一个字，命名为"歆琪记"。"歆琪记"有点像后来的房地产公司，专门负责修路和盖房子。有了歆琪记这个名号，可以用它来吸储资金，杨逵轮流向好几家银行或钱庄借钱。新打开的城门无疑是巨大利好，好多私人银行和钱庄都看好它的前景，这些银行和钱庄不仅有南京本地的，还有上海的，甚至还有一部分外资，也就是说外国银行的贷款——资本市场都愿意为新开辟的海陵门冒险。

事实证明杨逵也确实有些冒险，首先是步子太大，地买得太多。那时候的南京，下鼓楼坡往北走，基本上就是一片荒凉，到处黄土菜地。即将打开的海陵门一带，说人迹罕至并不为过，从三牌楼走过来，人们所能见到的景象，还是一片高粱和芦苇，连条像样的道路都没有。往仪凤门去略好一些，毕竟这是通往市区的必经之路，就这一条路，两旁也经常是密密麻麻的竹林。那时候，下关就像后来人们喜欢说的那样，它只是南京的卫星城，距离繁华的城南很遥远，如果不是有条小铁路，有通往市区的小火车，下关和南京城区根本就是两个不相关的地方。

把大量的钱投在了购置土地上，杨遽的资金很快捉襟见肘。加上省府许诺的拨款，屡屡不能按时兑现，海陵门打开，城门修好了，修路的事却被耽搁。下关通往海陵门的这一段路，路程要短一些，很快就修好了，而通往城区这一段路，路程遥远，立刻成为掐脖子工程，欠薪和欠款成了常态。早在决策阶段，朱东升就提醒杨遽，大规模购地可能不是明智之举。他一个留学美国的朋友，帮一位日本作家当翻译，日本作家看见南京城里有大片荒地，曾建议他趁便宜赶快买些土地，说这样很可能会一夜暴富。

这个日本作家很有名，叫芥川龙之介，写过一本很轰动的与南京有关的小说，叫《南京的基督》。芥川龙之介的英文很好，在大学里学的是英文专业，他在中国执拗地找了位英文翻译。朱东升的朋友告诉芥川龙之介，说中国人对一切都会看得很透，他们看不到人生的任何希望，中国现在这么穷，这么落后，不知什么时候家就被烧了，或者人被杀了，明天的事谁都不知道。中国和日本的国情不一样，现在的中国人，无所谓什么前程，更容易沉溺于酒和女人，至于置地，看来是完全没有必要。

杨遽觉得日本作家讲得很有道理，所谓人弃我取，看不到未来，和没有未来相比，还是不一样的。杨遽觉得朱东升的提醒属于过分担心，觉得自己可以大胆地赌一把，既然修路的工程停滞不前，暂时得不到任何回报，他立刻调整方案，变修路为盖房子，把建设重点转移到盖房子上。歙琪记在下关地区大兴土木，几乎垄断了所有的建筑项目。下关紧挨江边，有得天独厚的条件，这一点不仅南京的有识之士会这么认为，在下关的洋商，也就是说江边的外资企业，也同样看好这个地区的商业前景，外资买卖土地并不容易，于是就只能租用杨逵歙琪记的房子。

由于发展太快，资金问题困扰着杨逵，欠的钱到日子必须还，还不了只好拖，只好用已买的土地和盖好的房子做抵押。有一段日子确实不太好过，眼见着要支撑不下去，最后还是被他熬了过去。南京这个城市，只要不打仗，什么事都好办。这期间，为催促省府许诺的款子到位，杨逵又拉着张海涛，专门雇了条画舫，请韩省长夜游秦淮河。秦淮河的画舫很有来头，由当年湘军的水师战舰改造而成，内部陈设着字画，家具是红木的，桌上嵌着冰凉的大理石面，窗格雕镂很细，衬着红色蓝色的玻璃，玻璃上有精致的花纹，关于它的讲究，在朱自清先生笔下，也就是那篇著名的《桨声灯影里的秦淮河》里有详细记载。

杨逵不像张海涛那么能说会道，在省长大人面前，难免有些拘束。张海涛直言下关地区的重要，把它与上海的外滩相比。上海的繁华离开不了外滩，而下关就是南京的外滩。那时候，上海除了洋人的租界，名义上仍然还归江苏管辖，最初属于松江府，后来改名"沪海道"。陪同韩省长夜游秦淮河两年后，江浙之战开始了，这一战，又称齐卢兵灾，江苏督军为了夺回被皖系军阀占据的上海，与浙江督军大打出手，结果江苏打赢了，浙江也没有输，而上海从此既没有归还江苏，也不再属于浙江。

杨逵的下关发展规划，经过张海涛的转述，深深打动了韩省长。长江边的下关，自然不可能与上海黄浦江边的外滩相比，然而它确实可以有一番大的作为。韩省长向杨逵表示，省府会极力支持他的计划，并为杨逵向美国美丰银行贷款一事，做出担保。向外资银行贷款是有风险的，洋人的银行也不是你想贷款就能贷款，不过有了省长的保证，杨逵的资金困扰，终于得到了解决。一顺百顺，听说外资银行都在给杨逵贷款了，国有的中国银行江宁分行、交通银行南京分行也开始愿意借钱给杨逵。

就在大家夜游秦淮河的时候，不断地有"七板子"过来打搅，这是一种游览秦淮河的小船，船前点着炫人眼目的石油汽灯，灯光下坐着花枝招展的歌伎。杨逵他们与韩省长说着正事，一个伙计从七板子上跃起，竟然跳到画舫上来了，一头蹿进了船舱，手上拿着摊开的歌折，扑到张海涛面前，让他点一首曲子。韩省长的随从连忙过来撵人，大声呵斥，让上来的那位伙计赶快离开画舫。

5

从三仁车行，到三仁货栈，再到三仁公司，最后是歆琪记，杨逵往前走的每一步，都能踩到正确的节拍上，一步一个台阶。自晚清开埠，下关地区的变化，一直处在让人意想不到的快速发展中；

南京的现代化进程，总是与下关的进步分不开。早在杨逵的歙琪记营造厂成立之前，在民国初年，下关一带已有烟户万余家，商户数千户，有大名鼎鼎的大马路，还有二马路和三马路。街市也相继形成，旅馆、浴室、茶楼、戏院、绸缎庄、成衣店、钟表店，还有钱庄和银楼，应有尽有。当时南京人流行一句口号，"南有夫子庙，北有大马路"，下关地区的繁华，完全可以与城南最热闹的夫子庙地区相媲美。

不只是媲美，下关更洋气，更时髦，更像上海的外滩。歙琪记在新一轮的下关街区建设中，大发神威，短短两年多时间，接手了下关地区所有基建工程。无论拆旧房，还是盖新屋，人们首先会想到的，一定是找杨逵的歙琪记。说歙琪记营造厂重新塑造了一个新下关，略微有点夸张，不过要说四马路上的房子，或者说四马路这条街，完全都是歙琪记一手打造出来，绝对是事实。杨逵不仅在下关地区再造了一个四马路，还盖了一个四层楼高的阅江楼。当时的南京，四层楼已是相当高了，不要说在江边的下关，就是在整个南京城里，也十分罕见，你绝对找不到第二栋这样的高楼。

阅江楼是新建的歙琪记办公大楼。杨逵还是小孩子时，在江边的狮子山下玩，听大人说古，明太祖朱元璋想在山上盖楼，连地基都打好了，结果他做了个梦，有人劝他不要建，朱便放弃了。因为没建这楼，明太祖死了，他的儿子明成祖就从北京过来，把建文帝的江山夺走了，把都城迁到了北京。杨逵发迹后一直想盖栋楼，楼都快盖好了，不知道取什么名字好，忽然想起当年朱元璋要盖的那个楼，便问朱东升叫什么名字。朱东升告诉他，说叫"阅江楼"，于是杨逵打定主意，自己的办公大楼就叫阅江楼。

阅江楼完工后，选了个好日子入驻，燃放了好多爆竹，噼里啪啦，锣鼓声惊天动地，十二分的热闹。四马路基本上是与长江平行，它的西北端直通繁华的大马路，与同样繁华的二马路、三马路，也能够勾连起来。阅江楼就处在四马路的最南端，紧挨着长江，大江滚滚而来，到这一段突然拐了个弯，江水从由西向东，变成了偏南朝北。因此，如果是站在杨逵的阅江楼上，看到的江景，滔滔江水并不是来自西边，而是由南向北，从望不到尽头的南方扑面而来。孤帆远影碧空尽，唯见长江天际流，在江中间，还能看到一块正在隆起的陆地，那是正在变得越来越大的江心洲。

入驻阅江楼那天，赶来祝贺的人连绵不绝，一拨接一拨，每来一位重要客人，都要燃放爆竹，都要敲锣打鼓。根据爆竹声，能判断出客人的重要与否。快到中午吃饭的时候，芷歆带着三个孩子来了，欢迎她的爆竹声异常激烈，惊天动地响个不停。女主人到来的待遇，显然应该是最高规格，大家都知道他们的老板最宠太太，最喜欢自己的孩子，大大小小的爆竹一个劲地燃放。一时间，杨逵也不知道是谁来了，爆竹声不断，锣鼓声没完没了，动静竟然这么大，他当时正好是在楼上，连忙下楼迎接，三个孩子看见父亲，向杨逵扑了过去。

这时候，小琪都上小学了，小学三年级，她领着两个弟弟到处参观，楼上楼下大呼小叫，恨不得要把所有房间都看遍。不仅带着两个弟弟，她不停地叫着妈妈，要芷歆陪他们一起看。转了一圈下来，最后来到了杨逵办公室，办公室布置得很洋气，有进口的大沙发，放古董的博古架，落地的绿丝绒窗帘，大的水晶吊灯，还有一张很大的写字桌。在杨逵的这个办公室里，除了可以看到非常好的江景，迎面贴着墙纸的空墙上，还能看到一个大的玻璃镜框，里面镶着一张破损的桃花坞年画，看上去有点突兀，显得不是很协调。

当然最不协调的，还是这张年画的内容，是《红鬃烈马》中"投军别窑"的一个场景。唐朝丞相王允有三个女儿，大女儿金钏，嫁了官居户部的苏龙。二女儿银钏，女婿是兵部侍郎魏虎。三女儿宝钏未曾婚配，王允在长安城搭了彩楼，为最喜欢的小女儿招婿。宝钏在花园里焚香祈祷，见到倒卧雪地的乞丐薛平贵，慕其才志，登楼选婿之日，宝钏撇开众多公子王孙，将彩球抛给了薛平贵。王允大怒，宣布与小女儿断绝关系，宝钏下嫁平贵，同住寒窑。平贵降服红鬃烈马，唐皇大喜，封为后军都督。西凉下来战表，王允参奏，推二女婿魏虎和大女婿苏龙为正副元帅，平贵为先行，受隶于魏虎麾下。

远征之前，平贵与宝钏告别，挥泪而去。"投军别窑"画的就是这段故事。魏虎与王允合谋，屡找借口欲杀平贵，多亏苏龙阻拦幸免。平贵竭力苦战，大胜西凉，魏虎灌醉平贵，缚马驮至敌营。西凉王爱其才，不但没杀平贵，反将女儿代战公主许之。西凉王死，平贵继位为王。宝钏清守寒窑十八年，有一天，鸿雁衔书而至，平贵见是王宝钏的血书，便暂别公主，乔装回国，路过武家坡，遇到宝钏。夫妻离别十八年，已互不相识，平贵问路以试其心，宝钏逃回寒窑，平贵赶了过去，夫妻相认。不久唐皇晏驾，王允篡位，平贵攻陷长安，自立为帝。金殿之上，封赏苏龙，斩除魏虎，赦免王允，封宝钏为正宫娘娘掌管昭阳院，代战公主为西宫娘娘掌管兵权。

这是芷歆非常喜欢的一个故事，因为芷歆喜欢，杨逵也开始熟悉这个故事，并且跟着一起喜欢。一转眼，杨逵与芷歆相识，满打满算也有了十八年。十八年前，杨逵是个拉黄包车的小男孩，那时候，芷歆是高高在上的小公主。夫妻的缘分显然前世就注定了，在当时，杨逵没想到有一天，自己梦想成真，会娶芷歆为妻，芷歆也做梦都不会想到，她会公主下嫁，嫁给了前途无量的杨逵。

十八年前，芷歆仿佛春风吹拂着的杨柳，一直在杨逵身边摆动，清新芬芳的气息，在他的脑海里挥之不去。男女之间的事说不清楚，对芷歆的爱恋无法用语言来形容，她的身影无处不在，若隐若现，飘浮在周围的空气中。杨逵忘不了自己是如何买下这张画的，这画并不便宜，起码对于当时的他来说。他偷偷地跟在芷歆和王静芝后面，听她们在议论，在讲她喜欢哪一张，在跟老板讨价还价。芷歆看中了"投军别窑"，目光停留在那张画上，久久不肯离开。杨逵听见芷歆在跟王静芝说，说她就喜欢那一张。

结果杨逵真的就买下了那张画，把它郑重其事地送给芷歆。结果呢，人家根本不领情，芷歆根本就不在乎，把画还给了杨逵，拒绝了他的好意。当时的芷歆一脸不愉快，一脸不屑，甚至可以说是一脸茫然和愤怒，她转身走进院子，她匆匆地进去，随手把门给带上了。关门声音巨大，砰的一声，余音袅袅不绝于耳。多少年来，杨逵感到心情不好，事业不能顺利时，他脑海里就会又一次响起这样的关门声。

十八年后，在阅江楼杨逵的办公室，在"投军别窑"的年画前，当着杨逵的面，芷歆走近了，很认真地重新端详那张画。她看得很仔细，杨逵注意到芷歆表情有些异样，她的嘴角微微抽动，似笑非笑。这表情让人捉摸不透，十八年过去了，他们成为夫妻已好多年，杨逵不知道这时候的芷歆在想什么，芷歆也不知道杨逵在想什么。这时候，杨逵仿佛又听到了当年的关门声，门关上了，关门声音拖得很长很长，然后大门又打开了，整个世界的大门都对杨逵打开了。

芷歆回过头来，对女儿小琪说：

"就是这张画，当年你爸他送给我的。"

小琪脸上的表情不是很明白，芷歆接着又对她说了一句：

"问问你爸，让他告诉你们，当年他是怎么把这张画送给我的。"

小琪的眼睛看着杨逵，一时间，她心里陡然有了许多不明白，不明白画上的故事究竟说了什么，也不明白爸爸为什么要把这张画送给妈妈，更不明白既然送给了妈妈，为什么又要挂在这个地方，挂在爸爸的办公室里。小琪很好奇地向杨逵提出了一连串为什么，为什么王宝钏要嫁给薛平贵,什么叫寒窑,薛平贵到底是好人还是坏人,是王宝钏漂亮,还是代战公主漂亮。问题太多了,一个又一个,杨适都不知道怎么回答,便笑着让小琪问芷歆,说让妈妈回答你的问题吧,妈妈全都知道。他转向芷歆,脸上带着笑,芷歆脸上仍然还是有些异样,她看了杨适一眼,把目光移向别处。

杨适隐隐有一种感觉,芷歆对他与仪菊之间的事,可能有所了解,芷歆很可能已发现了他们不可告人的秘密。对于杨适来说,事情发展到那一步,做也做了,最后是不是把那层窗户纸捅破,似乎已经不太重要。他曾经非常担心会败露,非常担心芷歆知道,担心丑闻传出去。随着自己事业上的成功,这种担心也越来越严重。不过物极必反,有时候压力到了一定程度,能够释放出来,能够引爆,反而会是一件好事。渐渐地,杨适有点想破罐子破摔,有些事败露就败露吧,形象坍塌就坍塌吧。和芷歆结婚以来,芷歆的态度也在逐渐改变,从高高在上,不愿意把杨适放在眼里,总觉得他是个拉黄包车的小男孩,到相敬如宾,另眼相看,再到越来越把他当个事,越来越当作一个宝贝,当作一个了不起的贵人。

这样的感觉并不好,或者说不是太好。杨适喜欢芷歆带点赌气的样子,她略有点生气时更可爱。他喜欢她身上那股公主般的傲气,杨适更愿意自己像个淘气的孩子,时常犯点小错误,让芷歆生气,让芷歆不乐意,让芷歆责怪,最后又让芷歆原谅。总之一句话,要有点动静,有点波澜,这样他们才更像夫妻,才更像是天作地合的一对。

6

杨逵的老丈人振槐带着徐氏，在"小西天"享用了一通秦淮小吃，在"快活林"听了一会儿戏，玩了一番，直到肚子又有点饿，才慢吞吞地去歆琪记办公大楼赴宴。振槐岁数已是六十往外，有了杨逵这样发达的女婿，如今的日子活得很自在，很潇洒，能吃又能睡，什么事都不用操心烦神。光阴似箭岁月如梭，振槐不属于那种有记性的人，脑袋瓜虽然旧，办事虽然迂腐，却一点都不耽误享受新生活的美好。该忘的事都忘了，完全不记得在女儿婚姻上，他曾有过的顽固态度。当年杨逵与媒人一起上门求婚，振槐是跳着脚，把杨逵给轰了出去。

那时候杨逵已开始发迹，三仁车行改名三仁货栈，在巡警张海涛的支持下，生意开始起步，也能算是个人物。那时候，上了张剑秋的当，振槐差一点倾家荡产，或者说已经倾家荡产。识时务者为俊杰，通机变者为英豪，振槐这一生都是狗屁不通，什么事都干不成。在张剑秋唆使下，对股票毫无了解的稀里糊涂中，振槐重仓买了上海的橡胶股票。这件事细说起来十分荒唐，当时不只是振槐不知道橡胶股票怎么回事，连哄骗他上当的张剑秋，也完全蒙在鼓里。

起因是一场世界性的大骗局，欧洲的伦敦出现了橡胶狂潮，每磅二到三先令的橡胶，突然暴涨，创下了前所未有的每磅十二先令五便士纪录。橡胶让人暴富，橡胶生意赚大钱，成了世人都知道的神话。人们开始在世界各地寻找橡胶园，都在寻找传说中神奇的橡胶树，它可以像牛奶一样源源不断地流出白色的橡胶。振槐把自己的家产都投入到买橡胶股票上。这股票还得去上海买，能买到并不容易，振槐跟着张剑秋一连去了好几次上海。当时上海人也不知道什么是橡胶，都称呼橡胶为"橡皮"，因此橡胶股票，也就成了"橡皮股票"，原本约六十两的股面值，一路上涨，很快升到惊人的一千四百五十多两。

然后呢，突然变得一钱不值。转眼之间，振槐变得一无所有，变成了穷光蛋。最让振槐气愤的是，哄骗他的张剑秋，也没捞到任何好处，张剑秋的所作所为，标准的损人不利己。曾经做过德国公司买办的张剑秋早破产了，陪振槐去上海买橡胶股票，无非骗吃骗喝，图个嘴上吹吹牛皮的快活。正好是大清要完蛋的那段日子，国家命运发生重大改变，杨逑的这个老丈人振槐，为了橡胶股票，变得一文不名。进入民国后，一蹶不振的振槐，日子越来越糟糕，如果不是很幸运地有了杨逑这个女婿，他的晚年真不知道会潦倒成什么样子。

振槐就芷歆这么一个宝贝女儿，正如他所说，嫁好了跟着享一辈子清福，嫁不好，自己恐怕连买一口好棺材的钱都不会有。就算是潦倒到了那一步，杨逑与媒人一起去求婚，振槐照样傲气十足，人穷志不短，仍然看不上杨逑。关于这次求婚，振槐与妹妹仪菊有过一番对话，仪菊劝哥哥不要守着老规矩不放，说你都这样了，也不赶快自己照照镜子，还要看不上人家，我看小伙子挺有出息，也没什么不好。振槐便说好不好，这个事得另说，必须有个什么说法，史家嫁闺女，不管世道怎么变，总还得讲个门当户对是不是。

仪菊觉得很可笑，说什么门当户对，如今什么年头，都民国了，都民国多少年了，你还想怎么样，你还能怎么样。振槐被仪菊说得哑口无言，想了一会儿，嘴上还是不肯让步，说大清也好，民国也好，嫁女儿的道理，总还是一样，不会改变的，娶媳妇门槛可以低些，门槛高了，娶回来不好弄；嫁女儿一定要往上走，哪有下嫁的道理。

仪菊便提醒了一句："女孩子可耽误不起。"

振槐不以为然，撂了一句话出去："大不了以后像你一样——"

"怎么样？"

"怎么样，就算以后做个填房，做填房我看也比嫁这小子强。"

这话是仪菊不爱听的，振槐说了，顿时也觉得讲得不妥，对妹妹有所得罪，可他管不住自己的嘴，还是张口就来，接下来一句更不像话，更严重，更犯忌：

"反正不要给别人当小老婆就行。"

仪菊平生最不愿意别人提起的就是小老婆，脸色顿时不太好看，说翻脸就翻脸：

"这话听上去就让人来气，小老婆又怎么了，究竟是说给你自己听呢，还是在说你妹妹？"

"我也就是这么一说，你多什么心？"

"多心了，又怎么样？"

"那就算我没说，算我没说行不行？"

振槐并不太把做填房当作不好的事，不过对小老婆对姨娘，确实抱有一点成见。他和仪菊都是姨娘生的，他们母亲在家中的地位，就是小老婆，就是妾。振槐自小由大太太抱去抚养，受大太太影响，对小老婆对妾多少有些歧视，就算是对自己亲妈也在所难免。振槐觉得女儿去做填房，去当人家的续弦，也没什么大不了，填房或者续弦，与小老婆相比，毕竟是明媒正娶，不是妾，也不是姨娘，和名正言顺的太太没区别。仪菊与彭锦棠的婚姻，虽然也被大家认同，都认同她的革命党人遗孀身份，可是彭锦棠在浙江老家还有个发妻，还有子女。

　　有时候，怎么想并不重要。有时候，甚至怎么做，也不重要。很多事都会顺理成章，都会水到渠成。吉人自有天相，人算不如天算，反对也好，赞成也好，弄到了最后，杨逵这个骐骥才郎，几经波折，终于还是成了振槐的乘龙快婿。振槐属于那种说改口就能改口的主，横竖都是他占着道理。真相是什么一点都不重要，他很快就忘记了自己在女儿婚事上的反对态度，开始说女婿的好话，夸自己女儿有眼光，选中了这么一个如意郎君。说到最后，这个女婿又变成了是他有眼光，是他独具慧眼，是他百里挑一，亲自挑选的。

　　歆琪记营造厂总部正式入驻阅江楼那天，除了锣鼓喧天大放爆竹，自然还要大快朵颐，要美美地吃一顿。说老实话，对女婿杨逵屡屡创造的奇迹，振槐看得太多，不再怎么惊奇。他老人家岁数也不小了，童心依然还在，明知道中午还会有一顿美味佳肴在等着，却还是熬不住嘴馋，一大早便带着徐氏去四马路上的"小西天"，先美美地点了几样小吃，然后再在快活林喝茶听戏。振槐喜欢听戏，尤其喜欢听苏州弹词，大太太是苏州人，从小就教振槐说苏州话，因此苏州弹词他是全懂的。徐氏是四川人，完全不懂苏州话，听苏州弹词也就只能听个热闹。

当时在南京人中流传最广，也是最有影响的一句话，就是报纸上的那个广告用语：

下关快活林，完胜海上大世界

快活林是歆琪记营造厂设计施工，位于四马路中间，完全仿造上海的大世界游乐场。营业两年多了，四马路的繁华，四马路的热闹，从某种意义上来说，都是快活林给带来的。上海大世界游乐场吸引人的那些花样，那些花哨玩意儿，快活林也应有尽有，只是规模稍稍小了一些。门前的露天场地，和上海大世界一样，也安装了吸引儿童的高空转轮。快活林内部有茶馆，有上下两层的六朝梦小剧场，白天放电影，到晚上演京戏或者昆剧。上海大世界最吸引人的"哈哈镜"，当然绝对不能少，快活林按同样尺寸和同样数量，配置了十二面哈哈镜，这些哈哈镜能使观众变长，还能变矮，变胖，变瘦，千姿百态，让人捧腹哈哈大笑。

紧挨着快活林的是"小西天"，生意火爆，人山人海，经营小吃的美食一条街。民以食为天，小西天是歆琪记的另一杰作，专做各种风味小吃，也不管南派北派，什么好吃就做什么，什么好卖就卖什么。什锦素包子，牛肉锅贴，牛肉汤牛杂汤，鸭油酥烧饼，豆腐花，烫面饺子，加了松子仁的软香糕和茶糕，莲子藕粉小元宵，鸡鸭肠血汤，油炸回炉干，乌米饭和泡锅巴。这些小吃都是沿街卖，大家惦记着要去快活林里多玩一会儿，在这儿飞快地吃些东西就算完事。孩子们都喜欢这个地方，琳琅满目眼花缭乱，都是些好吃的东西，吃了这个吃那个，吃完了抹抹嘴立刻走人。

歆琪记入驻阅江楼那天，杨逵只安排了一顿丰富的家宴，地点在杨逵新办公室隔壁的小餐厅。就只有自家人，外人一概不请，很是安静。在这之前，无论是快活林开业，还是小西天开张，都是轰轰烈烈的流水席，不分贵贱，贺客到了先开吃。中国人不管遇到什么事，大事和小事，不吃一顿就不算事。当然也没什么白吃的，贺客照例也是会出份子，这叫随礼，一进一出，其实都差不多，无非是图个热闹，有个气氛。以小西天开张为例，贺客随礼之后，在小西天里敞开了吃，想吃什么就吃什么，各种小吃琳琅满目，只要你胃口好，只要你吃得下去，结果算下账来，也还是不赔不赚。

因为是家庭小聚，最初还打算喊上朱东升夫妇，喊上杨逵的姑妈杨氏。后来又决定不喊了。杨逵临时改变了主意，原因很简单，主要是不太想见凤仙，他不想让凤仙与芷歆见面。杨逵有充分理由怀疑，凤仙把他与仪菊的事，透露给了芷歆。具体是怎么透露，透露到了什么程度，杨逵也吃不准。前段日子，为了快活林股权，杨逵与凤仙之间，开始心存芥蒂，弄得不太愉快。杨逵发现凤仙完全变了，不再是过去那个快人快语的凤仙，开始有心计，不只是有心

317

计，甚至还有点不怀好意，与自己的老公公朱老七一起密谋，躲在背后悄悄地算计杨逵。

除了暂时不想见到凤仙，杨逵也不太愿意见到自己姑妈，杨逵不太愿意让杨氏和自己老丈人在一起，他们两个碰到一起，两个过气的老人家，都是倚老卖老，说起话来很不中听，非常不着调，听着别扭，又拿他们没办法。杨逵知道芷歆也不喜欢听他们唠叨，一唠叨就没完，杨氏没完没了地说杨逵小时候怎么样，说她对他的养育之恩，说来说去，无非是杨逵能有今天，能混阔了，混出个人样，全靠了她这个姑妈。杨氏太爱唠叨，大家都烦她，不仅芷歆烦杨氏，连小琪这么一个小姑娘，都嫌姑奶奶有点太讨厌。

到了吃饭时间，振槐和徐氏迟迟不来。孩子们开始喊肚子饿了，嚷着要吃东西。杨逵看了看芷歆，见她也是不耐烦，便派人去喊老丈人。手下告诉杨逵，有人在快活林看见振槐，说振槐和徐氏还在听弹词。芷歆听了不太高兴，板着脸，对传话的人下指示：

"赶快过去喊他，你们让他赶快过来，就说再不过来，我们也不等他了。"

手下听了，连忙去喊，反正地方也不远，都是在四马路上。不一会儿，振槐与徐氏来了，杨逵招呼振槐上座，让他坐主席，振槐当仁不让，一屁股就坐下去了，全不顾女儿板着的脸，大大咧咧地说，刚刚在快活林里听弹词，竟然有人还会跟他要茶钱：

"我就告诉那店小二，挂在账上好了，以后都跟我女婿要去。"

杨逵听了，不知道如何接老丈人的话，这话也不怎么好接。只能摇头苦笑，笑着看了看芷歆，正好与芷歆的眼神对上了，她似乎是白了他一眼，意思好像是说：

"我爸这德性，都是你惯的。"

振槐意犹未尽，又补了一句：

"还要跟我要菜钱，也不想想我是谁！"

徐氏用她的四川话帮着腔：

"瓜娃子好个不懂事——"

这顿家宴并不简单，当时下关地区最有名的大厨，也就是"一枝香菜馆"的王尚荣老板，亲自过来主厨掌勺。做了一桌很纯粹的淮扬风味菜肴，其中大煮干丝、一刀不斩狮子头、将军过桥、醋熘鳜鱼，都是最拿手的。这几道菜看似家常，经过王老板的精心操作，味道便不同寻常。杨逵对吃一向没研究，更谈不上讲究，他的老丈人振槐是个吃户，这一辈子，始终都是馋嘴，所谓饿死鬼投胎，是饕餮之徒，就好一个美味佳肴，对王老板亲手烹饪的那几道家常菜，赞不绝口。

7

阅江楼建成之时，可以说是杨逵人生的最鼎盛之日。高处不胜寒，盛名之下，事业越辉煌，世人眼里越耀眼，杨逵所遭遇的麻烦，所要面对的困难，也就会变得越来越多，越来越难以应付。首先是在经济上，过去这些年，赚的钱越多，名声越大，欠下的债，也就越来越是个难以想象的大数字。

北洋政府时期，南京经济的总体形势，还是在逐渐好转。当然有了好，也一定会有坏。有人发财有人破产，过去几年里，南京不止倒闭了一家银行，钱庄办不下去的就更多了。有一家倒闭的地方银行，正好是杨逵的债主，刚听说这家银行要倒闭，杨逵心中窃喜，在想自己贷的款是不是可以不还。没想到空欢喜一场，银行如果欠了老百姓的钱，它可以耍赖，说不赔就不赔了，反过来你欠银行的钱，白纸黑字记在账上，一分钱都别想赖掉，到时候自有接手的债主，跑来跟你催账，你根本跑不了，利息一分也不能少。

其次是政治上，风云变幻，城头一次次变幻大王旗。北洋政府控制下的南京，走马换将，你方唱罢我登场，形势十分复杂，杨逵完全不知道该怎么处置。做生意杨逵是天才，政治上他几乎一窍不通。这期间，张海涛忽然去了南方，投奔在广东的革命党人。没有了张海涛在官场上的扶持，没有了他的指引，杨逵有点迷失方向，有点不知所措。对于张海涛来说，去广州也许只是归队，多少年来，不管与北洋政府如何合作，不管官场上如何得意，身在曹营心在汉，他的革命党人身份没变，仍然还是国民党党员。

比张海涛更激进的李正鸣，也去了南方，也已经在广州找到了职务，到黄埔军校当了教官。李正鸣也属于老牌的国民党人，他与张海涛的区别，无非是政治上的左右之分。张海涛是坚定不移的国民党左派，李正鸣却是不折不扣的国民党右派，左派主张要和共产党合作，右派认为必须赶快清除共产党。此时的南京人根本分不清国民党共产党，在一般老百姓心目中，国民党和共产党，都是反政府的南方革命党。报纸上也是这么写的，说国共早已合并了，早已是一家人，背后是苏俄在支持他们。杨逵很少看报，报纸上的好多事他也看不明白，或者换句话说，他也不想弄明白。

物以类聚，人以群分，杨逵所知道的几位共产党人，像柳碧冈与聂双斌，从两个形影不离的恋人，变成了一对恩爱夫妇，他们也双双去了广东。与他们一起去广东的，还有钟英中学的范宗邺，他是去了黄埔军校，黄埔二期的学生。当年的南京高等师范，已经改名为国立东南大学，柳碧冈当初在高师的同学吕颖时和马文东，东南大学的朱剑城，同样都是去了广东。聂双斌的同学兼好友，河海工程专门学校的张应皋，则干脆去了苏俄，在莫斯科的中山大学学习。左也好，右也好，是国民党也好，是共产党也好，这些人杨逵都熟悉，都有过交往，他们时常有争论，观点不统一，起码在杨逵眼里，都还是革命党那一路，都是理想一致意见不合的同志。革命党人天生都是反对派，在他们眼里永远是这个不对，那个也不对，因此都要革命，都要推翻。

当时的首都在北京，中央政府由北洋军阀控制。南京政坛上许多事，杨逵向来都是听张海涛的，都以不变应万变。自从冯国璋率北洋军南下，无论是李纯，还是齐燮元，江苏督军一职，南京都是由直系军阀控制，由直系军阀的大佬担当。到了后来，江苏督军齐燮元，与皖系的浙江督军卢永祥，水火不容，为上海的管辖权干了一仗。这一战谁也没赢，大家通电下野，反倒是让远在东北的奉系军阀渔翁得利，成了南京城临时的新主人。

这个新主人也没能在南京折腾多久，可以说就没几天，很快号称五省联军总司令的孙传芳又来了。孙大帅神气活现地来到南京，他是直系军阀中的后起之秀，成了这个城市的第一号主人，南京重新回到直系军阀手中。历史给予孙传芳的评价并不高，不过当时的南京人，对他的印象还不算太坏，对这位孙大帅的期望一度非常高，原因很简单，孙传芳说了些南京人听上去很有道理的大白话。譬如他坚决反对当官的标榜自己是老百姓的"公仆"，说天下的仆人没几个好东西，不是偷主人的钱财，就是惦记主人的小老婆，而做官就要当老百姓的父母，只有父母才会真正地爱自己的孩子。

孙传芳当了五省联军总司令，他是山东人，地方行政长官绝对不用自己老乡。所控制的五个省，江苏省长陈陶遗是江苏省松江府金山人，浙江省长夏超是浙江青田人，安徽省长王普是安徽阜阳人，福建省长萨镇冰是福建福州人，江西省长李定魁是江西南丰人。不管怎么说，孙传芳宣扬的军人不得干政，很容易讨好人心。他坐镇南京，新的江苏省长陈陶遗来上任，先和孙传芳约法五章。第一条，总司令不可干涉民事；第二条，财政厅和民政厅全部要用江苏人；第三条，军方须确立自己的军事预算，规定要在江苏省所能负担的数额之内，不得逾限；第四条，不得另立其他税收项目；第五条，军队驻扎之地，一切自备，勿向民众摊派。

俗话都说，秀才碰到兵，有理说不清。孙传芳武夫一个，却显得很开明，很愿意讲道理，竟然每一条都答应了。新来的这位陈省长，与写小说的鲁迅先生同庚，有着同样的留学日本经历，也是老牌革命党人，在同盟会中的资历，要比只是普通会员的鲁迅高出许多。陈陶遗是同盟会江苏分会会长，担任过暗杀部副部长，曾经还想谋刺两江总督端方，差一点为此丢了性命。他是最早的国民党党员，国民党江苏省支部长。事实上，这位陈省长主政江苏，连头带尾也不过一年多，广东国民政府挥师北伐，打到南京并在此定都，那时候，已经没有他这位北洋的陈省长什么事。

然而就是这么一年多时间，南京人一度充满希望。陈省长下车伊始，一本正经给孙传芳立规矩，孙煞有介事地对陈拍胸脯，加上媒体上又拼命渲染，民众有理由相信，在孙传芳主导下的联省自治，应该不会再有什么问题。自辛亥革命改朝换代，南京人最大的愿望，就是各人自扫门前雪，各省管好各省自己的事。自治并不等于独立，也不是分裂。南京人都乐意相信，"苏人治苏"无疑是最好的选择。军阀们一心想玩的那个军事统一，说到底是要建立武夫当政的独裁政府，独裁当然不是什么好事。

大家一致看好孙传芳也不是没理由，在北洋军阀中，孙是正经八百的日本士官学校毕业，他的同学都是一时豪杰。掰起手指能数出名字来的，有阎锡山，李烈钧，张凤翔，尹昌衡，唐继尧，刘存厚，赵恒惕。这些风云人物中，阎锡山和李烈钧，还有张凤翔和尹昌衡，在辛亥革命期间，分别当了山西都督、江西都督、陕西都督和四川都督。唐继尧成了云南王，刘存厚当了四川督军，赵恒惕是湖南水陆军总司令。与同为士官学校第六期的这几个留日同学相比，孙传芳大器晚成，成名相对太晚，正是因为成名晚，他的野心更大，目标更遥远。

与鲁迅同年的这位江苏新省长陈陶遗，跟与鲁迅弟弟周作人同岁的孙传芳，刚开始很有点一拍即合。陈省长对孙充满了希望，人心所向众望所归，孙传芳如果真能顺应民情，绝对是南京这个城市的福祉。毕竟在南京人记忆中，半个世纪前的太平军之乱，湘军入城，都是极大的灾难。这以后，从大清进入民国，经历辛亥革命，经历二次革命，这座城市对兵灾记忆犹新，内心恐慌还没完全散去。南京人真的很怕打仗，南京人最怕打仗。过去这些年，北洋军阀混战，打来打去，一会儿直皖战争，一会儿第一次直奉大战，一会儿又是第二次直奉大战，好在这些混战，基本上都与南京无关。

南京有幸不用像湖南那样，夹在北洋军阀和南方革命党人两股势力之间，为了自保，只能像墙头草那样，今天不得不倒向这边，明天又不得不倒向那边。联省自治的口号是湖南人提出来的，也是最早在湖南策动，无论是北洋政府，还是南方的革命党人，都不答应不允许。在中国，地方自治只能是最初的理想，中央集权才是终极目标。说起来，作为革命党人老前辈，陈省长对革命早就没有太多热情。过去的这些年，他一直处于隐居状态。南方也好，北方也好，反战是他的基本态度；当年二次革命倒袁，他就反对用武力解决问题。与陈省长的前任韩省长不同，韩是老官僚出身，在前清就是有口碑的能吏，陈并没有太多从政经历，此次出山当江苏省长，只有一个最朴素的想法，就是多少做点实事，过一把当省长的瘾。

陈陶遗当省长期间，杨逵与他见过三次面。第一次是欢迎新省长到任，杨逵以地方名流身份，出席招待会，见到了人，没说上话，杨逵只是远远地看着这位新省长。第二次不一样了，陈省长视察下关，与外商代表以及当地士绅座谈，对该地区的前景进行探讨。这一次，他显然有备而来，来了先表态，对下关这些年的发展给予充分肯定，同时也流露出不满，认为下关地区的快速发展，对南京城区影响不是很大，南京城依然很落后。下关更像独立的、孤悬在城外的一个新城，与南京老城没有多少瓜葛。

接下来便是在省长公署的第三次单独会面，这一次，陈省长点名召见。约好时间，还派了一辆小汽车专程来接，把杨逵接到了省长公署。那年头，南京城里很难看到小汽车。这件事让杨逵非常意外，有点受宠若惊，更有点忐忑，一头雾水不明就里。一见面，陈省长便告诉杨逵，为什么要安排这次见面，说他知道杨逵很能干，还知道自己的前任韩国钧省长，曾在这里接见过杨逵。对于韩省长的接见，杨逵当然记忆犹新，当时是张海涛陪他一起过来。那时候的韩省长，都快七十岁的老人了，胡子全白了，仍然鹤发童颜精神矍铄。现在，站在杨逵身边的这位陈省长，虽然还不到五十岁，头发也白了，暮气沉沉老态毕现，很疲惫的样子。

第十章

1

　　暮气沉沉的陈省长与杨遂见面，大谈新开辟不久的海陵门，感慨下关地区的巨大变化。说自己十多年前陪孙中山先生去北京，路过这里，曾在此稍事休息，那时候的下关之繁华，完全不能跟今天相比，格局还很小，人也没有那么多。他们坐火车去北京，孙中山曾向他表示，有朝一日，南京的下关亦可与上海的外滩媲美，世界各国将在此通商，而主权又完全掌握在我们中国人自己手里，也就是说，既能看得见做生意的洋人，却又没有什么租界。陈省长说自己一向都主张收回租界权利，凭什么在中国的地盘上，要让外国人说了算呢。

　　陈省长说起海陵门，也就是后来南京人所熟悉的挹江门，对他的前任颇有微词。首先是对城门的命名，用了"海陵"二字，实属不伦不类，完全是沽名钓誉。名不正则言不顺，考察南京城门历

326

史，十三座城门，正阳门、通济门和定淮门，还有那个与海陵门挨得最近的仪凤门，个个都有来头，个个都有说法。杨逵发现眼前这位新来的陈省长，书生气十足，不仅对前省长有意见，对前江苏督军齐燮元，也是一肚子不满意。齐将军好战而不善战，惹事挑起江浙大战，结果把两省交界之处的老百姓给坑苦了。陈省长是松江府金山人，家乡正好处在交战中心，他一个外甥媳妇的娘家，全家六口死于炮火之中，炮弹究竟是从哪边的大炮打过来，最后也无从知道。

陈省长十分欣赏孙传芳，孙善战而不好战，作为直系军阀的后起之秀，如果不是会打仗，也不可能获得今天这样的地位。陈省长告诉杨逵，现在大家都看好孙传芳，各方面势力都在拉拢他，都在积极争取他。南方革命党人已开始北伐，与吴佩孚大打出手，双方正在酣战。早在开战前，革命党人就在悄悄做工作，希望孙能与南方的国民革命军联手。孙传芳与吴佩孚都属于直系，说起来，孙还是吴的晚辈和下属，不过他显然不喜欢这位吴大帅，尽管吴在向孙求援，他根本没想过要出手相助，不仅没想着要救吴，而且很乐意看到北伐军把吴佩孚打败。

陈省长召见杨逵，希望他能在新的市政建设中有所贡献。前任韩省长留下了一个海陵门，让南京人津津乐道，现在换了陈省长，必须也得有个交代。下关地区的巨大变化，给陈留下了非常好的印象，他知道在这个变化中，杨逵起着决定作用。要说没有杨逵，就没有现在下关的繁华，略有那么一些夸大，但说杨逵亲手再造了一个新下关，则毫无疑问。陈陶遗希望在自己当省长期间，杨逵能像建设下关一样，为新南京城的建设，再一次发挥作用。

陈省长并不知道，此时杨逵也有点焦头烂额。随着阅江楼建成，杨逵的赫赫名声，与实际拥有的财力，已经严重不相符。名义上，他是下关地区的大佬，拥有繁华的四马路，无论快活林，还是小西天，都人山人海生意火爆，给人感觉是日进斗金。可惜真相不像大家想象的那么简单，真相也不是那么美好。打开一个新城门，可以很容易，把城墙拆开，修个新城门，修一条路，从无到有，这都不算太难。难就难在新开辟的这条道路，不仅有人在走，还要让它真正热闹起来，要有街市要有买卖，要有足够的人气。起码到目前为止，新开的城门，充其量也只是提供一条近路，只是方便大家行走，与南京城区仍然没真正连在一起，在经济上，它几乎没有任何实质性的回报。

让沿途立刻繁华起来，尤其是紧挨着新开的海陵门这一段，暂时还是件不可能的事。好在醉翁之意不在酒，事实上，陈省长此次垂询，心里还有一件更着急的事，他对杨逵还有别的期待。大谈海陵门，只不过是个幌子，聊聊天而已，陈省长召见的真正目的，不是为了什么城市建设，他的用意简单明了，政府机关穷得发不出饷了，希望杨逵能帮助垫款，对吃紧的地方财政有所帮助。

陈省长再一次表达了对杨逵的赞赏：

"我知道当初要开通海陵门，都是杨先生的主意。"

杨逵很谦虚地说：

"这个事情，主要还是韩省长的意思。"

海陵门的开通，究竟谁先想到，也确实说不太清楚。当初张海涛带着杨逵一起去见韩国钧，在路上就商量好了，一定要与韩省长说这事。可以说是不约而同，大家早就想到一块去了。当然这件事，没有前韩省长支持，也办不成。有一点可以肯定，海陵门的位置，具体定在什么地方，这是杨逵建议的，他太熟悉这段城墙，自小在这段城墙上玩，杨逵知道选择什么地方更合适，也更容易。

过去的许多年，杨逵和张海涛一直扮演不同角色，张海涛始终是政治上的反对派，他的存在，就是不断地给当权者提意见。北洋政府在南京政坛上走马换将，都是些不太讲理的武夫，为了收买人心，为了表示军人不干政，通常会给提反对意见的议员留点情面，留个位子。张海涛去广东前，基本上都是在扮演反对派领袖，他看透了北洋政府，对督军和省长，已完全没有耐心，也可以说是失望透顶。张海涛告诉杨逵，军阀的本质不会改变，直系军阀也好，皖系军阀也好，还有东北的奉系军阀，只要他们心里还惦记着武力统一，只要他们还在想继续打仗，中国就绝对太平不了。

张海涛是在江浙大战刚打响时离去的，临走前，他关照杨逵，创业难，守业会更难，接下来，很可能会有一段非常糟糕的日子。江浙之战，不管谁输谁赢，不管最后谁来南京，不管谁在这里称王称霸，杨逵都不可轻举妄动。张海涛预料到会有那么一天，南京的新主人会打杨逵算盘，会觊觎他的资产，因此必须做好充分准备，一定要有所保留，有所防范，要保持低调，最好的办法就是躺下来

"装穷"。张海涛对杨逵的经济状况也不是特别了解，并不知道他根本不用"装穷"，实际上，杨逵早就陷入了经济危机之中，即使在最风光的日子里，资金短缺也一直在困扰杨逵。

在过去的这些年，杨逵始终都在负债前行，都在拆东墙补西墙，他如今的状况，也就是看起来光鲜，看起来赚得盆满钵满，盛名之下，早已难以为继。在别人眼里，杨逵一手打造的四马路繁华无比，它是一个崭新的世界，一个新的财富帝国，人声鼎沸热闹非凡；大家并不知道，它的基础很不扎实，不仅不扎实，可以说风雨飘摇。资金严重短缺，债务缠身，杨逵的帝国大厦，建立在江边的沙滩上，这个大厦随时都有可能坍塌。

结果便是精心准备好的接见，不欢而散。大家都很失望，都不满意，双方焦点落实到了"钱"上，陈省长希望杨逵借钱给地方政府，为政府垫款，各级机关都在欠薪，公立学校老师工资发不出来，已经在威胁要罢课。杨逵则希望官方提供资金支援，解决自己的燃眉之急。陈省长看到了下关表面上的繁华，看到了老百姓的醉生梦死，他完全不知道，当时民间和官方一样，都是非常缺钱。表面上的热闹繁华，掩盖不了收支不平衡。杨逵陷在怪圈里出不来，一方面，老百姓热情消费，财源滚滚，另一方面，为了维护这种消费，为了更大利益，又必须进一步扩张，必须向银行贷款，必须把赚的钱花出去，钱刚到手，或者说钱还没到手，新项目已上马了。

杨逵债台高筑，地方政府入不敷出。从一九二二年开始，官方就是靠跟银行借钱过日子。银行呢，又不得不靠政府的名义筹钱。

老百姓对政府总是相信的，尤其是国有银行，不相信也得相信。当时南京有两家国有银行，中国银行和交通银行，中国银行是北洋政府银行，前身是大清银行江宁分行，分管扬州、镇江、苏州、大通、清江浦、无锡、蚌埠、安庆八家分号，另有徐州和南通，以及下关三个汇兑所。南京分行成立之初，主要是执行国家银行职能，发行钞票，经理国库，支持政府财政，与工商业及银行钱庄同业往来比较少。到了一九二三年，开始摆脱政府控制，业务重点转向工商界，光是在苏州和常熟吸收的存款，就相当丰厚。以一九二〇年的营业为例，南京分行吸收存款五百多万元，贷款六百万元，汇款四千一百八十八万元，汇款的手续费，每千元仅收取一元，就此一项，年获利便是四万余元。

同样是国有银行出身的交通银行，也是大清时就成立了，宣统二年，也就是一九一〇年，交通银行在南京设立江宁试办分行，当时简称"陵行"。辛亥革命前，陵行迁到上海，不久奉令停办。辛亥革命后，交通银行仍然存在，于一九一三年取得发行国库券和代理国库业务的特权，成为和中国银行有同等地位的国家银行，也由此开始为政府垫款。因为财政垫款过多，库存空虚，不得不靠发行兑换券来维持，短短几年里，就酿成两次停兑风潮。交通银行在下关的龙江路设立了浦口分行，简称浦行，这期间，以南通张謇为首的南方股东，进入了交通银行领导层，制止为政府垫款的做法，走商业银行的经营模式，锐意整顿，业务开始有了起色。

银行的业务再好，也抗不住军阀混战。当时下关地区设金融点的还有金城银行和大陆银行，金城银行在下关二马路设立了办事处，大陆银行在下关鲜鱼巷设立了南京支行，结果这两家都因为江浙战争裁撤了。交通银行南京支行的早期业务，主要是津浦铁路的往来，以官方存款为主。后来代理财政金库，按中国银行七成交通银行三成的比例，分收江苏省的岁入，充实资金实力。无奈江苏财政收不抵支，银行又不能拒绝垫款，硬着头皮向省财政厅借钱。都说银行是金饭碗，结果连银行的日子都会这么难过，都会缺钱，像杨逵这样靠银行贷款支撑发展的实业家，现实处境之难，也就不难想象。

总之一句话，大家都缺钱，谁都缺钱。新来的这位陈省长，也就是个书呆子，空有一番抱负，并没有从政经验。他给孙传芳煞有介事地立了五条规矩，腔调十足，不许这样不许那样，无非是给报界留下足够的话题，冠冕堂皇，没想到上任不久，很快就自坏规矩。人穷志短，他一个堂堂省长，居然想让杨逵拿钱出来为政府垫款，没想到杨逵也为现金所困，真拿不出什么钱来。

2

因为不欢而散，陈省长最后也玩起了小性子，没有派小汽车送杨逵回家。谈话结束，居然让杨逵自己找车回去。这样做很无礼，有点侮辱人的意思。作为省长亲自邀请的客人，杨逵被秘书送到了省长公署门口，扔在那儿便算完事儿了。既然杨逵为富不仁，一毛不拔，不愿意与省府合作，那么省长也没什么理由，对杨逵表现出多少友好。

自出道以来，尤其当了成功人士，有了社会地位，杨逵第一次受到这样的轻视和冷落。反差有点大，陈省长派自己的小汽车来接他，这很给面子，小汽车是敞篷的，杨逵坐在车上，特地让司机在下关显摆一下，沿大马路四马路像检阅一样，兜了一大圈。当时心里想，迟早有一日，也要买辆这样的小汽车。在下关地区，杨逵最早拥有了进口豪华马车；他显然也应该成为第一位拥有私家汽车的人。此时此刻，杨逵被冷冰冰地撂在了省长公署门口，看着不远处正在站岗的士兵，他心头的不痛快，仿佛锅里即将煮沸的开水，先还是微微起着一点小波浪，有一点热气，然后就开始不断冒泡，就开始使劲翻滚。

虽然心里不痛快，杨逵也知道自己今天把省长大人得罪了，这么做后果会怎么样呢，一时还真不好说。陈省长表现得很开明，似乎是很开明。作为一个读书人，一个老革命，堂堂一省之长，放下身段，开口向杨逵这样的暴发户求援，希望他能鼎力相助，救当局于危难，解官方燃眉之急，为困境中的地方财政出资垫款，没想到会被杨逵毫不客气地给当场拒绝，是可忍，孰不可忍。好在拒绝也就拒绝了，也没怎么样，没有当场翻脸，起码表面上还是一团和气，陈省长只不过是觉得很没有面子。

省长公署门口有一片很大的空场，不远处有三辆黄包车并排歇在那里。三位车夫聚在一旁，正聊着天，天南海北，也不知道在说什么。看着他们，杨遹突然觉得肚子有点饿了，想吃点东西，或许也不完全是饿，只是觉得无所事事，不知道干什么好，不知道应该如何打发时间。他想起上一次与张海涛来这里，拜见前省长韩国钧，双方谈得都很愉快；谈话结束，大家有说有笑，一起去安乐居上馆子。韩省长与现在这位陈省长相比，显然要有趣得多，也更加亲民。不过杨遹一下子想不起安乐居这名字，只记得这家馆子在评事街，离这儿并不远，当时他们是散步走过去的。

杨遹向那三辆黄包车走去，向围坐在那儿聊天的车夫问路。三位车夫年龄看上去也都不小了，最年轻那位，与杨遹岁数差不多。他们对杨遹的态度并不友好，有点爱理不理，懒得回答他的提问。杨遹只是想过去问个路，拉黄包车的车夫，通常都会有些坏毛病，有钱人眼里，拉车的是跑腿的苦力，被富人看不起，可是拉车人自己，最看不起最不入法眼的，是坐不起车又喜欢问路的穷鬼。他们正聊得开心，正说着有趣的事，不愿意被不相干的人打断，眼皮都懒得抬一下，都不愿意回应杨遹。

看到眼前这三个拉车的，杨遹不由得想起自己的当年，想起了当年的水根和冯亦雄。水根现在也不知跑哪去了，冯亦雄也是有段日子不见面了。眼前的这三位黄包车夫，仿佛是重现了他们当年的身影。

杨遹现在非要问个明白：

"对不起，我还是要问一声，评事街怎么走？"

"评事街——评事街不就在前面吗，"最年轻的那位黄包车夫回过脸来，随手指了指，很不耐烦地为他指路，"就往那边走，你走不了几步就到了。"

杨遒还要进一步地问："记得好像有个馆子，叫什么'居'的——"

"什么什么居的，不知道！"

"是一家素菜馆子。"

"哪来的什么素菜馆子，怎么这么多废话呀，别问了行不行，不知道。"

"就问个路，说话怎么这么冲呢？"

"就这么冲了，怎么样？"

其中有个老年车夫明知道杨遒在问的是什么，前面是不想回答，现在被问烦了，他也不想看年轻的车夫与杨遒斗嘴吵架，息事宁人地来了一句：

"我知道他问的是哪一家，不就是'安乐居'吗，什么素菜馆，就一个回民馆子，卖教门菜的。"

南京人习惯把回民开的清真馆子，称作"教门馆子"，上清真馆子，又叫吃教门菜。杨遒对吃什么一向不太讲究，他所知道的教门菜，就是不吃猪肉，安乐居留给杨遒的印象，素什锦面挺好吃，麻油很香，作为面浇头的芹菜和豆腐干，非常入味，还有那里的烧饼也好。他也不想再多说什么，用不着再费什么口舌，直接坐到了一辆黄包车上，说他就去那儿了，现在赶快把他送过去。黄包车夫没想到眼前这个杨逵不只是问路，竟然还要坐车，碰巧又是坐到了最年轻的那位车夫车上，都有些意外。

"这么几步路，你也要坐车？"

"不可以吗？"

"可以，当然可以——"

最年轻的这位车夫，其实也不年轻了，他一方面为了突然有生意而高兴，一方面又为自己刚刚的态度，感到不好意思。尽管略有歉意，他的自尊心还挺强，还很要面子。杨逵都坐在了车上，他也拉着客人往评事街去，嘴里却还在小声嘀咕，还在为自己辩护：

"其实这么近，你走走过去也快的。"

"我就是喜欢坐车。"

"那是，你要是不在乎钱，那也没什么。"

"我还真是不在乎钱。"

杨逵心里暗自觉得好笑，想起自己当年拉黄包车，有时候与水根和冯亦雄聊得正开心，大家有说有笑，突然过来一位有点讨嫌的客人，他也会不太乐意做这趟生意，也不愿意接这个活。杨逵觉得自己现在就有点惹人嫌，有点讨人厌。他已经很多年没再坐过黄包车，过去的这些年，很少单独一个人出门。省长公署紧挨着夫子庙，是南京城最热闹的地段，对于在下关江边长大的杨逵来说，夫子庙有些遥远，当年他拉黄包车，也经常拉客人从下关去夫子庙，远远地把客人送到，立刻掉头回去，为什么呢，因为这地方太远。夫子庙远在城南，下关要穿过城北，出了仪凤门，还有一截路要走。

如果是在下关，没有人会不认识杨遥。在下关街头，如果独自行走，杨遥很可能被大家围观。事业上的成功，让他成了下关的无冕之王，杨遥早就习惯了周围人对他的注视，习惯了大家知道他是谁。现在没人知道他是谁，他就是个普通人。很久不坐黄包车，再一次坐在黄包车上，有一种非常异样的感觉。眼前这位黄包车夫，仿佛就是当年的杨遥，杨遥觉得自己都能猜到他在想什么，猜到他心里在盘算什么。也许这时候他正在想，凭什么你坐车，我他妈却在拉你。也许他还会想，你有钱坐车又怎么样，就这几步路，你他妈凭什么不能用自己的腿走，不要以为你有钱，老子就非得伺候。

杨遥不经意地说了一声：

"一会儿我还要去下关，你可以等我一会儿，我呢，吃一碗面就出来。"

对于拉黄包车的车夫来说，这是一笔不可能拒绝的生意。路途这样遥远的生意很难遇到，从江边的下关到城南，人们通常会坐小火车，或者坐马车。坐小火车和马车的价格，比黄包车便宜得多。南京的黄包车夫曾闹过事，围堵价格低廉的公共马车，因为公共马车的存在，黄包车生意几乎做不下去。长途生意是黄包车夫梦寐以求的事，杨遥故意不经意地说出来，拉车的车夫脚步晃了一下，显然是有所触动，想回头，忍住了没有回。杨遥说你若是有别的事，有别的生意要做，不想送我去下关也行，我找别的车。

车夫立刻回过头来，说我等你好了，我可以等的，等多少时间都行。杨遄看到了他脸上的表情，原有的傲慢早就没有了，一脸挤出来的讪笑。这也是预料中的结局，不过车夫脸色，变得也稍微有些快，杨遄因此有点不欣赏。

"现如今的这个黄包车，跟我当年拉的那黄包车相比，轮子好像是大了不少，你这黄包车还是小日本的东洋车吗？"

"这车是不是东洋车，我也不知道。"

"连这个你都不知道？"

"不知道，反正也不是我的车，管它呢。"

杨遄想跟他多聊几句，却也没办法多聊，不容易聊下去。短短几句，杨遄感觉到了他身上的怨气，感觉到了车夫对车行老板的严重不满。

"你为什么不把车子盘下来，自己做呢？"

"盘下来，钱从哪来？"

"想办法。"

"想什么办法？"

"总有办法。"

"有什么办法，能吃饱饭就不错了。"

说话间，到了评事街，到了安乐居。人还挺多，杨遄从黄包车上下来，径直往安乐居走进去，自己找位子坐。已经没空桌子了，只见最里面的角落，还有个空位子。是一张小桌子，一个戴着度数很深近视眼镜的人，正伏在桌上奋笔疾书，也不知道在写什么。杨逵在他对面坐下，写字那位也不抬头，只顾着自己写，很投入地写。伙计过来招呼，杨逵要了一碗素面，一块烧饼，转念一想，又加了一块，要了两块烧饼。然后就坐在那儿等候，看着眼前的这位写字，心里觉得奇怪，在哪不能写呢，为什么非要跑到这馆子里来写。桌子上还放着一碗面汤，写字的这位旁若无人，写着写着，停下笔来，端起面汤喝一口，又接着继续写，写了一会儿，再喝一口面汤。

直到杨逵要的素面送过来，对面这位写字的，就没抬头看杨逵一眼。杨逵觉得他有些面熟，好像在哪里见过，对方总低着头，也看不真切。反正素面也来了，汤也来了，来了就吃，一吃，还真觉得肚子有点饿了。或许吃面咂嘴的声音有点大，太烫了，对面的这位突然抬头，看了杨逵一眼。杨逵没想起对方是谁，对方倒是先认出了杨逵：

"这不是下关的杨先生，杨大老板吗？"

杨逵一时还是想不起来，对方这么招呼自己，当然应该是见过面的。

对方托了托往下坠的眼镜架，提示说：

"杨先生不认得我了，我是《民权报》的主笔，叫汤新岸，那次为了浦镇机车厂的厕所，就那个公共厕所的事，我们见过面的——"

这么一说，杨逵想起来了，想起眼前这人是谁：

"原来是汤先生。"

因为是在打招呼，汤新岸的笔停了下来，杨逵的筷子也停了下来。一个不再继续往下写，一个暂时停止吃面条。这样的面对面很尴尬，无话可说，不知道说什么。停顿了一会儿，汤新岸一本正经地让杨逵赶快吃，说面条这玩意儿要趁热吃。杨逵不知所措，手上的筷子抖了抖，笑着让对方继续写。汤新岸点了点头，再次托了一下眼镜架，很严肃地说：

"再写一段，马上就能写完了，还有几句要紧的话要写下来，写了就完了。"

汤新岸继续埋头写他的文章，笔不停顿，杨逵迟疑了一下，开始吃自己的素面，啃着烧饼，心里依然有些不明白，一边吃，一边看他写。

3

杨逵准备离开安乐居，汤新岸还在奋笔疾书。当时杨逵心里就想，这个人写得如此认真，自己悄悄离开就行，也用不着再打招呼了。结了账出来，杨逵手上还剩了一块未吃的烧饼，这是给那位车夫准备的，车夫没想到会有这个待遇，十分意外，眼睛盯着那块烧饼，连声说自己肚子不饿；嘴上在说着不饿不饿，也不多客气，接过烧饼又看了一眼，立刻就啃了起来。

车夫狼吞虎咽吃着烧饼，吃了几口，招呼杨逵上车，正准备出

340

发，汤新岸追了出来，叫住了他们：

"杨先生请留步，我还有几句话，想请教一下，想问问杨先生。"杨遒已坐在黄包车上，被汤新岸就这么给生生地拉住了，也不知道他要问什么，看他的神情，好像确实有很重要的事要问自己。汤新岸告诉杨遒，他正在写一篇时局评论，今天既然这么凑巧，有机会遇到杨遒，很想听听他对当下时局的看法，对未来形势会有什么样的判断。杨遒摸不着头脑，对时局没有任何判断，也不知道未来会怎样，他只知道刚刚在省长公署，自己拒绝了为糟糕的地方财政垫款，惹得陈省长很不开心。杨遒坐在黄包车上，一个坐着，一个站着，似乎也不太礼貌，他准备从车上下来，汤新岸拦住了他，连声说：

"杨先生你就坐车上，不用下来，我们就这么说话，就这么聊上一会儿。告诉你杨先生，我这篇文章呢，本来已写好了，我就是突然想到，应该听听你杨先生的意见，想听听南京地方上的名人对时局的看法。"

杨遒看了看在一旁发呆的车夫，这家伙傻眉愣眼，弄不明白发生了什么事。怎么就从安乐居里冲出来一个人，拉着自己的客人不让走了。现在唯一能弄明白的，拉的这位客人有点来头，是个有身份的名人。他看了一眼杨遒，想知道杨遒是什么态度，是走还是不走，看这样子，一时半会儿可能真走不了。

杨遒其实也无话可说，他想了想，笑着说：

"我哪会有什么意见。"

怔了一下，杨逵又说了一句：

"我哪会有什么看法呢。"

汤新岸自然是不会满意这样的回答，追着杨逵问了一句：

"为什么会没有意见，为什么会没有看法？"

汤新岸问杨逵，知道不知道有个叫李正鸣的革命前辈。汤新岸告诉杨逵，前几日请李吃饭，与他长谈了一次，自己刚写完的这篇文章，就是围绕着这次长谈进行的。换句话说，如果没有这次长谈，汤新岸的这篇文章也就无处落笔。说别人可能不知道，李正鸣这人杨逵当然是熟悉，过去因为张海涛的关系，他们曾有过共同的生死交情。大家早就认识，杨逵与李正鸣的接触并不多，与张海涛不一样，李正鸣一直看不上杨逵，也许在李的心目中，杨逵也就是个拉黄包车出身的混混，后来成了暴发户，无非是有了些钱，他根本看不上这个。

杨逵问汤新岸："李先生怎么了？"

"怎么了，这位李先生的意见，我是不太能赞成，不只是不赞成，还要坚决反对。"

"李先生的意见是什么？"

"他专程从广州跑到南京来，劝说孙传芳，希望孙能与南方的革命党人联合，共同北伐——"

"这个也挺好哇，汤先生你为什么不赞成呢？"

"赞成？孙传芳这样的军阀，与谁联合，都是靠不住的。杨先生你要知道，这个人无论是与南方的革命政府联手，还是与北京的北洋政府搭伙，都免不了一个打仗。对于南京的黎民百姓，打仗终是一件非常不好的事，对不对？"

杨遂点点头，他也觉得汤新岸的想法有道理，千好万好，当然还是能够不打仗最好。千有理万有理，不打仗最有理。汤新岸滔滔不绝，洋洋洒洒。他告诉杨遂，孙传芳眼下最好的选择，就是学习三国时的孙权，以静制动，先守好江南的这一亩三分地，三足鼎立，力争做到天下能够三分，既不与南方革命党人太热络，也拒绝北洋势力于门外。李正鸣现在跑来唆使孙传芳联手南方党人，要搞什么北伐，要统一，其实是在为南京这个城市添乱，在为南京这个城市惹祸。孙传芳孙大帅是什么人，他一个姓孙的，要说也很可能是孙权之后人，孙氏之子息，放着好好的路不走，好好的阳光道不去走，现成的祖宗之法不效仿，这不就是一个笑话吗。

说了半天，汤新岸无非是在自夸，夸自己刚完成的这篇时局评论文字，写得如何好。除了一次再次表明自己观点，便是痛斥李正鸣的祸乱之举。作为《民权报》主笔，汤新岸的时局评论，在南京拥有相当广泛的读者，可以说是非常有影响。他有个特点，或者说有个很特别的喜好，就是喜欢伏在馆子里赶稿子。汤新岸的很多重头文章，都是在安乐居餐桌上完成的。

说起来，汤新岸也是两袖清风，名士风度，基本属于落拓文人。平时有钱喜欢摆谱请客，安乐居是宴请友人的指定场所，不管来什么客人，都会安排在安乐居。汤新岸是回民，听家里老人说，自打元朝的时候，就在南京城定居了，因此要说起谁才是真正的老南京，南京城恐怕找不到比他家历史更悠久的。不过汤新岸这个回民，饮食上也已经改变，在忌口方面，并不严格讲究，意思差不多就行，但真要请客，还得是在回民馆子才行。

汤新岸觉得，像杨逵这样有身份的地方人士，像他这样的社会精英，对于时局，应该表明自己的态度，应该要发挥自己的影响力。杨逵觉得汤新岸的想法有些可笑，太书呆子气了，时局怎么发展，他一个生意场上的人，又能起到什么作用呢。天下是人家的，手上拿着枪杆子，谁还会真正听别人的意见，谁还会真正在乎南京老百姓的意愿。接下来形势怎么样，听汤新岸对时局这么一分析，杨逵本来有些担心，现在是更加担心。说老实话，他担心的还不仅仅是会打仗，比打仗更让杨逵担心的是内乱，南京城可能会发生战争引起的骚乱。

与汤新岸分手，杨逵坐在黄包车上，陷入了沉思。他想起了与汤新岸上一次的见面，那还是在一年前。当时和记洋行的工人，为了公用厕所被拆除，举行了声势浩大的罢工。这件事起因，说起来有点匪夷所思，本来也是可大可小，却闹得沸沸扬扬，弄得轰轰烈烈，最后几乎没办法收场。下关和记洋行，南京开埠后的第一家外资工厂，开办于一九一二年，老板是英国人韦斯特兄弟。当时买了十二亩土地，租了三十一亩土地，修建了最简易的厂房，安装了两台小型发电机，三台冷气压缩机，四台小锅炉，然后就开工生产，对鸡蛋和肉类进行加工，冷冻后运销国外。

下关地区交通便利，海轮可以直达，是设立生鲜加工厂的理想场所。第一次世界大战结束，国际市场需求量很大，和记洋行的行情一路看好，大赚特赚获利丰厚。于是又继续扩大投资，添置了最新的生产设备，在江边兴建码头和栈桥，自备了运输船只，很快成为当时南京最大，也是中国最大，甚至可以说是亚洲最大，并且是最现代化的食品加工厂。工人多的时候，可以有五千人，旺季日产制蛋接近两百多吨，宰猪三千头，宰牛四百头。

这么大一家洋人办的工厂，除了少数技工，招聘过来干活的工人，基本上都是临时工和季节工。因为是临时工季节工，难免颐指气使欺负人，想要就要，不想要立刻辞退，根本不把工人放在眼里。和记洋行对工人的歧视，不当回事，可以说到了无以复加的地步。英国佬的监工只在乎效率，竟然以工人上班老是躲在厕所聊天为由，下令拆掉厂里的公共厕所。结果引起了众怒——人有三急，上厕所本是天经地义，哪有不让人去的道理。正赶上上海发生了五卅惨案，中外关系陡然变得非常紧张，和记洋行在这时候顶风作案，拆除了厕所，等于送给了工人一个闹事的借口，大家说联合就联合起来，说罢工就罢工了。

情形与几年前的五四运动时有点相似，英国佬最初还有些莫名其妙的傲慢，没想到上海发生的事，会和南京联系在一起。事情是日本人引起的，这年的五月十四日，上海日本纱厂工人罢工，日本资本家开枪打死了顾正红，又打伤十多名工人。到了五月三十日这天，上海两千多名学生在租界内散发传单，发表演说，哀悼顾正红之死，声援罢工工人，号召政府收回租界，结果很多学生被英国巡捕逮捕。这么一来，上海老百姓不干了，大家开始聚集，堵在租界的老闸捕房门口喊口号，要求释放学生。巡捕想轰散人群，赶不走，便开枪射击，当场打死了十三人，重伤几十人，造成震惊中外的五卅惨案。

事是日本人引起，又是英国人把事情弄大。于是该上街的上街——上海学生上街了，北京学生跟着上街，南京的学生不甘落后，也开始冲向街头。工农兵学商，纷纷站出来抗议，报纸上一片哗然，一片声地谴责。汤新崖在《民权报》上有一篇非常犀利的时论，大家争相传阅。南京声援五卅运动的势头，与五四运动时期相比，规模虽小却来势汹汹。和记洋行工人的罢工，因为有拆除厕所之争，更有针对性，更直截了当，更看得见。学生，市民，地方政府，工商业名流以及帮会，明里暗里都在支持罢工。和记洋行很快抗不住，它所在的南京下关，不是上海的公共租界，没有巡捕，没有那么多特权可以享受。当时，连上海的公共租界都有些无法收拾，南京的和记洋行更加招架不住，不得不后退让步。

杨逵在此次事件中，扮演了名义上的中间人。他并不擅长斡旋，人们看中的是他的身份和地位，只要他肯挂名，这个事就好办。在下关地区，杨逵举足轻重，和记洋行老板和罢工的工人，更愿意由他居间调停。事实上，杨逵和冯亦雄只是挂个名，冯亦雄的帮会在后台活动，真正出面两头说话的是朱东升，代表工人向和记洋行提出三点要求。第一条，向工人道歉；第二条，厕所拆了，立刻由歆琪记重盖一座；第三条，所有工人，加薪一成。第三条稍微有点狠，不是和记洋行拿不出这钱，而是英国佬在面子上，实在有点挂不住，大英帝国打遍天下无对手，它的子民什么时候受过这样的委屈——最后也不得不答应条件；继续罢工，只会让和记洋行损失更大。

坐在黄包车上，杨逵回忆着当年情形，他记得汤新岸就是在那个时候，与自己有过一段交往。汤新岸完全站在工人一边，对和记洋行的老板无比痛恨，说话慷慨激昂。在汤新岸看来，和记洋行虽然做出让步，但这种所谓让步，可以看作是帝国主义的一种阴谋。汤新岸信奉无政府主义，他看不上三民主义，他不是革命党人，不相信国民党，他的表现往往会更极端。汤新岸警告杨逵，让他千万不要与帝国主义勾结在一起，永远都不要相信资本主义的鬼话。汤新岸把自己对杨逵的警告，一字不改地写进了他的时事评论，刊登在《民权报》上。这件事让杨逵略有点恼火，汤新岸文章中那种居高临下教训人的口气，很不友好，实在是有些自大，太自以为是。

一路上，黄包车夫百无聊赖，几次想找机会与杨逵随便说点什么。他有点奇怪，那个在一开始喜欢问东问西，喜欢搭讪，还给了自己一块烧饼的家伙，为什么突然会变得沉默，变得一言不发。路过三牌楼的时候，车夫回头看了他一眼，发现杨逵正襟危坐，并没有在闭目养神，他们的眼光对在了一起，杨逵是一副爱理不理的样子。

4

有了上一次教训，杨逵担心汤新岸的时政评论，会又一次自言自语，又一次在文章中贬损自己，便关照手下留心，将刊登了汤新岸时评的《民权报》，全都买回来细看。结果在接下来的时评文字中，汤新岸只顾着针砭时弊，只顾着批评军阀，居然只字未提杨逵，从未提到过他们的那次见面和谈话。这让杨逵多少有些意外，同时也十分失落，感觉自己被冷落了。既然只字未提，汤新岸为何又要对他问个不停，非要让杨逵对时局发表意见。

形势变化很快，快得不可思议，普通市民根本想不明白时局会如何发展。北伐的国民革命军和直系吴佩孚正在激战，东南五省远离战火。正赶上美国费城要召开世博会，孙传芳亲自担任"闽浙苏皖赣筹备美国费城万国展览会出品预世博会"的会长，准备参加费城世博会，还打算拿奖，要拿大奖。一时间，以南京为中心的东南五省，置身事外，被一片和平吉祥的气氛笼罩。汤新岸的时评越来越激烈，从督促孙传芳要遵守对江苏"保境安民"的诺言，到开始连篇累牍公开谴责，警告孙不可穷兵黩武。

形势说变就变，说翻脸就翻脸了，抓着一手好牌的孙传芳，一改斯文面孔，脱去长衫马褂，换上戎装，说打仗就要打仗，说出兵就要出兵。遵从先前诺言，没有与南方的革命党人合作，也没有与北洋的吴佩孚联手，鹬蚌相争，渔翁得利，老谋深算的孙传芳坐山观虎斗，北伐军在两湖战场大败北洋军，他突然出兵包抄国民革命军后路，亲赴九江督师，相信自己这一次看准了时机。天将降大任于斯人也，孙传芳不再满足于东南五省的地盘，他现在看中的目标，是湖北的武汉和湖南的长沙。

要打仗就要用钱，必须要有钱，兵马未动粮草先行，战争最后都是用钱砸出来的，没钱什么事都干不成。一旦要打仗，孙传芳的约法五章，便成了一个很大的笑话，成了一张空头支票。什么不可干涉民事，什么军事预算勿向民众摊派，等等一切，都可以说话不算数。孙传芳终究改不了武夫脾性，决定先拿英国佬的和记洋行开刀，贴出告示，让和记洋行筹措军费十万元，你们不是很赚钱吗，很会赚中国人的钱吗，那好，就先从你们这儿开始。这一招相当厉害，敢拿洋人开刀，南京人对孙传芳想不佩服都不行。

当时也真还有人相信孙传芳，相信他是关公下凡，相信他是真龙天子。南京这地方自古便有"金陵王气"的说法，凡事都难说，都说不准，说不定孙传芳就像当年的朱元璋，真把这个有点混乱的中华给统一了。一人得道，鸡犬升天，反正战场离南京很遥远，只要不是在自己家门口打仗，只要自己不上战场，想打就打吧，赢了最好，输了跟老百姓也没多大关系。至于筹措军饷，那也是有钱人的事，倒霉的是商家，祸害的是富户。

既然孙传芳能说话不算话，陈陶遗这个省长也不打算再干了，他撂了挑子，挂冠而去，临走前，留了几句话给孙大帅：

"你爱怎么办，就怎么办吧，我呢也管不了。反正你也不是江苏人，只管不顾一切蛮干就是了；我是江苏人，如果江苏遭到战争的破坏，我还有什么脸面见家乡父老！"

陈省长走了，反战的声音报纸上却还在唠叨，还在批评孙传芳不要这样，不应该那样。孙传芳勃然大怒，派人去将报社砸了，把刚印好的报纸扔街上烧了，又把《民权报》的主笔汤新岸捉了去，关在牢里吓唬一通。这汤新岸也是个倔脾气，并不害怕吓唬，还在牢里关着的时候，便想好了文章要怎么写，一出牢门，到了家，有了纸和笔，文章一挥而就。南京的报社没了，投稿不成，就寄到上海去发表。上海按说也归孙大帅管，可是他管不了租界，文章很快刊登出来。这一来，上海的读者看到了，南京的老百姓也都看到了。

于是汤新岸在大街上，光天化日之下，被人割了喉。有人说这是孙传芳派人干的，也有人说不是，理由是孙这么强横的家伙，要杀个谁，要杀就跟你杀个明白，他绝对可以公开杀人，绝对敢公开杀人，绝对是想杀谁就杀谁，犯不着藏着掖着。浙江省长夏超，打算联络南方的革命党人，被孙传芳毫不含糊地杀了，赶过去策反夏超的李正鸣，也被一并枪毙。李正鸣也算很有名声的人物，曾联络过孙传芳，做过孙的思想工作，孙也一度把他当作上宾对待。李正鸣的被杀，彻底颠覆了孙大帅的儒雅形象，特别是在江西吃了败仗，退回南京后，他变得十分暴躁，人挡杀人佛挡杀佛，谁要是敢反对他，谁要是想阻拦他，立刻就是一个杀无赦。

孙传芳离开南京，亲赴九江督师之际，杨逵赶紧将大家召集在阅江楼，一起商量对策。参加讨论的有冯亦雄，有朱东升夫妇，还有几位股东。讨论的第一个话题，战乱之下，快活林与小西天要不要继续营业。冯亦雄坚决主张开下去，仗是打起来了，毕竟离这儿也挺远，也看不出南京城有什么不安定，生意仍然还不错，为什么要急着关门呢。凤仙则转达了朱东升父亲，也就是她老公公朱老七的意见，朱老七作为一名过来人，看到了时局的不妙，他不但力主歇业，而且希望杨逵作为当家人，应该离开南京，躲出去避一避风头。

杨逵是下关地区毫无疑问的第一大佬，人们说起快活林，说起小西天，还有歆琪记营造厂，首先想到的都是杨逵。杨逵并不想一个人说了算，也不能一个人说了算，他必须还要认真听听合伙人的意见，譬如冯亦雄与朱东升夫妇，还有朱东升的父亲朱老七，他们都已经是股东，在他们手中，都捏着快活林和小西天的不少股份，杨逵现在做不到独断专行，也不能一手遮天。

冯亦雄仗着有帮会撑腰，俨然不把即将到来的混乱放在眼里：

"他们要打仗，就让他们打仗好了，跟我们有什么关系，我们照样做我们的生意。"

凤仙说："怎么没关系，当兵的什么时候真跟你讲过道理——"

"不讲道理又怎么样？"

"又怎么样，你好好想想。"

"想什么，我想不明白。"

"想不明白你就再好好想想。"

大家七嘴八舌，讲不到一起去。朱东升看了一眼杨逵，杨逵在低头深思，知道杨逵已听进去了，便向冯亦雄解释凤仙的意思，同时也是进一步说明他父亲朱老七的本意：

"家父的想法很简单，兵荒马乱之际，诸事都不宜。筹措军饷这样的事，迟早都会摊派到我们头上，家父的态度就是，三十六计走为上，杨逵作为当家人，现在他是最显眼的，只要他躲起来，找不到他，很多事情就可以暂时搪塞过去，就可以有个退路，这是最好的缓兵之计。"

冯亦雄仍然听不进去，他的内心深处，对凤仙的老公公朱老七毫无敬意。朱老七的棺材铺生意虽然早就不做了，但在冯亦雄眼中，他依然还是个棺材铺老板，他们怎么能相信一个棺材铺老板的话呢，于是很不屑地打断了朱东升：

"这个叫什么退路？"

"家父的意思，冤各有头，债各有主，只要杨逵不在，只要军方找不到杨逵，事情一定会好办得多。到那时候，大家可以把什么事都往杨逵身上推，杨逵他不在，杨逵是当家做主的，他不在，我们什么事都做不了主。"

"根本就还是棺材铺老板的想法，干吗非要做缩头乌龟呢，我就是不躲，不相信又能怎么样？"

朱东升无话可说，他说服不了冯亦雄。不过杨逵最后还是听从了他的话，也就是听从了他父亲朱老七的建议。过去这几年，杨逵与凤仙的关系改变了许多，再也不像过去那么亲密无间，开始有了防备之心。要说起来，最初也是杨逵建议，通过凤仙，劝说她的老公公投资，让朱老七参股，让朱老七拥有快活林股份。当时绝对是双赢，朱老七有钱，杨逵缺钱，大家都有好处。公司正处于上升期，投得越多，赚得越多。朱老七分享了现成的红利，那是绝对地赚钱，稳赚不赔。朱老七和凤仙都是有心计的人，都会算计，钱越多越会算。杨逵信任朱东升，朱东升为人厚道，也单纯，虽然结婚前听父亲的话，结婚后听老婆的话，他跟在杨逵后面干，从来没有三心二意过，杨逵对他也没什么戒心。

“东升说的这个话，也有点道理，接下来会怎么样，说不准的，我就先到上海去跑一趟，正好可以避避风头。”

冯亦雄说：“杨逵你也是的，也太把凤仙的话，当回事了。”

杨逵看了凤仙一眼，说：“是听东升的话，东兄也这么建议，我想想就还是去吧。”

凤仙有点不乐意：“凭什么东升的话你就听，我说的话，你就不听呢？”

这时候，东南五省收集的去美国费城世博会的展品，都已经集中在了上海。根据最初设想，参展物品应该先在南京预展，通过预展进行审查和淘汰，再经上海转运美国。这么做也是为了保证展品质量，孙传芳是挂名的万国展览会出品会会长，他亲自聘请了五省专家担任审查长与审查员，所有参赛展品都须经过专家审定，填写入选或落选单据。可惜计划赶不上变化，这事说耽误就耽误，孙传芳突然又要打仗了，无心再过问展品，原定的预展不得不停止，改在上海设立收品所，东西收齐了，大家看上一眼，便往美国送，由上海总商会具体负责此事。江苏省实业厅厅长徐兰墅任管理委员会会长，杨逵则被提名为江苏展品审查委员。

杨逵本来并没打算去担任这个审查委员，现在既然大家希望他能离开南京，此时去上海，恰好也是一个机会。报名参加费城世博会的江苏展品还真不少，有手工刺绣，有茶叶，有生丝，有羽绒，南京提供的展品，是云锦和板鸭。对于这个参展活动，杨逵从来都不是很热心，也没把审查委员这事放在心上。现在突然决定要去上海，不仅他自己有点意外，他的临时到场，让上海总商会的工作人员也吃了一惊，最先得到的回复，不只是杨逵不准备参加，其他省份的审查委员，也在找理由推托。

在上海期间，杨逵无所事事，无所适从。对参展物品的看一眼，也就是敷衍，匆匆走走过场，完全变成了一种形式。大多数时间都待在旅馆，生意场上一些朋友，知道杨逵到了上海，轮流请他喝酒。杨逵一向是不怎么喝酒，不过他天生有些酒量，真要让他喝，也很能喝一些。在上海闲着无聊，有酒就喝，来者不拒。这时候，孙传芳在江西与国民革命军大战，互有胜负。上海是孙的地盘，报纸上天天都在报道打了胜仗，都在一个劲吹嘘孙大帅的军队英勇善战，如何又大捷了。喝酒的时候，话题都是孙怎么厉害，有知道内部消息的，还爆出孙传芳作战的终极目标，说孙不仅要打败和收编国民革命军，而且要北上接管北京政府，最后是请南通的张謇出山，让他当中华民国的大总统。

杨逵当时最想不明白的一点，为什么孙传芳打下了天下，却要让张謇来当总统。事实上，半个月前，张謇已在老家南通病逝了。南京人都知道这个张謇，他是前清状元，立宪派代表人物，江苏省咨议局的议长，大名鼎鼎的实业家，曾起草了清朝皇帝的退位诏书，以提倡"实业救国"而闻名，当过实业总长，当过农商总长，还兼任全国水利总长。

5

杨逵离开上海时，正值孙传芳的军队在江西前线全面溃败。上海报纸出现了两种不同声音，一是孙大帅的军队依然还在告捷，所向披靡，一是五省联军土崩瓦解，已经全线崩溃。这一次，杨逵没坐火车回南京，选择了坐轮船；轮船要慢一些，他并不在乎，慢就让它慢一些，不用着急。

轮船行驶到江阴，突然被一艘军舰给强行拦了下来。于是，不得不在码头上停靠，然后有士兵跳上船来，吆五喝六地大叫，进行检查，杨逵也不知道他们在吆喝什么，要检查什么，反正枪口之下，老老实实听从指示就是。再然后是一名青年军官站出来宣布，这艘轮船现在被军方征用了，全体人员立刻下船。船上旅客乱成一团，叽叽喳喳地吵起来：

"我们为什么要下船，为什么？"

"花钱买了船票，为什么要下船？"

这时候，一名传令兵跑到青年军官面前，对着他的耳朵，说了几句什么，青年军官就改了口：

"都听好了，坐大统舱的，坐四等舱的，统统给我下船，听见没有，坐三等舱和二等舱的客人，暂时可以留下。"

这艘轮船是属于英国人的，是英国老板，当兵的不管这些，它在中国人的长江里行驶，船上坐的旅客又都是中国人。杨逷坐的二等舱，这种客轮没有设头等舱，二等舱是最高等级。当时的旅客更愿意坐四等舱或大统舱，价格便宜经济实惠。青年军官宣布三等舱和二等舱的客人留下，人们的反应顿时不太一样，谁都不乐意，谁都有疑问。被赶下船的旅客心里在想，大家一样坐船，一样都买了票，为什么我们要下船呢；被留下的客人心里会想，为什么被留下，难道我们已被军方当作人质了。

杨逷眼睁睁地看着四等舱的客人和散客下船，看着人群通过跳板往码头上走。江边有个临时的军用码头，军舰和轮船因为吃水的关系，靠不上去，只能通过几条船，船和船之间再加上跳板，将旅客送上岸。毕竟坐三等舱二等舱的客人少，下船的有点依依不舍，不断地回头看留在船上的人，留在船上的各位，也有点舍不得下船的旅客，你看着我，我看着你，都不知道接下来会怎么样。下船的旅客走完了，一队队衣着整齐的士兵，又开始沿着跳板上船，数量还挺多，整整的一船人，把原来的四等舱和散客位置都占满了。然后就开船，继续前行，继续往南京方向开。那艘军舰就一直跟在后面，好像是在护航一样。

这样在江上行驶了一段时间，这艘轮船突然又掉头了，又开回到原来的军用码头上，停下来，不走了。杨遽想不明白是怎么一回事，为什么往前走着走着，又不走了，又退回到原来出发的地方，又回到了军用码头上。留在船上的，都是些有身份的旅客，心里充满疑问，既然事情到了这一步，必须弄弄清楚，弄清楚到底怎么一回事，究竟怎么了。大家一致推选杨遽和另一位穿西装的中年人为代表，去与青年军官交涉。杨遽不喜欢抛头露面，但船上一共就三个坐二等舱的旅客，另外两个是不太会说中国话的外国人，大家要推举杨遽做代表，显然是在情理之中，想推托也推托不了。

　　主要是穿西装的中年人在交涉，这家伙是名律师，江宁律师公会的负责人，天生的能说会道，滔滔不绝。说话语气不卑也不亢，他从容不迫据理力争，希望军方能给他们一个很好的说明，解释清楚为什么往南京方向行驶，走着走着，又不走了。军方凭什么要劫持这艘轮船，为什么要限制旅客的人身自由，旅客的公民权利，不可以这么就轻易破坏。况且轮船是人家英国公司的，船上还有两名外国人，军方现在这么做很危险，属于悍然侵犯了外国公司的利益，很可能会引起严重的外交纠纷。

　　"在下只是执行上锋的命令，"青年军官一改蛮横语气，十分平和地说，"会不会引起外交纠纷，这恐怕与卑职无关。"

　　"怎么能说无关呢，外交无小事，可不是开玩笑的事。"

　　"军人以执行命令为天职，除此之外，在下便无可奉告。"

　　"这跟劫持人质有什么区别呢，有没有想过，你们这么做，与土匪的行径已没有任何区别，你们究竟是国家的军人，还是落草的土匪？我看你年纪轻轻，一看也是读过书的，这样那样的道理，肯定还是懂的，对不对。"

一直都是这位律师在说话，在质问对方，在开导青年军官，杨逵也插不上什么嘴。作为一个过来人，他经历过许多事，遭遇了不止一次动乱。杨逵明白这年头，有枪就是王道，有枪就可以为所欲为，不管这个那个，有枪的像土匪时，就是不折不扣的土匪，就是比土匪更加厉害的土匪，跟他们还能有什么道理好讲，说了也是与虎谋皮，浪费口舌。只是现在，既然被大家推选为了交涉代表，杨逵还是不得不再浪费几句口舌：

"都说孙大帅的部队，纪律最严明，都说你们的军队是秋毫没犯——"

秋毫无犯本是一句成语，杨逵不是读书人，因此嘴一滑，说成了"秋毫没犯"。这时候说上这么一句，多少会有些挖苦的意思，青年军官对杨逵翻了个白眼，不说话，根本就是懒得搭理他。

"我们也只是想弄弄明白，究竟什么时候，我们这些人可以回到南京？"

从服装看，眼前的这支队伍，毫无疑问，是孙传芳的士兵。孙的部队一度广受好评，江南五省气候炎热，孙传芳统一定制了联军服装，式样类似后来的童子军军服，一律大檐帽，看上去既轻便又美观，与其他北洋部队相比，可以说是别具一格，南京人都呼为"大帽子兵"。孙传芳自己是正途出身，保定武备学堂毕业，又留学日本士官学校，据说他还特别喜欢外国留学的年轻人，高薪网罗，联军中营长以上军官，都是军校毕业生。五省联军不仅做到了号令统一，着装统一，在军饷方面，也是一改北洋陋习，各省统一在每月一日按时发饷，不得拖欠，同时还要求经济公开，不得克扣和挪用士兵饷项。

青年军官基本上不开口，留在轮船上的旅客，也不明白自己被扣下来，结局会是什么，多少还是有些担心。青年军官告诉大家，扣留这艘船只是暂时，他们不会有任何安全问题。青年军官一再强调，大家不用担心，他们并不是人质，被扣的只是这艘轮船，如果有人要想离开，他们现在就可以走，现在就可以离开。不让他们下船，不希望他们下船，是因为还想把他们送到目的地。尽管青年军官一直在安慰大家，嘴上说一定会把他们安全地送往目的地，可是他连这条扣留的客轮，什么时候可以开都说不清楚。

结果这条船扣在江边军用码头上，足足停留了将近四十个小时。杨遽也不知道这里离南京，还有多远，算算此前行驶过的时间，应该还有很多路，反正不会太近。好在还没让大家挨饿，不仅没挨饿，吃得还非常好。轮船上有一位厨艺不错的大厨，多数坐轮船的旅客，大都自备干粮，大厨的主要服务对象，是二等舱和三等舱的客人。长江滚滚而来，浩浩荡荡的江面，这一段陡然开始变窄，码头离江阴黄山炮台不远，远远地还能看见炮台山，显然已不在炮台的射击范围。江边有个小村庄，突然噼里啪啦开始放爆竹，刚开始，大家都以为是枪声，很快反应过来是爆竹——村里正在为一个九十三岁的老人祝寿。

　　船上待着无聊，既然扣着不让走，青年军官建议大家不妨都下船，到村里去看看，去玩玩，也去热闹一下。这个建议让杨逵他们很犹豫，有人想去，有人不想去。真下船了，这船万一开走，又怎么办。不过人心永远都是从众的，青年军官自己带头下船，他向众人保证，他会和大家一起去南京，不仅他要去，他的部队都会一起去南京，因此诸位根本不用担心：

　　"在船上也是这么待着，下去透透气，又有什么不好呢？"

　　结果是杨逵带头下了船，两位洋人紧随其后，反正船上的旅客，大多数都下了船，由青年军官带队去江边的村庄。村庄看似小，真走近了看，突然发现在大堤的树荫下，有许多户人家。正在祝寿的那家，一看就知道是个富户，刚杀了一头大肥猪，屠夫正在给咽了气的猪使劲吹气，准备刮毛，准备开膛剖肚，旁边一大锅热水烧好了。地上到处都是爆竹炸后的纸屑，空气中弥漫着火药味，死猪的血腥味。孩子们在空地上乱跑，大呼小叫。村民们看见有人过来，特别是看见前面有青年军官带队，一点都不吃惊。

　　原来青年军官的驻扎营地，也离此地不远，他与村民本来就熟悉，与今天被祝寿的老者之子，不止打过一次交道。老者之子是一位乡村读书人，当地中学的一名国文老师，与青年军官见面，两人相互问候，一阵寒暄，然后一起去给老寿星祝寿磕头。杨逵等人出于好奇，远远地跟着看热闹。老人家牙已掉光了，很瘦，明明是个老头，看上去更像个老太太，用大红棉被裹着，坐在堂屋太师椅上，面无表情地接受大家跪拜。两位不太会说中国话的外国人，这时候也一起看热闹，因为是金发碧眼的洋人，村民们免不了要过来围观，七嘴八舌议论。

老者之子对青年军官带来的这一行人感到十分好奇，一行人中间竟然还有两名外国人，更是难以理解。青年军官向他解释，从两人的对谈中，杨逵非常意外地得知情况，了解到自己被扣的真实原因。原来这支半路冒出来的部队，正在密谋背叛孙大帅。秘密行动得到了海军支持，孙传芳是北方人，又是陆军出身，对自己手下以福建人为主的海军，控制能力非常有限。青年军官告诉老者之子，本来的计划是直取南京，抄孙传芳的后路，因为孙在江西前线作战，南京城内十分空虚。他们已与守城部队联络好了，里应外合。没想到孙在前线大败，火速退回了南京。孙传芳回到南京，情况便发生了变化，原计划不得不重新调整，他们的偷袭行动也不得不暂时中止。

青年军官并不忌讳说出自己的计划，也不在乎杨逵他们是否听到，听到就听吧。听得出来，青年军官的思想，明显倾向于南方国民革命军。老者之子则保持中立态度，谁都不喜欢，谁也不支持。作为一名中学教师，他只能靠报纸上的消息推断当前形势，他的消息有些滞后。不过就算消息滞后，仍然喜欢分析形势，喜欢妄议国家大事，喜欢发表个人意见。他觉得过去这几年，坏就坏在冯玉祥不该把退位的皇帝从皇宫里赶走。为什么呢，因为退位的皇帝，从某种意义上来说，就是个装在笼子里的魔鬼，魔鬼就该关在笼子里，北京紫禁城是一个最好的笼子。现在，退位皇帝被放出来，驱逐了，民国的规矩也就被破坏，有点野心的人，都会有当皇帝的念头，嘴上不说，心里肯定这么想，毕竟皇帝的龙椅空在那里。

青年军官不同意老者之子的观点，他觉得民国已经这么多年，非要说谁还想当皇帝，有点胡说八道。老者之子笑了，说人心如此，有人心里就是这么想的，什么武力统一呀，什么护法呀，说穿了，不就是想独霸天下，不就是想独裁吗。青年军官不愿意与他争论，老者之子却还在喋喋不休，说你好好想想，难道不是这个道理，吴佩孚这人怎么样，算厉害了吧，两次被人抄了后路，一次是被冯玉祥，冯要说也是吴的部下，是吴的战将，可他突然叛了，突然反了，结果吴就败了。再后来呢，吴要伐冯，把他的主力都调到了北方，结果又怎么样，结果南方的国民革命军，又一次抄了吴佩孚的后路，在汀泗桥大败吴军。这一次孙传芳玩的这一手，道理是一样的，他不也是想抄国民革命军的后路吗。

老者之子想不明白，这么有心计的一个孙传芳，这一次竟然没有能够得手，竟然会在国民革命军面前吃了败仗。

青年军官笑着问老者之子：

"听这话的意思，难道你还会喜欢孙传芳不成？"

老者之子笑着说：

"我呢，谁都说不上喜欢，干吗非要喜欢他们，我也犯不着这样。"

老者之子又补充了一句：

"老百姓的想法，只要能不打仗，这样才是最好，这样就是最好。"

猪已经杀了，也收拾得差不多，剁成了大小不一的肉块。老者之子请求大家不要离开，要这些突然而至的客人，留下来喝酒吃肉，青年军官开始征求意见，大家是留下来，还是现在就回到船上去。

6

中年律师问青年军官，轮船什么时候能够起航，青年军官摇了摇头，说给你一句实话吧，我也不知道，计划已改变，我现在是真的不知道。事情显然有点弄僵，看来一时还真走不了，大家商量了一番，最后一致认为，反正走不了，待船上也没什么意思，还不如在这里多待一会儿。既然来了，都到了这一步，着急也没用，干脆听天由命，好好享受眼前的这一切，有肉吃肉有酒喝酒。当地有一种土造的黑杜酒，看上去黑不溜秋，有点像酱油，度数不是很高，刚入口味道还有点苦，然而很有余香，当地人都爱喝。

杨适觉得他们一行人，在这儿又蹭吃又蹭喝，有点说不过去。他把这层意思说了出来，老者之子听了大笑，说今天这样一个好日子，你们能到我们这儿来，也是难得的缘分，是给我们面子。你们也都看见了，猪就这么一头，肉足够大家吃，酒呢，也是想喝多少，喝多少，保证大家一个够，不妨来它个一醉方休。直到这时候，杨遽才弄明白，与他们同船的两个洋人，来自欧洲的荷兰。他对荷兰这个国度毫无了解，总觉得只要是洋人，都差不多。中年律师能说英语，与荷兰人说得上话。荷兰人的中国话水平，只能简单来几句，现在一说英语，立刻就话多，仿佛找到了知音，叽里呱啦说个不停。

接下来，大家好像都忘记了现实处境，忘记了他们是被劫持的，忘记了自己被耽搁在了半道上。两位荷兰人都有酒量，第一口酒下去，还夸张地皱了皱眉头，叹了口气，做个鬼脸，再以后，便是大块吃肉大碗喝酒，来者不拒，一口干就一口干。这么一直玩到天快黑，大家再重新回到船上，各自又回到原来的船舱。士兵都下船了，现在船上显得空空荡荡，异常的安静。二等舱是两人一间，杨遽房间的另外一张床铺，本来也是空着的，现在感觉更空了。

轮船耽搁了四十多个小时，终于又一次起航。军方的偷袭南京计划，被彻底取消。青年军官也没跟大家打招呼，和他的士兵都已离开，轮船在杨遽的睡梦中，悄悄出发了。杨遽感觉到了船在动，机器在轰鸣，因为喝了酒，有点迷迷糊糊，醒了一下，又昏沉沉地睡着了。这一睡，究竟是多少时间，杨遽也不是很清楚，再次醒过来的时候，就好像什么也没发生一样，侍者把做好的早餐送来了，有热气腾腾的牛奶和面包，还有煎好的鸡蛋，煎过的洋火腿，一碗小米粥。吃完早饭，杨遽登上甲板，轮船正加足了马力，全力以赴地向南京方向行进。

　　四等舱和大统舱的旅客都不在了，他们在中途被赶下了船。全速前进的轮船乘风破浪，凉风拂面，空气湿漉漉的，雾一样的水汽弥漫在四周，杨逵站在空旷的甲板上，有一种非常不真实的感觉。那艘拦截他们的军舰早已没了踪影，他想起在上海登船，有好多旅客争先恐后地往船上拥，坐二等舱和三等舱的人，可以享受另外的通道，大家走的不是一条跳板，杨逵却忘不了当时的情景。他忍不住又要想起中途被撵下船的那些旅客，情不自禁地想象着后来可能会有的境遇，他们现在又会在哪，又怎么样了。

　　船在第二天的下午才到达，有了半路被劫持的经历，杨逵和其他旅客直到望见南京的燕子矶，才真正感到心头的一块石头落地。再往前走，就是风景秀丽的幕府山，然后就是杨逵非常熟悉的下关码头。终于在下关码头靠岸了，码头上如临大敌，站满了端着枪的士兵。轮船刚刚停稳，就有士兵跳上船来搜查，鬼哭狼嚎地喊着叫着。船上的旅客倒是有惊无险，由船上的水手带队，从容不迫地下了船，从列队的士兵面前通过。接下来究竟会怎么样，杨逵他们也顾不上了，自顾自地径直往外走，到了出口处，看到在等待迎接杨逵的老丁，老丁伸长了脖子，正往这边看，他也看到了杨逵，对着杨逵大声叫唤，使劲挥手。

　　“真不容易，总算是接到你杨先生了，”老丁非常激动，“我的天啦，这到底是怎么回事？”

　　“说来话长，反正是见了鬼了。”

"都说你们被劫持了，杨先生你命大，没遇到什么危险吧？"

"有危险你还能见到我吗？"

老丁赶着马车过来接杨逵，在码头等了很长时间，已不止一天一夜。轮船半道上耽搁了多久，可怜他在码头这里，望眼欲穿地就等候了多久。杨逵他们半道被劫持的消息，早已通过电讯传到了南京，大家都很着急，在这儿等候接船的，远不止老丁一个人。很显然，因为没接到那些半道上被赶下船的旅客，码头上出现了不安和骚动，很多人不相信船上旅客都下来了，都想能上船看看。士兵用枪阻拦，不让接客的人上船，接不到客的人便开始闹事，大喊又大叫。

杨逵也顾不上眼前的喧嚣了，坐上了老丁的马车，直接奔向阅江楼。从码头到阅江楼并没多远，一路上，看到的已是一派兵荒马乱景象。离开南京就这么短短的几天，变化也实在太大了，到处都是荷枪实弹的大兵，穿的军服和番号都不尽相同，有些军人一看就知道不是孙传芳的部队。很快到了阅江楼，从马车上下来，杨逵让老丁赶快去召集人头，去通知各位，让他们立刻都到这里来碰面。接下来，被通知到的人，陆陆续续到了，最先赶来阅江楼的是凤仙，她并不知道杨逵所坐轮船被扣这事，听说杨逵从上海回来了，要跟大家见面，便急急忙忙地赶了过来。

杨逵看见凤仙，随口问了一句：

"东升怎么没有一起过来？"

凤仙听了，想了想，看着杨逵，话里有话地回了他这么一句：

"我没有让他过来。"

杨逵不明白凤仙为什么不让东升过来，不过他从凤仙的眼神里，看出好像有什么事，已经出了什么事，感觉到凤仙有什么话，要单独对他讲。果然凤仙也不问杨逵在上海怎么样，遇到过什么事，为什么要叫她过来，只告诉杨逵在过去这一段时间，南京很乱，乱得让人摸不着头脑。凤仙说有些事，本来是要等他回来再说，可时间又有些紧迫，也就不等他了，反正杨逵在不在也一样。

"怎么了，听你这话的意思，好像真出了什么事？"

"也没出什么大事。"

凤仙不是那种说话吞吞吐吐的人，说事情很简单，非常简单，就是冯亦雄手头最近有些紧，缺钱花，很着急地要弄钱，找到了凤仙的老公公朱老七，要把快活林的股份，抵押给朱老七。杨逵听了，心里咯噔一下，立刻明白了是怎么一回事。对这件事，杨逵早就有过一些担心。当初也是因为资金紧张，杨逵让朱老七持有了一部分快活林和小西天的股份。那时候也没太多想，钱的事是多多益善，不仅让朱老七拥有股份，朱东升夫妇也有，他们真加在一起，也不过是百分之二十多一点。冯亦雄呢，也差不多是拥有百分之二十。杨逵知道朱老七在偷偷收购散户的零星股份，不过他也知道，朱老七手头的那点股份，还占不了多数，不可能超过自己。

如果朱老七把冯亦雄的股份收购了，控制在自己手中，情况就完全不一样。事前他也有过担心，但是真这样了，还是很出乎杨逵意料，特别是在今天这个特殊时刻。很多事可以说预料不到，多少年来，杨遑从未认真想过年迈的朱老七会成为对手，他对凤仙和冯亦雄，从来也都是绝对信任，朱东升也是个厚道之人，现在凤仙突然这么一说，杨遑心里开始感到有些不安，因为冯亦雄真把自己的股份卖给了朱老七，快活林就等于易手了，已完全落入朱老七的掌握之中。

"冯亦雄为什么要这样呢？"

"为什么，缺钱呗。"

缺钱是理由，也可以不是理由。凤仙知道杨遑会为这事，心里不痛快，也知道自己的老公公为什么要偷偷收购冯亦雄的股份，知道朱老七的目的所在，她轻描淡写地说：

"冯亦雄那人你又不是不知道，天生的穷命，有多少钱，都不够他赔的。"

杨遑不甘心地说：

"他缺钱，为什么不来找我。"

"找你，到哪找，你不是不在南京吗，你不是在上海吗，再说了，你不是说你手上已经没钱了吗。"

杨遑有点哑口无言，他一时真不知说什么好，也知道现在说什么都没用。断断续续地，要喊的人都开始来了。朱东升不会来了，他不好意思来。冯亦雄派了个副手过来，说自己身体不太舒服，躺床上起不来。杨遑知道他不过来的原因，害怕出让股份这事，杨遑会当众责怪他，让他在大家面前下不了台。

事已如此，也没有什么好说了，杨遑只是想知道自己不在南京期间，还发生了一些什么事，接下来的形势会怎么样，会如何发展，大家又该如何去应对。手下告诉杨逵，孙传芳败退回到南京，立刻又跑去北方求援，现在已和过去的对手，也就是被他打跑的狗肉将军张宗昌联合，双方部队加在一起，号称七省直鲁联军。张的先头部队已抵达南京，南京街头那些衣衫不整的士兵，就是张宗昌的鲁军。有的士兵军纪极差，到哪都讹钱，到哪都调戏妇女，掏出的是一文不值的军用券，用它来购买商品，还非要逼着商家找现洋，害得商人都不敢开市。到官府去告状，官府也无能为力。对岸的江浦县知事，断不了这个案，已经弃官他走，江这边的下关警察局长，也赌气辞了职。

杨逵回到自己家中，芷歆和三个孩子多日不见他，看见杨逵，难免又惊又喜。女儿小琪先飞奔过来，两个弟弟追在后面。一时间，杨逵被三个孩子包围了，他转过脸来问芷歆，自己不在的这些日子，家中发生过什么事。芷歆想了想，摇了摇头，说还能发生什么事呢，只是听说又要打仗了，大家都在担心。芷歆看来是真担心，问他这仗会不会真的要打，会不会在南京打，真打起来，又怎么办。杨逵看着芷歆着急的面孔，叹了一口气，说这事不好说，太难预料，它要打起来，真要打到南京来，也是没办法的事，不过他肯定会做好安排。杨逵让芷歆不用太担心，总是会有办法，他绝不会让她和孩子处于危险之中。

在家吃完饭，杨逵决定去见冯亦雄。既然他不愿意来阅江楼，杨逵便亲自去看他。杨逵的突然到访让冯亦雄很意外，他显然是故意躲着他的，没想到杨逵这么快就来找他。杨逵也不跟他谈快活林股份的事，开门见山就是大乱当前，冯亦雄的帮会兄弟，必须想办法保护杨逵家人的安全，要保护好芷歆和他的孩子。冯亦雄立刻拍胸脯，说这事你杨逵尽管放心，我们兄弟一场，无论怎么样，都敢跟你打个包票，若要出现了任何闪失，你唯我冯亦雄是问。冯亦雄能这么说，敢这么拍胸脯，也是有原因的，他告诉杨逵，说水根就在南京，现在是鲁军的一名营长，还担任了直鲁联军执法队队长。水根一到南京，就到下关去打听过杨逵和冯亦雄的消息。有水根在，杨逵他的老婆和孩子，还用担心吗。

冯亦雄又说，现在的直鲁联军执法队，到处在抓南方革命党人，不管你是国民党，还是共产党，抓到了就要杀头，东南大学有两名大学生，便是让他们给抓了，在大街上砍了脑袋。冯亦雄突然想起来，杨逵认识其中的一个人，那个人叫朱剑城，他去了广东，又秘密地潜伏回来，结果就被抓去杀了，砍了脑袋。冯亦雄说的这个朱剑城，因为柳碧冈与聂双斌夫妇的关系，杨逵的确是认识，也打过交道，很年轻有为。朱剑城是市党部第一区党部的候补执行委员，他其实是双重身份，既是国民党，也是共产党，怎么就被杀了，真的是很可惜。

"杀他的理由是什么呢？"

"还要什么理由，这世道，真要想杀人，什么理由不能杀人，那还不是他妈的想杀谁，就杀了谁。"

冯亦雄告诉杨逵，现在南京城里到处都是岗哨，到处都是暗探，弄不好就可以找个理由，把你给抓进去。接下来形势会怎么样，现在还摸不透，还真是说不准，不好说。不过冯亦雄向杨遽交了底，他告诉杨遽，自己手下几位帮会的兄弟，和南方革命党人一直都有联系。他的一个徒弟，在和记洋行已秘密地组织了一支纠察队，纠察队有人又有枪，名义上是说要护厂，要保护工厂的设备，真正的目的，是准备在国民革命军打进来的时候，里应外合进行配合。也就是说，最后不管是谁输谁赢，天下不管落到谁的手里，他们两边都会有人罩着。

7

一个多月以后，从南方打过来的国民革命军，开始围城，准备向南京城区发起致命的攻击。南京城里乱成了一片，直鲁联军到处布防，明显处于劣势，却还硬逼着快活林和小西天，仍然要继续开业，说是为了安定民心，实质却是要征用营业所得来充当军费。世道都乱成这样，都觉得不太可能再有什么生意可做，没想到南京人潇洒得很，大家好像见惯了乱世，习惯了醉生梦死，耳朵里都听到隆隆的枪炮声了，依然是该吃就吃，能玩就玩，快活林与小西天照样生意火爆。

杨遽知道这样的状况不会持久，他让芷歆带着三个小孩，住进了亚细亚旅馆。过去这几年，下关地区飞速发展，越来越繁华，亚细亚旅馆与时俱进，也重新装潢改造过，与之前相比，更加高级，设施更加现代化。杨逵在这儿包了一个套房，两间房间带个小客厅。亚细亚旅馆位于下关最热闹的大马路，离杨逵办公的歆琪记营造厂总部，也就是阅江楼不远。有备则无患，亚细亚旅馆老板是日本人，平时接待的都是外宾或有钱人，大家都觉得遇到战乱，南京人能躲在这里，相对要安全许多。

战事在郊外展开了，不时地能听到枪声炮声。躲在旅馆里百无聊赖，芷歆对杨逵变得十分依恋，她天天都在盼望丈夫能早点回到旅馆。亚细亚旅馆对于杨逵夫妇有着特殊意义，他们正是在这家旅馆，举办了隆重的婚事，也就是说，双方在这儿开始了人生的第一次。十多年后，再一次回到亚细亚，再一次以旅馆为家，芷歆感到太多的不可思议，感到了太多的神奇。无法想象，她的男人杨逵，从一个拉黄包车的毛孩子，怎么就变成今天这个样子。她想到了杨逵对自己的痴迷，想到了杨逵得到心爱的女人时，那种忘乎所以的扬扬得意，那种既男人又更孩子气的快乐。芷歆想到杨逵陶醉时对她说过的话，杨逵说你命中就应该是我的女人，你是个有帮夫运的女人，你知道因为有了你，才有了我杨逵的今天。

南京郊区的铜井镇和江宁镇，被北伐军攻占了，陶吴镇和秣陵关也被占领。很快，国民革命军开始从各个方向攻击南京，南边的雨花台和聚宝门战事最激烈，东南边的通济门和洪武门也遭到猛烈攻击，下关处在城北，是直鲁联军的后方，暂时还处于平静状态。杨逵一家在亚细亚旅馆住了有半个多月，这一天上午，杨逵照例离开亚细亚，去歆琪记总部开碰头会。见到了冯亦雄，见到了朱东升，还有几个重要部门的负责人，大家在一起讨论，对下一步形势进行研判。杨逵感到非常震惊，冯亦雄居然带来了三位他的熟人，都是从广东过来，有两位是柳碧冈与聂双斌夫妇，还有一位是范宗邺，冯亦雄一名手下的亲弟弟，去广东前是钟英中学的高三学生。

范宗邺进了黄埔二期，毕业后被分配到国民党中央江苏军事委员会，担任宁垣军事特派员，负责策动南京军警为内应。此时的范宗邺身穿便服，一举一动，一招一式，都是标准的军人派头，他潜入南京已经好几天了。碰头会议结束，冯亦雄走了，朱东升走了，各部门负责人也走了，柳碧冈夫妇和范宗邺留了下来，还有话要对杨逵说。他们很兴奋地告诉杨逵，北伐革命军占领南京就在这一两天。他们希望杨逵能够积极配合，范宗邺还带来一个重要口信，说杨逵的一位老朋友，现在就在南京城外的江宁镇等着杨逵，他很想见见杨逵，有重要的事情要跟他谈。

于是杨逵与范宗邺便跟柳碧冈夫妇分手，他们乘了一条小火轮，沿江西行，去了江宁镇。江面暂时还被直鲁联军控制，一路上几次遇到检查，因为杨逵的特殊身份，都是很快就放行。到江宁镇，江宁镇已被北伐军占领，国民革命军第十八师师部就在那里。到了才发现，杨逵那位老朋友，竟然是许久不见的张海涛。张海涛身穿军服，看上去精神抖擞，一看就知道是范宗邺的顶头上司。简单问好后，张海涛说明要见杨逵的理由。北伐军进入南京已不可阻挡，下关地区情况特殊，有很多洋人的公司，它们都是帝国主义侵略我中华的产物。北伐军的口号是"打倒列强，除军阀"，现在大家的思想并不统一，估计进城之后，会出现一些预想不到的情况。杨遂有很好的人脉，有与洋人打交道的经验，到时候应该如何处置，怎么处理好与洋人的关系，很可能会用得到杨遂。

见到张海涛很意外，杨遂更意外的是还见到了仪菊。与张海涛许久不见，与仪菊是太久不见。事实上，自从她告诉他怀孕之后，他们再也没见过面。杨遂当初答应过她，大家再也不相见。他只知道在郊区有个叫清修的地方，仪菊办了个孤儿院，不知道清修就在江宁镇附近，不知道十八师师部就在孤儿院旁边，也不知道张海涛会把仪菊喊过来。与仪菊的见面很匆忙，两人匆匆对看了几眼，简单交流了几句话，若无其事的样子，便再次匆匆作别。经过孤儿院，从敞开的大门望进去，几个穿着统一服装的儿童，正在空地上嬉闹，一看就知道是孤儿院的孩子。

杨遂与范宗邺几乎是立刻就踏上了返回下关的小火轮，船在江面上急速前进，因为是下水，显得更快。机器的轰鸣声很大，一路上，范宗邺扯开了嗓子，与杨遂大声说着话。杨遂心头很乱，有些心不在焉——这么多年不见面，仪菊头发完全白了，看了不免太伤感。其实她也就快五十岁。毫无疑问，孤儿院那几个嬉闹的孩子中，肯定有一个就是他和仪菊的儿子。

快到下关时，江面上突然发生了战事，炮舰和炮舰互相开火了，江岸上也在凑热闹，也对着炮舰一阵射击，弄得杨遂他们的小火轮进也不是，退也不是，最后不得不停下来，等双方停了火，再靠上码头；杨逵在下关不仅有自己的船，也有自己的码头。

回到歆琪记总部，杨逵把负责看家护院的人都召集过来训话。快活林和小西天，立刻封门歇业，几家公司，仓库和码头，派人员守卫。杨逵还特地安排了两个人，去亚细亚旅馆守着，专门保护自己家人。都说兵败如山倒，世事难预料，战乱战乱，有战必有乱。不管怎么样，张海涛的提醒，让杨逵有了警觉，他知道在南京，有时候有洋人会安全，有时候有洋人反而会麻烦。国人本质上都是要排外的，打倒列强深得民心，过去几十年的历史证明，只要有机会，民间对洋人的仇恨，便会肆无忌惮地发泄出来。

这时候，北伐军大约已冲进南京城了，下关街头全是正在慌乱撤退的直鲁联军，一队接着一队。杨逵他们的码头，说强占也就强占了，根本就没什么讲理之处。此前杨逵曾与水根见过一面，当上鲁军营长的水根拍着胸脯，让杨逵绝对放心，说北洋军不会输，不可能输，南京城丢不了；现在这阵势，水根也不知去哪了，不知是不是已撤退，撤退到江对岸了。抢劫几乎立刻就爆发，一点征兆都没有，大队士兵还在街上排队行进，零星的逃兵换上了便服，钻进旁边的小巷开始打家劫舍。更糟糕的是，南京当地的流氓地痞，捡起逃兵扔下的军装，穿在自己身上，冒充北洋兵浑水摸鱼，趁机抢钱抢物，强奸民女。

一时间，下关地区又一次成了人间的活地狱。完全是历史的再次重演，仿佛又回到了当年，回到了十多年前，辫帅张勋的溃军在下关为非作歹。对于下关的老百姓来说，这一幕似曾相识，这一幕记忆犹新。抢劫总是伴随着烧杀，烧和杀可以掩盖证据，所谓死无对证，坏事既然做了，索性就把坏事做彻底。好在大马路这一段还算安静，打家劫舍往往是从外围开始的，先深入到小巷深处，先从偏僻的地方动手，亚细亚旅馆位于繁华热闹地段，暂时还处在太平之中。当然，这也只是大家都觉得，洋人的旅馆肯定安全，咸丰年间闹太平天国，南京有钱人都往上海跑，为什么呢，上海有租界，租界里很安全，下关地区洋人开的旅馆，差不多也就是南京的租界了。

一天忙乱下来，杨逵回到亚细亚旅馆，绷紧的神经，终于能够放松。外面乱成一团，旅馆早已爆满，能在这里入住的，不是外国人，就是有钱人。杨逵已踏入了有钱人阶层，他忘不了自己第一次是怎么进入这家旅馆的：辛亥革命期间，他奉彭锦棠之命，送仪菊到亚细亚旅馆，半途上又顺道要接芷歆。记得还是分了两次，先在芷歆家打好招呼，让她赶快做准备，把仪菊送到旅馆，再赶回去接芷歆，再把她送到亚细亚。当时情况危急，仪凤门随时会被清军封锁，差一点没能出得了仪凤门。那时候的仪菊，年龄就跟现在的芷歆相仿佛，换句话说，今天的芷歆在各方面，都很像当年的仪菊。杨逵把她们送到亚细亚，再次见面，彭锦棠已英勇牺牲，彭锦棠的头颅高高挂在仪凤门城楼上。杨逵急急忙忙地跑到亚细亚，把噩耗告诉仪菊，让她出面去为彭锦棠收尸。

此时此刻，外面的混乱，不能说一点没传到旅馆内部。枪炮声变得稀稀落落，芷歆一直都在为杨逵的安全担心，现在天黑了，她终于把他盼回来了。芷歆什么话也没说，也没问，乱世最见真心，她的表情，她的喜悦，充分说明杨逵对她有多重要，充分说明她是多担心他。杨逵说，我在外面没事，你在这儿也不会有事，孩子们都不会有事。杨逵又说，我安排好了两个人，让他们就守在亚细亚外面。晚饭在楼下餐厅吃，外面尽管很乱，这里的菜肴却还是很丰富，非常美味。吃完以后，杨逵夫妇在三个孩子房间，与女儿和儿子嬉闹了一会儿，杨逵先走开，芷歆哄孩子睡觉。

芷歆回到自己房间，杨逵洗完澡，换上了日式和服睡衣，正坐在床上想心事。她知道他这是在等自己，夫妻之间有些事，不用多说，很容易心领神会。芷歆也去洗了洗，刚坐到床沿上，就被杨逵一把从后面给搂住，什么话也不用多说，十分潦草地意思一下，大家褪去衣服，水到渠成。芷歆突然显得比杨逵更迫不及待，她扑在杨逵怀里，忘情地说：

"我真的是很担心，你不知道人家有多担心。"

"担心什么，我这不是好好的吗？"

"你好好的，我也担心。"

杨逵似乎不在状态，心不在焉，注意力集中不了。他喜欢芷歆坐在他身上，喜欢处于被动。女在上是仪菊擅长的，她喜欢这样玩，喜欢用这样的方式，来控制局面，来左右形势。芷歆一开始接受不了，她觉得这样怪怪的，又龌龊又下流，内心深处难免会有抵触。很长时间里，她都没有办法去适应，这么做不仅怪，而且还很累，芷歆想不明白杨逵为什么会喜欢。渐渐地，习惯成了自然，自然也成了习惯,她甚至也开始喜欢这样,杨逵喜欢,只要杨逵喜欢就行。外面的街上,突然传来一阵哭喊声,好像很远,又好像很近,响了一会儿,声音没了。芷歆为此有点分心,有点走神,杨逵也更加分心,也更加走神。

月光从窗外射进来,正好照到了床上,照到芷歆的脸上。杨逵看着芷歆,欣赏着她脸庞上的月光,情不自禁地想到仪菊,想到了他们之间曾经有过的欢乐,曾经有过的荡气回肠。在这个时间节点上,在这个最不该想到仪菊的时刻,想到仪菊非常不合适,又不可避免。原因很简单,就在今天,就在江宁镇,杨逵见到了许久不见的仪菊。正是因为许久不见,如果不是今天偶然相遇,他甚至都忘记了自己生命中,还有过一个如此重要的女人。仪菊的那一头白发,让杨逵感到震惊,非常的震惊。往事不堪回首,一头白发的仪菊,完全变成了另外一个人,一个与过去毫无关系的女人。

芷歆很努力,一直在努力,很累,真的很累,快坚持不下去。她察觉到杨逵有点异样,有点不太对劲,问他怎么了,在想什么事。说话间,两人互换了位置,杨逵说没想什么,实际上正在想,他在想仪菊头发都白了,竟然完全白了,说白就白了。仪菊毛发很重,汗毛很长,腋毛很浓,看上去还有点硬。芷歆不一样,她身上很光滑,人也要略小一号。不过杨逵觉得芷歆越来越像仪菊,越来越成熟,尤其在那方面。杨逵明知道这时候想这个不好,很不对,又忍不住要想,越想越兴奋,越想越激动。他兴奋和激动了,芷歆也情不自禁,跟着杨逵一起兴奋和激动:

"前些日子，身上那玩意儿总是不来，我就在想，会不会又怀上了。"

芷歆事后告诉杨逑，两个儿子在旅馆大堂跟别人家小妹妹玩，觉得小妹妹很好玩，希望妈妈再帮他们生个小妹妹。杨逑觉得芷歆说的这事挺有意思，真怀上了挺好，非常好，心里这么想着，嘴上这么说着，又嘀咕了一句什么，竟然就撇下芷歆不管她了，心满意足地呼呼大睡。

这一觉睡得很沉，到天快亮，才开始做梦，他梦到自己在浩瀚的长江里游泳。杨逑自小生长在长江边，要游泳都是浸泡在江边的小河里，在长江中流击水，好像还是第一次。万里长江波涛汹涌，万里长江风平浪静，有时候水是浑的，有时候水又非常清澈。杨逑突然发现不远处有个女子在起伏，散开的头发像黑色的浮萍，漂浮在水面上。杨逑突然意识到这个人就是芷歆，芷歆不会游泳，她为什么会在长江里，为什么。杨逑开始追逐芷歆，眼看着要追上，人却没了，过了一会儿，又看见她在不远处沉浮。在江面上游水的感觉很奇特，仿佛从高空坠落，从无限的高度跌落下来，迟迟不能落地。突然间，杨逑发现自己可以跃起飞翔了，像鸟一样飞翔在水面上。他看到了芷歆，他飞到芷歆身边，芷歆变了一个人，变成了仪菊，再然后，仪菊也变了一个人，变成凤仙，变成了小时候的凤仙。杨逑不明白这是怎么回事，凤仙竟然还仰着头跟他说话，她说我们的事，芷歆都已经知道了。杨逑说我们有什么事，我们怎么了，凤仙说你是真糊涂，还是假糊涂，我才是你的原配，我才是你的老婆。杨逖说你才是糊涂呢，糊涂的应该是你，芷歆她才是我老婆，我这一生，都是在追逐她，你不知道我为了追到她，吃了多少辛苦。说完这句话，杨逖发现凤仙又一次变成了芷歆。

人生如梦，梦中有梦，梦中又套着梦。在梦中，杨逖意识到自己是在做梦，他对自己说，既然是在做梦，就让它继续做下去，多做一会儿，或者干脆用不着再醒过来。自己如果有了翅膀，能在江面上飞翔，这不是很好的一件事吗。然而最终，杨逖还是突然被孩子们的声音，给喊醒了。

第十一章

　　杨遨被孩子们的叫声给喊醒了，这一觉睡得昏天黑地，这一觉睡到了九霄云外，一时都不明白自己是身在何处。芷歆与孩子们连早饭都吃过了，这时候，正伏在窗口，非常好奇地往大街上看。杨遨的这间屋子正好对着大街，他伸了个懒腰，翻身下床，走到芷歆身边，探出脑袋，也往大街上看。

　　这是杨遨第一次看到国民革命军的军旗，此前他见到的军旗，都是北洋的十八星陆军军旗，杨遨分不清北洋的这系那系，军旗都差不多，北洋好像也不在乎什么军旗。北伐军的军旗很显眼，中间有一个蓝色打底的大圆圈，上面绣着白色的十二角星，因为是第一次见到，感觉非常新奇。再往以后，随着南京国民政府的成立，这居中的十二角星图案，稍稍有些变动，往左上方挪移，就变成了大家熟悉的青天白日满地红国旗。

大街上都是精神抖擞的北伐革命军，很显然，下关被他们占领了。有围观的群众，不远处，一名青年军官居高临下，站在一张桌子上，正向老百姓宣传着什么。他说的话是外地口音，声音尽管很高亢，杨逵还是听不太明白。芷歆见杨逵起来了，便安排他吃早餐。早餐是侍者专门送上来的，西式的牛奶和面包。杨逵去盥洗室刷牙洗脸，一边刷牙，一边又忍不住好奇之心，含着牙刷，再次走到窗口，继续往大街上看。那位青年军官还在演讲，看来快到尾声，声音加大了，手势挥得也更激烈，他身边站着好几位身穿北伐军军服的年轻人，正做出准备拍手的样子。

然后就是离开窗口去吃早餐，青年军官显然是讲完了，杨逵听到了楼下群众响亮的鼓掌声，口号声，声音很响，很热烈。安静了片刻，听到一个女人的声音，说的是南京话，声音很大。杨逵端着牛奶杯，再次走到窗前，与孩子们一起往下看。杨逵的两个儿子，人小个子矮，搬了椅子，站在椅子上看，芷歆怕他们摔下去，一次次地叫他们赶快下来。两个儿子都有些调皮，都不听芷歆的话，都对杨逵有些畏惧。看到父亲过来了，立刻从椅子上跳下来，逃回自己房间。女儿小琪不怕父亲，她已经十岁了，父亲一直都宠着她，见杨逵来到自己身边，大声问他：

"爸，那个女兵在说什么，女兵也要打仗吗？"

杨逵按捺不住好奇，也想听听那位女兵在说什么，一眼望过去，觉得有些脸熟，说话的声音好像也熟悉，定睛一看，终于知道这人是谁了。这个英姿飒爽地站在桌子上的女兵，竟然会是柳碧冈。昨天在歆琪记，杨逵还与柳碧冈夫妇见过面，她怎么突然就换上了军装，成了北伐军的女战士。杨逵摇了摇头，笑着告诉依偎在他身上的小琪：

"这个女兵爸爸认识，她还到过我们家。"

"到过我们家？"

"对呀，她到过我们家。"

一旁的芷歆听到这话，连忙也过来看，问什么人呀，怎么会到过我们家。小琪指给她看，芷歆对着柳碧冈仔细端详，想不起这个女兵是谁，更奇怪她什么时候来过自己家。杨逵便跟芷歆解释，说很多年前，那时候柳碧冈还是个女大学生，帮上海的《申报》采访过他。一提起《申报》的采访，芷歆开始有了一点记忆，不过要把女记者与眼前的这位女兵联系在一起，还是有点半信半疑。接下来杨逵的一句话，打消了她的疑问：

"我昨天还见过她——"

"昨天你们见过？"

"昨天在歆琪记，他们夫妇都在，这夫妻两个，都是共产党，都是从广东那边过来的。"

"她是共产党？"

"夫妻两个都是，还有一个叫范宗邺的，昨天也在场，他是国民党。"

杨逵本来要说自己还与范宗邺一起去了江宁镇，话到嘴边，没有说出来。北伐军虽然进城了，已经控制了这个城市，接下来到底会怎么样，说不准，他没必要把私下与北伐军的接触说出来。关于这个党那个党，老实说芷歆弄不太明白，不光是她弄不明白，连杨逵也不太明白。就目前而言，北伐军，国民革命军，还有国民党和共产党，还都是一家，好像都还是一回事。反正为了革命，就都要演讲，都要宣传，因此柳碧冈在大街上扯着嗓子喊话，在杨逵夫妇看来，也是挺正常的事情。

看来外面还是太平的，吃完早餐，杨逵决定出去看看。门外就是下关的大马路，差不多也就是这地区的中心。等到杨逵走出亚细亚旅馆大门，街上演讲的和听演讲的人都散开了，大马路上突然之间就没有了什么人，偶尔路过的，都是北伐军的士兵。杨逵也不知道街上为什么说没人就没人了，一切都感觉有些不真实，便沿着大马路往江边走，走出去了一段路，听见旁边小巷深处，隐隐约约地有女人的呼喊声，喊了几声，没声音了。杨逵心里觉得不是个事，忍不住就往那边走，只见一扇大门敞开着，里面两个男人正在抢一个女人的包袱。杨逵傻傻地站在门口，还在犹豫要不要过去干涉，两个男人中的一位回过头来，看见了杨逵，立刻从怀里掏出手枪，让他不要动，不许跑，说着走过来，把杨逵拉了进去：

"你他奶奶的住这儿？"

"不住这儿，路过，只是路过。"

"要是敢吭声，老子一枪毙了你！"

杨逵立刻明白，自己遇到了换上便服的北洋军逃兵。他有点后悔，觉得自己太冒失，情不自禁地把手举了起来，不得不乖乖地举手，不敢不举手。对方气势汹汹，过来搜身，上上下下摸了摸，把杨遽的钱包掏了出来，看了看里面，涎笑着说：

"别他妈怨我，是你小子自己送上门的。"

结果女人的包袱被抢走了，杨遽的钱包也被抢走了。女人看着扬长而去的逃兵，再回过头来看杨遽，一脸的悲痛，恶声骂道：

"畜生养的，早晚都是要吃枪子的。"

杨遽摇头苦笑，心想刚才那家伙说得也对，他确实是没事找事，自己主动送上门。那女人还在心疼被抢走的包袱，又无可奈何，只能继续咒骂那两个逃兵，拣最歹毒的词用。杨遽自认倒霉，转身离开，又回到了大马路上，想了想，觉得还是回亚细亚算了，这兵荒马乱的，再往前走，不知道又会遇到什么幺蛾子。到了亚细亚旅馆，杨遽往歆琪记打电话，那边一听是杨遽，立刻喊了起来：

"杨先生，出事了，出大事了——"

杨遽听了一怔，不知道那头出了什么事，让对方把话说说清楚。对方喘了口气，定了定神，说：

"他们说要把什么委员会放在这儿。"

"什么委员会？谁说的要把它放在这儿？"

电话那头突然换了一个人的声音：

"杨遽是我，我是张海涛——"

"张先生，噢，张先生好——"

张海涛向杨遽解释，是他决定要把安全委员会安排在他的歆琪记大楼。电话里的张海涛笑声不断，看来心情很不错，说他仔细想了想，在下关地区，还没有什么地方，能比杨遫的这个歆琪记大楼，更适合安全委员会，因此张海涛决定要借用一下，他相信杨遫不会不答应。张海涛告诉杨遫，十八师的师部就在下关，考虑到下关的重要性，北伐军总指挥部决定要在这一地区，设立一个安全委员会，负责恢复下关地区的安全，由张海涛临时担任安全委员会主任。下关现在是北伐的最前线，是前沿阵地，又是北洋军渡江逃跑的必由之路，被打散了的北洋士兵，正在这一带流窜，对这一地区的安全和稳定，造成了极大的破坏，也是很大的隐患。

杨遫立刻想起自己刚才的遭遇，想到那个拿着手枪指着他的北洋溃兵。张海涛问杨遫，此时此刻他人在什么地方。张海涛提醒杨遫，南京城虽然已被北伐军占领，治安状况却非常不好，可以说是很不好，大家最稳妥的办法，就是老老实实地待在原地不动。杨遫目前是在亚细亚旅馆，张海涛相信那个地方还是相对安全的，如果杨遫想出门，他可以立刻安排两个士兵前去保护杨遫。杨遫觉得不需要张海涛派士兵保护自己，反正是待在旅馆里，既然这里相对安全，他就待在这里好了。

回到旅馆房间，杨遫想把自己被抢的事，告诉芷歆，话到嘴边，忽然想到没必要告诉她，没必要吓唬她和孩子。杨遫只是警告芷歆和孩子，千万不要离开亚细亚，不要出旅馆大门，不要到外面去。他告诉芷歆，街上现在很乱，他今天哪里都不去了，就待在旅馆陪老婆孩子。杨遫一向都是个大忙人，很少有时间陪家人，他这么一说，大家都很高兴，两个儿子也不想再出去和其他的孩子玩了。跟随父母在这儿避难的孩子很多，不是有钱人家的公子小姐，就是洋人的小孩子，都喜欢在大堂里玩，那里有个拐弯楼梯，孩子们喜欢沿着楼梯的扶手，从上面滑下来。

到了下午，杨逵闲着无聊，正睡午觉，楼下忽然声音很闹，不知道是出了什么事。往窗外看，大街上乱哄哄的，一下子出现了好多人，还有人在呼喊口号。再仔细观察，发现楼下不仅是人多，大家还很激动，都聚集在亚细亚旅馆门口。杨逵也不知道这是为什么，让芷歆带着孩子在房间里不要出去，他下楼看看怎么回事。下了楼，才发现有民众居然包围了亚细亚旅馆，说有人看见两个北洋军人逃了进去，他们要到旅馆里去搜查。亚细亚的门卫拦着不让进，日本老板闻讯赶到，态度很强硬，不让民众进入旅馆，坚决不让搜查。

杨逵以为是打家劫舍的北洋溃兵，逃进了亚细亚旅馆，便上前招呼，希望日本老板能放民众进来搜。怕什么呢，人多则势众，人多了，两个逃兵很容易对付，最起码的也是要想方设法，把两个逃兵撵出亚细亚旅馆，否则对住旅馆的客人也不好。日本老板很顽固，坚持原则就是不让搜。杨逵这才发现，聚集在门口的人群中，还混杂着好几位携枪的北伐军士兵，一位青年军官在拼命拦着民众，不让他们进入旅馆。要想把民众拉住并不容易，有一位书生模样的人很愤怒，他跳到高处，大声喊道，大家看见没有，这个就是帝国主义的一套，我们明明知道这两个坏家伙就藏在这里，就藏在这个旅馆里，为什么不让我们进去搜，为什么不让搜。

终于弄明白，藏在亚细亚旅馆的，并不是抢劫的逃兵，而是两名逃脱的北洋军官。这时候，住在亚细亚旅馆的几位洋人从自己房间走出来，下了楼梯，走过大堂，到了旅馆门口，问过几句话后，其中一位旗帜鲜明地表态，支持日本老板不同意搜查，连声喊着"NO，NO"，一边喊，一边使劲摇手。他的态度立刻引起民众的不满，书生模样的人大声喊着，说帝国主义的列强都是一路货色，同胞们，我们难道还要尊重他们的特权，还要忍受他们的污辱吗，我们不能答应，我们不答应。他的话显然很有煽动性，民众开始愤怒，又一次开始要往亚细亚旅馆里冲。

青年军官继续阻拦，张开双手，不让大家往里冲。杨遬这才发现自己的判断并不准确，他原以为那些与民众在一起的士兵，与老百姓是一伙的，后来才发现他们其实是在维护秩序。荷枪实弹的士兵态度很暧昧，在青年军官带领下，他们不让民众进入旅馆，暗地里却又好像是在偷偷鼓励。场面真的很混乱，让杨遬感到更吃惊的是，有的民众手上竟然也有枪，有的民众胳膊上还有红袖标。他看见了一个熟人，此人是和记洋行纠察队的队员，纠察队的队长是冯亦雄帮会的一名兄弟，杨遬与他们都熟悉，便拉住了这个人，向他问明情况。

"这里面藏着两个杀人犯，就是这两个人，我们队长，还有我们的几个兄弟，就是被他们枪毙的。"

听了他的话，杨遬终于弄明白了，现在大家要抓的，是两名直鲁联军执法队的军官，他们下令枪毙了和记洋行纠察队队长和队员。情况变得不可收拾，青年军官与亚细亚旅馆老板进行协商，最后协商下来，还是要去请示最高方面，要有了最高方面的命令，才可以进旅馆搜查。大家都在担心，担心亚细亚旅馆有后门，或者还有别的什么通道，担心两个北洋军官早就已经逃走了。群情激愤，一阵大喊大叫以后，形势突然有点失控，不知道是谁大叫一声，民众突破了士兵维持秩序的防线，冲进了旅馆。

接下来的混乱可想而知，转眼之间，亚细亚旅馆完全失控了，民众不可阻挡一拥而上，呼喊着冲了进去。大家开始挨个房间搜查，杨逵赶快上楼，回到自己的房间，与芷歆和孩子们在一起。旅馆里的安逸顿时被打破了，没人知道接下来会发生什么样的事。人声鼎沸，女人的呼喊声，孩子的尖叫声，大呼小叫，乱成了一片，乱得无法收拾。又是突然，传来了欢呼声，杨逵打开房门，光听得见声音，看不出究竟发生了什么，声音显然不是从这层楼发出来的。杨逵便回到窗口，往楼下的人街看，等了一会儿，一群人冲着亚细亚旅馆的门口大喊，有两个穿着长衫的人被押着走出来，交给了持枪的士兵。

青年军官和他的士兵押送着这两个人离开了，民众追在他们身后呼喊着口号。亚细亚旅馆并没有因此恢复秩序，反而是由于军方人员的离开，情况变得更加复杂，更加难以控制。民众正在发泄自己的愤怒情绪，日本人的亚细亚旅馆，隐匿了北洋军人，充分说明了帝国主义与北洋军阀是有勾结的。有人喊口号，喊"打倒列强，打倒军阀"，不光是在喊口号，大家干脆异口同声地开始唱歌，唱起了北伐革命军军歌：

打倒列强，打倒列强，

除军阀，除军阀，

努力国民革命，努力国民革命，

齐奋斗，齐奋斗。

打倒列强，打倒列强，

除军阀，除军阀，

国民革命成功，国民革命成功，

齐欢唱，齐欢唱。

这首歌很容易唱，很容易上口，不用教就能会，大家一起唱起来，歌声嘹亮。让杨逵感到惊奇的是，女儿小琪和两个儿子，竟然也在看热闹的时候，跟着一起唱了，还有腔有调。这以后，聚集在亚细亚旅馆门口的抗议人群，就没有真正散开过，走了一拨旧的，又会来一拨新的。大多不是下关当地人，也不知道是从哪冒出来的，他们来了，就与下关当地的老百姓掺和在了一起。杨逵开始有些担心，吃不准在这里继续住下去，会不会有安全问题。不断地有人进入亚细亚旅馆，借口要搜查什么，把房门给敲开。好在不管是谁敲门，杨逵在下关名声太大，总会有人知道他是谁，一看开门的是杨逵，立刻点头哈腰，打个招呼，然后退了出去。

外国人的威风显然已不复存在，世道就是这样，要是一旦真乱起来，变成了失去秩序的乱世，平时神气活现的洋人，也会立刻岌岌可危，变得和中国人一样，甚至还不如中国的普通百姓。现在，外国人成了列强的代名词，洋人就是帝国主义。接下来的一晚上，好像没怎么消停过，显得很不太平。在亚细亚旅馆，杨逵曾安排了两个人在下面守候，张海涛还说要派两个士兵来保护他，都是因为觉得没必要，让杨逵给打发了。后悔已经来不及，不过他也不是特别担心，毕竟这是在下关，毕竟这是在杨逵的地盘上。

在亚细亚旅馆门前，有一个小小的广场，升起一堆篝火，火光冲天，一晚上都有人聚集在那儿。从杨逵房间的窗户里，只能看见广场一角。北伐军的军歌差不多响了一夜，军民在那里彻夜联欢。就在这天晚上，就在一楼，就在杨逵所住房间的楼下——他家住在三楼——发生了一件令人难以置信的强奸案。两个下关地区的小流氓，偷偷溜进了亚细亚旅馆，大门口正在联欢，没人注意他们怎么跑进去的。本来只是想进去偷东西，在过道上或库房里随便捞点什么，没想到一路摸进去，最东边一个房间，有一扇房门竟然没有关好。既然没关好，两人便摸黑进去了，这一进去，没想到里面还睡着人。

房间里睡的是一名中年女佣与两个小男孩，女佣是中国人，她的雇主却是金发碧眼的洋人，两个小男孩自然也是一头黄发。两个小流氓摸黑进屋，没想到女佣听到动静，一伸手，把电灯打开了，这一开电灯，房间里的状况立刻一清二楚。两个小男孩一个九岁，一个六岁，全无知觉地呼呼大睡。女佣想喊，又捂住了嘴，吓得不敢喊。两个小流氓也慌了，你看看我，我看看你，也同样没有了主意。僵持了一小会儿，其中一个小流氓扑向女佣，另一个抢着过去关灯，灯一关，小流氓胆子也就大了，扑向女佣的那个小流氓就教训她，压低了嗓子说：

"你他妈侍候洋鬼子，今天该侍候侍候我们。"

"就是，该让我们开开荤了。"

再接下来，两个小流氓在黑暗中，把女佣给轮奸了。女佣从头到尾都很顺从，她不敢过分反抗，怕惊醒了两个孩子。有一个小流氓是结过婚的，有老婆有孩子，男女之事熟能生巧，也没费什么周折，就把事给办成了；还有一个没结过婚，这辈子没碰过女人，忙乱了半天，总是不得要领，还没进入，已经弄得到处都是。于是很沮丧，很恼火，照女佣脸上就是一拳。女佣哇的一声，另一个赶紧上前捂嘴，指责说你打她干吗。这个就说，我当然要打她，这屄女人，两条腿夹得太紧了。又说洋人弄你的时候，你也这么把腿夹着，也夹这么紧。这小子毕竟年纪轻，火力旺，嘴上骂着，不一会儿工夫，又坚挺起来，又一次扑倒在了女佣身上。这一次终于得逞，终于心满意足，说妈的，总算让老子尝到女人的滋味了。

另一个老是这么用手去捂女佣的嘴也很累，便把手放开了，让这一个快一点。女佣被捂得差点闷死过去，重重喘了一口气，求对方不要伤害，说自己儿子的岁数都比他们大，还是放过她吧。这时候女佣只希望对方赶快结束，偏偏一时又还结束不了，没办法结束。一个不停地在催，催得都有点不耐烦了，一个却还是没完没了。女佣哽咽着，说我男人都死了好多年，儿子好不容易娶了媳妇，你让我以后怎么做人。这一个开始喘粗气，气喘吁吁，说你怎么做人，还想做人，你就不要做人好了。说话的声音情不自禁地有点大，也可能动作太过粗野，睡梦中的大男孩惊醒过来，看到黑暗中有几个人影，便叫唤起来。

他这一叫，不在干事的那个连忙上前捂小孩的嘴。在干事的这个连忙也捂女佣的嘴，哪里捂得住，两个被捂的都在发出声音，结果小男孩也醒了，也一起使劲叫。楼道里传出了开门声，询问声，捂小孩的那个觉得情况不妙，连声说"我们快跑吧"，说完，带头就往门外跑，这个见那个跑了，也只好拎着裤子跟着跑出去。这时候，楼道里有人出来，看见两个人影慌慌张张在跑，就追在后面喊起来。这一追着喊，两个人刚跑出亚细亚旅馆，便被抓住了，被正在广场上联欢的人给抓住了。跑后面的这个，裤子还没系好，因为没系好，被抓时手一松，裤子掉了下来，家伙也露出来了，很淘气地竖着，还没有完全软下去。

这事发生在下半夜，杨逵并不知情，他睡着了。睡在身边的芷歆，睡在隔壁屋子的三个孩子，也完全不知道。外面太吵太闹，楼下大马路上，一夜都没有消停过。下楼吃早饭，大家都在议论，安全委员会也派人过来协调，垂头丧气的日本老板，雇用女佣的外国主人，正与前来协调的人进行严正交涉。餐厅里吃早饭的人并不多，看得出来，人们还是有点神色慌张，不知道接下来会发生什么。杨逵他们对半夜发生的事一无所知，再加上他是下关本地人，显得很坦然。芷歆与三个孩子吃完早饭，先一步上楼了，杨逵还坐在那儿，打算再喝上一会儿茶。这里的茶也谈不上有多好，他只是喜欢它的环境。

就在这时候，杨逵突然看到了张海涛。张海涛竟然在不远处，就坐在餐厅角落的一张桌子前。他默默坐在一个极不显眼的地方，侧身对着杨逵，独自一个坐在那儿，与杨逵一样，也在慢腾腾地喝茶，一边喝着茶，一边想着心事。杨逵有些激动，没想到会在这里遇到张海涛，站起身来，走过去跟他打招呼。张海涛回过头来，看上去很疲惫，心事重重。与杨逵表现出的激动不一样，张海涛十分平静，好像只是突然才想起，杨逵不久前曾跟他通过电话，突然想起杨逵就住在这家亚细亚旅馆。作为下关地区安全委员会的最高长官，张海涛此时心不在焉，有点无精打采。

张海涛的手下正跟亚细亚旅馆的人进行交涉，无论是日本老板，还是女佣被强奸的外国雇主，态度都有些强硬，都在一个劲报怨，喋喋不休地说着什么。一时间，杨逵有很多话要问，他想问张海涛，知道不知道昨天从这里抓走了两名北洋军官，接下来形势又会怎么样。张海涛看着杨逵，正要说话，那边一直在负责协调的手下，已经过来汇报了，他对着张海涛耳语，说了几句什么。张海涛一边认真听，一边点头，然后很不屑地看着那边的洋人，义正辞严地说：

"你可以去告诉那些洋人，你就代表国民革命军告诉他们，帝国主义列强在中国为所欲为的日子，一去不复返了。外国公民在中国只要遵纪守法，只要是合法做生意，我们绝对会予以保护。但是，如果他们仗着帝国主义的势力，做一些对中国人民不利的事情，那我们也不会客气，绝不客气。"

张海涛说这番话时，亚细亚旅馆的日本老板、受害女佣的洋主人，就在不远处站着，就在不远处听着。他们完全能听见他说的话，张海涛也知道他们能听见，他不愿意直接与洋人对话，故意只是说给自己手下听，让手下再把这话传达给对方。这样做有一种特殊效果，只有这样，才能体现出安全委员会负责人的威严。日本老板很不耐烦，硬着头皮，又听了一遍二传手的复述，然后就认出了张海涛，他突然认出了这个人是谁。张海涛当年在下关当巡警，他们曾经不止一次打过交道，后来张海涛当了省议员，也有过接触。日本老板开始用日语与张海涛直接对话，他知道张海涛留过日，能说一口流利的日语。当时在场的除了他们，没有人能听懂日语，没人知道他们叽里呱啦在说什么。

杨达看着张海涛，看着他很有耐心地在听日本老板抱怨，日本老板说了一通日本话，张海涛很严厉地回了一通日本话。杨达不知道他们在说什么，通过双方的表情，一目了然地能看出来，在气势上，张海涛已完全把对方给压倒了。说到最后，感觉是张海涛在教训他，日本老板口服心服，不断地点头哈腰。说话间，张海涛从身上掏出了怀表，看看时间，跟对方又说了几句什么，便带头向门外走去。门外小广场上，临时搭起一个小看台，聚集着很多看热闹的人，正在准备一次集会。一名年轻军官跳到小看台上，看了看这边的张海涛，张海涛向他示意，表示时间差不多了，现在可以开始。年轻军官便不停地挥手，一个劲地挥手，让大家安静，让大家不要再叽叽喳喳，说公审大会马上就要开始了。等大家都安静下来，他很激动地宣布：

"公审大会现在开始，我们有请安全委员会的主任张海涛同志，让他给大家说几句话。"

稀稀落落的掌声中，张海涛登上看台。他环顾四周，清了清嗓子，告诉南京的父老乡亲，北伐大军入城阅兵仪式，很快就要开始了。为了下关居民的安全，阅兵开始之前，先召开一个公审大会，作为安全委员会的负责人，他要向大家发布两条公告：第一条，北伐军乃仁义之师，有责任保护本国民众和外侨的生命和财产，因此，就算是敌人的眷属，亦应维护，以示平等之待遇；第二条，鉴于北洋残部尚未肃清，秩序一时未能恢复，地痞与北洋余孽相勾结，乘机蠢动，打家劫舍，造成全城惶恐，危及本国民众和外侨的生命和财产安全，为此，北伐军将全面肃清北洋的残兵败将，坚决清剿绝不手软。

紧接着便是公审，两名昨夜闯进亚细亚旅馆的小流氓首先被带了上来，当堂宣判，判处死刑，拉到墙角立即执行。乱世必须用重典，一切都进行得很快，可以说是雷厉风行。大家还在窃窃私语，都还没有来得及完全反应过来，清脆的枪声已划破长空，一枪接着一枪，一连打了好几枪。然后再被带上来的，是一个抢劫犯，也是死刑，也是立即执行。杨逵突然想到了家人，他转身回亚细亚旅馆，回到自己的房间，芷歆与孩子们正趴在窗口上，兴致勃勃地看热闹，人多势众，光天化日之下，死刑就在他们的眼前执行，大家也没有觉得太害怕。

在大家的欢呼声中，这一口气被判处了死刑的罪犯，竟然有十多个。放在前面枪毙的犯人，基本上都是趁火打劫的刑事犯，搁在后面执行的犯人，是几个北洋的"余孽"，也就是在南京屠杀过革命党，欠了一笔笔血债又被大家指认的北洋军人。被枪毙的人的尸体，最后都抬上马车拉走。公审大会结束，人群并没有散开，因为北伐军的入城阅兵仪式，很快就要开始。礼炮声响起，人们都往开炮的方向看，不一会儿，排列整齐的北伐军队伍，走过来了。

无论是在阅兵的那段时间，还是入城仪式结束以后，零零星星的枪声就没有停止过。混乱并没有真正结束，给人的印象是越来越乱。街头的人突然又变得稀少，偶尔走过的行人，脸上依然带着惊恐。从热闹到冷清，从大街上都是人，到几乎看不到人，这些都好像是在一瞬间发生。地上还留着猩红的血迹，那是公审大会枪毙人时留下的。杨遄对昨晚发生在一楼的轮奸案，当时一无所知，没有察觉到任何动静，他也是在两个小流氓被公审枪毙之际，才听旁边的人说起。现在，他把这件事又转述给芷歆听，芷歆听了非常震惊，不敢相信就在自己住的日本人旅馆，就在她身边，会发生这么可怕的事情。

下关地区的治安状况，并没有因为公审大会得以好转，相反，一种更加不安的情绪，正在人们心头蔓延。街上开始出现三三两两身份不明的人，这些人揣着枪，身穿便衣横冲直撞，一言不合便拔枪相向，有时候干脆就在街头火拼起来，子弹乱飞。弄不清楚他们是干什么的，又准备要干什么。只要有排队的士兵过来，这些人顿时就作鸟兽散，消失在旁边小巷里。杨逵通过窗口观察他们的行踪，总觉得有些不对劲，下楼到大堂，用那里的电话跟张海涛通话。

电话接通了，杨逵说出了自己的担心，担心在亚细亚会不安全，隐隐地有一种感觉，好像这些人是冲着亚细亚旅馆来的。张海涛听了，想了一会儿，说杨逵你说的这个担心，也不是没有一点道理。实话跟你说吧，现在的治安状况非常不好，北洋军并没有被完全打垮，随时都有可能再打到南京来，他们就在江对面的浦口。杨逵看到的身穿便衣的武装人员，说不定就是北洋军安排的，下关目前不太平，南京城里更不太平，接下来会怎么样，真的是很难说。

"你在亚细亚倒是不用太担心，我会立刻派几个士兵过来，目前形势确实复杂，局面也难控制，北洋军可能会使坏攻击外国人，也就是攻击洋人，故意引起外交事端，让北伐军陷于被动之中。"

"攻击洋人？"

"对，这个完全有可能，南京城里已发生多起针对外国人的抢劫——"

"抢劫外国人？"

"对，抢劫外国人，不光只是抢劫，好像还打死了人。"

居然有人会攻击洋人，这是杨逵不敢想象的事。为什么要去攻击外国人呢，杨逵想问张海涛，想想又觉得没有必要，张海涛已说了，已经回答了，有人想引起外交纠纷，想让帝国主义的列强来干涉中国革命进程。杨逵对外交是外行，完全不懂这里面的门道，他觉得国民革命军要打倒列强，要铲除军阀，自然是不会怕洋人的。不过，张海涛并没有什么信心，他警告杨逵，形势很有可能恶化，英国人和美国人的军舰，现在已驶入下关江面，日本人的几艘军舰，也正向南京开过来，这说明什么，说明帝国主义列强显然也没有安什么好心。

挂完电话，杨逵看到了门外急匆匆跑过来的冯亦雄，他这是专门赶来找杨逵的，一看见杨逵，便叹着气问他，知道不知道水根的事，知道不知道水根给毙了。杨逵听了吓一跳，说水根难道没跑掉，没跟着一起撤到江对面去？冯亦雄说水根他倒是想跑，可有时候就是这样，想跑你未必就跑得了，谁难道还不想活命吗。冯亦雄告诉杨逵，水根就是在亚细亚旅馆这边给枪毙的，他还以为住在这儿的杨逵已看到了。杨逵说今天确实枪毙了十多个人，他没想到在枪毙的人中会有水根。经冯亦雄一提醒，杨逵突然想到昨天曾从亚细亚抓走两个北洋军官，水根会不会就是其中之一。

冯亦雄摇了摇头，说水根是在仪凤门附近的一家民居中被抓的，水根是直鲁执法队的队长，杀了许多人，冯亦雄帮会中的几名兄弟都是死在他手上，纠察队的人早就暗地里盯着他了。

“我们帮会的那些人，知道我与水根的关系，知道我们曾经是好兄弟，抓了他，也都是瞒着我的，不让我知道，直到他被枪毙了，命都没了，我冯亦雄才知道。你说这叫什么事呀，你说我真要是知道，肯定是要出手相救，你看，你也跟我一样，之前也是一点消息都不知道。"

"我确实是不知道——"

正说着，突然有呼啸着的炮弹从头顶上飞过。炮弹是北面飞过来的，也就是说，从江那边往南京城打。声音很响很猛烈，同时还夹杂着一阵阵机枪的声音，给人的感觉，就好像是北洋军又开始向南京攻击。这一轮炮声，惊天动地，大家赶紧用手捂住自己耳朵。然后突然都停止了，一时间又变得异常安静。杨逵非常担心，说怎么又打起来了，南京城刚被南方的北伐军占领，刚把北洋军给打走，刚刚消停，这要是北洋军再打过来，一来二去，老百姓这个日子，怎么过。冯亦雄也觉得不妙，接着杨逵的话头，说水根在南京杀革命党，革命党来了杀水根，北洋的军队要再过来，到底又会怎么样，真是不敢想。

杨逵问冯亦雄还知道多少水根的事，水根老婆和孩子现在在哪，大家兄弟一场，也该有所表示才好，应该送点抚恤金过去。冯亦雄说这事你就不用担心了，我都想好了，都交给我就行，不管怎么说，人死了，交情还在。我跟你说老实话，水根对你我，那是没有话说，不过他对我的那些帮会兄弟，对和记洋行的纠察队员，真是下手也太重了，你知道光是在他手上，前前后后死了多少人。这一点，杨逵当然也知道，他所熟悉的朱剑城，一个十分有朝气的年轻人，就是在下关被直鲁执法队当众砍了脑袋。

大堂的一位侍者走过来，告诉杨逵有电话找他。冯亦雄听了就此告别，说杨逵你去忙你的，我也得回家看看，也不知道刚刚这一阵大炮，究竟怎么回事，炮弹都打哪去了。杨逵与冯亦雄分手，分手前，又特别关照了一句，说水根家眷那里，千万别忘了他杨逵的一份心意。冯亦雄让杨逵放心，让他赶快去接电话，自己转身走了。杨逵便跟随侍者去接电话，电话那头是张海涛非常着急的声音：

　　"杨逵，情况很不好，你那儿怎么样，我派的士兵到了没有？"

　　"没看见呀——"

　　话音刚落，杨逵看见一队士兵正跑步过来，气势汹汹地把亚细亚旅馆给围住了。

　　"杨逵你知道，刚刚是英国人和美国人的军舰，正在向我们北伐军开炮。"

　　"英国人和美国人？"

　　"这个事非常严重，可能还有日本人。"

　　"怎么会这样？"

　　"南京城里现在很乱，说是死了不少人。你那里怎么样——"

　　"这里好像没事，炮弹只是从头顶上飞过。"

　　"都打到南京城里去了，南京城里现在完全乱了，真不知道接下来还会怎么样。"

　　说话间，又是一阵炮声，炮弹呼啸着从天空飞过。此时此刻，亚细亚旅馆被赶来的士兵包围，杨逵看了不是很明白，问张海涛这什么意思，难道是要攻击亚细亚？张海涛说怎么可能呢，这是要保护亚细亚旅馆，我告诉你杨逵，南京发生了攻击外国人的事件，英国领事馆被袭击，美国领事馆被袭击，还有日本人的领事馆，据说也遭到攻击。现在全都乱了，情况正在失控，正在恶化，我很担心在下关，也会发生针对洋人的攻击。杨逵注意到张海涛的语气，与今天上午的演讲相比，发生了很大变化，没有了趾高气扬，没有了面对帝国主义列强毫不畏惧的霸气，恰恰相反，不仅底气不足，而且忧心忡忡。张海涛告诉杨逵，他被北伐军总司令部任命为谈判代表，全权负责对外谈判。这将是一份很艰巨的工作，张海涛说他现在迫切需要杨逵帮助，他迫切需要借助杨逵的声望。

张海涛让杨逵带领全家立刻离开，立刻离开亚细亚旅馆，在亚细亚的中国人要全部撤离，从南京城里撤过来的外国人，将入住这家旅馆。城里外国人的安全，现在已很难得到保证，北伐军司令部发出命令，准许城内的外国人临时避难撤到下关，必要的时候，也可以允许他们撤到自己所属国的军舰上，但是在目前，还是把他们先控制在亚细亚旅馆，不许他们离开。杨逵觉得这么做会有风险，这么安排，无异于把洋人当作了人质，情况会不会变得更严重呢。张海涛叹了一口气，说杨逵的担心不是没道理，真要这么理解也可以，反正外国人要敢胡来，我们手上有点他们的人，也未必是什么坏事。

杨逵觉得张海涛在自欺欺人，事实上外国人已经胡来了，人家都对着南京城开炮了，还要怎么胡来。这时候说什么也没用，放下电话，杨逵便回房间，匆匆收拾一下，与芷歊和孩子一起下楼。侍者又过来催了，说刚刚打来电话的长官，又来电话，让杨先生抓紧时间，赶快去要去的地方。接他们的马车已在门口等候，一群拖儿带女的外国人，也在士兵的押送下，正向这边走过来。芷歊不明白为什么突然要他们离开亚细亚旅馆，一路还在问杨逵为什么，女儿小琪也跟着在问，为什么要走，为什么要离开，我们现在是去哪儿。

江边四马路上的阅江楼，也就是杨逵的歊琪记总部大楼，在楼顶上竖着一面北伐军军旗。这里被张海涛的安全委员会临时征用，因为地处江边，飘扬在楼顶上的那面军旗，正对着扑面而来的滔滔江水，蓝天白云之下，远远看过去，很是显眼。不时地还能听见一阵机枪的扫射声，机枪与炮轰不一样，炮弹呼啸着从头顶上飞过，飞向南京城，机枪子弹基本上都打在下关，打在老百姓的平房和屋顶上，啪的一声，子弹就钻到屋里去了，被打着的人非死即伤。杨逵一行在士兵护送下，来到歊琪记，张海涛与一名身穿中山装、戴着度数很深的眼镜的先生，正在门口恭候。张海涛为双方做介绍，眼镜先生也是刚刚赶到，他是广州国民政府要人，地位显赫，在北伐军中的职务，比起刚被任命全权负责谈判的张海涛，还要高出许多。

有卫兵和工作人员走过来，负责接待和安排杨逵的家人，芷歊和孩子们被带走了。杨逵则被直接请进了会议室，会议室有好多人等候在那里，三三两两，正私下议论，一个个神色焦虑，一看见杨遂他们进来，纷纷入座。眼镜先生走向主位，一屁股坐下，稍坐片刻，又不苟言笑地站了起来，开门见山，明确无误地表达了请来杨遂的目的：

"我们现在急需要杨先生出面，希望杨先生以地方贤达的这个身份，去跟英国人和美国人谈判。"

"我，让我去？"

"对，我们都觉得，杨先生是最合适的人选。"

杨遂非常意外，他看了看坐在自己身边的张海涛，张海涛咬着牙，不说话，显然是不方便开口。大家都不说话，杨遂把目光移向眼镜先生，眼镜先生面无表情地看着杨遂，正在等待他的回答。杨遂想不明白为什么要让他出面，在座的诸位，不是一身军官服的军人，便是身穿中山装的官员，杨遂既不是军人，也不是官员，为什么去跟外国人谈判的会是他。眼镜先生让张海涛向杨遂解释，解释选中他的理由。

原来选择杨遂也是迫不得已，前进势头正猛的北伐革命军，不愿意向帝国主义列强示弱，一方面，他们无意与英美等国开战，另一方面，又要明确表示，北伐军绝不害怕，绝不接受帝国主义的威胁。北伐军现在需要一个中间人，一个有身份有地位的中间人，这个人将代表南京市民，向英美表达他们对战乱的恐惧，表达南京人民的和平愿望，恳请英美等国，出于人道主义考量，不要伤害南京的无辜平民。为什么不是军方直接派人去谈判呢，因为双方并未正式开战，此时北伐军如果出面向英美直接求和，无形中便等于宣布，国民革命军已被帝国主义列强吓唬住了，已被列强打败了。

杨逵觉得自己并没有被说服，这个理由很牵强，很难说服人。眼镜先生告诉杨逵，到目前为止，英美军舰的炮击，已造成南京城中平民死伤无数，这是北伐军无法容忍的，也不可能坐视不管。不管怎么说，针对平民的攻击，都是有违天理的。杨逵作为下关地区的贤达人士，他有义务也有这个能力，向列强传达南京人的和平愿望。对于杨先生来说，这件事功德无量，是一个非常了不得的善举，它无疑将会进一步提高杨先生的声望。

"安全方面，这个绝对会有保证，杨先生不用为此担心——"

眼镜先生一板一眼地说着，非常严肃，对自己说的每一句话，对自己用的每一个词，都很认真，都是非常地负责任。他说革命党人不打诳语，不会骗人，我们会为杨先生安排一名会打旗语的同志，在去之前，与对方先有充分的交流，安全方面，一定会做充分的准备。同时，他们还会为杨逵配备一名最好的翻译。到时候，具体要跟对方谈什么，应该说什么，他们都会为他事先准备好，其实杨逵真正要做的，只是把一封信，转交给对方的最高长官就行。

商量如何起草这封信的时候，停泊在长江里的英美军舰，又一次向南京城猛烈轰击，炮弹带着尖利的呼啸声，从阅江楼楼顶上飞过。时间变得非常紧迫，杨逵匆匆上了四楼，去自己办公室换衣服。芷歆和孩子们被安排在这儿，在芷歆的帮助下，杨逵从衣柜里找出一套全黑的元缎马褂换上，也来不及对芷歆多说什么，匆匆地就下楼了。到楼梯那里，突然停下来，转身返回办公室，让芷歆和孩子们立刻离开，把他们带到了二楼的会计室。会计室背对着滚滚长江，真要是会有子弹从江上打过来，这里要安全许多。

一定是杨遽的关心引起了芷歆的不安，她意识到有什么事要发生。杨遽郑重其事地关照她和孩子，待在会计室不要出来，在没见到他之前，千万不要跑出来，接下来会发生什么，接下来会怎么样，谁也不知道。杨遽告诉芷歆，他马上要去跟洋人谈话，让洋人不要再打炮，不要再炮击南京城。芷歆不相信自己的耳朵，不相信自己听到的都是真的，不相信自己的男人杨遽，竟然要到不讲理的洋人那里，去让他们不要开炮。杨遽怎么可能会有这个能耐，洋人又怎么可能听杨遽的话。芷歆知道他不会骗人，杨遽这时候也没有太多的话对她说，只是一遍又一遍叮嘱，不要出去，不要出去，千万不要出去，不要离开会计室。

杨遽登上小火轮准备出发了，与杨遽同行的还有一位荷兰籍传教士，这个人能说一口流利的英语。正是黄昏时分，落日残照晚霞似血，一名北伐军士兵站在船头上，向停泊在江中间的英美军舰遥作旗语，不知道在说什么，对方好像根本就不理睬，冲着这边就是一阵机枪扫射，把大家吓得够呛。机枪扫射显然只是警告，真要想打到他们，杨遽一行恐怕立刻就没了性命。北伐军士兵继续打旗语，终于有了回应，杨遽看见对方军舰上，也有人对这边打旗语。双方就这样你来我往，这边挥舞一阵旗子，那边再挥舞一阵旗子，然后那士兵就告诉杨遽他们，不用坐小火轮过去，对方会派摩托小船来接他们。

杨逵一行手上摇晃着白旗，登上对方驶过来的摩托小船，不一会儿就被送到了一艘英国人的军舰上。让杨逵非常吃惊的是，在英国人的军舰上，他竟然见到了老迈的史蒂文斯，这个人是杨逵的老熟人了。史蒂文斯早在上个世纪，也就是一八九九年就来到下关，担任大清国金陵关税务司的负责人。他在南京待了差不多三十年，非常喜欢这个城市。南京的外国人遭受了攻击，史蒂文斯是第一批撤离到英国军舰上的外国侨民。现在，史蒂文斯的在场，起到了很好的中间人作用，他告诉英军舰长，杨逵是个非常值得信赖的中国绅士，英国人对他应该有所信任。

　　英军舰长态度十分强硬，他以不容置疑的语气告诉杨逵，大英帝国对抢劫英美侨民的行为非常愤怒，而持枪人员攻击英美领事馆，更是无法容忍。他要求杨逵立刻回去传话，中方必须立即停止不法行为，必须禁止士兵射击，必须保护外国侨民，在规定时间内，将侨民护送到下关江边，否则将严厉对付，以南京的下关为军事区域。杨逵转交的北伐军信件，英军舰长只是听翻译讲了个大概，他似乎根本不屑了解北伐军提出的什么要求，挥挥手，让杨逵立刻返回。

　　为了表示英美的强硬态度，也是为了向北伐军示威，在杨逵准备登小船离开之际，英军舰长下令，向南京发射停火前的最后一轮攻击。英美军舰同时开火，炮弹从黄昏的天空上划过，向着南京城飞去。机枪也开始对下关沿岸漫无目标地扫射。这时候，杨逵看到了矗立在江边的歆琪记营造厂大楼，它在晚霞中是那么突出，它是那么显眼，大楼顶部飘扬着北伐军军旗。机枪一路扫射过去，瞄准了歆琪记大楼，对准了那个方向，杨逵看见悬挂在大楼上的那面青天白日满地红军旗，在机枪不停的扫射下，突然垂下头来，显然它的旗杆被子弹击中了。

尾声

　　一九二七年春天，英美军舰对南京城最后一次炮轰，一口气又轰出去十几炮，机枪噼里啪啦扫射了好一阵子。先说南京城里，炮弹打得远，目标是哪也不好说，反正远程乱轰，目的是为了吓唬人。炮弹大都落在人烟稀少之地，最后吓着人没有，当然吓着了，不光是吓唬了人，还真的死了人，死了很多人。炮击造成人员伤亡和财产损失，惨案发生后，北伐军政治部发出电报，报告南京军民死伤情况。

　　据南京市党部、总工会、第2军政治部等单位初步调查，南京军民死伤情况如下：

　　国民革命军第2军被外炮击毙特务连长一名，士兵死廿三名，重伤七名；老妇死二人，重伤四人，小贩商及居民死十三人，重伤命危者十五人。

另据外交部提出的报告，城内平民死伤及损失房屋杂物如下：

（1）被外炮击死者12人（许田氏、许王氏、蔡小五、郭阿狗、殷昌胜、陈得山和不知姓名者6人）。（2）被外炮击伤者20人（许童氏、涂培芝、郭宗有、郭王氏、徐邵明、徐蔡氏、蔡重仪、蔡朱氏、张陆和不知姓名者11人）。（3）被外炮击毁房屋15处。

英美军舰炮击南京，理由是外国领事机构和侨民遭到抢劫与射击。关于此次事件，具体人员伤亡，经过查证，也有一个非常确切的数字，《南京通史·民国卷》有记载：

外国领事机构和外侨伤亡共17人，其中死9人，伤8人。具体情况是：英国死3人、伤2人；美国死1人、伤3人；日本死1人、伤3人；法国死3人；意大利死1人。

这次惨案的经过，国民革命军方面的解释是，土著地痞和北洋溃兵，事前取得北伐军被俘士兵的服装，假扮革命军袭击了英美日三国领事馆，抢劫了外侨商店和住宅，抢劫了学校和医院，以致外侨的生命与财产皆有损失。这个解释外国人并不相信，北伐军自己也不完全相信，好在无论北伐军，还是帝国主义列强，都无意真正干上一仗，双方都有点色厉内荏，结果便是大事化小，小事化了，不了了之。事态没有进一步恶化，没有像一八四〇年的第一次鸦片战争那样，在南京城下签订不平等条约。

民间老百姓总是喜欢乱传瞎说，流言蜚语，越传越离谱，越说越有鼻子有眼。有的说洋人死了好几百，两名外国妇人被当众强奸。有的说炮弹打死的南京市民，实际人数已是数千，起码有两千人之多。对于杨遄来说，官方公布也好，民间传说也好，真假虚实都不重要，他最不能接受的，便是在他的眼前，在他的注视之下，从英国军舰上发出的机枪扫射，不仅击中了歆琪记总部楼顶上的旗杆，打折了北伐军的军旗，还打死了跑到楼顶上去观望的芷歆。

当时与芷歆在一起的，还有眼镜先生，还有张海涛，还有几名卫兵，大家一直在注视着杨遄他们的行踪。有两个军用望远镜，眼镜先生手上有一个，张海涛手上有一个，后来张海涛把自己的望远镜递给了芷歆。杨遄他们登舰后，自始至终，大家都在观察军舰上的动静。英军机枪向这个方向扫射时，除了芷歆，其他人都在第一时间就有了反应，都卧倒了。因此最后的结果，子弹像一阵暴雨倾泻过来，芷歆被击中了，身上被打了好几个窟窿。枪响过后，一名卫兵的肩膀被子弹擦伤，眼镜先生的眼镜摔出去很远，张海涛爬起来，看到了倒在血泊中的芷歆，他的第一反应，是这事怎么向杨遄交代，这事无法向杨遄交代。

杨遄悲痛欲绝，痛不欲生。他非常自责，非常内疚，自己如果不去英军军舰谈判，或者如果不告诉芷歆他要去谈判这件事，她就不会从会计室里跑出来。芷歆最后怎么就去了楼顶，始终都是个谜。小琪告诉杨逵，芷歆让她照顾好两个弟弟，不要离开会计室，然后就把门锁上，自己跑了出去。芷歆一口气跑到了楼顶上，杨逵知道她这是不放心自己，知道她是在为自己担心。张海涛也为未能保护好芷歆感到痛心，这个事太意外了，他根本没想到芷歆也会出现在楼顶上，更没想到停泊在长江中的英军军舰，会突然向这个方向扫射。

接下来，二十多天以后，一九二七年四月十八日，国民党政府正式定都南京，向民众发表了《国民政府定都南京宣言》。

城头再次变幻了大王旗，作为一名地道的南京人，杨逵对谁来当这个城市的新主人，没有一点点热情，完全是一种无所谓的态度。芷歆的不幸罹难让他感到悲伤，感到了绝望。他沉浸在不能自拔的痛苦之中，根本就出不来。这个世界已完全改变了，不是因为改朝换代，而是因为他失去了芷歆。杨逵想起自己刚见到芷歆时的模样，那时候，她还是个小姑娘，他只是个拉黄包车的穷小子，那时候的杨逵一无所有。这以后，这以后一步又一步，杨逵渐渐拥有了一切，拥有了财富，拥有了美丽的芷歆，现在似乎又变得一无所有。芷歆不在了，杨逵拥有再多的荣华富贵，又有什么意义。

杨逵对眼前所发生的一切，都没有了兴趣。接下来，再接下来，往日的革命者，彻底地翻了脸，杀来杀去，国民党共产党成了死敌，都宣布对方是反革命。党国成了一个固定的词组，经常会一本正经地挂在某些人嘴上。蒋介石一会儿下野，一会儿又重新回来继续当他的总司令。南京成了民国的首都，成了首善之都，越来越热闹，越来越有地位。张海涛则一度成为执法部门的重要人物，掌握着生杀大权。杨遒的朋友柳碧冈被抓了，在她被抓捕前，她的丈夫聂双斌已被拉到雨花台枪毙。为了这个柳碧冈，杨遒曾向张海涛求情，求张海涛饶她一命，柳碧冈夫妇是共产党，他们有两个孩子，大家就算不是旧相识，看在孩子的面上，张海涛也应该放过她。

在国民党内部，张海涛属于左派，后来又成了改组派，一年前的国民党右派李正鸣，曾大骂张海涛与共产党穿了一条裤子。李正鸣是被北洋军阀孙传芳杀害的，当时无论国民党还是共产党，孙传芳恨不得都要斩尽杀绝。此一时彼一时，杨遒弄不太明白这些恩恩怨怨，芷歆的突然离去，让他把一切都看淡了，也都看穿了。杀来杀去又有什么意思呢，让杨遒感到痛心的是，张海涛亲口答应要释放柳碧冈，他说看在往日共同反对北洋的经历，起码也会免她一死。可是话音刚落，言犹在耳，两天后的报纸上，刊登了柳碧冈在雨花台被处决的报道，还配了一张行刑之后的照片。杨遒认识柳碧冈已有好多年，很漂亮的一个女大学生，有活力又有才华，谁会想到她年纪轻轻，就这么被夺去了性命。

失去芷歆的杨遒，变得十分消沉，再也没有了继续向上的动力。杨遒曾是个非常有野心的男人，过去的许多年，毫无疑问是下关的第一号人物，在财富的江湖上，一直都处于没有对手的独孤求败状态。整个下关地区，很长一段时间，他如果是第二，没有人敢称第一。人们一提起杨遒，便会想到快活林，便会想到小西天，还有歆琪记营造厂。不过摊子越来越大，面子工程越来越多，盛名之下，注定了其实难副。早在北伐军进入南京之前，杨逵负债运营，经常做赔本交易。国民政府定都南京，他的生意继续走下坡路，时过境迁，杨逵在下关不再是独步天下。

曾经最能赚钱的快活林和小西天，早就不是杨逵在独家经营。冯亦雄将自己持有的股份，转给了朱老七，加上手中原有的股份，一直躲在暗处的朱老七，与杨逵早已平分秋色。看上去老态龙钟的朱老七，与一般棺材铺老板不同，他是下关地区第一个放印子钱的人；印子钱就是高利贷，放债人以高利发放贷款，贷钱征息子母相权，基本上是一本万利。开棺材铺与别的生意不一样，棺材铺旱涝保收，不管猴年马月，永远都会有生意。太平不太平，总是要死人，死了人总是要买棺材。英雄不看出身，也不在乎年龄，杨逵一个拉黄包车的少年，可以成为有钱的阔佬，经营棺材铺出身的朱老七，为什么不能脱颖而出，最终成为下关地区最有钱的那个人。

事实上，这些年来，朱老七闷声大发财，一直在暗地里发展。杨逵从未把他当作对手，从未想过他有朝一日会超过自己。如果说杨逵内心深处，还曾有过值得担心的对手，还有佩服的人，不是朱老七，而是他的儿子，也就是凤仙丈夫朱东升。朱东升有学问，学的是法律，这玩意儿对杨逵很有帮助——做生意太讲规矩不行，不讲规矩也不行。过去许多年，朱东升是杨逵最重要的帮手，他们性格互补，合作得非常好。从某种意义上来说，杨逵的成功与朱东升分不开，可惜他是书呆子，性格优柔寡断，为人老实本分，太听父亲朱老七的话，太听老婆凤仙的话。国民政府定都南京，时移俗易，杨逵越来越走下坡路，朱东升选择了与杨逵友好分手，又一次重操老本行，又去律师事务所当了律师。

国民政府定都南京，迫不及待要做的一件事，就是要把孙中山的遗骸，在中山陵落葬。这事早在国民党得天下之前就定了，几年前在东郊的紫金山选好了墓地，工程一直都在不紧不慢地进行。现在国民党得了天下，成了执政党，南京又是首都，为了奉安迎榇大典，要修一条宽阔的中山大道，从城西北的下关码头，一直修到城东的中山陵。国民政府下令，改朝阳门为中山门，改仪凤门为兴中门，改海陵门为挹江门，改丰润门为玄武门，改聚宝门为中华门。新的中山大道是国民政府的形象工程，它从江边的下关开始，穿过挹江门进入南京城，将彻底淘汰此前贯穿南京的江宁大马路，而重建的挹江门，将完全取代有着更悠久历史的仪凤门，成为南京城新的北大门。

整个下关地区的这一段工程，由国民政府指派，交给了杨逵的歆琪记营造厂。当年修建海陵门，也就是后来改名的挹江门，杨逵大大地赚了一票，个人事业和名声，达到最高峰。那是杨逵人生中最风光的一段日子，整个下关地区的繁华，也大大地往前进了一步。不过成功往往是失败的开始，高峰是顶点，也是下坡路的起点。朱东升离职前，留给杨逵最后的忠告，是不要再跟官家合作，官家能让你赚钱，同样也能让你赔钱。古人曾经说过，载舟覆舟，所宜深慎。杨逵也不明白自己为什么会那么糊涂，为什么糊里糊涂地就揽下了这个活,深陷其中再也出不来。歆琪记营造厂为了完成这些工程,为了重修挹江门,为了改单孔城门为钢骨水泥的三孔门,为了城楼上的门楼,为了不断加码填高的路基,为了拆迁引起的民生麻烦,几乎赔光了自己的家底。

最后,朱老七不动声色地成了下关地区的首富,在他七十四岁生日的时候,朱老七笑着告诫前来为自己祝寿的杨逵,说有的人能成事,是做了什么,还有的人能成事,是没做什么。言下之意,杨逵重修挹江门,为了通往挹江门的那条大道,倾家荡产,实在是不值得。朱老七这一生玩的都是顺势而为,以逸待劳以静制动。他的新宅在狮子山下,离仪凤门不远,出了朱家大门,就能看见仪凤门城楼。与杨逵的歆琪记大楼不一样,朱家新宅外表看上去非常不起眼,真走进去,才发现别有洞天,它才是下关最好的宅院,清幽古朴,低调奢华,随处可见匠心。南京城南有个很有名的胡家花园,南京城有个很有名收费很高的园林设计师,朱老七对这位设计师说:

"我也不懂这个和那个,你按照那什么胡家花园,帮着弄弄就是了,朱老七现在不差那钱。"

朱老七的寿辰那天,杨逵在凤仙的带领下,参观了朱家花园。他也是在朱家的后花园,与潘区长的小妹第一次见面。朱家新宅落成,关于它的种种神秘传说,早已不胫而走,其中一个最荒唐的段子是,朱家开棺材铺起家,因此后花园有个池塘,池塘中放了条像棺材一样的小船。潘区长与他的小妹,已经在池塘边的小凉亭里等候。潘区长本名恩重，早先是私立中学老师，后来从政当了小官吏，国民政府进行公务员统一考试，文官先考三民主义，潘恩重拿了最高分，接着再考专业，考行政能力，又拿了第一，被考试院铨叙部任命为下关区长。潘区长四川人，家中排行老大，是个大孝子，父母接到南京来生活，有个小妹，母亲死后，一直都是这小妹在照顾老父亲。

一年前，潘区长的老父亲过世了，潘家小妹也快三十岁。潘区长开始着急，急着要把自己这个小妹嫁掉。这一天说起来，大家为朱老七祝寿，其实也是帮杨遒与潘家小妹相亲。事先说好有这一幕，到了相见时，杨遒见了潘家小妹难免拘谨，潘家小妹更是不敢抬头，连看一眼对方的勇气都没有。老姑娘脾气都会有些古怪，自始至终，她就是不肯正眼瞧一下杨遒。杨遒对潘家小妹的印象，说不清楚，难以形容，说不上好，也不算太坏。潘家小妹不漂亮，也不能说长得丑，有一点胖，又不算太胖，高矮也不知道，她始终都坐在凳子上，眼睛望着别处。

"杨遒，不要像个哑巴那样不吭声，倒是说句话呀，你心里到底是怎么想的？"

凤仙现在是大媒人，双方分开后，逼着杨遒当场表态。她觉得芷歆不在了，杨遒要生活下去，有个续弦再正常不过。家中没女人怎么行，孩子总要有人照顾吧。凤仙只顾着自说自话，也不管杨遒在不在听，她就知道不停地说，一个劲地说。杨遒心不在焉，没答应要娶潘家小姐，也没反对。潘家小姐对于杨遒来说，完全是一个全新的存在。他的脑袋瓜正在走神。杨遂想起了很多事，浮想联翩。他想起了自己小时候，有一次和凤仙一起坐在小船上，凤仙不会游泳，在小船上有些害怕。他们坐在小船上聊天，到了晚上做梦，白天坐的小船，突然变成了一口棺材，一口油漆得锃亮的棺材，他们坐在黑色的棺材里，有说有笑，有点害怕，也有点觉得好玩。

那时候，杨遂与凤仙好像是要成为一对的，起码大家当时都是这么想，都是这么认为。那时候的凤仙很泼辣，很天真，也像现在一样喜欢做别人的主，尤其喜欢做杨遂的主。岁月正在穿越，时光已经倒流，如果杨遂和凤仙后来真成了夫妻，如果没有芷歆的出现，没有几十年的风风雨雨，没有这没有那，结果又会怎么样，谁知道呢。

二〇二一年八月九日初稿　三汊河
二〇二一年九月三十日改定